Das Buch
Thomas Frantz ist einer, der sich treiben lässt durch die Straßen von Berlin, zu Swingerpartys in dunklen Clubs, zum kollektiven Sturm eines Kaufhauses, das zur Eröffnung unschlagbare Rabatte ausgeschrieben hat, vorbei an Demonstrationen und in die Wettbüros Neuköllns.
Was er sieht, lässt ihn verzweifeln: Er versteht nicht, dass die ehemalige SED-Verwaltungszentrale – zuvor das Hauptquartier der Hitlerjugend und davor Kaufhaus jüdischer Geschäftsleute – jetzt von Londoner Heuschrecken mit großzügiger Ignoranz gegenüber den Grausamkeiten der Geschichte in einen Society-Club und Wellnesstempel umgebaut wird. Wie überhaupt Berlin zu einem gewaltigen Spielplatz mutiert ist, dessen Bewohner in Streetart oder Esoterik Lebenssinn suchen.
»Ein bissiges, rasantes und gleichzeitig einfühlsames Porträt der Bundeshauptstadt. Döblins *Berlin Alexanderplatz* ins 21. Jahrhundert übertragen.« *HR2 Kultur*

Der Autor
Helmut Kuhn lebt als freier Autor in Berlin. Er arbeitete bei der deutsch-jüdischen Zeitschrift *Aufbau* in New York und schreibt u.a. für die *Süddeutsche Zeitung, Die Zeit, Neue Züricher Zeitung, Stern, Focus* und *mare*. 2002 erschien sein vielbeachtetes Romandebüt *Nordstern*. Zusammen mit Murat Kurnaz verfasste er *Fünf Jahre meines Lebens. Ein Bericht aus Guantanamo*, über den John Le Carré schrieb: »Der mitfühlendste, ehrlichste und würdevollste Bericht über die Schande Guantanamo, den es je gegeben hat.«

Helmut Kuhn

GEHWEGSCHÄDEN

Roman

WILHELM HEYNE VERLAG
MÜNCHEN

FSC
www.fsc.org
MIX
Papier aus verantwortungsvollen Quellen
FSC® C014496

Verlagsgruppe Random House FSC® N001967
Das für dieses Buch verwendete FSC®-zertifizierte Papier *Holmen Book Cream* liefert Holmen Paper, Hallstavik, Schweden.

Vollständige deutsche Taschenbuchausgabe 01/2014

Printed in Germany 2013
Umschlaggestaltung: Nele Schütz Design, München, nach der Originalgestaltung von Laura Gerlach
Umschlagmotiv: © Julia Bührle-Nowikowa
Druck und Bindung: GGP Media GmbH, Pößneck
ISBN: 978-3-453-67664-0
www.heyne-hardcore.de

Für M.

Am Anfang und am Ende einer normalen Berliner Straße taucht ein Wort auf: Gehwegschäden. Es steht am Anfang und am Ende des Gehwegs. Es ist ein kleines weißes Schild. Darauf steht das Wort in schwarzer Schrift. Gehwegschäden. Das Wort ist umrahmt. Es weist darauf hin, dass der Bürgersteig brüchig ist.
Das Wort hängt am Pfosten einer Laterne, einer Ampel, an einem Verkehrsschild, wo immer es sich anbringen lässt. Findet es kein Wirtsschild, bekommt es einen eigenen Pfahl, einen zweizölligen Rohrpfosten aus feuerverzinktem Stahl mit Erdanker und Rohrkappe.
Das Schild hängt am Wirtsschild oder steht auf seinem Rohrpfosten in der Höhe der Unterkante zwei Meter. Die Richtlinie der Unterkante zwei Meter ist festgelegt in den allgemein verbindlichen Gesetzestexten und Verwaltungsvorschriften der HAV (Hinweise für das Anbringen von Verkehrszeichen).
Gehwegschäden. Das Wort bedeutet, es wird hier nichts mehr repariert: Wir haben resigniert, wir haben uns abgefunden.

IST

1. Der Intellectual Fight Club. Von Jesus hat Thomas Frantz gelernt: Der härteste Schlag ist nicht die Gerade, es ist der Haken

»Achtung mal jetzt.«
»Kommt mal alle her«, sagt der dicke Daniel. »Stellt euch auf und hört zu. Es gibt neun K.-o.-Schläge. Fangen wir oben an.«
Der dicke Daniel grinst.
»Der Schlag zur Schläfe«, sagt er. »Erschüttert den gesamten Schädel. Mit dem rechten oder mit dem linken Haken. Ohne Handschuh ausgeführt, ich sage das zur Vorsicht, mit voller Wucht, das heißt Einsatz des Körpergewichts und des Drehmoments aus der Hüfte – kann das tödlich sein. Vorausgesetzt, die Damen und Herren, wir treffen auch genau. Dazu braucht man gar nicht viel Kraft. Masse mal Geschwindigkeit? Na? Noch im Kopf? Friederike?«
»Genau. Kraft.«
Der dicke Daniel grinst.
Jesus schüttelt den Kopf.

Nicht das Schach bestimmt das Boxen, das Boxen bestimmt das Schach. Es geht um Kontrolle. Und um nichts anderes geht es hier. Das Adrenalin kontrollieren. Adrenalin schießt in den Kopf. Es sackt beim Boxen in die Beine. Du musst flüchten oder angreifen, auf dem Brett wie im Ring. Der Trick ist: das Adrenalin beim Schach zu kontrollieren. Das ist Schachboxen.

»Zweitens. Die Kinnspitze. Die Gerade zum Kinn. Klar. Haben wir reichlich geübt. Der Klassiker unter den K.-o.-Punkten.«
Der dicke Daniel nimmt sich Friederike vor. Er demonstriert den Schlag zu ihrer Kinnspitze in Zeitlupe. Jesus verfolgt seine Bewegungen mit skeptisch großen Augen. Es ist dem kleinen Kubaner anzusehen, dass er anderer Meinung ist.

In einem Schachbox-Kampf treten zwei Sportler abwechselnd im Schach und im Boxen gegeneinander an, bis durch eine Entscheidung in einer der beiden Disziplinen ein Sieger feststeht. Begonnen wird mit einer Schachrunde. Ein Kampf geht über elf Runden, sechs Runden Schach und fünf Runden Boxen. Eine Schachrunde dauert vier Minuten, die Boxrunde drei Minuten. Zwischen den Runden liegt eine Pause von einer Minute.

Der dicke Daniel stellt Friederike zurück in die Reihe.
»Drittens: der Kehlkopf. Wenn man da eine draufkriegt, sehr schmerzhaft. Die Luft bleibt weg, der Kehlkopf schwillt an. Zum Kotzen. Das tut tagelang weh, man ist am Husten, am Würgen, kann kaum schlucken. Scheußlich.«
Der dicke Daniel macht eine Leichenbittermiene.
Jesus will etwas sagen, aber der dicke Daniel würgt ihn mit einer Handbewegung ab. Jesus stellt sich an ein Wandpolster. Er ist beleidigt.

Die jeweilige Schachrunde hat keinen Einfluss auf die nächste Boxrunde. Die Boxrunde hat einen sehr direkten

Einfluss auf die nächste Schachrunde. Nach drei Minuten im Ring ist der Körper auf achttausend Umdrehungen. Die Muskeln sind derart übersäuert, dass man kaum noch die Arme heben kann. Man nennt diesen Zustand blau. Das Gehirn hat Erschütterungen mit einer Gewalt zwischen 150 und 320 Kilogramm oder einer Geschwindigkeit von 180 bis 340 Stundenkilometern ausgehalten. Das entspricht dem Gewicht eines Ochsen oder einem Tornado der Stufe drei. Gleichzeitig produziert das Nebennierenmark Adrenalin mit dem Ehrgeiz eines Dampfstrahlers, weil es denkt, es wird abgeschlachtet. Es fällt schwer, sich in diesem Zustand auf etwas von der Größe eines Krippenjesus auf einem irritierenden Muster zu konzentrieren.

»Viertens: die Halsschlagader. Seht ihr? Hier?«
Der dicke Daniel haut sich selbst an den Hals.
Jesus beginnt seinen Tanz am Wandpolster mit leichten Schritten.

Ein Schachboxkampf endet durch Schachmatt, K.o., Ablauf der Bedenkzeit, Disqualifikation oder Aufgabe. Endet das Schachspiel remis, entscheidet die Punktwertung im Boxen. Endet auch der Boxkampf unentschieden, gewinnt der Kämpfer mit den schwarzen Figuren. Wenn das Schachbrett nach der Boxrunde in den Ring getragen und dort aufgebaut wird, hat man seinen letzten Zug vergessen. Man schnappt nur noch nach Luft. Man hat alles vergessen. Manchmal sogar seinen Namen.

Der dicke Daniel drückt sein Kinn auf die Brust und hält dabei seine Hornbrille mit dem Handschuh fest.
Jesus kontert abseits mit leichten Schlägen. Jab, Gerade, links, rechts, Aufwärtshaken.
»Ra-ra-ra-ra!«
»Also. Warum halten wir Boxer den Kopf immer tief? So? Und niemals hoch?«
Er klingt wie Donald Duck.
»Damit man uns nicht am Kehlkopf oder an der Halsschlagader trifft!«
Der dicke Daniel nimmt den Kopf hoch und klingt wieder normal.
»Immer darauf achten. Niemals den Kopf hochnehmen, ich weiß, das ist ein natürlicher Reflex, ich will dem Schlag ja ausweichen, von ihm weggehen, aber aufpassen. Immer schön den Kopf runter, bitte, fast bis auf die Brust. Übt das!«
»Ra-ra-ra-bamm! Y Bap!«
Jesus' Adern treten auf seinem kahlen Kopf hervor, seine Haut glänzt. Der kleine muskulöse Körper ist zum Platzen gespannt. Seine Bewegungen sind die eines Salsatänzers.

Es geht nicht um Fitness. Es geht nicht um einen Body, mit dem man aussieht wie aus der Deodorantwerbung. Ziel des Schachboxens ist nicht das Sixpack auf dem Cover von Men's Health. Das ist eine Zeitschrift für Idioten, die noch in Ronald Reagans Supi-Yuppie-Zeitalter leben und glauben, durch Schönheit und Fitness Reichtum und Glück zu erlangen. Es geht nicht um Traumfrauen. Es geht nicht um den Mann fürs Leben oder stubenreine Wochenabschnittspartner.

»Fünftens: der Schlag zur Herzspitze. Blitzschnell unter der Führungshand des Gegners weggetaucht, und Bamm! So!«

Der dicke Daniel taucht blitzschnell unter einer imaginären gegnerischen Führungshand weg und feuert eine Rechte raus.

»Darauf lauern so einige. Der Holyfield hat mal so eine kassiert. Die linke Führungshand kommt, man taucht mit dem Kopf seitlich oder darunter weg, so, und platziert die rechte Gerade parallel unter der Führhand des Gegners zur Herzspitze. Idealerweise ist das ein so genannter Mitschlag«, sagt der dicke Daniel.

»Das heißt, die Rechte schnellt im selben Moment los wie die Linke des Gegners. Ich hab selbst mal einen K.o. zur Herzspitze bekommen. Da bleibt das Herz für kurze Zeit stehen, es kommt kein Blut mehr im Kopf an, man steht da und weiß gar nicht, wie einem geschieht ...«

Der dicke Daniel streckt die linke Führungshand vor. Er wendet den Kopf zur Seite, stoppt die Bewegung, verdreht die Augen hinter den Brillenrändern und knickt in den Knien ein. Er verharrt in dieser dümmlichen Position, bis alle außer Jesus gelacht haben.

»... bevor man zusammensackt. Das Dumme dabei ist, wenn man Pech hat, kassiert man noch zwei, drei Dinger zum Kopf, bevor's Richtung Ringboden geht. Gut. Sechs. Der Solarplexus. Klar, kennt ihr alle. Jeder schon mal eine ins Dreieck gekriegt, im Kindergarten, in der Schule, beim Fußballspielen. Das ist hier der rechte oder linke Aufwärtshaken, oder auch 'ne abgetauchte Gerade. Bupp – Luft weg. 'ne ziemliche Zeit. Reicht sogar für eine Ohnmacht.«

Es geht um Kontrolle. Das Adrenalin kontrollieren. Das kann sehr hilfreich sein. Wenn schon am Morgen Gewitterstürme von Adrenalin über der Matratze dräuen, ist die Kontrolle des Stresshormons durchaus von Nutzen. Wenn Panik wie ein Psychopath mit laufender Kettensäge hinter der Badezimmertür lauert, ist es gut, die Reduktion von Adrenalin zu üben. Angst, Versagen, Kündigung im Urin? Runterschrauben. Schulden, Dispo, Rechnungen im Spiegel? Runterschrauben. Gänsehaut, Gefäßverengung, Schweißausbruch, Erweiterung der Bronchien am Frühstückstisch? Runterschrauben. Endpleite und Vollstreckung im Kaffeesatz? Herzfrequenz und Blutdruck senken. Langsam atmen. Schachboxen ist eine Philosophie. Nicht im Sinne von Leben. Im Sinne von Überleben.

Der dicke Daniel verdreht die Augen und grinst wieder. Wie ein General läuft er in der Boxhalle auf und ab und inspiziert seine Leute. Sie stehen kerzengerade.

Jesus hat sich in sein Wandpolster verbissen. Wie ein irrer Derwisch tanzt er davor herum und drischt auf die weiß darauf markierten Trefferflächen ein.

»RA-RA-RA-DA-BAB! Eh? RAMMBAMMBA! DABDAB! He!«

Daniel wirft einen missbilligenden Blick auf seinen Co-Trainer am Wandpolster. In atemberaubend schneller Folge klatschen die Hände des alten Kubaners auf. Er keucht und schreit. Seine dunklen Augen funkeln.

»RA-RA-RAB-DAB-DAB!«

»Gut. Sieben? Wer weiß es?«

Thomas Frantz meldet sich.

»Ja?«
Die Leber.
»Richtig.«
Der dicke Daniel verschränkt die Arme hinter dem Rücken.
»Der Leberhaken. Die Spezialität des Gentlemanboxers wie auch unseres Weltmeisters. Auch die kurze Rippe genannt.«
»RA-RA-RA-RA-RA-RA ...«
Jesus schlägt die Nähmaschine: Füße und Hände bewegen sich im selben Staccato, als wolle er gleichzeitig eine Rinderhälfte weich klopfen und eine Treppe hinaufrennen.
Der dicke Daniel versucht, sich nichts anmerken zu lassen. Er schreitet die Reihe der Schachboxer mit vorgebeugtem Oberkörper ab.
»Nein, nicht da, Friederike.«
»DAB! Y DAB-DAB! YAB!«
Der dicke Daniel bleibt stehen und wippt auf den Zehenspitzen.
»Die Leber liegt rechts. Also mit der Linken. Du haust einen kurzen Haken mit der Linken. So! Siehst du? Schön trocken. Im Eifer des Gefechts eine ganz fiese Nummer.«
Der dicke Daniel wiederholt die Demonstration des Leberhakens. Er tänzelt seiner enormen Masse zum Trotz ausgenommen leichtfüßig einen Halbkreis und jabbt. Selbst Jesus unterbricht für einen Moment seine Schläge und wirft einen anerkennenden Blick auf den ersten Trainer.
»Du beschäftigst den Gegner oben ganz fleißig, der zieht natürlich die Doppeldeckung hoch und zusammen, du

siehst ihm genau in die Augen, du haust mal ’ne Rechte, so ...«
Der dicke Daniel schlägt eine rechte Gerade.
»... dann lässt du die Linke einfach fallen, merkt der gar nich, sieht der gar nich, und ziehst sie kurz aus der Drehung rüber zum Rippenbogen. So! Noch mal: Das ist keine Frage der Kraft. Wenn man die Leber genau trifft, dauert es ein paar Sekunden, und es zieht ein bestialischer Schmerz durch den ganzen Körper. Ist auch was Feines für die Kneipe, meine Herrn.«
Gelächter.
»NO!«
Jesus ist mit zwei Sprüngen neben Daniel gelandet.
»NO NO NO!«
Er sieht die Schachboxer wild gestikulierend an.
»Was habe i gesagt? He? Hab i gesagt, linke Hake ist wie rechte Hake mitte Drehung! He? Immer mitte Drehung!«
Jesus schlägt wieselflinke Haken in die Luft. Oberkörper und Hüften stehen beim Abstoppen der Faust in einem Winkel von ziemlich exakt 90 Grad zu ihrer Ausgangsposition.
»So! So! Y so! Und wenn i hier bin, kann i glei rechte Hake schlagen: so! Y so! Ra-ra-ra-ra! Eh?«
Jesus grinst.
»Äh ja, gut. Hört auf Jesus. Also acht. Welche Organe haben wir noch? Nieren? Nein, Otto. Der Nierenschlag ist verboten, aber es bleiben noch der Milzhaken, rechts, und neun, der Magen. So. Und jetzt an die Geräte. Jeder sucht sich ein Gerät. Nach jeder Runde wechseln wir das Gerät. Bandagen wickeln, Handschuhe an. Wer in zwei

Minuten nicht am Gerät steht, macht 40 Liegestütze. Zeit läuft!«

Der dicke Daniel klatscht in die Handschuhe. Jesus trollt sich wieder an sein Gerät. Die Schachboxer keuchen, sie sind noch außer Atem vom Aufwärmtraining. Es sind ungefähr vierzig an diesem Abend. Darunter ein Drittel Frauen. Freischaffende Anwälte, Webdesigner, Journalisten. Alle schwitzen. Praktikanten, Studenten, mies bezahlte Dozenten. Manche sehen aus, als hätten sie mitsamt Sportkleidung gebadet. Künstler, Kulturmanager, auftragslose Architekten. Alle mit Anfang dreißig schon fast am Ende. Schauspielerinnen, Teilzeitinformatiker. Die gesamte Palette. Alle, die sich irgendwie in einer prekären Situation befinden und nicht wissen, was nächste Woche ist. Schachboxen ist ihre Strategie. Nicht im Sinne von Clausewitz. Im Sinne von Tyson. Der dicke Daniel haut noch mal in die Handschuhe. Alle flitzen zu ihren Sporttaschen und wickeln ihre Bandagen. Schachboxen ist ihre Kommunikation. Nicht im Sinne von Du. Im Sinne von Ich.

Das Aufwärmtraining dauert eine halbe Stunde. Seilspringen, Situps, Liegestütze, Scherensprünge und Hampelmänner. Immer im Wechsel. Joggen vom Schachschrank zum Ring und zurück. Kniehebelauf, Anfersen, um die Sandsäcke herum, wobei Hopser-, Seiten- und Rückwärtslauf einhergehend mit kontrapunktischem Armkreisen und verschiedenen Schlagkombinationen geübt werden. Dreißig Minuten ohne Pause. Am Ende zerstört der dicke Daniel mit der Ankündigung einer

dreiminütigen Schubkarrenjagd jede Hoffnung auf Erholung. Diejenigen Teams, die von ihren Verfolgern eingeholt werden, haben 40 Liegestütze zu absolvieren.
Der dicke Daniel ist ihr Trainer. Jesus ist der zweite Trainer. Er hat das Boxen in Havanna auf dem Schulhof gelernt. Mehr als 400 Kämpfe hat er bestritten. Vom Boxerinternat bis nach Montreal und Ostberlin. Er hat Leute trainiert, die gegen Holyfield, Botha und Klitschko angetreten sind. Jetzt ist er fast sechzig, und er lebt von diesem Minijob in einer Einraumwohnung in Marzahn. Der dicke Daniel ist hoch bezahlter Medienconsultant. Jesus und der dicke Daniel können sich nicht leiden. Jeder weiß es besser. Der dicke Daniel ist ein kühler Kopf. Jesus boxt mit Liebe.
Manchmal macht Anti-Terror-Frank das Training. Anti-Terror-Frank ist der Weltmeister, und dann ist das Training härter. Anti-Terror-Frank bildet in Afghanistan Polizisten aus. Er duldet überhaupt keine Mätzchen. Wer jammert, hat noch vierzig Prozent, sagt er. Schlappmachen ist keine Option. Frank hat im Training wenig Humor und überhaupt kein Verständnis. Jede Anti-Gehorsam-Haltung wird umgehend geahndet. Frank hat Thomas Frantz im Ring zu vielen aufregenden Nahtoderfahrungen verholfen. Aber Frank ist Halbschwergewichtler. Der dicke Daniel ist Schwergewicht wie Thomas Frantz und damit häufiger Gegner.

Der dicke Daniel ist ein Schmutzboxer. Schnell, intelligent, unsauber. Er lässt einen immer schlecht aussehen. Man nennt diese Boxer auch Stinker. Für einen solchen Stil muss man was vom Boxen verstehen und das Beste

aus seinen Defiziten machen – im Fall des dicken Daniel: Zwergwuchs. Den Takt des anderen zu zerstören und seine Aktionen zu unterbinden, um selber zu treffen, kann auch gutes Boxen sein. Sieht halt scheiße aus. Vor allem für den anderen.
Sein Stil ist völlig unorthodox. Er verwendet die fiesesten Kombinationen. Rechter Körperhaken, sofort gefolgt vom rechten Kopfhaken. Ohne Anwendung der Linken. Die Tyson-Kombination. Völlig arrhythmisch, und man deckt natürlich nach der ersten Rechten automatisch die linke Seite ab. Oder die Kombination Jab, rechte Gerade, rechte Gerade, Jab. Auch arrhythmisch, und er legt die Wucht erst in die zweite Gerade. Damit knackt man jede Doppeldeckung. Die zweite Rechte geht immer durch. Nach der Aktion kugelt er sich sofort ein. Seine muskulösen Arme versiegeln die gesamte Trefferfläche am Körper bis auf einen schmalen Streifen Bauchspeck über der Gürtellinie, während seine listigen kleinen Augen über den Handschuhen auf die geringste Blöße lauern. Für ihn ist die Verteidigung der bessere Angriff. Sie verbraucht weniger Kraft. Verteidigen heißt nicht: auf den Schlag warten. Verteidigung heißt: flexibel manövrieren. Der dicke Daniel ist praktisch ein Guerillakämpfer. Ein Vietcong, der sich in eine Erdhöhle gräbt und wartet, bis der Bombenteppich verraucht ist. Man kann ihn überhaupt nicht vorausberechnen. Nur ahnen, was er vorhat. Gern schlägt er auch den rechten Cross von oben runter, ganz und gar ohne Jab und Warnung, und gleich darauf unten links die kurze Rippe rein. Dann windet er seinen Körper wie einen Schraubstock und quirlt mit den Armen, bis man in den Seilen hängt und überhaupt nicht mehr

weiß, wo rechts und links ist. Thomas Frantz hat das schon oft erlebt.
Ebenso schräg ist sein Schachspiel. Es ist voller Fallen. Er spielt auf Seekadettenmatt, Königsgambit und versucht sogar das Schäfermatt. Als Frantz begriffen hatte, wie er das Königsgambit vermeiden konnte, indem er nicht den e-Bauern zwei Felder vorzog, sondern Bauer c6 spielte, damit aber ungewollt Caro-Kann einleitete, war er wieder nach nur sechs Zügen matt gewesen. Der dicke Daniel hatte im fünften Zug einfach die Dame vor den König gesetzt, um die Sache im nächsten durch Springer d6 perfekt zu machen. Frantz hatte übersehen, dass sein e-Bauer gefesselt war. Der dicke Daniel grinste. Er vertraut darauf, dass sein Gegner die Fallen nicht kennt. Das klappt. Thomas Frantz ist oft der Verzweiflung nah. Er ist kein allzu guter Schachspieler, viel zu sehr verlässt er sich auf spontane Eingebungen und kennt sich in der Schachliteratur überhaupt nicht aus. Der dicke Daniel schon. Frantz hat das begriffen und einige Partien studiert, hasst aber nach wie vor Daniels ewige Springergabeln. Frantz besucht einmal in der Woche den Unterricht. Den gibt ein blonder Junge, der Großmeister ist und dessen Name in der Schachwelt mit Ehrfurcht ausgesprochen wird. Frantz versteht nicht immer, was der Junge an der Magnettafel tut. Aber er lernt, so gut er das noch kann.

Schachboxen ist nicht irgendein Hybridsport wie Biathlon oder Iron Man. Es ist nicht einfach eine Kombination aus Sportarten, die nichts oder nur wenig miteinander zu tun haben. Es ist keine Verrücktheit wie Crosseinradfahren oder alpines Extrembügeln, keine Dummheit wie Melonenkerne weitspucken, während man auf einem wütenden Bullen sitzt. Es geht um Kontrolle, um den nächsten Zug. Zwölf Minuten. Das ist das Zeitlimit im Schnellschach. Zwölf Minuten für die Summe aller Züge. Man muss schnell ziehen, aber nicht hektisch. Man muss entschlossen manövrieren, aber nicht aus dem Bauch heraus handeln. Man muss ohne zu zögern im nächsten Moment zuschlagen, aber die Aggression im Ring kontrollieren. Man muss lernen, nicht getroffen zu werden und die richtige Kombination im richtigen Moment zu schlagen.

Als er mit dem Schachboxen begann, hatte sich Thomas Frantz noch bei seinen Gegnern entschuldigt, wenn er sie aus Versehen getroffen hatte. Frantz hatte versucht, sich zu decken, so gut es ging, und er schlug seine Jabs mit der Führhand und auch die schnellen Geraden mit der Schlaghand auf die Deckung des Gegners; er zielte auf die Handschuhe anstatt auf das Gesicht. Er wollte niemandem wehtun. Nicht aus einer Angst heraus, der Geschlagene könne wütend werden und im Gegenzug ihn, Frantz, verletzen oder ihm wehtun. Nein, es war ein überzogener Altruismus gewesen, schien es Frantz, wie eine scheinheilige Bergpredigt. Denn warum stellte er sich dann in einen Ring? Bis er zu begreifen glaubte, dass etwas nicht stimmte in diesem Verhältnis aus Geben und Nehmen. Dass ihm etwas aus der Balance geraten war, dass er diese Balance nie gehabt hatte. Im Leben, fand Thomas Frantz, sollte man doch mehr geben als nehmen. Ein Defizit in diesen Zeiten, wie er feststellte. Thomas

Frantz, dieser Hüne, hatte geglaubt, er könne die butterweiche Kinderseele in seinem Körper wie in einem Kokon aus Gewebe und Muskeln schützen. Aber das funktionierte in einem Ring nicht. Auch wenn er es mit schwächeren Gegnern zu tun hatte, die er ohne Mühe hätte verdreschen können, steckte er immer nur ein. Zunächst zollten sie seiner Gestalt durch große Vorsicht einen gewissen Respekt. Aber sobald sie merkten, dass Frantz von seiner Kraft und Masse gar keinen Gebrauch machte, schlugen sie umso öfter und härter zu. Bis es Frantz zu bunt wurde. Dann unterbrach er den Kampf und nuschelte seinem Gegner durch den Mundschutz zu, dies sei ein Sparring und er möge seine Schläge bitte besser kontrollieren. Bis er einmal einem Mann gegenüberstand, der von den anderen Schachboxern The Snake genannt wurde.

Er kam vom Tae-Kwon-Do. Er hielt seine Fäuste nicht wie die anderen, Rechte am Kinn, Linke vor dem Körper, sondern streckte beide Arme fast waagerecht nach vorne und drehte die Handrücken zur Decke; so hielt er den Gegner auf Abstand. Seine Bewegungen hatten tatsächlich etwas Schlangenhaftes. Zudem war er Rechtsausleger. Er boxte sparsam und abgezockt, bewegte sich nur lauernd und wartete, bis Frantz in seine Fänge lief. Dann schlug er blitzschnell und sehr hart zu. Frantz sah Sterne. Die Erschütterung, wenn Snakes Faust an seinem Kopf eintraf, schmerzte ihn. Frantz wurde wütend. Aber er hatte gelernt, seine Emotionen im Ring zu kontrollieren. Er drehte das Spiel um. Er stand reglos in der Ringmitte, bis Snake die Aktion eröffnete und in Frantz hineinlief. Frantz verpasste ihm einen trockenen Haken mit der Linken zur Schläfe. Plötzlich lag Snake am Boden. Er war umgefallen wie ein Sack Kartoffeln. Frantz erschrak. Er hatte ihn nicht einmal hart getroffen. Sofort entschuldigte sich Frantz, half ihm auf, und im weiteren Verlauf der Runde, in der Snake sehr vorsichtig boxte, bot ihm Frantz mehrmals die halboffene Deckung an, als wolle er Snake die Gelegenheit geben, die Balance wiederherzustellen. Erst sehr viel später, er war längst zu Hause und saß lesend im Sessel, empfand er eine heimliche Freude. Kindlicher Stolz durchfuhr ihn. Er hatte zum ersten Mal in seinem Leben jemanden niedergestreckt.

An den Säcken, Maisbirnen und Wandpolstern stehen die Schachboxer und üben den linken Körperhaken. Man hört sie stöhnen, schubweise Luft aus Nase und Hals stoßen, man hört das dumpfe, helle, klatschende Geräusch auf Leder treffender Hände. Man hört Jesus. Wie er flucht und anfeuert und lacht. Caramba, muchacho! Man hört tiefe, schrille, giftige Kehllaute und Daniels Kommandos.
»Und ... Schlag!«
Nur Thomas Frantz übt einen anderen Schlag.
»Und ... Schlag!«
Er hat sich in den rechten Kopfhaken verbissen.
»Und ... Schlag!«
Wie ein Besessener schlägt er zu. Wie ein Berserker drischt er auf den schweren Sack ein, immer wieder auf die gleiche Stelle. Auf die imaginierte Schläfe seines Gegners.
»Und ... Schlag!«
Er ist noch etwas größer als er, dieser Gegner, stellt

Frantz sich vor. Er versucht, den Effet des Schlages aus der Drehung der Schulter und der Hüfte zu holen. Gleichzeitig legt er, allen Belehrungen Daniels zum Trotz, so viel Arm- und Schulterkraft in den Schlag hinein, wie er nur hat. Thomas Frantz stößt dabei einen Stimmlaut aus. Er entlädt sich im Moment der auftreffenden Faust. Er spürt, welche Energie er freisetzt.
»Und ... Schlag!«
Nach den Schlägen der Schachboxer rasseln die Ketten über den Säcken. Thomas Frantz spürt die Wucht seines Schlags, er ist fasziniert von der Kraft dieses Aufpralls, des Geräuschs, es ist ein Schlag wie ein Gesamtkunstwerk. Nur wenn alle Komponenten aufs Genaueste zusammenwirken, ist diese Wucht zu erzeugen.
»Und ... Schlag!«
Jahrzehnte hat Thomas Frantz geglaubt, geirrt in der Annahme, der härteste Schlag eines Menschen sei die rechte Gerade. Von allen Tritttechniken verschiedener Kampfsportarten einmal abgesehen, denn Tritttechniken haben ihn nie interessiert und außerdem ist er wenig gelenkig und bekäme die Beine gar nicht über die Hüfte hinaus.
»Und ... Schlag!«
Rasseln. Keuchen. Kehllaute.
Nein. Es ist der rechte Kopfhaken. Kurz ausgeführt. Nicht der lange Haken auf der Außenbahn, der die Doppeldeckung umgeht. Es ist der Kurze. Der kurze Schlag ist ansatzlos. Kompromisslos. Bedingungslos. Drehung, Verlagerung der Körpermasse, Schnellkraft und Schlag! Man sieht ihn nicht kommen, diesen Schlag. Man kann ihn nicht einmal ahnen. Seit Thomas Frantz diesen Schlag übt, das sind nun schon vier Jahre, hat er bestän-

dig daran gefeilt. Er hat es bei diesem Schlag zu einer gewissen Meisterschaft gebracht. Und ... Schlag! Dieser Schlag ist der Tod. So stellt er sich das vor.
»Und ... Schlag!«
Er ist wie berauscht davon.
»Und Zeit ...!«
– »Ra-ra-ra-ra! Y Dab!«

Thomas Frantz schnauft. Er schwitzt. Er hört das Keuchen der Boxer. Das Leder des Sacks ist in Höhe seines Gesichtes nass, das Gerät schwingt noch leicht nach, nass von seinem Schweiß, seinem Speichel, Frantz stoppt diese Bewegung und hält ihn fest, seinen Gegner, nass von seiner Ekstase. Er umarmt ihn fast zärtlich.
Im nächsten Moment sitzen die Schachboxer im Schneidersitz am Boden. Hocken auf den Bänken, im Ring vor ihren Brettern. Die Schachuhren ticken. Thomas Frantz ist konzentriert. Das will gut überlegt sein, und dann schnell gezogen, die gleiche Hand schlägt auf die Uhr, Tack. Die Verabredung ist: 'ne halbe Stunde auf die Fresse hauen ist okay. Tack. Die Verabredung ist: Läuft die Uhr ab, ist's aus. Tack. Die Verabredung ist: Teil einer Welt zu sein, in der nur der mittelbar nächste Zug zählt. Tack. Mitglied in einem Club zu sein, in dem man lernt, sich intelligent durchzuschlagen. Tack. Insigne dieser Mitgliedschaft ist ein Ring. Tack. Ein silberner Ring, auf dem ein Boxhandschuh einen Springer hält. Tack. Wie in einer Sekte. Tack. Schachboxen ist eine Utopie. Nicht im Sinne von morgen. Im Sinne von jetzt.

2. Thomas Frantz döst und hört die Geräusche nicht. Eine Psychogeographie der Heimat

Im U-Bahnhof Alexanderplatz lehnt ein Mann an einem Pfeiler, den Kopf in der T-Form des Eisenpfeilers vergraben. Er trägt einen Anorak und spricht laut, ununterbrochen. Er sagt Züge an, als wäre er ein Bahnhofsansager. Der nächste Zug nach Pankow, Ankunft zwanzig Uhr dreiundzwanzig. Der Zug nach Vinetastraße mit einiger Verspätung. Voraussichtliche Ankunft zwanzig Uhr zweiundzwanzig. U5 nach Hönow, der nächste Zug wird in zwölf Minuten erwartet, voraussichtliche Abfahrt zwanzig Uhr sechsundzwanzig.

Ein Junge schleicht über den Bahnsteig, er trägt ein Kapuzenshirt, er spricht eine Frau an, die Frau verneint. Der Junge senkt den Kopf, zieht weiter. Vor den Abfalltonnen hält ein Mann und greift hinein. Der nächste Zug nach Pankow, voraussichtliche Ankunft in acht Minuten, bitte Vorsicht am Gleis.

Der Zugansager ist jeden Tag im U-Bahnhof Alexanderplatz und sagt Züge an. Manchmal steht er neben der Tür des Schaffnerhäuschens der Linie 2 und sagt Züge an. Manchmal verändert er die Zeiten. Ein andermal befindet er sich am unteren Ende des Bahnsteigs vor dem Tunnelübergang zur S-Bahn und sagt Züge an. Dann wandert er hinüber auf den Bahnsteig der Linie 5. Er fährt hinauf auf den Hochbahnsteig der S-Bahn und sagt Züge an. Er ist der Ansager vom Alexanderplatz, er steht an den Gleisen des Bahnhofs und sagt Züge an. Bitte be-

achten Sie beim Aussteigen die Lücke zwischen Zug und Bahnsteigkante. Der nächste Zug nach Hönow in vier Minuten.
Der Kapuzenjunge schleicht an Verkaufsständen vorbei. Kleine gläserne Boxen auf dem Bahnsteig. Der schnelle Bagel. Hot Dogs. Ein Asiate wendet Nudeln in seiner Box. Jolly Nudelbox. Der Kapuzenjunge wirft einen hungrigen Blick durch die Scheibe. Passengers travelling to Hauptbahnhof please change here. Der Ansager lehnt jetzt an der Box des Bahnpersonals. Zurückbleiben, bitte. Der nächste Zug nach Pankow erreicht den Bahnhof um zwanzig Uhr zweiunddreißig, der Ansager vom Alexanderplatz kreuzt den Bahnsteig zur gegenüberliegenden Seite.

Am Alexanderplatz reißen sie den Damm auf. Für einen unterirdischen Parkplatz. *Man geht auf Brettern.* Die Elektrischen fahren über den Platz die Keibelstraße herauf zur Torstraße zum Rosenthaler Platz und über die Spandauer Straße zum Hackeschen Markt. Psychogeographie. Erforschung der genauen Gesetze und exakten Wirkungen des geographischen Milieus, das, bewusst eingerichtet oder nicht, direkt auf das emotionale Verhalten des Individuums einwirkt.

Rechts und links sind Straßen. In den Straßen steht Haus bei Haus. Die sind vom Keller bis zum Boden mit Menschen voll. Unten sind die Läden. Münzstraße. Fußparadies, Birkenstock, orthopädische Einlagen, Stützstrümpfe aller Art sowie Thrombose auf Langstreckenflügen. New Asia Imbiss, gebraten Eierreis mit Hühnerfleisch, Soja, Chinakohl zwei achtzig, Rindfleisch Sukiyaki, Bambus und Cola vier Euro zehn. Kiosk und Cut & Go, jede Frisur, Waschen, Trocknen zehn Euro, Trinkgeld überflüssig, versichert der Geschäftsführer gegenüber einer Kundin, die Belegschaft verdient reichlich, sagt der Geschäftsführer, 28 Jahre, bitte Nummer ziehen, Single, Erdbeerallergiker, acht bis zweiundzwanzig Uhr außer Sonn- und Feiertag, Urlaub nimmt er nicht, Urlaub kennt er nicht, überflüssig. Adidas, flagship store, outlet & powered by emotion. Bei Heinz und Inge, kaltes Bier und warme Herzen. Diesel Jeans. Neue Schönhauser Allee, House of Hair, Boutique, Blumenladen und Ballettausstattung, Herrenkonfektion und Maßanfertigung, gegenüber Monsieur Vuong, Wan-Tan-Suppe acht Euro fünfzig, Mitte-Schickeria und Kreativinfoelite. Daneben Club mit Astra-Bier-Ausschank und Astra-Werbeplakat im Fenster (zwei aufgetakelte Tunten mit Astra-Bier in der Hand, darunter: Auf diesem Bild sind vier Eier versteckt). Youth Hostel mit angeschlossenem Restaurant Sweet Home Alabama, Creole, Soul Food & West Indies, in der Küche stehen Chinesen, zwei Euro zehn die Stunde, Toilette über den Flur, Treppe runter, zweiter Gang links, Treppe wieder rauf, fünfzig Cents. Torstraße: Trash. Armeefahrräder, Handgranaten, Feldküchenutensilien, Tarnnetze, Matrosenhemden aus russischen Beständen. Neo Tokyo, Manga und Hentai, daneben Gula Sor, Russische Lebensmittel und Getränke, Pelmeni, Piroggen, Wodka. Luxa Döner Kebab. Weltreiseführerberühmte Tanzwirtschaft Kaffee Burger und Russendisko. Straßenkiosk in vietnamesischem Mafiabesitz. Schönhauser Tor, Apotheke, Last Cathedral, ein Fußballfeld des Gothic unterirdisch. White

Trash Fast Food (heute: DJ Africa Mbaata und Swing Dance Orchestra), gegenüber Backshop, Reisebüro Safari, Kookaburra Stand-up Comedy (gestern: Bank im Saldo, menschen-tiere-rezessionen, Neues von der Krone der Schöpfung) und Clean-Team-Reinigung.

Jede Nacht fährt die schmutzige Wäsche der Stadt über die Grenze nach Polen. Ein Mann mit schwarz gefärbten Haaren und Dauerwelle streichelt zwanzig Uhr fünfzehn seinen kleinen Hund und verlässt das Hinterhaus Rückerstraße 7. Er steigt in einen weißen Ford Transit und kommt zwanzig Uhr dreißig zur Abholung der roten Säcke. Transport der Säcke per Lieferwagen nach Stettin, er trägt schwarze Jeans und spitze, schwarze Stiefel, zwanzig Uhr zweiundfünfzig, der Mann hat die Säcke geladen, und sein Hund in der Rückerstraße 7 bellt in der Erdgeschosswohnung, einundzwanzig Uhr einunddreißig, der weiße Ford Transit passiert die Bundesstraße 107 und biegt auf den Zubringer. Fahrt nach Stettin zwischen achtzig und hundertzehn Minuten. Dort Aufenthalt, Reinigung des Inhalts der roten Säcke, der Mann trinkt Kaffee aus der Thermoskanne und isst ein mitgebrachtes Brot. Vier Uhr vierzig, der Mann kauft vor der Grenze eine Stange Zigaretten, sein Zubrot, Rückfahrt und Auslieferung der Säcke nach Schönhauser Allee, Clean-Team, sechs Uhr zweiundzwanzig, vor dem White Trash Fast Food randaliert ein zweiunddreißigjähriger Ire, während eine achtundfünfzigjährige dickleibige Frau in einem weißen Kittel und geblümter Bluse eine Tür öffnet, sie schwitzt und ist außer Atem, weil vier Minuten zu spät, hat aber noch den Kontrollanruf rechtzeitig abgenommen, draußen schreit der Ire, es ist ihr letzter Job und letzte Chance, sechs Uhr zweiundvierzig, es piept, Polizeisirene, letzte Ausfahrt Backshop drei Euro achtzig die Stunde, ein Schwall von frischem Brötchenduft und heißem Unterdruck schlägt ihr ins Gesicht, als sie die gläserne Klappe des Ofens öffnet.

Über den Läden und hinter den Läden aber sind Wohnungen, hinten kommen noch Höfe, Seitengebäude, Quergebäude, Hinterhäuser, Gartenhäuser, Schönhauser Allee, nicht weit von der Torstraße entfernt, da ist das Haus, wo sich Frantz verkrochen hat.
1.–3. Etage: Hotel Europa, DZ 55 EUR, EZ mit Du/WC 40 EUR, EZ ohne Du/WC 35 EUR, für jede weitere Person 10 EUR, für einen Hund 5 EUR. Saalvermietungen, Hochzeit, Trauerfall, Verein bis 80 Personen, und schon ist alles im Leben gesagt und nichts ausgelassen. Das Linoleum riecht nach Salmiak und die Kissen nach den Träumen derer, die darauf schliefen.
Im Vorderhaus, 4. Etage: Praxis für Psychotherapie und Coaching sowie Psychiatrischer Verband PrenzlBANDE und Erste Berliner Psychiatrische Vereinigung gegen Gewalt. Dort kracht es gewaltig. Dort übt man mit Patienten das Werfen von Sandsäcken auf den Boden, auf die Matte, schön so, Jungs, gut gemacht, weiter so, Skinheads, Türsteher, Türkengangs, Petty Crime sowie häusliche Gewalt, einhergehend mit befreiendem Schreien vor, während oder nach simuliert gewaltkritischer Situation, lasst mal so richtig los, Jungs, nur keine Hemmungen, haut ordentlich rein, das könnt ihr doch, oberste Etage (96 m², Kü, Bad, Balkon, Laminat) daher wieder teilgewerb-

lich zu vermieten. Seitenflügel Erdgeschoss links wie rechts Webhosting, Domain Services, Server Housing, Connectivity, E-Commerce, Business solutions & All we are saying is give peace a chance.

Seitenflügel, 1. Etage rechts: Herr Ceminsky. Ein Mann in Unterwäsche. Ein Mann mit weißen Haaren, schlechten Zähnen, kräftigen Beinen und einem dicken Bauch. Er geht in seiner Wohnung auf und ab, zwei Zimmer, Küche, Bad. Es riecht faulig in diesen Wänden. Er hört ein dumpfes Krachen, gefolgt von einem martialischen Schrei. Seit einem Jahrzehnt häuft der Mann an. Dinge. Er häuft von einem Zimmer in das andere. Nützliche Dinge. Es ist nur ein kleiner, schmaler Gang übrig geblieben, der es ihm erlaubt, von einem Zimmer in das andere zu gelangen und zur Toilette. Krachen, ein Schrei. Er sucht etwas. Immer wieder läuft er von einem Raum in den anderen durch den schmalen Gang. Manchmal eckt er an. An den Wänden Regale. Seine Arme und Beine übersät von Kratzern und Flecken. In den Regalen: defekte Mixer, defekte Staubsauger, Fernsehapparate und VHS-Videorecorder. VHS kommt wieder, da ist er sicher. Das wird gebraucht werden, in der Zukunft. Haartrockner, Radios, Standuhren, Waschmaschinen, übereinander, hintereinander. Auch dann wollen die Menschen sauber sein. Zylinder, Mischbatterien, Kühlschränke. Das alles wird er einmal reparieren. Gegenwärtig befindet er sich noch in der Phase des Sammelns. Des Anschaffens und Hortens. Tastaturen, Tonbandgeräte. Er baut sich ein Lager auf. Wenn er einmal über genügend Rohstoffe verfügt, wird er in die Phase der Aufarbeitung eintreten.

Lampen, Kaffeemaschinen. Wenn diese Phase abgeschlossen ist, wird er alles verkaufen. So etwas braucht Geduld. Ausdauer und eine gewisse Zähigkeit, das kann man dem Mann in Unterwäsche nicht absprechen. Er verfolgt einen Plan. Unruhig läuft er herum. Er sucht etwas. Er wartet auf einen Anruf. Von Olaf. Mit Olaf tauscht er Rohstoffe. Gemeinsam bilden sie ein Netzwerk über ganz Mitte und Prenzlauer Berg. Es sind schon fünf. Olaf, Heidrun, Mahler, der Rollo und er. Gemeinsam durchstreifen sie die Stadt mit Handkarren. Sie beliefern sich gegenseitig mit weggeworfenen Staubsaugerbeuteln und ausgebauten Radiotransistoren. Die anderen verkaufen schon. Er hat einen Plan. Der Mann in Unterwäsche wartet auf einen Anruf und das versprochene Kabel für den Kobold. Erst wenn die Zeit gekommen ist, wird er alles verkaufen. Erst in der Zeit danach. Er sucht nach dem grünen Kobold. Dann werden sie alles brauchen, was er hat. Es fehlt ihm für den grünen Kobold noch der Beutelhalter. Dann baut er sein Imperium auf. So was braucht Zeit. Sein Freund wird bald anrufen, Geduld. Sein Teekessel pfeift. Der Mann in Unterwäsche hustet. Er kramt in seiner Unterhose nach dem Tabaksbeutel, schlägt sich zur Küche durch und ritzt sich an der Steckverbindung einer Schwarzlichtröhre den linken Arm ein Stück auf.

Seitenflügel, 1. Etage links: Elvira. Gender, Umwelt, Nachhaltigkeit. Ein Teekessel pfeift. Jemand im Haus hustet und flucht. Elvira sitzt vor ihrem Laptop und tippt. »Der Zugang zu sauberem Wasser ist ein Menschenrecht – eine (geschlechter-)gerechte Verteilung eine Menschenpflicht! Dies war eine der wesentlichen Aussagen der

Fachtagung *Steter Tropfen höhlt den Stein – Frauen im Widerstand für ein Menschenrecht auf Wasser* vom 22. bis 24. April in Berlin.« Das schreibt Elvira. Sie sitzt an ihrem Laptop am Fenster und sieht hinaus in den Innenhof.

Dort steht eine einzelne Kastanie, sie treibt schon aus, schnell geht das jetzt, bald wird sie in roter Blüte stehen. Für die Bäume war sie schon immer, dafür kämpft sie. Elvira. Schauspielerin, Charakter, Film, Theater, Straße. Model, Umweltaktivistin und Lesungen, *Allah schützt vor Sonnenbrand – ein Themennachmittag über seelische Erlebnisse muslimischer Frauen.* Die Wohnungen sind klein in diesem Seitenflügel. Nicht so ausladend wie die im Vorderhaus und ein Zimmer weniger. Der Baum schlägt aus. Für die Bäume, gegen den Beton, war sie immer. Hunderte Anwohner haben damals am Landwehrkanal in einer Menschenkette mit ihr demonstriert. Elvira schreibt. Das tut sie ehrenamtlich. Hauptberuflich Hartz IV. Dazu vermietet sie. Ihr Schlafzimmer. Schönes Studio, 20 m², Küche, Bad, in bester Lage in Mitte. An Touristen. Dazu gibt sie Feldenkrais, 50 Euro die Stunde. Elvira schreibt. Faxe, die sie an Journalisten verschickt. An Aktivisten. An Freunde, an alle. Die Kastanie im Hof schlägt aus, Scheiß-Touristen. Kotzen sie an. Bald wird sie eine neue Aktion starten. Wie die Baumaktion. Eine elegante Aktivistin ist sie, hat die Zeitung geschrieben, damals. Sie trug ein schmales Tuch um den Hals, sie hat sich vom Grünflächenamt ein Foto schicken lassen. Darauf ist ein Baum zu sehen, grausam von zwei Metallstangen gestützt. Ein Foto wie eine Kreuzigung. Das Foto klebte auf allen Info-Tischen der Bürgerinitiative. Was es sagen sollte, ist klar. Feengleich war sie. Auch das hat die Zeitung geschrieben. Wie sie da

so symbolisch die Menschenkette gegen die Fällungen am Landwehrkanal anführte, 17 Bäume, und sich dann symbolisch auszog am Baum, feengleich, und anlehnte an den Stamm, der Schal flatterte im Wind, als wolle sie die Schändung auf ihre Art, ihre unvergleichlich wehrlose Art so symbolisch über sich ergehen lassen. Sie hat einen politischen Auftrag zu erfüllen. Ist sie nicht ausgezeichnet worden für die Baumaktion beim Wettbewerb FrauenLebenVielfalt in einer feierlichen Preisverleihung im Bundesumweltministerium durch die Parlamentarische Staatssekretärin und Biodiversitätsexpertin und Schirmfrau? Leider wurde der 1. Preis in der Kategorie Erwachsene gleich zweimal an andere vergeben. Für eine Dokumentation über kulturelle Vielfalt in Kreuzberg und diese dummen Unkräuter-Fotos. Biologische Vielfalt hieß das. Vielfalt. Wo doch die Bäume gefällt werden, wo gibt's da Vielfalt? Sieht frau's mal wieder. Die Feenaktion war ihnen nur den 2. Preis wert. Ist ja auch mit einem Bauunternehmer verheiratet, die Schirmschlampe. Warum sind Sie Schauspielerin geworden, hat eine Zeitung sie gefragt. Weil ich einen politischen Auftrag zu erfüllen habe. Und den erfüll ich auch. Elvira schreibt:
»120 TeilnehmerInnen aus Wissenschaft, Gewerkschaften, Frauen-, Umwelt- und Menschenrechtsgruppen – unter ihnen Frauen aus Bolivien, Kuba, El Salvador, Mexiko, Peru, Kolumbien und Uruguay – diskutierten kritisch die Auswirkungen von Privatisierung, Verschmutzung und Verschwendung von Wasser auf die Lebensbedingungen von Frauen.« Das schreibt Elvira. Sie geht ans Fax. Elvira wählt eine Nummer. Das Gerät zieht die erste Seite ein.

Seitenflügel, 3. Etage rechts: Jesper. Wo ist bloß das Set-Walkie-Talkie? Er wird das brauchen, ab morgen. Jesper hört eine Abfolge unterschiedlicher Töne, als drücke jemand die Wiederholungstaste eines Handys, Hundstage, gefolgt von einem Brummen. Außendreh ab sieben bis einundzwanzig Uhr, Hundstage werden das, Tage, an denen das Licht nie ausgeht. Irgendwo pfeift ein Teekessel. Jesper ist sein richtiger Vorname. Das Set-Walkie-Talkie liegt neben der Nachttischlampe. Und der Drehplan? Der Name stammt aus dem Norwegischen, der Mann kommt aus Bremen. Den Nachnamen hat er sich selbst gegeben. Jens. Der ist besser als Stockhammer. Jesper Jens. Der Name wird ihn weiterbringen. Wie lange macht der das schon? Der Drehplan liegt auf dem Schreibtisch unter einer Zeitung. Drei Jahre? Vier?

Morgen: Verena versucht, Leon eifersüchtig zu machen. Mittag: Verena will Leon zeigen, dass sie mehr als nur ein Betthäschen ist. Nachmittag: Verena will Leon mit allen Mitteln zum Auszug bewegen. Nachmittag: Verena kann ihre wahren Gefühle für Leon kaum noch verbergen. Abend: Verena wird schmerzlich bewusst, dass sie mit Leon nicht mehr als eine Affäre hat.

Berlin-Film-TV-Equipment-München. Gelbe Sicherheitsjacke. Haufen Assis, alle unterbezahlt. Statisten kriegen wenigstens 50 Euro am Tag. Jesper ist groß, ist schlank, hart wie Stahl, er ist zu mehr geboren als zur Beleuchtung.

Morgen: Verena beendet ihr Techtelmechtel mit Leon. Mittag: Leon ist schon abgemeldet, und Verena wird in Folge 4126 Anna als Prostituierte entlarven.

Fast wie im richtigen Leben. Der Neue bringt ordentlich

Wirbel ans Set. Taifun. Deutschtürke. Der hat Jesper noch gefehlt. Was will der Türke am Set? Der Türke bringt doch nicht mal ’n richtigen Satz raus. Ich weiß den Text, er fällt mir bloß grad nicht ein. Ha. Taifun Balaba. Gut. Der Name is nich schlecht. Hat er sich ausgedacht.
Morgen: Verena genießt die Nähe zu Hakan. Mittag: Verena kann ihre Gefühle für Hakan kaum noch verbergen. Nachmittag: Verena gesteht Hakan ihre Liebe. Nachmittag: Elisabeth souffliert Hakans Liebesgeständnis an Verena.
Und wo, bitte, findet das statt? In Leons Club oder in Verenas Redaktion? Jesper trägt sein blondes Haar angeklebt. Gescheitelt. Jesper steht vor dem Spiegel in seinem kleinen Flur. Plakate: *Keinohrhasen*, *Knockin’ on Heaven’s Door*, *Manta, Manta*. Drum rum Weihnachtskerzengirlanden. Jespers lange, dünne, epilierte Beine stecken in kurzen Hosen und Pumps, der Schweiger ist nichts dagegen. Hemd aufgeknöpft bis zum glatten Solar, Ärmel hochgekrempelt bis über den Bizeps, wenn er sich bewegt, dann sieht er im Spiegel die Sägemuskeln über dem Abdomen.
Abend: Verena erträgt Hakans Nähe nicht länger. Morgen: Verena fühlt sich Hakan hilflos ausgeliefert. Mittag: Hakan ermutigt Verena, sich zu ihrer Liebe zu bekennen. Nachmittag: Verena wirft Hakan raus.
Jesper Jens, ein Mann in Pumps. Erschlagen von seiner Schönheit. Blau wär besser. Wo is bloß das blaue Hilfiger? Schmutzig. Brauch ich morgen aber. Jesper stopft ein Hemd in die Waschmaschine, schüttet Pulver rein, 30 Grad. Ma sehen. Ich hab da so eine Idee. Da könnt ich Englisch ganz gut für brauchen.

Seitenflügel, 4. Etage rechts: Selma & Sally. What a difference a day makes. Sally hört ein Rauschen, es kommt aus einer Leitung irgendwo in der Wand, gefolgt von einem Pumpen, Walzen, Saugen.
Darling, say: Hallo!
Hello.
Say: I-*ch* heiße Selma, darling.
Ick heise Selma.
Goood! Try again: I-*ch* hei-*sss*-e Selma!
I-ck heise Selma.
Goood! Say: I-*ch* bin funf Jah'e alt!
I-ck bin pfumf Jah'e alt.
Goood!
Mom, when's Daddy gonna come home?
Oh, i-*ch* glaube um a-*ch*t Uh' heute Abend, Schatz.
Mom, can I go ride my bike with him then?
Fah'adfah'en?
O yeah o yeah!!
Oh, na good. Selma: was heißt to ride?
'eiten.
Goood! 'eiten, 'itt, ge'itten!
Selma lacht und quietscht.
Mom, can I get some apple juice?
Sure, darling.
Sally steht auf. Sie geht zum Kühlschrank und stellt eine Tüte Apfelsaft auf den Küchentisch. Sie holt ein Glas aus dem Küchenschrank, RANGEDANGEDANGDANG, Sally erschrickt, RANGEDANGEDANGDANG, das Glas fällt ihr aus der Hand, THIS IS THE SILLY FROG, RANGEDANGEDANGDANG RANG RANG, es ist Selmas Handy, das Glas ist auf dem Boden, Selmas Handy

auf dem Küchentisch brummt und hüpft wie ein kleiner Frosch, RANG RANG, Mom, Mom, it's Daddy! RANGEDANGDANG, THE SILLY STUPID FROG, Selma lacht und quietscht vergnügt.

Seitenflügel, 5. Etage rechts: Anna, Hunger hat das Tier nicht, rangdangedangdang, the silly stupid frog, Lara spitzt die Ohren und öffnet die feuchten Augen. Ihr Kopf fährt hoch. Rangedangedangdang rang rang, sie fiepst in ihrem Körbchen, Grind liegt unter ihren dunklen Augen, enough now, Selma, stop it!
Rang Rang, Ra-
Herzinsuffizienz. Arthrose in Schultern, Becken und Sprunggelenken sowie eine Zyste im Gebärmutterhals, die sich eventuell zum Streukrebs entwickeln könnte. Selbst einem Hund bleibt letztlich nichts erspart. Kann man nix machen, hat der Tierarzt gesagt. Kommen Sie, wenn der Hund genug hat. Rot gerändert die Augen, sie fiepst. Anna steht vom Schreibtisch auf und beugt sich über das Körbchen, wie ein Welpe leckt Lara Annas Hand, ganz warm. Die letzten Monate konnte sie sich die Treppen nur noch mit Mühe hinaufschleppen, jede der achtundachtzig Stufen, jetzt trägt Anna ihren Hund, fast vierzig Kilo die schwere Dame, alle achtundachtzig Stufen hinauf und hinab, zweimal am Tag. Mit großen traurigen Augen hängt der Hund an seinem Menschen. Mit großen traurigen Augen hängt Anna an ihrem Deutschen Schäferhund. Hunger hat das Tier nicht mehr. Am liebsten die Flasche. Wie am Anfang, in Odessa, als Anna das Hündchen bekommen hat, Uliza Petraja im dritten Bezirk, am Ende schließt sich doch der Kreis, kommen

Sie, wenn der Hund genug hat, dann machen wir Schluss. Anna streichelt ihren Hund, legt den Kopf auf das Fell, hört ein Pochen. Langsam, leise, jemand lacht. Anna aus der Ukraine. Anna, die raus wollte aus Odessa mit Lara und Deutsch lernte. Anna, die raus will aus Deutschland und Norwegisch studiert. Anna, die lernt und leidet wie ihr Hund. Kommen Sie, wenn der Hund genug hat – jemand lacht –, kommen Sie ...

Seitenflügel, Dachgeschoss links: Burkhardt und Sändi. Dieses schöne, unbeschwerte, junge Lachen. Dieses hübsche Schwafeln im Wechsel mit seinem röchelnden Bariton, ein Lachen wie vor dem Sündenfall. Er: Norddeutscher. Sie: Österreicherin. Er: Pokerspieler. Sie: Debeka Versicherungen, Sekretariat mit Aspiranz zum Außendienst. Es ist eine dieser Allianzen, die vom Glück nur so gesegnet sind. Zwei Zimmer, 85 m², zwei Terrassen. Das mietet er alleine, 985 Euro warm, aber sie schon halb eingezogen, er hat es nur noch nicht bemerkt. Eigentlich macht sie Webdesign, aber da ist wegen massiven Überangebots momentan nichts zu holen. Ach Bärchen, uns is so wohl. Er hat in London gelebt, Eigentumswohnung gekauft. Sagst du mir Bärchen, nenn ich dich Hasi. Hasi lacht. Das haste jezz davon. Und wohler könnt uns schon sein, zum Beispiel in Thailand. Sagt er. Vermietet in London. Bringt nicht schlecht Geld. Phuket, dreimal im Jahr sechs Wochen. Ach Bärchen, Hasi, des klingt guad. Lacht so herzlich. Kleine Inseln, einsame Hütten, Hängematte. Immer auf der Suche nach The Beach. Sie: die Berg. Immer: die Eltern. Kleine, heile Dorffamilie, im Sommer Tennisschule, im Winter Skiverleih. Es ist eine dieser

Allianzen, die einfach richtig klappen. Burkhardt bringt mit in diese Allianz: zwei Aluminiumkoffer mit Samples und Videos von Jugde Dredd bis Zorro. Sändi bringt mit: eine Trompete, Nussschnaps von zu Haus und Tiroler Speck. Eine Matratze, Stehlampe, Computer, Laptop, Yucca-Palme und Orangenbäumchen mit Schleifchen noch drum vom Geburtstag mit Burger und Nussschnaps auf der Terrasse, anschließend chillen im Watergate mit Blick auf die Oberbaumbrücke und flachlegen zu Haus. Diese Allianzen passen immer. Fast schon idiotensicher. Nicht aufregend, aber auch nicht kaputtzukriegen. Nicht die große Liebe, aber lebensfähig, das hat Burkhardt kurz vor seinem Vierzigsten schon rausgekriegt, es muss ja auch lebensfähig sein, darauf sie, die Sändi, Mitte zwanzig, des is ja klar, olles ondere wär a a Hirngspinst, gei, spinnst, darauf er, lachend: ja, gell, spinn ich, darauf sie: na ehm ned. Keine Liebe, nur Glück. Das heißt: Sie, die Sändi, liebt schon ein wenig mehr als er, der Burkhardt, glaubt sie, nur er weniger bis gar nicht. Ist ihm alles ein bisschen einerlei, dem Burkhardt, bisschen fade, aber ja. Trauert manchmal noch der Bulgarin nach, der Burkhardt, in London ist die jetzt. Wär er mal dortgeblieben! Die Österreicherin aber da. Die bleibt auch da, wohnt schon halb hier, er weiß es bloß noch nicht.

Sie liegen auf der Matratze.

Er spielt Seven Card Stud und Texas Hold'em. Sie hätt gern studiert, wie die Sebi, ihre Schwester. Jeden Tag telefonieren sie, die Sändi und die Sebi, Skype, und verfallen am Bildschirm in ihren alten Babytalk. Haddu gut geslafen? Jooo! Tu ma bald wieda Löffelchen slafen? Jooo! Er liebt Ring Games und Turniere. Sie hätt halt gern stu-

diert, hätt auch Wirtschaft sein können auf Fachreife wie die Sebi. Er fasst ihr in den Schritt. Burkhardt liebt Bob Dylan, hört aber jetzt *Lovely Day*, das ist ihr Lieblingslied, jeden Tag hört sie es. Burkhardt träumt davon, nichts als Pokerspieler zu sein, knechtet aber fünf Tage die Woche bei smoothpoker.de, einer Internetbude in Moabit. Es sind Trickser, die miese Betrügerbude mit Firmensitz auf Malta. Die Sändi stöhnt. Er schiebt ihn rein, Löffelchenstellung, das hat sie am liebsten, todsicher. Sie stöhnt. Jo, bitte! Tu's, bitte, er ächzt, tu's mir, Lovely day, dieses junge Stöhnen, Seafood jeden Freitag, weil sie katholisch, ist ihm auch Thai wie Sushi, Hauptsache ficken, sie jetzt: huuuuijooo, er spritzt ab, sie: jooohaaaa, er streichelt ihr Haar und klapst zärtlich auf ihren Hintern.
Ah, lovely.
Burkhardt setzt sich auf.
Er macht es sich auf dem Kissen an der Wand bequem, nimmt einen Arm hinter den Kopf, knipst den Fernseher an und zappt durch. Sändi steht auf, hopserläuft vergnügt im kurzen Hemdchen in die Wohnzimmerküche, setzt sich an den Tisch, pult an ihrer großen Zehe und spielt hernach Trompete.

Dieses Pfeifen, Summen, Krachen, Trompeten, Lachen, Poltern im Haus, nur Thomas Frantz hört nichts da oben in seiner Bude, Seitenflügel Dachgeschoss rechts, fast nicht einmal das Stöhnen nebenan hat er gehört, er nahm es erst ein wenig zeitverzögert wahr, als baute er dieses stimmliche Geräusch in seinen Wachtraum ein, aber sag mal: Ficken die da wirklich am helllichten Tag bei offenem Fenster?

Thomas Frantz liegt auf seinem Bett. Er fühlt sich schwer, er ist müde und faul. Das ist nicht ganz gewöhnlich. Thomas Frantz ist ein Mann, der sich sonst sehen lassen kann. Der sich bewegt unter den Menschen wie ein Fisch im Wasser. Kein Hai, kein Hering, irgendwas dazwischen. Kein kleiner Fisch in einem großen Becken. Kein großer Fisch im kleinen Becken. Irgendwas dazwischen. Vielleicht wäre er ein dicker roter Zackenbarsch mit scharfen Zähnen und sanften, weichen Lippen. Tatsächlich hat er etwas von einem schottischen Whiskytrinker, dieser schwere, starke Mann mit seinen rötlich blonden Locken und leicht anfälliger Haut, seiner Fröhlichkeit und eingemachten Melancholie, seinem Lachen, Starrsinn, zarten Gekränktheit. Er hat studiert, Geschichte, Spanisch und das Theater, er hat gelernt im Leben. Er war Kellner und Staplerfahrer. Leichenwäscher und Fahrradkurier. Er war Stringer fürs britische Fernsehen, ITN Channel 4 News, dreimal vor der Kamera mit seinen langen Zotteln seinerzeit, man wollte in London halt auch mal Exotisches aus Krautland sehen. Er war Reporter gewesen, er war die Urlaubsvertretung vom Nachrichtenmagazin für Dumme. Jahrelang hat er da geschrieben, man rief ihn an, wenn's brannte. Er war Reisender und Beobachter. Madrid, Los Angeles. Er war frei gewesen. Karibik, Seychellen. Frei von Zwängen und frei vom Angestelltsein, frei von Konferenzen und frei von Intrigen, ein König unter den Menschen. Er war im Kosovo wie in Afghanistan, er ist ein Adoptivkind und dennoch auf dem Internat gewesen. Secondhand nennt er das manchmal und erklärt damit seine Vorliebe für Flohmärkte und Second Life. Er hat nichts Gespartes aus dieser Zeit. Wenn ihm mehr Geld blieb, als er durchbrachte, gab er es weg. Er kaufte fünfzig Weihnachtsgeschenke für ein Kinderheim. So was. Er lud Männer, die auf der Straße lebten, in ein Restaurant zum Essen ein. Schenkte es einer Bettlerin und sagte: Machen Sie mal Urlaub. So was. Er hat gelebt und vom Leben schon eine Zeichnung, eine Narbe auf der Stirn, dunkle Flecken liegen auf seiner Seele (und die ersten auf der Lunge?).

Jetzt holt ihn diese Freiheit ein. Frantz ist zerrissen, wie er da auf seinem Bett liegt, voll von Selbstzweifeln und Agonie, in seinem Bücherregal stapeln sich Walt Disneys Lustige Taschenbücher, Entenedition, neben Lucky Luke und Gaston Lagaffe, wechselweise schmerzen ihn Bauch, Herz und Kopf, diesen robusten Spross einer ihm nicht bekannten Mutter, manchmal auch die Bronchien, in der Mitte seine Lieblingsromane, oben die Judaika, Reiseführer, Bildbände.

Zorpia sagt: »Auch Tina interessiert sich für Literatur.«
Zorpia sagt: »Auch Kevin interessiert sich für Literatur.«

Thomas Frantz ist Mitglied von communities. Er gruschelt, hat Freunde bei Facebook, Xing und Zorpia zum Beispiel, an manchen Tagen quillt sein virtueller Briefkasten über, es kommen ständig neue Freunde hinzu. Regelmäßig schreibt er etwas. Sein Blick fällt auf ein Kinderspielzeug in diesem Regal. Es ist ein Mann aus Blech, der auf einem blauen Motorrad sitzt. Der Mann trägt einen Halbschalenhelm und Fliegerbrille. Er ist vornübergebeugt, wie um den Luftwiderstand zu verringern. Es ist ein altes Motorrad, vielleicht aus den Fünfzigern, mit einer dicken Lampe und Nummernschild quer auf dem vorderen Schutzblech stehend. Alles daran ist aus Blech, sogar die Reifen. In der Mitte sind Stützräder angebracht, darunter eine Mechanik. Man konnte es einmal aufziehen und fahren lassen. Frantz hat das Spielzeug auf einem Flohmarkt entdeckt. Eine Erinnerung stieg in ihm auf, die Erinnerung an sein erstes, sein liebstes Kinderspielzeug, seinen Katerlinger. Die Mechanik war längst kaputt, aber Frantz erkannte den Motorradfahrer wieder. Er hatte ihn damals Katerlinger genannt, niemand wusste warum, sein Blick fällt auf den Katerlinger, und da durchfährt ihn: Nichts ist Halt. Nichts mehr übrig. Keine Kindheitserinnerung bleibt, wenn sie nicht wieder an ein Kind weitergegeben wird. Das Spielzeug im Regal, das Fotoalbum, von der Neumutter liebevoll geführt, ist nicht Freude, sondern Schmerz, weil das Leben da drinnen nur noch in ihm selbst existiert. Als sei es dort gefangen und für jeden anderen vollkommen ohne Belang; Losigkeit.

Zorpia sagt: »Auch Svetlana interessiert sich für Literatur.«
Zorpia sagt: »Auch Markus interessiert sich für Literatur.«

Was ist die Quintessenz seines bisherigen Lebens? Haltlosigkeit. Wann das begann? Haltlosigkeit und eine gewisse Konsequenz. Wahrscheinlich schon in seiner Kinderheit, wie er das nennt. Es hat nie aufgehört. Eine gewisse Konsequenz gepaart mit dem Talent, durchzukommen. Er war die Figur des Ned Rise in T. C. Boyles

Wassermusik. Der Simplicissimus in Grimmelshausens Dreißigjährigem Krieg. Ismael, Melvilles einzig Überlebender der Katastrophe. Durchkommen, überleben, um jeden Preis, so hart sind Heimkinder, immer nur unterbrochen von Phasen relativen Halts. Die Adoptiveltern, Phase eins. Durchkommen, gemischt mit Brillieren, Rekordschulwechsler. Phase zwei. Das waren neue Freunde in der neuen Schule. Das war ein Verein, der Sport, der ihm Halt gab. Brillieren gefolgt von Selbstzerstörung. Phase drei. Das waren die Jahre des Internats, und auch in dieser Zeit nur ein kurzes Jahr des relativen Halts, das waren wieder neue Freunde und eine neue Freundin nach dem Internat, und dann, Phase vier, in den Jahren im Ausland, wieder Haltlosigkeit, nur unterbrochen von Chaos. Selbstzerstörung und Wiederauferstehung. Fegefeuer und Selbstreinigung. Losigkeit. Das ist das Band, das sein Leben durchzieht. Dieser Zustand führt zu Angst. Führt zu Verzweiflung, zu Exzess. Nur in diesem Zustand kann er die Losigkeit überwinden, sie austricksen, ihr ein Schnippchen schlagen. Wiederauferstehung und Hoch. Zorpia sagt: »Auch Roger interessiert sich für Literatur.« Rausch ist Medizin. Hoch und Fall. Folge der Losigkeit. Der Zustand jenseits des Normalstands heißt Freiheit. Heißt Selbstsicherheit. Heißt träumen. Heißt: magst ruhig sein. Wann hat das angefangen?

Zorpia sagt: »Auch Jimmy interessiert sich für Literatur.«
Zorpia sagt: »Auch Olga interessiert sich für Literatur.«
Zorpia sagt: »Auch Bernd interessiert sich für Literatur.«
Zorpia sagt: »Auch Ignieseka interessiert sich für Literatur.«

Zorpia sagt: »Auch Margit interessiert sich für Literatur.«

Er kann sich an Bilder erinnern, Schemen, kurze, warme Momente wie Wellen, deren Abebben umso kälter ist, ein Nebel aus Assoziationen, aus Geräuschen und Farben, und als er da so liegt, auf seinem Bett, den Blick auf ein Stück Schrank, eine Pflanze, ein Blatt im Raum geheftet, spürt er in Wellen die Losigkeit in sich aufsteigen, ein Meer, in dem er zu schwimmen versucht; er liegt auf dem Bett und treibt vor sich hin, oder hinter sich her, wie man's nimmt. Es wohnt ihm eine alte Männlichkeit inne, die unterlegt ist von Bildern wie aus einem Schwarzweißwestern oder der Melodie eines Johnny-Cash-Songs. Der Lächerlichkeit dieser Bilder kann er sich nicht verschließen. Gleichzeitig verleihen sie ihm eine Kraft und Wärme, die ihn im höchsten Sinne erfüllen, und er leidet darunter, dass die Stimmen seiner Kinderheit mit seiner Wirklichkeit nicht in Deckungsgleichheit gebracht werden können. Ist das nicht kalter Kaffee in einem albernen Blechnapf am Lagerfeuer eines Filmstudios? Eine Sozialisation, die vor einem Röhrengerät der sechziger Jahre stattgefunden hatte und nicht durch natürliche Reibung an einem real existierenden Vater erlernt worden war?

Zorpia sagt: »Auch Dennis interessiert sich für Literatur.«

Wie sich ein Kind auf einer Schaukel gefühlt stundenlang in den Rausch schwingen kann, so lässt er sich fallen, hineinsinken in das Wachdämmern. Ob Boxen, ob

Bier, das Rauschhafte daran ist nicht zu verkennen. So ist das. Warum findet er keinen Halt? Vielleicht, weil da nichts ist? Weil ihm da niemand sagt, wer er ist und was er tun soll? Weil da nichts ist, das ihn an die Hand nimmt und ihm sagt: Mach dir heut ein Gulasch. Nein, nicht das blaue, nimm das rote Hemd. Und vergiss nicht den Termin mit dem Bauherrn aus London um drei. Weil er sich doch dauernd selbst entscheiden, weil er sich doch immer selbst an die Hand nehmen muss; statt einfach eine Münze zu werfen, Kopf oder Zahl?

Zorpia sagt: »Du solltest dich auch für Autos interessieren.«
Zorpia sagt: »Du solltest dich auch für Filme interessieren.«

Thomas Frantz ist ein Mann, der mit der Zeit geht, der sich ein IT-Wissen angeeignet hat, der Anteil hat am blühenden elektronischen Leben um ihn herum, der aufgehoben ist im Netz, er kennt sich aus; und doch ist überall Leere, Losigkeit, an einem Morgen, Nachmittag wie diesem.
Woran das liegt?
Psychogeographie. Erforschung der genauen Gesetze und exakten Wirkungen des geographischen Milieus, welches direkt auf das emotionale Verhalten des Individuums einwirkt. Das ist ja heute kaum mehr möglich. Da müsste man schon die halbe Welt erforschen, in jede Windung, fein verästelte Abzweigung, Serverbank, Siliziumsynapse hineinschauen, so weit versponnen, wie er ist, dieser Thomas Frantz mit seiner Losigkeit.

Das Leben funktioniert, solange man Lebensmittel hat. Einen Kühlschrank und Wein. Dann kann man sich aufregen über die Welt und sein Dasein darin schönen. Ein Eisfach und Wodka. Thomas Frantz weiß das. Er macht sich nichts vor. Er sei gewiss nicht normal, sagt er sich, hält das aber für normal. Berauschten sich nicht alle an irgendwas, das Leben zu ertragen? Arganöl und Roadster. Babykacke und Berlin-Marathon. Waren wir nicht alle Teil derselben großen Augenwischerei? Fußball und Malle. Serrano-Carpaccio und Roséchampagner. So geht das.

Zorpia sagt: »Du solltest dich auch für Musik interessieren.«

Eine Disziplin braucht der Mensch, Frantz, eine Disziplin und eine Ordnung. Steh auf, Frantz, tue endlich etwas und schöpfe Hoffnung für den Tag!

Thomas Frantz stand auf. Er rieb sich die Augen, einen Moment lang war ihm schwindelig, er schüttelte sich, atmete tief. Er wollte Ordnung schaffen. Hosen, Socken, Hemd in den Wäschekorb packen. Abwaschen, Staub wischen, immerhin äußerlich, sozusagen, eine Ordnung schaffen, denn die Summe der äußerlichen Ordnungshandlungen manifestiert sich nach innen, in den Geist hinein, das wusste Thomas Frantz, und er wollte wenigstens die schmutzigen Socken von der Seele haben.
Nach dieser Reinigung zog Thomas Frantz ein rotes Hemd aus seinem Schrank hervor, streifte den schwarzweißen Mantel über und setzte die dazu passende schwarzweiße Schiebermütze auf. Kurz vor drei hatte er

den Termin mit dem Bauherrn aus London. Davor konnte er noch spazieren gehen oder einen Kaffee trinken. Er streifte die weichen hellen Lederhandschuhe über, die er liebte, eine letzte duftende Eleganz, bedächtig und fast zärtlich; sie waren das einzig äußerliche Zeichen, ein ärmliches Dandytum, das ihn in seiner selbstgewählten Losigkeit noch mit der Vorstellung eines sozialen Stands und so etwas wie Sicherheit verband. Er zog die Schiebermütze über den Locken ein wenig ins Gesicht, war einigermaßen zufrieden mit seinem Spiegelbild, stapfte die Treppen hinunter und befand sich auf der Schönhauser Allee.

3. Wie Thomas Frantz auf der Schönhauser Allee wurde, was er sein könnte

Ich folgte ihm.

Ich ging um diese oder eine andere Ecke, als ich ihn sah und ihm folgte, sofort, aus einer Laune heraus, einem Drang, als habe mich ein Schlag wie ein Nasenbeinbruch in seine Laufrichtung geschoben. Der Mann war ein Hüne, eine Erscheinung.

Er kam mir durchaus bekannt vor. Nein: Es ist, als habe ich ihn schon immer gekannt. Ich kenne ihn wie einen Bruder, mit dem ich nicht aufgewachsen bin, und obwohl ich ihn noch nie gesehen hatte, war er plötzlich ein Teil von mir, als wüsste ich, als ahnte auch er um mich wie ich um ihn. Ich hatte ihn niemals zuvor gesehen, aber irgendwie war mir dieses große, leicht verknautschte, vielleicht auch nur an diesem Tag, in dieser Stunde etwas verbeult wirkende, rötlich schimmernde Gesicht seltsam vertraut. Sein schwarzweißer Fischgrätmantel ließ ihn umso massiger wirken. Der Mantel fiel wie aus einer Zeit heraus, und die ebenso verknautschte schwarzweiße Fischgrätmütze, ich kannte diesen Mann so gut oder so wenig wie mich selbst, und wer kann am Ende schon behaupten, er habe sich gekannt?

Ich folgte ihm, wie ich gedankenverloren meinem Schatten folgen würde oder dem nackten Fuß einer jungen Frau, auf dem tätowiert steht: Schritt für Schritt. Ich folgte ihm, wie er von der Alten Schönhauser Straße über

die Münzstraße in die Neue Schönhauser Straße einbog. Die Metrotram klingelte. Ich versuchte Schritt zu halten, es war kalt, die Türen schoben sich von Druckluft gestoßen zu, Kautschuk knirschte, eine junge Frau hastete an die Tür, sie klopfte an die Scheibe, ein wenig vergeblich, leichtes Quietschen, Klingelton wie von einem alten Telefon. Ich versuchte ihn einzuholen - vor der Tram parkte ein Lieferwagen, an dem der Fahrer haarscharf nicht vorbeikam, die Tram klingelte -, den Mann mit der Hand zu berühren, und augenblicklich wusste ich, dass er zu mir gehörte, die Frau stapfte mit den Füßen im Schnee, als wolle sie sich so beschweren, dass er ein Teil war von mir. Die Tram bog ab. Als die Straßenbahn die Kreuzung passierte, war der Fremde im Fischgrätmantel verschwunden.
Ich blieb stehen und sah mich um.

Ich ging in den Münzsalon, der so hieß, weil er sich an der Ecke Münzstraße und Neue Schönhauser Straße befand und man darin Münzen brauchte. Der kleine Laden hatte nur Automaten. Kaffee, Tomatensaft, Cookies. Es waren verchromte Automaten mit gläsernen Guckscheiben, hinter denen die Waren lagen. Man musste Mitglied sein im Münzsalon, sonst konnte man in diesem Laden nichts kaufen. Niemand bediente darin. Mitglied des Münzsalons wurde man im Internet. Du beantwortest Fragen (Hast Du im Leben Glück? Ja / Nein / Weiß nicht. Bist Du metrosexuell? Ja / Nein / Weiß nicht), überweist einen kleinen Betrag auf ein angegebenes Konto und bekommst einen Schlüssel für die Eingangstür und die passenden Münzen für die Automaten per Post und ohne Absender zugesandt. Keine Fragen. Keine weiteren Forderungen. Der Laden war leer. Es war nie jemand darin. Ich kramte eine der Münzen aus der Jackentasche hervor und steckte sie in den Schlitz eines Automaten ohne Glasscheiben mit der Aufschrift Suppe. Im Inneren des Ladens war es still. Der Automat begann zu rattern, und nach einer Weile dampfte und pfiff er. Ich sah aus dem Schaufenster auf grauen Schnee. Vor den Schuhläden schlenderten Menschen mit weißen, roten Einkaufspaketen, ich sah Männer mit Umhängetaschen aus alten Lkw-Planen, der Automat spuckte einen Pappbecher in den dafür vorgesehenen Halterungsring, und eine heiße Flüssigkeit ergoss sich hinein.

Vor dem Gebäude mit der verwitterten Aufschrift Volks- und Kaffeewirtschaft auf seiner Fassade nahm ich zwischen all den bunten Jacken und Mänteln einen schwarzweißen Mantel wie ein Bergmassiv wahr.

Kein Zweifel. Das war mein Mann.

Er musste etwas getrunken oder jemanden getroffen haben, dachte ich, geradewegs lief er an Fridas Schwester vorüber, sollte die schöne klare Tütenbrühe in ihrem Pappbecher doch bleiben, wo sie war, in dem für sie vorgesehenen Halterungsring im unteren Drittel des verchromten Suppenspenders; ich folgte ihm wieder.

Er lief jetzt schneller, ich konnte kaum mit ihm Schritt halten, dann erkannte ich ihn in der Menge wieder an seinem schwarzweißen Mantel und der schwarzweißen Schiebermütze. Er bog in die Rosenthaler Straße ein und gleich darauf in die Sophienstraße. Dieses merkwürdige Piqué. Meliert. Es war ein dicker, fester Stoff, wie er heute nicht mehr hergestellt wird. Secondhand, vermutlich, dreißiger, vierziger Jahre. Ich heftete meinen Blick auf den breiten Rücken, der diesen Mantel trug, sowie an den Kopf mit der schwarzweißen Mütze und wurde schneller, sobald sich sein Schritt zu beschleunigen schien. Er sah sich nicht um. Er wusste nicht, dass ich ihm folgte.

Er hatte es eilig. Musste wohl einen Termin wahrnehmen und war bereits spät dran. Er lief die Sophienstraße hinauf in Richtung Torstraße, vorbei an einem Kinderspielplatz mit zahlreichen Attraktionen ohne Kinder. Die Torstraße lief er aber Richtung Rosenthaler Platz. Das ergab keinen Sinn. Aus dieser Richtung war er gekommen. Er überquerte die Kreuzung. Er sah aus, als wäre er außer Atem geraten. Ich habe noch immer das Gefühl, diesen großen, schweren Mann stöhnen zu hören. Ich konnte ihn aber gar nicht hören, weil er viel zu weit weg war. Es war mein eigenes Keuchen, das ich wahrnahm, der korpulente Mann blieb stehen.

Stand er da wirklich und zog eine Zigarette aus einer blauen Schachtel?

Der zahnlose Irre saß vor der Post auf seiner verschneiten roten Decke und schimpfte. Ich kenne ihn, den zotteligen Diener des Kaiser's, an jedem Abend steht er auf seiner roten Decke vor dem Kaiser's und hält den Einkaufenden die Türe auf, obwohl sie ja automatisch auf- und wieder zugeht. Jemand rutschte aus und fiel auf den Hintern. Der Diener des Kaiser's lachte. Ein grünes Postauto fuhr an ihm vorbei auf den Hof des Gebäudes. Der Mann im Mantel stand da, zog an einer Zigarette, er hatte seine Hast unterbrochen und sah hinüber in Richtung des Cafés St. Oberholz. Vor der Scheibe des Cafés hatte sich eine Dohle auf einem orangefarbenen Plastikhochsessel auf weißen Stelzen niedergelassen, als sei dieser eigens für sie hergestellt worden und nicht für den Referee eines Tennisspiels.

Der Mann rauchte, er ging weiter. Ich habe ihn irgendwo auf der Schönhauser Allee, in der ich wohne, aus den Augen verloren. Aber ich bin mir sicher, dass ich ihn wieder treffen werde. Man sieht sich immer zweimal im Leben.

Ich habe mir lange den Kopf zerbrochen. An wen, verdammt, erinnerte er mich bloß? Wer war dieser Mann? Oder vielmehr: Wer wäre er? Wäre er einer von uns? Ein Gelegenheitsschreiber. Ein Werber auf Honorarbasis, selbstständiger Fahrradkurier, Drehbuchautor für Computerspiele, freier Zeilenschinder, kreative Ich-AG, eine Radioschnauze, PR-Schranze, ein Copyrighter, Blogger, Projektarbeiter, frei flottierender Architekt, Anwalt, Baubiologe, Webdesigner, Aushilfs-Programmassistent im Verkehrsfunk, promovierter stellvertretender Hausmeister oder skrupelloser Lohndichter, einer, der ein Händler der Slogans und Schicksale ist und am Ende doch nur sein eigenes Schicksal in die Hand zu nehmen sich wünscht, aber dieses Schicksal erweist sich als stärker oder er sich als zu schwach?
Lasse reinböng. Fühle die Frische des Salmiaks in diesem Hustenbonbon oder du bist zu schwach. Was unterscheidet seine Zeit von einer anderen Zeit, die uns zu dem macht, was wir nicht sein wollen? Geiz ist geil. Werde reicher als reich. Bild dir deine Meinung. Ich bin doch nicht blöd, Mann – unterm Strich zähl ich.

Nehmen wir an, er wäre ein Getriebener wie Gestoßener zugleich, und daher segne ihn das Schicksal einmal und treibe ein andermal einen schäbigen Spaß mit diesem Auswurf seiner Zeit, aus dem die liebloseste aller Mütter einen formte, der er in einer anderen lieblosen Zeit nicht gewesen wäre. Sehen wir ihn uns an, diesen Thomas Frantz.

3 ... 2 ... 1 ... meins!

Dann müsste ich eine folgenschwere Entscheidung treffen. Denn Entschlossenheit ist das unumstößliche Maß unserer Zeit, und Entschlossenheit ist exakt, was Thomas Frantz fehlt, und daher entscheide ich an seiner Statt: Du hast kurz vor drei einen Termin mit dem Bauherrn aus London.

Gehwegschäden

Der Begriff Gehwegschäden ist eine genaue Bezeichnung. Der verwandte und ebenso häufig in Berliner Straßen zu findende Begriff der Straßenschäden hingegen kann leicht in die Irre führen: Der Begriff Straße unterteilt sich in die eigenständigen Begriffe Fahrbahn und Gehweg. So kommt es vor, dass nur die Fahrbahn Schäden aufweist, der Geh- oder Radweg aber nicht. Daher sind seit geraumer Zeit auch die Hinweisschilder Radwegschäden und Geh- und Radwegschäden in Gebrauch.
Die Schilder mit dem Hinweis Gehwegschäden oder Geh- und Radwegschäden werden angebracht von den Tiefbau-, Straßen- und Grünflächenämtern der Bezirke durch Auftragsvergabe an eine externe Firma oder durch die Mitarbeiter der Behörde.
Die Schilder haben den Charakter einer Information an den Bürger: Hier ist etwas nicht in Ordnung. Sie haben ebenso den Charakter einer Absichtserklärung: Wir wissen, dass hier etwas nicht in Ordnung ist, und wir haben uns als Stadt verpflichtet, die Ordnung in unseren Quartieren wiederherzustellen. Wir kommen nur derzeit nicht dazu. Das Schild ist somit eine Entschuldigung: Lieber Bürger, wir wollen hier etwas verändern, wir geben unser Bestes, aber wir können nicht.
Häufig kommt es bedingt durch Witterung und Baumwurzelwuchs zu Verschiebungen der Granitplatten. Es entstehen mehr oder minder hohe Kanten. Diese Kanten müssen angerampt werden, heißt es in der Fachsprache, etwa für Rollstuhlfahrer. »Anrampen ja, aber schick machen können wir die Gehwege nicht mehr«, sagt ein Mitarbeiter der Behörde.

HOFFNUNG

4. Das Haus der deutschen Geschichte gehört jetzt anderen. Thomas Frantz trifft einen Bauherrn, der in London wohnt und einen Brontosaurus fährt

Wenn das Haus eine Seele hätte, welche Farbe hätte sie? Weiß? Wie eine Chuppa? Braun wie die Hemden der HJ? Rot wie die sowjetische Flagge oder schwarz wie der stinkende Teer, auf dem Thomas Frantz jetzt steht? Er hat keine Ahnung. Aber er ist merkwürdig berührt, als hätte ihn ein bescheuerter Eishauch der Geschichte gestreift. Er schlägt den Kragen seines Mantels auf. Er steht in diesem nackten, schon fast völlig entkernten Gebäude. Es bebt und ächzt und stöhnt vom Bohren, Schaben der Bauarbeiter, sie stammen aus Kuba und hämmern auf Wände und Decken ein, zersägen Rohre und Kabel, reißen Eisenstäbe heraus, bis nur noch ein Skelett aus Stahlbeton übrig bleibt. Mit Atemmasken, langen Spachteln und Flammenwerfern rücken sie dem Boden zu Leibe und kratzen, Zentimeter für Zentimeter, die giftige Teerdichtung ab. Schwarzer Rauch steigt zu ihren vermummten Gesichtern auf. Ende nächster Woche sollen sie fertig sein.

Dann kommen die nächsten Arbeiter der nächsten Subunternehmer und beginnen mit dem nächsten Bauabschnitt, so wie andere Arbeiter zuvor hier in anderen Bauabschnitten geschliffen haben und umgebaut gemäß den Wünschen der jeweiligen Machthaber.

Und wer wird dann hier einziehen?

Wer hat jetzt das Sagen in Deutschland?

Der Mann ist Anfang dreißig.
Er ist geschäftsführender Gesellschafter bei Cisco Venture, London.
»Wir haben uns also spezialisiert auf Investitionsbrachen, große Häuser mit Geschichte und Geschichtsobjekte und so, solche Häuser haben wir in England viel gemacht, alte Brauereien, Zigarettenfabrik, EMI-Records-Gelände, alles Jahrhundertwerke mit Lofthouse-Charakter. So wie das hier. Das hat auch viel Charakter, es ist ja ganz einfach. Die Investment Group, also der Developer, das bin ich, vermietet die Immobilie nach der Sanierung an Soho House, das ist ein Blue Chip. Also ein Mieter, 'n sicherer Mieter. Und wenn man ein Blue Chip hat im Boot, gibt's gar kein Problem.«
Der junge Mann ist Anfang dreißig, er trägt einen Anzug wie eine Leuchtboje. Ein schneeweißer Bauhelm schwebt einige Zentimeter über dem kleinen Kopf mit seinen leicht abstehenden Ohren und kurzgeschorenen blonden Haaren. Das verleiht dem Mann etwas Streichholzhaftes. Der geschäftsführende Gesellschafter hat Thomas Frantz kurz die Hand geschüttelt und ihm eine Visitenkarte überreicht. Er hat darauf in der Toreinfahrt zum Hof des Gebäudes den Kofferraum eines schwarzen Jeeps X5M Sport Utility / 4395 cm3 / V8 / 555 PS bei 6000 U/min / iDrive / xDrive / adaptive Drive geöffnet, darin herumgewühlt und geflucht. Frantz brauche keinen Helm, sagte der geschäftsführende Gesellschafter, er, der geschäftsführende Gesellschafter, sei ja schließlich der Bauherr und Boss hier, er habe eben keinen zweiten Helm dabei und auf der Baustelle extra einen zu suchen sei zu zeitaufwendig. Eine Stunde habe er, dann müsse er, Sebastian

Berg, geschäftsführender Gesellschafter, 15.40 Uhr zurück im Büro sein, dort warte Arbeit auf ihn und ein Anruf 16.11 Uhr, Corinna Berg, Ehefrau, Mutter, Galeriebesitzerin, 99B Grafton Street, London W1S 4EJ.
»Konzept, gestalten, kaufen, gestalten, kaufen«, sagt der geschäftsführende Gesellschafter. »An die Helmpflicht brauchen wir uns hier nicht zu halten. Wir kaufen, wir halten fest. Wir, also die Investment Group, suchen noch ähnliche Gebäude in Berlin. Mit Geschichte und so, das ist meine Spezialität.«
Kaufen. Festhalten.
Aha.
Der Mann tritt in eine von dünnem Eis überzogene Pfütze.
»Mist! Die Schuhe kann ich wegschmeißen.«

Thomas Frantz hatte davon gelesen, in der Zeitung. Es war nicht viel mehr als eine längere Meldung mit Bild gewesen. Frantz hatte den Artikel ausgeschnitten. Ein Zimmer DDR. Wo früher die SED regierte, zieht der Club Soho House mit Swimming Pool, Lounge und Sauna ein. Frantz kennt das Gebäude. Dreizehn Jahre lang stand es leer an der Kreuzung Prenzlauer Allee, Ecke Torstraße, dieses riesige, bräunliche, verwitterte Haus, wie ein liegendes L ragte es in den Himmel. Thomas Frantz fuhr immer mit dem Fahrrad vorbei. Dann sah er vom Büro des Nachrichtenmagazins im fünften Stock auf das schräg über der Kreuzung gelegene Gebäude, wenn er im Sommer seine Urlaubsvertretungen versah oder Teil eines Sonderkommandos gewesen war, das Jagd auf die Eltern eines vermissten Kindes oder auf die Hinterbliebe-

nen der Opfer einer Katastrophe machte. Immer hatte er sich gefragt, was wohl aus diesem Bau werden würde, dessen Schaufenster zur Straße hin zugemauert waren. Das Haus strahlte etwas Düsteres und zugleich Anziehendes aus.
Vom Fenster der Redaktion aus hatte es immer weniger wie ein L als mehr wie ein weich geschriebenes W ausgesehen mit seinen beiden Rundbögen und der zurückgezogenen Fassade über der zweiten Etage, die bis hinauf zu einer kleinen, das ganze Haus umlaufenden Balustrade und einem Dachaufbau wirkte wie die Kühlerfront eines schönen Oldtimers. Auf dem Bild in der Zeitung, es war eine Computersimulation des Architekten, erstrahlte das Haus in hellem Beige. Das verlieh ihm etwas Koloniales. Auf dem Dach war ein länglicher Swimming Pool zu sehen gewesen und Liegestühle zwischen einer gläsernen Umzäunung und einem Bungalowaufbau. In dem Artikel stand, ein deutsch-britisches Unternehmen habe das Gebäude für neun Millionen Euro von den Eigentümern gekauft. Die Eigentümer, das waren Juden, Nachfahren der beiden Kaufleute, die das Haus in den Zwanzigern errichten ließen. Sie lebten in Israel, in den USA und in Kanada, hatte Frantz gelesen.
Thomas Frantz rief bei der Jüdischen an. Er würde da eine ganz famose Geschichte schreiben, das Haus würde ihm seine Geschichte zuflüstern, versprach Frantz, sie ihm sozusagen selbst erzählen, ganz klar. Das hat der Redakteur zwar nicht so ganz verstanden, aber gut. Seite drei. 12 000 Zeichen, 250 Euro. Vor zwei Jahren gab es noch 350. Der Etat war gekürzt worden, weil sich der bayerische Innenminister über eine Karikatur geärgert

hatte. Frantz rief bei den Architekten an und bat um eine Begehung. Im Auftrag der Jüdischen. Das konnten sie nicht ablehnen. Trotzdem hielten sie ihn einige Wochen hin, alle Achtung. Immer, wenn er anrief, spürte er eine gewisse Furcht in der Stimme der Dame am Telefon und dann in der Stimme einer Architektin, die mit dem Projekt betraut war. Sie war sehr freundlich und darum bemüht gewesen, auf keinen Fall etwas falsch zu formulieren, aber der Chef war nie da, und irgendwann sagte sie, das mache jetzt der Bauherr aus London, persönlich, der sei aber erst nächsten Monat wieder in Berlin, etwa am 25. April gegen 14.45 Uhr, und haben Sie da überhaupt Zeit?
Zeit hat er, dieser Thomas Frantz, im Überfluss.
Dann schicken wir Ihnen schon mal die gesamte Dokumentation.
»Vielen Dank.«
Die Welt ist einen Mausklick entfernt.

Der Mann ist Anfang dreißig, und er hat ein Gesicht wie dreizehneinhalb. Ein Dreitageflaum im Stile eines Diehard ziert ihn. Thomas Frantz und der geschäftsführende Gesellschafter betreten das Gebäude durch eine Seitentür. Es ist dunkel, kalt und feucht. Sie müssen sehr vorsichtig um Schutt und Balken herumgehen, es riecht modrig und faul. Frantz hört vom Hof her an- und abschwellendes Motorengeräusch, einen Diesel. Frantz sieht sich um. Er steht in einem kahlen Raum. Der Mann bleibt neben ihm stehen. In diesem Moment betrachtet ihn Frantz von der Seite her und fragt sich, wer die Investment Group wohl ist, die hinter diesem androgynen

Gesicht aus London steckt, das tatsächlich einen so gelangweilt angewiderten Ausdruck hat wie die mit Weichzeichner behandelten Kinder einer Hugo-Boss-Werbung.
Als hätte er die Frage, die Frantz nicht stellte, vermutet, blickt ihn der junge Mann triumphierend an und sagt (und schon wenig später wird er Thomas Frantz anrufen, er wird ihn bitten, ihn beknien, er wird ihm drohen, Frantz dürfe das auf gar keinen Fall veröffentlichen, sonst werde er ihm persönlich sämtliche Presseanwälte der Fleet Street auf den Hals hetzen, die ganze gierige Meute):
»Britische Firmen. Amerikanische und britische Firmen. Jedenfalls alle mit Sitz in London. 80 Prozent Minority Shareholders, aufgekauft für 110 Millionen Pfund«, sagt der geschäftsführende Gesellschafter. »Richard Caring. Kennen Sie den? Teppich-Tycoon. Hat seine Kohle in Mode und Lumpen gemacht und Soho House gekauft. Der besitzt Londons Top Restaurant Spots. The Ivy, Le Caprice and J Sheekey, The Mayfair und natürlich Annabel's und den Wentworth Golf Club in Surrey. Der ist wer«, sagt der geschäftsführende Gesellschafter. »Der kann das alles bündeln mit Private Equity, das sind vor allem Blackstone, JER, Resolution Property und noch ein paar asiatische Investoren. Alles Corporate Private Equity, Real Estate, Asset Management und Financial Advisory«, sagt der geschäftsführende Gesellschafter.
Frantz erschrickt.
Heuschrecken. Ein ganzer Schwarm. Heuschrecken von der schlimmsten Sorte. Das ahnt Frantz sofort, auch wenn er davon nicht wirklich etwas versteht. Der Begriff

hat für ihn etwas Unausweichliches. Die Vorstellung von etwas, das er nicht bekämpfen kann. Es sei denn mit Tonnen von DDT. Der Begriff durchfährt ihn wie eine genetisch verankerte Furcht vor der Pest, einem Erdbeben, der Sonnenfinsternis. Denen gehört das Haus also. Die haben jetzt das Sagen. So ist das. Das Haus hat immer denen gehört, die das Sagen hatten in Deutschland, außer vielleicht am Anfang, als es noch das Kaufhaus war, und die, die das Sagen haben, kann Frantz nicht leiden. Die sind ihm suspekt. Unberechenbar. Das steckt in seinen Heimkindknochen. Die grenzen ihn aus. Die machen ihn wütend. Das ist so.

»Die suchen sich immer Leute, die sagen, wo kann ich mein Geld hingeben«, erklärt stolz der geschäftsführende Gesellschafter. Kältehauch steht vor seinem Mund, er vergräbt die Hände in den Hosentaschen. Eine milchige Aura umflutet ihn plötzlich, jemand muss irgendwo in dieser Tropfsteinhöhle einen Fensterladen aufgerissen haben. Rund um die Londoner Lichtgestalt herum erkennt Thomas Frantz langsam die Ausmaße dieses Geschosses.

Sieben Geschosse und die Attika, Bestand: Das achtgeschossige Gebäude mit zwei sechsgeschossigen Seitenflügeln und ausgebautem Dachgeschoss ist in allen Teilen in Stahlbetonskelettbauweise mit tragenden Mauerwerkslochfassaden ausgeführt und eingeschossig voll unterkellert. Dominierend ist die abgeschrägte, zurückgesetzte und turmartig erhöhte Eckbebauung von sieben Geschossen mit darüber befindlichem aufgesetztem Attikageschoss, die in den Fluchten der Straßenfronten fortgesetzt wird, um dann zur sich anschließenden fünfgeschossigen Nachbarbebauung in die Höhe gestaffelt zu werden.

Die ehemaligen Schaufenster zur Straße hin sind von innen mit Platten aus Pressspan oder Resopal vernagelt. Frantz fragt sich, ob diese Schaufenster von den Nazis zugemauert worden waren oder in der Zeit der SED. Was war sonst darin ausgestellt gewesen?
Eine der Eingangstüren scheint noch aus der Zeit des Kaufhauses zu stammen. Es ist die einzige Tür der Front, in der Art-déco-Gläser erhalten geblieben sind. Unter den Messinggriffen eine kleine Tafel. *Drücken.* Es ist dunkel in diesem Erdgeschoss. In der Mitte türmt sich ein Schuttberg bis zur Decke. Ein kleiner, wendiger Bagger, das Chassis ist kaum höher als seine Reifen, fährt unter ohrenbetäubendem Lärm vom Hof herein. Glasbausteine, Toilettensitze, Rohre. Resopalwände, Tapetenreste, Mischbatterien. Der Diesel heult auf, wenn sich die Schaufel in den Haufen bohrt. Glassplitter kullern in Pfützen, die sich wie dunkle, eisglänzende Tümpel gebildet haben. Der Fahrer trägt Ohrenschützer. Lappen von Putz hängen von der Decke.
»Einige Zimmer wurden komplett ausgebaut und eingelagert, zum Beispiel das von dem Pieck, das wird hier wieder so eingebaut, wie's mal war, wenn alles fertig ist, das war also eine Auflage der Denkmalbehörde«, brüllt Berg in den Lärm der Eisenschaufeln hinein, »und das ist ja auch ganz nett, da kann man dann drin sitzen und Illustrierte lesen, alles historisch. Vielleicht mit Kamin, das hat dann was Originales.«

»Und was ist mit diesen Glasbausteinen? Warum werden die weggeworfen?«
»Die werden original nachgebaut. In Brandenburg. Wir müssen ja die Region beschäftigen. Wir sind ein großer Arbeitgeber.«
Berg sieht auf die Uhr.
14.58 Uhr.

Der lange Raum ist zum Hof hin durch eine Mauer geteilt. Hinter der Mauer erstreckt sich ein Gang. Türen, kleine Räume. In jedem Raum ein Schreibtisch mit vierkantigen Stahlbeinen und Resopalplatte, auf manchen steht noch eine Lampe. Die Wände sind kahl. Frantz erkennt an der Färbung der Tapeten, dass dort einmal Aktenschränke gestanden haben. Sie sind jetzt Teil des Schuttbergs.
»Für uns ist Berlin eine einzigartige Mischung aus Geschichte, Musik, Film und Kunst!«, brüllt Berg. »Das soll sich natürlich alles hier wiederfinden, widerspiegeln sozusagen, ein interaktiver historischer Kunstraum mit Platz für Gewerbe natürlich, da vorne das Art Label. Soho House ist ein Privatclub. Luxury Private Members Club. Stars and Socialites. Viele Members kommen aus der Medien- und vor allem Filmbranche. Guest Rooms, Pool auf dem Dach, Soho House gibt's demnächst auch in Chicago oder in Miami und auf jeden Fall bald zweimal LA und in London sowieso. London City, Notting Hill, Chiswick und East London und Somerset. Da gleich neben dem Art Label diverse Brasserien, Filmvorführräume und im Keller Merchandising, Fitness und Spa. Alle Häuser bieten eine breite Auswahl von Restaurants

und private Esszimmer, natürlich. Einige Zimmer können für Partys, Interviews und Ideenfindung selbstständig oder in Kombination gemietet werden. Das wird alles gebündelt.«
So ist das.
Der Mann im leuchtenden Anzug klettert über Rohre und Schutt hinweg ins Treppenhaus. Thomas Frantz folgt ihm. Auch dort kleben Fetzen wie Kleiderlumpen an der Decke. Nässe und Kälte haben die Wände kahl gefressen.
Ankunft 1. OG.
»Das Parkett mussten wir abtragen. Der Teer darunter wird ausgeschabt, der ist hochgiftig, das machen die Kubis. Die SED hat ja hier einen Rattenkäfig neben den anderen gebaut«, sagt der geschäftige Jungführer und deutet auf die Wände, die dem Abriss noch nicht erlegen sind.
»Alle Wände gehen raus, und wir ziehen neue ein. Das Parkett hätten wir gern behalten. War aber zu kaputt.«

Frantz bleibt unweit des Treppenhauses stehen. Er kratzt an einer Wand und zieht ein Stück Tapete herunter. Die erste Schicht ist Raufaser. Darunter befindet sich eine andere, gelb-grüne Tapete. Vielleicht aus der Zeit der SED, schätzt Frantz. Darunter eine dunklere, braunbeige gestreifte Tapete. NSDAP, vermutet Frantz. Unter den Tapeten befindet sich Zeitungspapier. Das Papier ist derart feucht, dass Frantz die Tapete von den Zeitungen trennen kann. Er entziffert eine Überschrift und einen Text.

Die Hetzpresse zittert. New York, 9. Oktober. Die Sondermeldungen des deutschen Oberkommandos der Wehrmacht über die neuen gewaltigen Erfolge an der Ostfront haben hier wie eine Bombe eingeschlagen. So lautet zum Beispiel die ganzseitige Schlagzeile der New Yorker Abendzeitung: Die Kriegsnachrichten sind sämtlich schlecht - Sowjets geben zu, dass die Nazis näher an Moskau heran sind, als Albany von New York entfernt ist.

»Das haben die zum Malen und Tapezieren benutzt. Oder auch als Isomaterial. Was weiß ich. Scheißkälte.«
Berg haut sich über Kreuz ein paarmal auf die Schultern.

Luftangriff auf Suez. Schwerer Schlag für die Briten. Der Angriff deutscher Kampfflugzeuge in der Nacht zum 6. Oktober auf die Reede von Suez bedeutet für die britische Handels- und Besorgungsschifffahrt einen neuen Schlag. Zwei Handelsschiffe von zusammen 23 000 Bruttoregistertonnen wurden durch Bombenvolltreffer versenkt.

»Wenn Sie wollen, oben sind noch mehr Tapeten. Die können Sie alle runterreißen. Was interessiert Sie daran?«
»Na ja, alles so gebündelt.«
Berg stutzt. Frantz lächelt. Berg sieht auf die Uhr.
15.12 Uhr.

Geschichte I. Zur Vorlage an Bauherrn, Cisco Venture, London. Das Gebäude des ehemaligen Kaufhauses Jonass

in der heutigen Torstraße 1 ist mit der jüngeren deutschen und insbesondere mit der am besten nicht allzu breitzutretenden jüdischen Geschichte eng verbunden. Auf dem Gelände eines Exerzier- und Reithauses bauten die jüdischen Kaufleute Hermann Golluber und Hugo Halle in den Jahren 1928/29 das Kredit-Warenhaus Jonass & Co AG. Die Kundschaft kam aus der Arbeiter-, Beamten-, kleineren und Kleinstangestelltenschaft der näheren Umgebung. Vor allem die jüdische Bevölkerung des Scheunenviertels nutzte die Möglichkeit, per Ratenzahlung einzukaufen. Slogans des Hauses lauteten: *Jonass hilft durch den Kaufschein! Jeden bedenken mit Festgeschenken.* Auf einem Transparent über dem Eingang stand: *Jeder Preis ein Schlager.* Ein weiteres Plus bei Jonass: Die Waren konnten innerhalb einer Woche umgetauscht werden, wenn man unzufrieden war.
Das Unternehmen wurde 1889 in Berlin gegründet und hat in den fünf Jahrzehnten seines Bestehens nie zu den Großen seiner Branche gezählt. Bis in die dreißiger Jahre hinein befand sich das Hauptgeschäft im späteren Telefunkenhaus, Belle-Alliance-Straße 7–10. 1929 öffnete das Geschäftshaus in der Lothringer Straße 1, Ecke Prenzlauer Allee 249, mit einer Nutzfläche von 15 000 Quadratmetern. Hinsichtlich seiner Verkaufseinrichtungen unterschied es sich nicht wesentlich von anderen Häusern dieser Art, dagegen war der Bürobereich für ein Kredit-Warenhaus entsprechend groß.
Am Standort Lothringer Straße 1 existierte das Kredit-Warenhaus nur relativ kurze Zeit, was die Sache vom Standpunkt der Public Relations sehr viel einfacher macht. In einem Schreiben der Baupolizeihauptabtei-

lung vom 18. Mai 1937 an den Stadtpräsidenten heißt es: »Das Gebäude ist infolge ungünstiger Geschäftslage nur kurze Zeit als Warenhaus benutzt worden und war in den letzten Jahren in den unteren Geschossen teilweise zu Bürozwecken vermietet. 1937 beauftragten die neuen Eigentümer die Firma Treuwerk mit dem Umbau zum Bürohaus.« Dabei sollte man es vielleicht bewenden lassen. Die neuen Eigentümer waren der Kaufmann Johannes Horn und die Kauffrau Frl. Ilse Vogt, frühere Angestellte des Kaufhauses, nachfolgend Gesellschafter 1 und Gesellschafter 2 genannt. Das geht aus einem Schreiben des Berliner Magistrats an die Sowjetische Zentralkommandantur vom Dezember 1946 hervor, in dem die Eigentumsverhältnisse neuerlich dargelegt werden. Erst an dritter und vierter Stelle erscheinen Golluber und Halle. »Der Gesellschafter Halle schied am 28.6.1937 und der Gesellschafter Golluber am 13.1.1939 aus. Gesellschafter 1 und 2 verkauften laut Notariatsvertrag vom 15.10.1942 das Gebäude an die NSDAP in München für einen Kaufpreis von 2.500.000 RM. Die Verkäufer erklären im Notariatsvertrag, dass sie arischer Abstammung seien. Ob die vorher ausgeschiedenen Gesellschafter Nichtarier gewesen sind, ist nicht bekannt«, vermerkt der Magistrat. Golluber und Halle konnten ins Ausland fliehen.

Die Treuhänder vermieteten das Gebäude auf eigene Rechnung an die Reichsjugendführung der NSDAP. Die Firma Treuwerk sollte die notwendigen Raume schaffen, um die in Berlin verstreut untergebrachten 14 Dienststellen der Reichsjugendführung der NSDAP zu vereinigen, die über mangelnde Mobilität klagten. Die Reichsjugendführung hatte die Stellung einer Obersten Reichsbehörde. Bis 1940 übte Baldur von Schirach diese Funktion aus, sein Nachfolger wurde Arthur Axmann.

Im zweiten Obergeschoss bietet sich Frantz ein beinahe identisches Bild. Der leere Raum, die Mauer, die kleinen Büros, diese noch intakt. Der Boden der Etage ist bereits ausgeschabt. In einem Büro liegt ein alter Panzerschrank auf dem Rücken. Die Tür ist ausgehoben worden und lehnt an der Wand. Im dritten Obergeschoss hat man sämtliche Fenster zum Hof hin zugemauert. Die Fenster zur Straße fehlen.

»Die Rattenkäfige messen 1,50 Meter mal 2,50 Meter, die meisten sind jetzt voller Bauschutt«, erklärt Berg. Er sieht auf die Uhr. 15.17 Uhr. »Wir haben schon während der statischen Untersuchungen das meiste herausgerissen. War doch alles abgewickelter Müll. Was soll man denn mit dem Schrott noch anfangen?«
Es rumpelt wie bei einem Erdbeben. Frantz zuckt zusammen.
»Das ist der Schutt aus einem der oberen Geschosse. Fliegt durch den Liftschacht runter ins Erdgeschoss. Dort sammelt der Bagger alles auf und bringt die Scheiße raus!«, brüllt Berg.

Vor dem Liftschacht blähen sich miteinander verklebte Plastikplanen. Staub dringt aus den Ritzen und bildet Wolken. Frantz muss unweigerlich an den Müllschlucker in einem Mietshaus denken. Klappe auf, Sack rein, Klappe zu. Wer will schon abgewirtschafteten Schrott? Es kracht.

Jemand beginnt zu bohren. Es klingt wie der Rumpelbohrer beim Zahnarzt, wenn er auf Amalgam trifft. Frantz orientiert sich an der Boje mit dem Bauhelm zurück zum Treppenhaus. Eisenstangen stecken dort in der Wand wie Borsten in einem Eisbein. Im vierten Obergeschoss hängt die Decke tiefer. Ein rechtwinkliges Mosaik aus Blechschienen ist da zu erkennen, aufgeklebte Rauten eines Styroporstucks. An den Wänden eine gummierte Tapete, Holzimitat. Feinster DDR-Chic der fünfziger Jahre, denkt Frantz. Er sieht etwas Sinnbildliches in diesen Nussbaumimitaten, darunter die braun-beige Tapete und Der Stürmer, alles einfach lapidar übereinandergeklebt, das erscheint Thomas Frantz mit einem Mal so.

»Hier soll das Pieck-Zimmer gewesen sein. Aber irgendwie stimmt das nicht. Das Dumme ist: Als sie's rausgerissen haben, haben sie vergessen einzuzeichnen, wo's genau lag. Jetzt wissen wir's nicht mehr. Die Möbel sind alle noch da, ausgelagert, aber keiner weiß mehr, wo's war. Ist auch egal. Wir bauen's jedenfalls original nach Fotos wieder auf und stellen's irgendwohin. Das steht dann unter Denkmalschutz. Wird die Attraktion für den Club. Da kann man dann seinen Laptop anschließen, wo Pieck die Todesurteile unterzeichnet hat.«
Berg lacht. Er sieht auf die Uhr.
15.23 Uhr.

Das Milchgesicht des Kapitals. Berg, Sebastian, 33, John-F.-Kennedy-Schule Berlin Zehlendorf, High School in Washington, D. C., MBA European Business School London. Investment Banker Private Equity. Geschäftsführender Gesellschafter Cisco Venture, Luxemburg. Erster Aufkäufer (Cisco Venture führte das Kapital asiatischer Investoren, Blackstone, JER und Resolution Property) des Discounters Lidl und der Metro AG. Mann, der Markt hier war ja dermaßen günstig, also so was von runter, ich meine voll im Arsch, das ziehen die sich natürlich rein und hauen's gleich wieder raus.

Und das ist jetzt ein Zufall: Berg, Hermann. Diplom-Architekt, 67, federführender Gesellschafter BRI International Architekten und Ingenieure GmbH, Fasanenstraße 12. 153 Mitarbeiter, Berlin, Frankfurt a. M., Düsseldorf, München, Zürich, Doha. Architektur, Innenarchitektur, Städtebau. Generalplanerleistungen, Sanierung und Restaurierung. Ausgewogenes Verhältnis zwischen innovativen Konzepten und praxisbewusster Realisierung unter Beachtung ökonomischer und ökologischer Vorgaben. Architektur, die den Menschen in den Mittelpunkt stellt. Also wirklich, reiner Zufall, dass mein Vater hier der Architekt ist.

Im 5. OG wieder das Bild einer Mondlandschaft. Afrikanische und hispanische Arbeiter spachteln den schwarzen Teer vom Boden. Mit Flammenwerfern erhitzen sie die klebrige Masse und schaben sie mit langen Messern auf. Sie singen und sie schwatzen, irgendwo klingt Salsa aus einem Recorder.
»Die Kubis? Irgendeine Abrisstruppe. Subunternehmer vom Subunternehmer, was weiß ich. Nächste Woche müssen die draußen sein, und da sind die auch draußen, da rückt nämlich die nächste Truppe an.«

Berg hält sich ein Taschentuch vor den Mund.
»Also 18 Hotelsuiten in diesem Geschoss. Eigentlich müsste das alles hier vollkommen abgedichtet werden. Aber na ja. Wolln mal nicht so sein.«
Keiner der Kubaner und Afrikaner trägt eine Atemmaske.
»Hola«, sagt Frantz.
Einer der Arbeiter grüßt zurück.
»Hola.«
»Hier war die Kantine«, sagt Berg im sechsten Stock. »Auch Suiten.«
Der Raum ist offen und hell. Vor den Fenstern erkennt Frantz die Balustrade, die sich um den Bau schmiegt.
Berg sieht auf die Uhr. Er drängt Frantz zurück ins Treppenhaus.
7. OG.
»Da kommt dann die große Bar hin. Der Private Dining Room, Glaskühlschränke für Weiß- und Rotweine, offene Kamine, Game-Bereich. Alles Top-Designer. Englischer Stil mit alten Sesseln, original, und rund um die Bar Edelholzplanken, die jahrelang von Meerwasser gewaschen wurden. Nächsten Monat fangen wir an, Mitglieder zu werben.«
Vom Dach aus hat man einen herrlichen Blick über die Stadt. Frantz genießt die Sonne, die klare Sicht auf den Alexanderplatz, der Turm scheint zum Greifen nah. Da sitzt ein Kubaner, Rücken an die Wand gelehnt, und döst, trotz der Kälte. Ein friedliches Bild. Der geschäftsführende Gesellschafter tritt ihm vor den Fuß. Der Mann erschrickt und sieht auf.
»Nächste Woche raus! Du fertig! Dann Rohbauarbeiten.«

»Si, si.«
Frantz zuckt zusammen. Er zögert einen Moment. War es hier nicht angebracht, dem Kubaner irgendwie zur Seite zu stehen? Er plustert sich kurz vor dem geschäftsführenden Gesellschaftszwerg auf und wirft ihm einen strengen Blick zu. Berg weicht mit einem Sidestep aus. Er nestelt an seiner Krawatte.
»Die sollen sich eben beeilen.«
15.34 Uhr.

Unten bohrt der Bagger seine Schaufel in den Schutt. Frantz und Berg gelangen zu einem hinteren Ausgang. Berg scheint es immer mehr zu drängen. Vor der Tür liegt ein Haufen Stromkabel. Frantz drückt sie mit den Händen auf und schiebt so den Haufen ein Stück beiseite. Berg springt weg und hinaus. Draußen betrachtet er seinen Anzug. Er flucht. Dann blickt er auf das Kabelgewirr und schüttelt den Kopf.
»Diese DDR. Was hier wohl alles abgehört wurde. Das sollte man echt aufheben, den Salat. Das ist echte Informationsgeschichte.«
Der geschäftsführende Gesellschafter drückt Frantz verschmitzt die Hand. 15.47 Uhr. Er versucht, seine Schuhe mit einem Fensterleder zu reinigen, steigt in seinen schwarzen Brontosaurus, rollt rückwärts auf die Torstraße und fährt davon, 15.48 Uhr.

Frantz bleibt eine Weile in der Toreinfahrt stehen. Er geht noch einmal zurück in den Hof, beobachtet den Bagger, geht hinaus auf die Straße und blickt auf das Haus, über dessen Baugerüst sich ein Werbebanner von

Hugo Boss spannt. Es ist nicht gerecht, dass dieses Haus so endet, denkt Frantz. Als hätte man ihm seine Geschichte von den Wänden gerissen und ein Hugo-Boss-Plakat darübergeklebt. Das stößt ihm auf. Das weckt seinen Kampfeswillen. Er ist ein gewissenhafter Mensch. Es geht hier um seine Arbeit. Er will das richtig machen, ordentlich, er weiß, die Sache ist noch nicht rund. Er ist aufgewühlt, aber die Story ist halbgar.

Ein paar Tage später ruft er wieder bei den Architekten an. Das nächste Mal werden sie ihm einen Bauhistoriker schicken.

5. Frantz und Fred sitzen auf einer Bank vor den Schwarzwaldstuben. Vor ihnen steht kein Tisch

Die Sonne schien in Frantzens Bier, als er das Glas an die Lippen hob. Thomas Frantz saß mit Fred auf der Bank vor den Schwarzwaldstuben an der Ecke Linien- und Tucholskystraße. An einem der ersten Frühlingstage schien die ganze Stadt wie erlöst, und da die Erlösung also in der Luft lag, haben es sich Frantz und der Fred auf der Bank gemütlich gemacht. Es stand kein Tisch vor ihnen. Sie hielten die Gläser in der Hand. Frantz betrachtete den Fred. Er hat ihn eine Weile nicht gesehen.

Der Fred ist mager geworden. Das unterstrich seine schlaksige Gestalt. Seine Wangen waren eingefallen. Ausgemergelt wirkte er und dünn wie sein Haar. Seine Haut hatte etwas Farbloses, ganz so, als würde sie sich langsam auflösen wollen und Fred bald durchsichtig werden. Frantz führte das auf die endlosen Nächte zurück, die Fred vor seinem Computer verbrachte. Das ovale Gestell seiner Brille hatte einen gebrochenen Bügel. Ein Andenken an seinen letzten Sturz die Kellertreppe hinab. Seine Kellertreppe lag direkt neben der bespuckten Eingangsglastür vor dem einst modernen Mietshaus im historischen Nikolaiviertel, in dem Cynthia doch so gerne wohnte, die alte Ossitante, und also war's nicht das erste Mal, dass Fred, auf der wiederholt vergeblichen Suche nach seinem Schlüssel und bei einem kurzen Telefonat über Handy mit Cynthia (ein kleiner Daumendruck auf die Wiederholungstaste genügte), die oben saß im Roll-

stuhl und erwiderte, es geschehe ihm wohl recht, diese zuckersüße, hundsgemeine Zwergwüchsige mit ihrem Kaffeewärmer auf dem verformten Kopf, das kleine rosa Ferkelchen, wie Fred sagte – dass Fred also in just diesem Moment die Kellertreppe runterfiel. Die Brille war mit Tesafilm mehr schlecht als recht geflickt.
Freds Augen funkelten lebendig.
»Ich hab aber nur zehn Euro. Die brauch ich gleich fürn Frisör.«
»Ich lad dich ein.«
»Nun gut, das ist höhere Gewalt«, sagte Fred mit erhobenem Zeigefinger.
Dies markierte den Beginn des Rituals.
»Ich hab aber nur 'ne halbe Stunde. Dann muss ich zum Frisör.«
»Mach dir keinen Kopp.«
»Nun gut«, sagte Fred. »Ich werde gezwungen.«
Das war das Ende des Rituals.

Es stand kein Tisch vor ihnen. Die Bank hatte keine Lehne. Alle anderen Plätze, Tische, an denen schöne Stühle mit Armlehnen gewesen wären, waren besetzt von Menschen, die zu Mittag aßen, und so nahm Thomas Frantz die Haltlosigkeit eines gekrümmten Rückens in Kauf, zog ein Bein an und setzte den weißen Bundeswehrturnschuh auf die Bank. Die Bank bog sich unter seinem Gewicht. Sein Gesicht war rot, und ein leichter Schweißfilm stand auf seinen Wangen.
»Du hast aber abgenommen«, sagte Frantz.
»Abgenommen? Kann gar nicht sein. Ich ess wie immer.«
»Also so gut wie nichts.«

»Ja, aber ich trink wie immer. 4000 Kalorien täglich.«
»Du hast aber abgenommen. Man sieht's in deinem Gesicht. Es ist schmaler geworden.«
»Kann sein. Können aber auch die langen Haare sein. Gleich hab ich meinen Termin beim Frisör. Acht Euro.«
»Nicht zehn, wie bei allen Cut&Go's?«
»Nee, acht. Der ist neu auf der Münzstraße. Die restlichen zwei geb ich Trinkgeld.«
»Klar.«

Frantz sah auf die Tucholskystraße. Ein junger Mann mit Glatze, Handy-Headset und Mappe überquerte sprechend die Kreuzung, eine Frau betrat auf der anderen Seite der Linienstraße eine Boutique.
»Sag mal, merksch eigentlich was von der Krise?«
Frantz überlegte.
»Nein, eigentlich nicht.«
»Ich auch nicht. Bei mir läuft's besser denn je. Ich kann mich vor Aufträgen gar nicht retten. Bin völlig überarbeitet«, sagte Fred.
Der Fred stieß sein einsilbiges Lachen aus.
»Tha!«
»Woran liegt's?«, fragte Frantz.
»Das liegt daran, dass die Kunden, die 'ne Website wollen oder ein Portal und die früher immer zu den fetten Agenturen gegangen sind, plötzlich auf mich zukommen.«
»Weil du billiger bist und besser?«
»Anders kann ich's mir nicht erklären. Ich sitz praktisch jede Nacht da und programmier. Ich mach nichts anderes mehr. Außer Kneipe, dazwischen. Sonst wär'sch bitter. Hätt ich ja überhaupt kein Leben mehr. Ach ja, und

Rechnungen schreiben, die niemand bezahlt. Zahlt ja keiner mehr, oder wenn, dann ersch nach Monaten und nur die Hälfte. Immer noch besser als nix.«
Fred summte noch ein zufriedenes Ja.
»Und wie läuft Tabakselbstanbauen.de?«
»Tha!«, lachte Fred. »Das isch's ja. Mein Kompagnon verschickt Samen ohne Ende. Die wollen alle anbauen. Am liebsten Geudertheimer. Die Harten bestellen Machorka, wie im Krieg. Horden rufen da an, Horden. Na ja, leider hat er inzwischen fast alle Anteile, der Sack. Dazwischen nervt natürlich die Cynthia. Ich krieg sogar in der Nacht noch Bestellungen rein.«

Frantz sah wieder über die Straße. Vor dem letzten besetzten Haus in Berlin-Mitte, es lag neben dem jüdischen Beth Café und gelangte dank dieses geographischen Umstands vierundzwanzig Stunden völlig umsonst in den Genuss einer polizeilichen Bewachung, saßen zerzauste, in die Jahre gekommene Kinderladenkinder auf einer anderen Bank und sortierten wurmstichige Äpfel.
»Und du?«
»Ich?«
Thomas Frantz überlegte.
»Ich bin schon mein ganzes Leben in der Krise. Jetzt kommt die Krise eben auch mal zu den anderen. Ich finde das gut. Ich bin ein Freund der Krise. So ist das.«
»Tha!«, lachte der Fred. »Genau! Bei uns war's nie anders. Wir sind's gewohnt. Also, 's könnt gar nicht besser laufen. Ich geh am Mittag rein und komm am Morgen wieder raus. Nur Anna Koschke dazwischen.«
»Klar.«

»Eigentlich jeden Tag, in letzter Zeit.«
»Klar.«
»Auf die Krise.«
»Auf die Krise.«
Frantz und Fred hoben ihre Gläser.
Tha!

6. Die Schlaflosen

Als krabbelten sie da, zahlreicher als Ameisen, in einem System aus Gängen und Kammern. Es ist, als würde man eine defekte Granitplatte, die aus der Gleichförmigkeit des Gehwegs aufbricht, anheben und darunter sehen. So platzt der Laden aus allen Nähten, scheint es ihm. Als stemmte sich ein anschwellendes, ächzendes Wirrwarr aus Würmern, Asseln und Tausendfüßlern unter einer solchen kaputten Gehwegplatte mit aller Kraft gegen – ja, was entgegen?

Da schält sich, aus einem dieser Gänge heraus, langsam ein Mann. Er kommt spät. Er ist kein Bodybuilder in Badelatschen wie die anderen. Er hat keine Angst vor Fußpilz. Er kommt spät, und er kommt barfuß. Er trägt Lederbänder um Handgelenke und Oberarme, wie ein Gladiator. Er trägt Lendenschurz, wie der Tarzan.

Thomas Frantz ist fasziniert.

Der Körper des Mannes ist braun, geölt und aufs Jota symmetrisch. Sein Bizeps nicht zu fett, der Pectoralis major nicht zu flach, die seitlichen Abdominalmuskeln zeichnen sich über den Rippenbögen ab wie verchromte Luftschlitze eines Roadsters. Er sieht nicht in die Spiegel, wie die anderen. Er spannt seine Muskeln nicht an, lässt die Brust nicht tanzen. Er bewegt sich zwischen den zuckenden, halbnackten Leibern zu Technobeat und Laserlichtern, als ginge er durch sein Wohnzimmer. Thomas Frantz beobachtet ihn wie einen zwar entspannten, aber

gefährlichen Bullen, der jeden Moment angreifen kann. Er ist kein steroider T-man mit Billigtattoos, Latexslips und Reißverschlusszähnen, wie die anderen. Sein Gesicht ist nicht eines der Straße. Es trägt keine Narben, keine Zweifel. Seine Züge weisen keine Spannung auf. Seine Statur ist eine anstrengungslose Überlegenheit. Er kommt spät. Er muss nicht das Terrain sondieren, wie die anderen. Ihm wird gehuldigt. In jeder Form.
Er ist der kahlköpfige König der Schlaflosen.
Thomas Frantz ist fasziniert von dieser Figur und dem lauten, lackierten Treiben um ihn herum. Es ist nicht wichtig, zu erfahren, wie er hierher gekommen ist. Die schwarzen eisernen Türflügel, die Frantz mit einigem Widerwillen betrachtet hatte, sind hinter ihm geschlossen worden. Er lehnt, introvertiert, Hände in den Taschen, einmal am Ende des Tresens, einmal am Andreaskreuz. Er streift durch die unter einer Galerie gelegenen Räume mit der Affenschaukel. Er steht mal auf dieser, mal auf der anderen Seite der Tanzfläche. Er überragt fast alle um Kopfeslänge. Er sitzt neben der Empore des DJs. Er streicht durch die schweren Vorhänge in den Tantra-Bereich, er sieht die Nackten im Wasser. Er hört, wie zwei Männer in einer Toilette stöhnen. Als könnten sie hier nicht ficken, wo sie wollten. So ist das also.
Es ist nicht wichtig, zu erfahren, warum er hier ist. Sucht er Sex? Versucht er, sich einer aufreizend spärlich bekleideten Frau zu nähern, wie die anderen? Thomas Frantz ist ruhelos. Behände wie die Samplings im Beat bewegt er sich von einem Ort zum anderen. Er ist hier ein Fremdkörper. Mit seinen rötlich blonden kurzen Locken, dem dunklen Anzug, seiner feinen Verletztheit ist er eine Er-

scheinung, die wahrgenommen, aber instinktiv und misstrauisch gemieden wird. An jedem Ort bleibt er stehen und betrachtet alles aus einem neuen Winkel. Er trinkt Gin Tonic, einen nach dem anderen. Es ist heiß. Er schwitzt. Sein T-Shirt ist schwarz.

Frantz sitzt auf einem Loungemöbel am Rande der Tanzfläche. Er lehnt gegen die Wand und schlägt die Beine übereinander. Eine junge Frau legt sich neben ihn. Sie hat ihre schwarzen Haare zu einer Zopffrisur mit Pony gebunden. Ihr Gesicht ist fröhlich. Ihre Augen sind klar. Sie lacht Frantz an. Nymphen gehen herum mit Tabletts voller Spieße mit Huhn und Mandarinenstücken und Russischen Eiern. Die junge Frau trägt einen Mohairrollkragen. Der Pullover endet an ihrem Bauchnabel. Darin funkelt ein Stein. Ihre Füße stecken in hohen Stiefeln. Sie trägt schwarze Strumpfhalter, wie eine Verheißung.

»Ich bin Maja.«

»Thomas.«

Frantz lächelt.

»Arbeitest du hier? Ich hab dich vorhin kurz hinter dem Tresen gesehen.«

»Heute nicht. Ich komme öfter her, auch wenn ich nicht arbeite. Eigentlich jedes Wochenende«, sagt Maja.

»Warum? Gefällt es dir so gut?«

»Na ja, ich komme halt her. Beim ersten Mal, vor zweieinhalb Jahren, musste ich gezwungen werden herzukommen. Von meinem Freund. Er ist der Fotograf. Seither bin ich da. Die Chefin fragte uns, ob wir auch mal so kommen wollen. Eigentlich bin ich immer da. Jeden Tag.«

Maja lacht. In ihrer Zunge steckt ein silberner Knopf. Sie steht auf und verschwindet in der Menge.

Bald sieht Frantz überall glühende Leiber. Schwitzende Haut, erigierte Glieder, rot herausgestreckte Ärsche wie die von Pavianen. Was will er hier? Was reizt ihn an dieser Umgebung, die so gar nicht seine ist? Frantz sieht eine Frau in einem langen Mantel. Darunter ist sie nackt, sie hat sehr große Brüste. An einem Nasenring und einer kleinen Kette führt sie einen sehr dünnen Mann. Der Mann hat eine Glatze und ein ledernes Gesicht. Aus seinem Gilet ragt ein habichthafter Hals. Frantz stellt sich vor, wie die beiden an einem Tisch in einer Kreuzberger Küche sitzen. Sie trinken Kaffee und Cognac. Sie hören Radio. Sie hält die Leine in der Hand. Er dreht eine Zigarette. Sie steckt die Zigarette in eine silberne Spitze. Frantz fischt ein Russisches Ei vom Tablett einer Nymphe und stopft es sich in den Mund.
Später schleicht er sich die Treppe zur Galerie hinauf. Es ist der Bereich, der den Pärchen vorbehalten ist. Frantz schleicht sich hinauf wie die alten und jungen Spanner. Es ist vier oder fünf Uhr, und ihre Zeit ist gekommen. Geduldig standen sie, die niedersten Schlaflosen, die von vornherein Chancenlosen, an den Rändern der Tanzfläche und warteten. Jetzt ist ihre Zeit gekommen. Jetzt holen sie ihr Fleisch. So geht das. Sie ziehen in Gruppen herum. In der Gruppe ist der Einzelne geschützt. So ist das. Es sind Gruppen alter wie junger Männer in Netzhemden, in Unterhosen und Tangas. Männer mit welken grauen Gesichtern, mit scheuen, schuldbeladen jungen Augen. Männer mit dicken Brillen, behaarten Schultern und schlechter Haut, fette Männer, dürre Männer, Haut hängt in Falten von ihren Beinen.
In der Mitte des Raums befindet sich eine rotlederne Ma-

tratzenlandschaft. Darauf liegen Körper. In den hinteren Ecken schwarzlederne Matratzenlandschaften, darauf Körper. In Gruppen schleichen die Männer von Kopulation zu Kopulation. Sie berühren. Sie tasten. Sie pressen ihre Spinnenbeine, fleischigen Arme, massigen Bäuche an die Körper von Frauen, die sich im Akt befinden. Sie berühren das aphrodisierte Fleisch. Sie riechen daran, sie lecken, schmecken es. Frantz befindet sich unter diesen Männern.

Vorn, wo man hinaufgelangt, eine kleine Bank. Darauf sitzt ein Mann, der eine schwarze Maske trägt. Vor ihm kniet ein anderer Mann mit einer Maske und einem Hundehalsband, einem Würger. Der kniende Mann verschluckt den Schaft des Gliedes des sitzenden Mannes zur Gänze.

In Gruppen bleiben sie um die kopulierenden Körper herum stehen. Sie senken die Köpfe. Sie zupfen an ihren Schwänzen. Sie befriedigen sich, es ist eine zähe, quälende Prozedur, getragen vom gleichförmigen Bass. Es ist ihre Stunde. Zeit, sich das Ihre zu holen. Zeit, die Knochen abzunagen. Wie Alte, Schwache und Kinder an einem Feuer, wenn sich die Starken satt gefressen haben. Frantz streift, Hände in den Taschen, mit ihnen umher. Er wird von der Gruppe akzeptiert, absorbiert, als herrsche eine Absprache unter ihnen. Einzelnen forschen Männern dieser Gruppe gelingt es, ihren Schwanz in eine Vagina, in das Rektum einer Frau zu bohren. Passiert das, scharen sich die anderen um diese Demütigung. Es scheint ihre Masturbation zu befeuern.

Was für ein Gewimmel.

Auf der rotledernen Matratzenlandschaft in der Mitte

des Raumes macht Frantz eine Frau aus, die er zuvor auf der Tanzfläche beobachtet hat. Es ist ein junges Mädchen, das Frantz gefallen hat. Sie trug ein eng anliegendes Baumwollkleid wie eine freche Kreation von Coco Chanel. Ihr Haar war hochgesteckt. Das Kostüm schmiegte sich über die Hüfte und um ihren kleinen, knabenhaften Körper. Frantz nahm eine winzige Tätowierung zwischen ihren Brüsten wahr. Erst auf den zweiten Blick fiel ihm auf, dass sie nichts unter ihrem Kleid trug. Irritiert fühlte sich Frantz vielmehr von ihrem Blick. Er passte nicht zu diesem niedlichen Körper. Es war ein strenger, gerader Blick hinter einer strengen, geraden Brille. So, wie sie tanzte, beinahe ausdruckslos. Ihre Arme dicht am Körper, bewegten sich nur die Beine. In einem Pornofilm hätte man sie als Bibliothekarin besetzt, dachte Frantz. Als Bücherschlampe.
Dort sitzt noch eine andere Frau. Es ist eine ältere, dickliche Frau. Sie trägt ein schwarzes Korsett, schwarze Strümpfe. Frantz hat auch sie schon seit längerem beobachtet. Auch sie war ruhelos, stand mal hier, mal dort, neben einem oder mehreren Männern. Machte sie sich den Männern gegenüber bemerkbar, durch einen Blick, ein Wort, entfernten sich die Männer. Auch Frantz entfernte sich. Als er wieder durch den abgetrennten Bereich unter der Galerie streifte, sah er, wie sie in der Affenschaukel lag und wartete. Hier oben ist das genauso. Die Frau setzt sich zu diesem Pärchen, zu jener Gruppe Kopulierender, aber niemand beachtet sie. Sie tastet nicht nach einem Körper, wie die anderen. Sie greift nicht ein. Sie sitzt da und wartet.

In der Mitte der Leiber liegt der König. Eine Frau sitzt aufrecht hinter ihm und massiert seine Schultern. Er streichelt die Brüste einer anderen neben ihm liegenden Frau. Ein alter, einzelner Mann kniet zu seinen Füßen. Er berührt die Innenseiten der Schenkel der liegenden Frau, scheu, zärtlich. Der König lässt ihn gewähren. Die Frau wehrt nicht ab. Die Frau hat nichts zu sagen. Erst als sich der König, Zeichen seiner Langeweile, von ihr abwendet, ändert sie ihre Haltung. Sie wischt die Hand des alten Mannes weg wie ein lästiges Insekt. Das junge Mädchen, das Frantz auf der Tanzfläche beobachtet hatte, liegt nicht weit entfernt auf dem Rücken. Das hübsche Kleid die Hüften hinaufgeschoben, befindet sich ein kleiner junger Mann mit einem langen Ziegenbart, zugestochenem Hals und Rücken auf ihrem Bauch, ihr Haar noch streng gebunden, er küsst sie und stopft ihre Scham mit allen Fingern und dem Daumen seiner rechten Hand.
Die Hyänen haben sie entdeckt. Sie machen sich daran, über sie herzufallen.

Thomas Frantz wandte sich ab. Er verließ die Gruppe, verließ die Galerie, gerade als er gehen, als er die Tür hinauf zur Garderobe öffnen wollte, stand Maja auf der Treppe zur Galerie.
Sie sah ihn an.
Komm.

7. Fegefeuer. Elvira klopft an, fragt etwas, und Frantz denkt positiv

Was treibt ihn an, diesen Thomas Frantz, hierhin, dorthin, wo immer er glaubt, das Gute und Richtige zu sehen, aber etwas stellt ihm ein Bein, immer wieder, macht seine Bemühungen mit einem Mal zunichte, wie mit einem Schlag zur Herzspitze oder einem überraschenden Läufer-Matt im siebten Zug? Was ist es, das ihn hemmt, ihn zwingt, mit einiger Gewalt einzureißen, was er sich anderntags so mühselig aufgebaut hat? Sein Feind, das ist er selbst, weiß Thomas Frantz, also wir uns selbst und einander, denkt er, Frantz, er ist ja nicht dumm, und er traut sich selbst ebenso wenig über den Weg wie allen anderen. Er hat Angst. Man müsste ihn eigentlich vor sich selbst schützen. Auf Glück folgt Grausamkeit. Das hat er gelernt im Leben. Auf einen Moment des Glücks, eine kurze Phase der Leichtigkeit folgt das Unausweichliche. Das ist ein Gesetz, eine Maßnahme gegen die Hybris. Frantz, das Findelkind, hat das früh begriffen. Frantz arbeitet dagegen an. Wenn er sich freut, dann macht er sich schlechte Gedanken. Damit die Freude respektive die darauf folgende Ernüchterung nicht zu groß ausfällt. Wenn er sich schlecht fühlt, betrinkt er sich. Er betrinkt sich, um den Blues zu besiegen. Er betrinkt sich, wenn er fröhlich ist. So kann er diesen Zustand noch erhöhen. Thomas Frantz muss immer noch einen drauflegen. Das ist sein Metier.

Manchmal landet er in einem Hurenhaus, um zu reden.

In Kaschemmen, die Geisterbahn oder Letzte Haltestelle heißen. Manchmal kann er seine Rechnungen, seine Miete nicht bezahlen. Er will sich nicht kontrollieren. Verweigert sich, wie ein Kind. Bleibt doch so weit bei Sinnen, dass er genau spürt, wann er sich zum Idioten macht und seine Würde verliert. Das ist so würdelos. Daran kann er sich erinnern, einzig für die Erinnerung hat er es getan. Das ist so würdelos, wird er klagen, und er wird sich beleidigt schelten dafür. Er braucht eine Tragik zum Leben wie die Luft. Er wird aus der Ohnmacht erwachen und sich erinnern und in die Erinnerung hinein hassen. Aus Hass wird Angst. Er wird sich fürchten vor einer Krankheit. Schlaganfall. Herzinfarkt. Multiples Organversagen am besten. Tod und Verderben steigen in ihm auf. Er wird aufstehen und im Netz suchen, suchen nach den Symptomen von Krankheit. Er hustet. Bekommt Herzrasen. Hitzewallungen. Ganz elend ist ihm, er flucht, gelobt Besserung und leistet Abbitte.

Er wäscht ab, fegt, ordnet, wischt, bügelt. Das kleine Purgatorium. Die Dauer dieser Prozedur verhält sich direkt reziprok zur Summe der angefallenen Sünden. Anzahl alkoholischer Getränke plus Zeit, die er verschwendet hat. Das hat er bereits im Moment des Erwachens penibel errechnet. Nach Reinigung der Umgebung erfolgt die ausführliche Körperreinigung, und erst wenn auch diese Prozedur bis zur Salbung abgeschlossen ist, frühstückt er. Kiwi, Melone, Banane, Orange, wenn er hat. Ein Ei, wenn er mag. Kaffee mit viel Milch. Weißdorn, Magnesium, Vitamin C und als Lebertonikum Artischockenextrakt und Mariendistel-Schutzdragee. Er geht joggen und Fahrrad fahren, und dann ist ihm wieder wohl, als hätte er den Segen einer Beichte empfangen, obwohl er doch gar nicht katholisch ist, dieser Frantz, der alte Lutherzipfel, wäre aber schon immer lieber katholisch gewesen, gibt doch wirklich nichts Schlimmeres als diese blutleeren Calvinisten, das ganze vertrocknete, bigotte Pack.

Es klopfte. Frantz öffnete die Tür, und Elvira, die Gräte, stand vor ihm. Sie war ganz aufgeregt. Sie eröffnete Thomas Frantz, sie wolle ein Buch schreiben. Nervös zupfte sie mit der rechten Hand in ihrem wasserstoffblond gefärbten Haar herum. Darüber, sagte Elvira, wie verlogen die Welt der Models ist. Elvira drehte mit dem Finger eine Locke und sah ihren Nachbarn fragend an.
Thomas Frantz überlegte. Warum sollte man die Dummen davor bewahren, eine Dummheit zu begehen? Warum sollten dumme Menschen nicht dumme Dinge tun, wo es doch in ihrer Natur liegt?
Elvira begann zu plappern, und Frantz überlegte weiter. Es sind doch, sagte er sich, ohnehin die dummen Mütter und dummen Mädchen, die auf diese dumme Modelwelt hereinfallen. Würde sie ein solches Buch abschrecken? Würden sie es lesen, die Existenz eines solchen Buches überhaupt wahrnehmen? Wozu also? Ein weiteres Buch eines weiteren enttäuschten, mageren und farblosen Mädchens?
Frantz schwieg.
Elvira plapperte.
»Das ist eine ziemlich gute Idee«, sagte er nach einer Weile, allein, um ihren Redefluss zu unterbrechen.
Elvira plapperte unaufhörlich.

»Das gibt es bestimmt noch nicht auf dem Markt«, sagte Frantz, vielleicht, um sie ein zweites Mal zum Einlenken zu bringen, vielleicht, um sie erst recht zu befeuern.
Elvira war wie von Sinnen.
Er würde ihr vielleicht einige Kontakte zu Verlagen herstellen können, versprach Thomas Frantz nach einer Weile. Sie müsse einmal ihre Gedanken sortieren und ein Exposé formulieren, sagte er.
Elvira notierte sich das.
Schließlich, erklärte er ihr, müsse sie mehrere Probekapitel schreiben und recherchieren, was zu diesem Thema schon erschienen ist.
»Schon erschienen?«
Elvira sah ihn ungläubig an.
Ja, es sei doch immerhin möglich, dass irgendwo auf der Welt und vielleicht sogar in Deutschland bereits ein anderes Ex-Model auf die Idee gekommen ist, ein Buch darüber zu schreiben, wie verlogen die Welt der Models und der Mode ist, um damit Geld zu verdienen, und dass es ein Verlag womöglich für wert erachtet hätte, dieses Buch zu drucken, weil er damit Geld verdienen konnte.
Elvira sah ihn entgeistert an.
In diesem Anschreiben an die Verlage müsse sie klarstellen, wie sie ihr Buch von jenen anderer Ex-Models abzugrenzen gedenke.
Elvira nickte heftig, lächelte wieder über die gesamte Breite ihres großflächigen Gesichtes und hüpfte vergnügt die Treppe hinab. Thomas folgte ihr nach einer Weile, um unten nach der Post zu sehen.

Er mochte die Welt nicht mehr, in der er sich bewegte. Die Medien fand er arrogant. Das hierarchische System war zum Kotzen. Er hasste Debatten. Talkshows gingen ihm auf die Nerven. Er konnte die Werbung nicht leiden. Man wird zugeschissen. Man kann sich nicht wehren. Sein Briefkasten quoll über. Und wenn er noch so voll war, drückte man ihm die tägliche Werbung mit Gewalt hinein. Bitte keine Werbung, stand an anderen Briefkästen. Sie platzten aus den Nähten. Er wusste, es sind arme Schweine, die Werbung in Briefkästen stopfen. Oft Asylantenkinder. Sollen sie das Zeug doch in den Gulli schmeißen. Er müsste sich ja ständig Augen und Ohren zuhalten, um nicht in jedem Moment seines Daseins angegriffen zu werden.
Er ging hinauf, keuchte, schloss die Tür und legte sich noch mal aufs Sofa.
Die Dinge wurden niemals besser, sondern immer nur schlechter. Bestenfalls, wusste Frantz, blieben sie eine Weile gleich. Aber das konnte er niemandem sagen. Negative Gedanken schadeten. Sie waren die Wurzel allen Übels. Wer negativ dachte, grenzte sich aus. Von Menschen, die negative Gedanken formulierten, trennte man sich. Es war wie ein Virus, den alle fürchteten, eine Pest des dritten Millenniums. Selbst Marie-France war davon angesteckt. Man durfte nur positiv denken. Ich denke, also bin ich. Jung, gesund, erfolgreich. Allein das Wort, dachte Thomas Frantz, als er wieder aufstand.
Erfolgreich.
Er hatte es einmal aus dem Mund seines alten Büroleiters gehört. Der Mann hatte dieses Wort anlässlich einer Weihnachtsfeier des Verlags gesagt, und so hatte auch

das Wort etwas Feierliches bekommen, Frantzens Büroleiter hatte es mehrmals in seiner ganzen Feierlichkeit ausgesprochen und auch sonst an diesem Abend gern verwandt, Frantz murmelte das Wort und wiederholte es auf seinem Weg in die Küche.
Er... erfolg... erfolgreich.
Was bedeutete es denn? Reich an Erfolg. Oder macht Erfolg reich? Ist der Erfolg reich? Kommt Erfolg von folgen? Die Schnauze halten, tun, was einem von oben gesagt wird? Oder von Folge, also einer Reaktion auf etwas Vorausgegangenes, vielleicht eines Aufstandes oder einer rechten Geraden? Oder kommt Erfolg von erfolgen? Es erfolgt nun reich. Reicht der Erfolg?
Frantz versuchte, während er sich ein Brot machte, das Wort so feierlich zu betonen, wie es der alte Büroleiter an diesem Vorweihnachtsabend getan hatte.
Erfolg-raaiich ... er- ... er-folg-reeiich,
und obwohl es ihm nicht recht gelang, fühlte er, wie sein Hass auf dieses Wort wuchs und eine schöne Bitterkeit hinterließ. Frantz wusch sich die (immer noch negativen) Gedanken aus dem Gesicht und fragte sich, wann es eigentlich angefangen hatte. Mit den fünf Tibetern? Oder mit der *Möwe Jonathan*? Seither hatte man jedenfalls einen so genannten gesunden Egoismus zu pflegen. Allein diese Paarung. Wo blieb in der Gesellschaft des Substantivs Egoismus und des Adjektivs gesund noch Raum für die Balance?
Dabei nahm einem das Leben doch alles, dachte Frantz, ob ganz langsam oder mit einem Mal, ob mit einer Katastrophe oder Zahn um Zahn. Mit den Hälsen fängt es an. Aber das mochte ja niemand hören. Nicht einmal Marie-

France. Vielleicht, dachte Thomas Frantz, sollte man jeden Morgen mit einem möglichst negativen Gedanken beginnen. Wie Bernd, das depressive Kastenbrot auf dem Kinderkanal. Das nähme dem Tag seine Finte und würde das Quantum Grausamkeit, das er bereithielt, erheblich abfedern. Dann könnte ihn der Tag nicht mehr völlig umhauen, sondern nur noch besser werden, und das, klopfte sich Thomas Frantz auf die Schulter, war bereits ein positiver Gedanke, er war also infiziert.

8. Die Einsamkeit bittet zu Tisch. Sie isst sonst so allein

Wonach is dir? Frühstück oder Mittagssnack im Operncafé? Zwei ältere Damen in Pelzjacken steigen am Hauptbahnhof zu, Thomas Frantz kann nach der regelrecht geweinten Fassung von *Streets of London* des letzten Abteilmusikers nicht anders als ihnen zuhören, eine der beiden Damen besucht offensichtlich die andere, das erkennt er schon am Gepäck, Züblin, wo er hinsieht, das Bauunternehmen Züblin, am Stelzengebäude vor dem Tränenpalast, dieser mattblau und irgendwie traurig hinter dem Stelzengetüm, und dann gehen wir ein bisschen Unter den Linden lang, ja?
Friedrichstraße.
Ein Stoßtrupp vom Balkan stürmt unter vorgehaltenen Instrumenten das Abteil, Akkordeon, Trompete, Posaune, der Vierte kassiert sofort ab, Hackescher Markt, die Combo stürzt über den Bahnsteig und überfällt den Wagen gegenüber.
Ach, Frühstück mag ich jetzt nicht. Ich hatte heute Morgen Müsli. Gut, ich hab Entenbrust und Nudeln schon vorgekocht. Ach nee, lieber leicht. Mir ist jetzt nach was Leichtem. Also Operncafé? Da gibt's zu Mittag was Leichtes. Hab auch zugenommen, ja, seit ich nich mehr qualme, du weißt ja, das ist bei mir normal, ich hör ja immer mal auf zwischendurch, aber wenn die Irmie wieder kommt, garantier ich für nix.
Alexanderplatz.

Ein Obdachloser betritt das Abteil. Straßenfeger, Straßenfeger, lesen Sie neueste Geschichten im Straßenfeger oder unterstützen Sie uns mit einer kleinen Spende.
Die kommen jetzt jede Fahrt und wollen was verkaufen, sagt die Entenbrust. Gut, also Operncafé, und wann kommt die Irmie?
Jannowitzbrücke, beide ab.

Frantz nimmt die U-Bahn nach Kreuzberg. Er will in einem türkischen Fischgeschäft am Kottbusser Tor frische Miesmuscheln kaufen. Dafür nimmt er sich die Zeit. Er hat Marie-France zum Abendessen eingeladen. Das ist seine Spezialität: Miesmuscheln in Weißwein. Es soll ein romantisches Dinner werden in seiner Wohnung, Frantz liebt das und er liebt Muscheln, Marie-France ist schließlich Französin, und sie vergöttert seine Kunst.
Cicek Pasaji, das Erlebnisplateau zwischen Drogerie und Burgerhouse. Auf dem Markt am Kotti, es sind eigentlich nur zwei Stände, sorgen die türkischen Schreihälse für den Lärm eines Bazars. Hier ist die Stadt noch Weltstadt. Junge Männer mit gestählten Körpern, junge Mädchen mit gestärkten Kopftüchern, grell geschminkt, begeben sich zur Kampfsportschule Kwang Yu, 2. Etage über der Durchfahrt Adalbertstraße, sowie in das Nagelstudio Yasemin. Frantz liebt den Kotti. Wie eine Phantasmagorie Le Corbusiers reihen sich in die Jahre gekommene Gebäude um den Platz, Myriaden identischer Zellen, die Mauern erstrahlen lila und weiß. Die Kopftücher der Mädchen leuchten in den gleichen Farben. Ihr Haar darunter ist aufgesteckt wie von einem Architekten. Es riecht nach Frittenfett, Lamm und Tee. Inter Gida. Die

ganze Erlebniswelt kauft hier ein, Senegalesen, Togolesen, am Imbisstisch eine türkische Familie, Araber, Inder vor Pommes rotweiß, türkischer Currywurst und Thermoskanne. Am Eingang zum U-Bahnhof tragen die Männer Kampfhosen und Béret. Bier bei Fuß sehen sie hinab in den Schacht. Frau mit rotem Haar und fetten, nackten Waden wie eine pornographische Zeichnung von Robert Crumb. Abgestürzt. Der ganze Kotti, denkt Frantz, das sind Geschichten aus tausendundeinem Absturz, Barbès-Rochechouart in Berlin, Kampf und Wiedergeburt, Côte d'Ivoire und Kamerun, die Gassen voll Taubendreck; da steht der schwarze R8, 466 PS bei 7000 U/min, quer über das Trottoir. Haschisch, Heroin, Ecstasy & Koks en gros und en détail, Pommes eins zwanzig und so. Die Stadtindianer nuckeln am Schnaps.
»Pesevenk! Orospu!«, flucht ein Mann, er hustet. Zweimal Mangold und Erdbeeren aus Marokko. Berliner Bank und Vodafone. Ein Sonnenschirm fällt um. Religion ist freiwillig. Die Linke. Leihhaus & Geldwetten. Für Finanzexperten: Fangen wir noch mal ganz einfach an – eins plus eins ist gleich zwei, und da hockt ein Grüppchen müßig auf ihren Gehwagen. Jelder aus'm Fenster schmeißen, det is nich mein Ding. Nee, ick och nich. Ick hab die Früchte imma in Buttermilch, so hält et länger. Der mit dem Drachen am Hals und Tintentränen unter den Augen steht neben den Rollatorenmenschen und schimpft, die Sache ist ernst.
Der Mongole, der Mongole muss mit.
Sie holen ihn ab, aufs Revier. Der Kotti soll sauber werden, und der Mongole, der stört, wie er da sitzt auf dem Poller, der doch gemacht ist für ihn, sie zerren an ihm,

reißen ihn weg vom Mongolenpoller, Kommse, Kommse ma mit, ein Mann beißt in einen Apfel, und das Messer fällt auf den Gehweg.

Da klingelt sein Handy. Frantz greift in Gedanken versunken in seine Brusttasche. Im Display sieht er den Namen seiner Freundin.
»Man spürt, irgendwas ändert sich«, sagt Marie-France.
Frantz versteht nicht ganz. Er ist noch in dieser anderen Welt, seine Augen haften am Ort der Festnahme, er fragt automatisch nach.
»Ändert sich? Was meinst du?«
»Gerade habe ich Anja getroffen«, sagt Marie-France. »Wir haben uns unterhalten. Worüber, natürlich unsere Arbeit. Sie ist auch Cutterin. Sie sagt: genau dasselbe! Genau die gleiche Situation wie bei mir. Sie sagt, sie hat bis Januar noch was geschnitten, und dann nichts mehr. Gar nichts. Wie bei mir. Seit letztem Jahr August hab ich schon nichts mehr geschnitten. Bis Juli kriegt sie noch Arbeitslosenhilfe. Und jetzt macht sie alle möglichen Kurse. Sie sagt, man muss überlegen. Vielleicht noch mal was anderes machen. Man spürt, irgendwas ändert sich. Überall. Ich meine, Anja ist siebenunddreißig, die kann noch was machen. Aber was soll ich machen? In meinem Alter werden Leute rausgeschmissen, weil sie so alt sind wie ich. Das spürt man richtig. Irgendwas. Das macht mich wahnsinnig. Ich kann alles sein, nur nicht ohne Arbeit. Das macht mich fertig, völlig fertig.«
Eine Weile schweigt Marie-France.
Auch Frantz schweigt, er weiß nicht, was er dazu sagen soll.
»Es gibt einfach zu viele Kreative.«

»Das stimmt«, sagt Frantz.
»Und dann denkst du, okay, machst du halt was anderes, ja was denn? Wo gibt es denn Arbeit?«
Frantz hat das türkische Fischgeschäft in der Unterführung Adalbertstraße erreicht.
»Gute Frage. Sag mal, wann kommst du heute Abend zum Essen?«
»Zum Essen? Ach, die Muscheln? Hast du Muscheln geholt?«
»Ich stehe gerade vor dem Laden.«
»Ohh, aber leider ich kann nicht.«
»Du kannst nicht?«
»Nein, ich hab doch Arbeit gekriegt. Also ein bisschen. Eine Sprachaufnahme in Hamburg, morgen ganz früh. Ich fahre heute Abend.«
»Gratuliere.«
Er ist die Stufen des kleinen Ladens in das Souterrain hinabgestiegen. Frantz wünscht ihr für den nächsten Tag viel Glück. Marie-France sagt, sie werde ihn am Abend noch einmal anrufen.
»Bisous.«

Frantz hatte Marie-France auf der Party eines Freundes kennengelernt, zu der er bereits angetrunken erschienen war. Sie war ihm sofort aufgefallen. Groß und voller leidenschaftlicher Rundungen, rahmte ein klassischer französischer Pagenschnitt ihr Gesicht. Es war ein Gesicht wie eine griechische Tragödie. Hohe, scharfe Wangenknochen, ein ebenmäßig geschwungener Mund mit vollen Lippen. Wie ein Massif Central ragte ihre Nase daraus hervor, und Frantz verlor sich augenblicklich wollüstig

in den Höhlen dunkler Juliette-Gréco-Augen, die umsäumt waren von einem Geflecht feiner Falten und dichten, ebenso dunklen Brauen. Sie standen eine Weile draußen auf der Treppe bei den Rauchern, und Frantz bewunderte ihren hübschen Akzent, der ihre junge Stimme so wunderbar ergänzte. Sie trug einen schwarzen Bolero zu einer engen Jeans, was ihre ausladenden Hüften betonte. Wenn sie lachte, entblößte sie große, starke Schneidezähne und hielt sich sogleich mädchenhaft die Hand vor den Mund, eine späte Angewohnheit, dachte Frantz, um den Makel der Kronen zu kaschieren. Sie sprachen eine Weile französisch. Frantz, trunken und lose, wie er war, lief zur Bestform auf, wechselte dann aber wieder ins Deutsche, schließlich lebte Marie-France seit mehr als zwanzig Jahren in Berlin. Sie habe diesen Akzent jedoch nie ablegen können, sagte sie. Well, never change a winning horse, dachte Frantz, und als sie beim Alter angekommen waren, sagte sie ohne Umschweife und mit todernstem Selbstbewusstsein:
»Ich bin neunundvierzig.«
Frantz verschlug es die Sprache. Er hatte sie gut und gern zehn Jahre jünger geschätzt. Unter einem billigen Vorwand lockte sie ihn zu sich nach Hause. Sie habe da noch eine Flasche Vieille Prune auf dem Wohnzimmertisch stehen. Sie schoben ihre Fahrräder in Richtung Zionskirchplatz, und Frantz bepisste sich beinah bei dem Gedanken an die »Alte Pflaume«. Vor ihrer Haustür fielen sie sich Tränen lachend in die Arme. Marie-France hatte, aller Tragik, zweier gescheiterter Ehen und einem in Frankreich lebenden Sohn zum Trotz, etwas, das Frantz ungemein schätzte: Humor.

Am nächsten Abend stand Marie-France mit einem kleinen Koffer in der Hand vor seiner Tür und fragte, ob sie ein paar Tage bei ihm bleiben könne. Ein überraschender Besuch habe sich aus Hamburg angekündigt, die Frau, eine Kollegin, sei bereits in ihrer Wohnung einquartiert. Frantz fuhr mit dem Fahrrad umgehend zum Alexanderplatz, einen Fisch zu besorgen. Er stellte sich ein romantisches Dinner in seiner Küche vor. Er wühlte in der Tiefkühlbox des Asia-Ladens, und dieser Eisbehälter stellte für Frantz eine Schatztruhe dar. Darin gab es Jakobsmuscheln und Tintenfische, kiloweise abgepackt, Langustinen und Gambas groß wie Tortenstücke, die in einem anderen Fischgeschäft ein Vermögen gekostet hätten. Er konnte eine Stunde damit zubringen, über diese Truhe gebeugt das ein oder andere Paket, die eingeschweißten Fische herauszunehmen, in der Hand zu wiegen, daran zu riechen und sich vorzustellen, auf welche Weise er die Kostbarkeit zubereiten würde. Frantz liebte Tiefkühlschränke im Allgemeinen. Sie gaben ihm ein Gefühl der Sicherheit, eine Idee von Vorrat. Er hatte sich in der langwierigen und schmerzhaften Phase seiner progressiven beruflichen Verschlankung ein ganzes Arsenal solcher Fundgruben in der Stadt zurechtgelegt. Türkische Metzger, arabische Händler und asiatische Geschäfte in den ärmeren Gegenden, ausgesuchte Secondhand-Läden und Flohmärkte in den gutbürgerlichen Vierteln. Eine Folge von zu viel Zeit und zu wenig Geld. Er durchstreifte die Stadt auf seinem klapprigen Rad wie ein Jäger und Sammler. Wann immer es ihn nach Kreuzberg verschlug, nutzte er die Gelegenheit, sich am türkischen Markt mit Obst, Gemüse und Oliven einzudecken. War er weit im

Osten, machte er einen Abstecher in die Fidji-Hallen, die abfällig so genannt wurden, weil dort asiatische Großhändler auf einem alten Fabrikareal die Nippesläden und Asia-Restaurants der Stadt belieferten. Er füllte seine Satteltaschen mit Lemongras, Chinakohl, Ingwer und frischem Koriander und aß in einer der Garküchen.
Frantz hatte sich für einen Pazifikfisch entschieden. Einen roten Zackenbarsch, ein vollständiges Tier von mehr als einem Kilo Gewicht. Er hatte ihn vor Marie-France' Augen in der Küche geschuppt, bearbeitet, gewürzt und eingelegt, mit Tomaten, Petersilie und Zitronenscheiben garniert und in den Ofen geschoben. Marie-France hatte zur Feier des Abends ein rotes Samtjäckchen angelegt und verfolgte seine Bewegungen mit ihren großen Augen und offensichtlichem Gefallen. Vergnügt hatte sie mehrere Gläser Rosado geleert und sich, als sie den ersten Bissen voller Begeisterung genommen hatte, an einer Gräte verschluckt. Marie-France hustete und übergab sich auf den Zackenbarsch. Frantz haute ihr auf den Rücken. Marie-France rang nach Luft. Frantz gab ihr Wasser und versuchte sie zu beruhigen. Dann wählte er die Nummer des ärztlichen Notdienstes. Der Arzt erklärte, da sie atmen könne, sei die Gräte nicht in die Luftröhre gelangt, vielmehr habe sie längst die Speiseröhre passiert und dort lediglich das Gefühl einer Reizung hinterlassen.

Marie-France hatte eine Veränderung in sein Leben gebracht. Aber sie behielten ihre Wohnungen. Das müsse genügen, entschied Frantz. So verbrachte er die Mehrzahl seiner Tage und Abende weiterhin allein. Wenn man sich in vielen Jahren mit der Einsamkeit befreundet hat, fällt es schwer, auf sie zu verzichten, empfand Frantz. Sie enttäuschte einen nicht.

Auf dem Weg zum U-Bahn-Schacht hallen Marie-France' Worte noch in seinen Gedanken nach. Etwas ändert sich. Er sieht, wie der Mongole in einem Einsatzfahrzeug, es ist eine typische Berliner Wanne, von den Beamten befragt wird. Vermutlich versuchen sie, seine Personalien aufzunehmen. Um die Wanne herum haben sich Schaulustige bedrohlich nah postiert. Es sind die Protagonisten des Kotti. An ihren Gesichtern ist abzulesen, dass sie nicht einverstanden sind mit diesem Eingriff in ihr Habitat. Frantz will nicht, dass sich etwas verändert. Aber es muss sich doch etwas verändern. Es kann doch nicht immer so weitergehen?
Nichts hat sich verändert. Alles ist anders. Man kann es nicht sehen, aber alles ist anders, als es immer war, sagt sich Thomas Frantz. Nur wir sind dieselben. Wir haben uns nicht verändert. Wir waschen dieselben Autos, haben denselben Beruf, die gleichen Erwartungen. Wir fahren in Urlaub, der Nachbar bläst das Laub mit Lärm weg, die Schulen sind nicht geschlossen. Der Tabakladen führt F6, der Spargel kommt im Mai, Bayern wird Meister, am Weihnachtsbaum hängt Lebkuchen. Wir haben uns nicht verändert. Ein Viertel der Bevölkerung feiert nicht Weihnachten. Die Schulen werden nicht renoviert. F6 ist ein Produkt cleveren Marketings, Bayern ein Weltkonzern, und den Spargel stechen die Polen. Wir sind nicht in Indien. Berlin liegt am Ganges, meint Thomas Frantz.
Ein weiteres Einsatzfahrzeug trifft ein. Wohl, um den geordneten Rückzug der Staatsmacht zu gewährleisten.

Isst er die Muscheln doch allein. Muscheln und eisgekühlter Weißwein, für ein solches Fest braucht Frantz niemanden.

9. Alexaberlin. Die Metro AG spricht: Frantz, Fred, Cynthia und andere folgen um Mitternacht dem Aufruf des Großkonzerns zum Kaufhaus Alexa

Thomas Frantz sah Cynthia in dem Augenblick, in dem sich eine kleine Furt in der Menschenmenge auftat, als könne sie das Meer teilen. Ihr Kopf war schauerlich verformt. Ihre Stirn wölbte sich über die Nase hinaus und verjüngte sich zur Schädeldecke hin wie bei einem Elefantenmenschen. Oberhalb des rechten Auges prangte eine Beule. Die war neu. Zu allem Überfluss trug sie wieder den Kaffeewärmer, eine cremefarbene Filzmischung aus Damenbaske und Paschtunen-Mütze. Ihr Körper war zwergwüchsig. Der blaue Anorakkragen verschlang den Rest des Halses, und die Füße steckten in Puppenschuhen. Die Sohlen waren schneeweiß.

Ihre Augen hatten die Farbe der Freude.

Wir spielen hier die 70er, 80er, 90er und das Beste von heute. Fred lenkte, vornübergebeugt, den Rollstuhl mit der Rechten, rauchte und gestikulierte heftig mit der Linken. Seine Brille rutschte ihm auf die Nase. Er schob sie wieder hoch und zog mit geierhaft gerecktem Hals an der Zigarette. Sie flutschte ihm durch die Finger. Er bückte sich, gleichzeitig versuchte er den Rollstuhl einhändig um zwei junge Typen herumzumanövrieren, Araber vielleicht. Sie standen als Einzige noch in der Schneise. Das Vehikel stieß gegen eine Steinkante vor den Tramschienen, bekam Schlagseite, ein Rad hob ab, und als es aufknallte, hätte es Cynthia beinahe herausgeschleudert. Mit Mühe hielt sie sich fest.

»Mensch!«
Ihre Stimme hatte den Klang einer Ente.
»Ja, ey, autsch, ahh, ich hab mich verbrannt ...«
Fred lutschte an seinen Fingern.
»Pass doch auf! Ich hab immer noch das Ei auf der Stirn, wo du mich das letzte Mal rausgeschmissen hast!«
»Ischja gut«, maulte Fred.

Und also sprach die Metro AG: Xbox 360 Premium mit 2 Controllern und 4 Spielen, Project Gotham Racing, Kameo, WM 2006 und Colin McRae DiRT nur 249 Euro. Und viel Volk folgte dem Großkonzern auf den Alexanderplatz.

Frantz beugte sich vor und küsste Cynthia auf die Wangen. Sie waren gegen elf verabredet gewesen, um nicht die Letzten in der Schlange zu sein. Ihr Gesicht war warm und weich. Fred hatte Bier dabei, in großen Flaschen. Bei kleineren Flaschen stimmt das Preisleistungsverhältnis nicht. Frantz und Fred stützten sich auf den Rollstuhl. Die Flaschen baumelten in einer Tasche an der Rückenlehne. Sie tranken und entspannten das Spielbein. Sie sahen sich um. Volksfeststimmung. Fred trug sein immergleiches Outfit. Tarnhose, gelb kariertes Jackett, Turnschuhe, Bordeaux-Hemd. Das unterstrich die Sinuskurve seines Körperprofils. Manchmal wechselte er das Hemd. Im Sommer trug er ein olivfarbenes T-Shirt. Er steckte die Flasche in den Getränkehalter in Cynthias Rücken. Frantz stellte sich auf die Zehenspitzen. Aus dem Bahnhof quollen Menschen. Sie strömten von überallher auf den Platz und über die Grunerstraße zum neuen

Kaufhaus Alexa. Trauben von Fahrrädern lehnten an Laternen und Zäunen. Die Fenster des Kaufhauses strahlten violett in der Dunkelheit. Darunter leuchte ein roter Schriftzug. Blaulichter.

Da aber sprach die Metro AG: Eröffnung des größten Media-Markts Deutschlands, 24.00 Uhr, Geiz ist geil! Was es heißt, ist klar: Wer zu spät kommt, den beißen die Hunde. Wer zuerst kommt, spielt zuerst. Und wer rechtzeitig hier war, schon weit vor Mitternacht, beladen mit iPod, Bier und Alkopops, der hatte ein klares Bild im Kopf.

Thomas Frantzens Bild war der Toshiba Satellite L40. Der hätte unter normalen Umständen 699 Euro gekostet, im Eröffnungsangebot des Marktes war er für 599 zu haben. Frantz brauchte dringend ein neues Notebook. Der alte Dell war verbeult und langsam geworden. Online gehen konnte Frantz mit ihm nur noch über einen externen USB-Port. Der wackelte, und die Cursortasten waren vom Rotwein derart besoffen, dass sie sich nie richtig erholten. Auf der Tastatur fehlte das »l«. Es sah aus, als hätte der Computer eine Zahnlücke. Seither hatte Frantz Worte mit »l« gemieden.
Fred hatte voll Mitleid auf den alten Dell geblickt. Jeden Tag zwischen Mittag und Mitternacht, wenn Frantz versuchte, unterm Dach der alten Schmiede darauf zu schreiben oder im Schneckentempo herumzusurfen. Dann hatte Fred von der Media-Markt-Eröffnung am Alex gehört und Frantz dazu überredet, in den Toshiba zu investieren. Satte hundert Euro gespart. Ein Arbeits-

gerät müsse in Ordnung sein, meinte Fred, der alte Ostpreuße, es trinkt der Mensch, es säuft das Pferd, in Insterburch is umjekehrt. Natürlich war Fred ein Schwabe aus Unggenried bei Mindelheim, aber sein Vater war noch ein Waschechter gewesen und Fred also äußerst preußisch diszipliniert, im Rahmen seiner Möglichkeiten. Er hatte zudem die Sparsamkeit des Schwaben mit der Muttermilch eingesogen und als Erwachsener in vielen Jahren die teilnahmslose Langmut des Ostberliners erlernt.

Seit sie in die Dachkammer gegenüber der jüdischen Oberschule gezogen waren, war Frantz mehr und mehr von Freds Einzigartigkeit überzeugt. Diesen Eindruck hatte er schon gehabt, als er ihn das erste Mal sah. Frantz war auf der Suche nach einer Adresse gewesen, einem Journalistenbüro im alten Haus Schwarzenberg neben den Hackeschen Höfen. Vom Hof sah er im Fenster über der Einfahrt eine sitzende schlaksige Gestalt mit einer ovalen Kassengestellbrille. Sie trank Bier, rauchte Zigarre, las Zeitung und war offensichtlich am Scheißen.

Als Kind hatte sich Fred, soweit Frantz wusste, vor allem mit einem Chemiebaukasten beschäftigt. Er hatte die Infinitesimalrechnung drauf, lange bevor seine Klassenkameraden das Wort Dreisatz kannten. Er verschlang Bücher über Newton, Kepler und Heisenberg, als sie im Unterricht hörten, was ein Vektor ist. Es stand ein Bild von Konrad Zuse auf seinem Nachttisch, als der Erfinder des ersten Computers mit binärer Gleitkommarechnung eine Theorie der zellulären Automaten auf die Kosmologie anzuwenden suchte. Fred verfolgte das mit großem Interesse. Etwa genauso früh entdeckte er seine Liebe zum

Ethyl. Der Mensch hat ein Recht auf Rausch, sagte Fred. An seinem dreizehnten Geburtstag war er im Bett des Dorfbachs erwacht.
Fred brach sein Physikstudium ab, als die ersten Heim-PCs auf den Markt kamen. Seither ließen ihn die Dinger nicht mehr los. Als Frantz ihn kennenlernte, trieb Fred sich eine Weile als Wissenschaftsjournalist herum. Dann entdeckte er den E-Commerce. Er legte eine Mega-Pleite hin. Davon erholte er sich nur langsam.
In der alten Schmiede hatte sich Fred innerhalb eines Jahres einen Supercomputer gebaut. Er bestand aus alten PCs und Festplatten. Er hatte sie für einen Apfel und ein Ei bei eBay ersteigert und zu einem Hauptspeicher zusammengeschaltet. Wie ein Stacheldrahtverhau umgaben Kabel, Telefonleitungen, Netzteile, Prozessoren, Router und geheimnisvolle Geräte seinen Schreibtisch. Das war ein dunkelbrauner Kasten aus NVA-Beständen. Seither gab es vier Hochleistungsrechner. Die Cray XT5 des Oak Ridge National Laboratory in Tennessee, den IBM Roadrunner in Los Alamos, Albert2 in der Schweiz und Freds PC in der Großen Hamburger. Fred saß inmitten seines elektronischen Zombies vor einem 36-Zoll-Bildschirm der dritten Generation. Er füllte die halbe Tischplatte aus. Fred wippte auf einem amerikanischen Drehsessel aus Leder, wie er in den Wohnzimmern der sechziger Jahre herumstand. Das erinnerte Frantz an Glenn Goulds Kinderstühlchen. Bei seinen Konzerten ragte der Kopf des Pianisten kaum über die Klaviatur.
Es stand noch ein dritter Schreibtisch in einer Ecke. Daran arbeiteten dann und wann junge Frauen, Journalistinnen, die wie Frantz gegen die Verzweiflung anschrieben,

surften, bloggten, gruschelten; Fred übernahm in der Regel das Casting. So wie er auch die Bürogeschäfte führte und die Verhandlungen mit der Anwaltskanzlei der Hausverwaltung, wenn die beinahe monatliche Erhöhung der Nebenkosten anstand. Die Nachwuchstalente blieben nicht lange. Sie waren Büronomaden, ergatterten Einjahresverträge und sechswöchige Projekte oder gingen ins Ausland. Dann hockte Ingo manchmal da und verbreitete Stille. Freds Assistent, ein blässlicher Student der Informatik.

Frantz hatte nie verstanden, was der Mann, dem er jeden Tag in einiger Entfernung gegenübersaß, da eigentlich machte. Im Gegenteil. Er hatte früh die Flinte ins Korn geworfen. So, wie er es auf dem Schachbrett tat, wenn Fred ihn in wenigen Zügen am Kanthaken hatte. Frantz akzeptierte diese Überlegenheit als ein naturgegebenes Übel. So, wie man ein Erdbeben oder eine Krankheit hinnahm. Fred schlurfte jeden Mittag herein, ziemlich genau um zwölf Uhr. Es sei denn, er hatte einen kapitalen Absturz hingelegt oder war auf dem Weg zum Büro, wie zum Beispiel um Weihnachten, über einen Glühweinstand auf dem Alexanderplatz gestolpert.

Er hatte dunkel unterlaufene Augen und trank Pfefferminztee aus einem Bierglas. Das war grau und braun vom Satz, weil Fred es noch nie abgewaschen hatte. Fred programmierte den ganzen Tag. Dabei murmelte er manchmal vor sich hin. Zahlen, Kürzel und Worte in einer Sprache, die Frantz nicht verstand. Fred rauchte und programmierte. Er telefonierte mit Ingo, seinem Adlatus. Er telefonierte mit Leuten im Badischen und in der Schweiz. Das waren seine Partner. Er surfte auf seinem

Superhighway, lud Schwedenpornos und Japanese Bondage herunter und knabberte Röstbrot. Das sprang aus einem Toaster irgendwo in seinem Maschinenpark. Wenn er nicht telefonierte, klingelten sein Telefon und Handy. Das war Cynthia. Fred reagierte gar nicht oder sehr barsch.
»Lass mich in Ruhe!«
Ging er nicht dran, ließ sie es klingeln, bis er abnahm.
»Ich muss arbeiten, keine Zeit!«
Kaum hatte er aufgelegt, klingelte es.
»Was willsch'n schon wieder? Ich weiß nicht, wo deine Haarbürste isch«, brüllte er.
Dann knallte er den Hörer auf.
Um Punkt fünf Uhr ging er runter zum Kurden. Dort kaufte er eine Packung Zigaretten und sechs Bier. Wenige Minuten später keuchte er die Treppe rauf. Frantz hörte das Klappern der Flaschen. Fred trug sie im Affengriff zwischen den Fingern. Das hatte etwas Verlässliches. Man konnte die Uhr nach ihm stellen. Danach würde Fred Rechnungen schreiben und Bestellungen abrufen.
Alles, was Thomas Frantz dabei verstand, war, dass Fred - neben einer unregelmäßigen Beratertätigkeit - Webseiten für eine Galerie, ein Schwimmbad, eine Floristin, einen Architekten und eine Anwaltskanzlei entwarf und pflegte. Sein Kerngeschäft aber bestand darin, von ihm selbst entwickelte Webportale und Internetshops zu betreiben. Das war ein Portal für Psychologen, Masseure und Heilpraktiker, solches Kroppzeug, sagte Fred. Das Portal firmierte unter dem Namen Heileheilegänschen.de. Fred trank und rauchte und arbeitete an seinen Versandhäusern. Das waren ein Webshop mit dem Namen

Tabakselbstanbauen.de und ein Versand für S/M-Devotionalien. Mit seinem Partner im Badischen vertrieb er Tabaksamen wie Geudertheimer, Virginia und das Russenkraut Machorka. Sie stellten Pflanzenanzuchtsets, Fermentierkästen und Drehmaschinen her und verschickten sie. Im S/M-Versand hatte er Lederpeitschen, Daumenschellen und hölzerne Schandgeigen im Angebot. Sogar eine Panzerknackerkugel mit Fußkette gehörte zum Sortiment. Das war sein Lieblingsutensil. Neben einem gewöhnlichen Zigarrenschneider. Er vertrieb ihn als Scherzartikel unter der Bezeichnung »A Rabbi's pocket circumciser«.

Auf Zehenspitzen stehend schätzte Frantz die Lage ein. Von der Galeria Kaufhof, dem Berolina-Gebäude und der Keibelstraße her drückten Neuankömmlinge das Zentrum der Masse immer bedrohlicher zusammen. Vor dem neuen Kaufhaus hatten Sicherheitskräfte eine Absperrung aus mobilen Zäunen angebracht. Dazwischen hatten sie drei schmale Durchgänge gelassen. Dort standen Wachleute. Frantz, Fred und Cynthia befanden sich im vorderen Mittelfeld. Langsam rückten sie auf. Fred und Frantz versuchten, beidseitig von Cynthia einen kleinen Abstand zu verteidigen.
Frantz spürte einen schweren Körper in seinem Rücken. Er stemmte sich gegen die Masse, die Masse stemmte sich gegen seinen Rücken. Frantz spannte seine Muskeln an und nahm die Grundstellung ein. Auslegerbein vor, das rechte zwei und einen halben Fuß versetzt, Ballen federnd. Frantz nahm die Arme vor den Körper. Er war jetzt ganz stabil, das Bild eines Boxers. Er hörte eine tiefe Stimme.

»Piss die Wand an, Mann.«
Frantz wandte den Kopf, seine Schulter hielt dem Druck noch stand, er sah den Mann an. Frantz roch Atem.

Gerkan: Nach dem Überfall die Xbox. Gerkan, piss die Wand an, der dicke Gerkan. Obst & Gemüse, packen, preisen, wischen, wichsen im Klo. Gerkan, der dicke Gerkan, jeden Mittag Türle, Gemüsebrei mit Reis, Gemüsebrei mit Reis. Aral Tankstelle, Hauptstraße, 19.43 Uhr, 224 Euro mit vorgehaltener Pistole Sig Sauer P 220. Danach Doppel Whopper, Big King XXL, Hot Chili Double, Coke, der dicke Gerkan. Uhren-Katz, Mehringdamm, 21.52 Uhr, Arterienschnitt der linken Achselhöhle und Zertrümmerung des Schädels mittels eines Hammers. Piss die Wand an, Mann.

Der schwere Mann schlüpfte seitlich an Frantz vorbei und walzte auf den Rücken einer zierlichen Frau zu. Von allen Seiten erhöhte sich der Druck. Fred lag halb auf Cynthia. Cynthia rollte zur Absperrung. Sie stieß gegen einen älteren Mann in der Menge, der Mann schrie auf. Er rieb sich die Achillessehne. Ein Junge lachte. Auf einem roten Kleinbus stand: 104.6 RTL. Folge uns auf Twitter. Werde unser Freund auf Facebook. Der Junge trug Kopfhörer. Der alte Mann fluchte. Wir spielen die 70er, 80er, 90er und das Beste von heute, hallte es vom roten Kleinbus in einer Endlosschleife über den Platz. Der Junge zeigte Zunge. Eine andere Frau mischte sich ein. Sie fuhr Cynthia an:
»Ey, Püppi, glaubst du, du bist hier was Besonderes?«

Klara: Pass auf, dass dir nichts passiert. Klara. Katholisch, Rätoromanin, Wollrock. Klara, liiert mit einem Schweizer Clown und Priester, er hält den Zölibat. Klara, Journalistin, halterlose Netzstrümpfe. Da kann ja jeder kommen. Hier. Soll sie doch aufpassen, wo kommen wir denn da hin? Nur weil sie behindert ist? Behinderte soll man gleich behandeln. Wer schenkt mir denn was? Ach, Alfonso, warum nur. Ich würd doch nix sagen, nix sagen. Klara. Schweizerische Kirchenzeitung, Schaftstiefel. Jeder Mensch trägt die Idee der eigenen Vollendung auf der Stirn. Klara. Vulgärplatonistin, Spitzenhöschen, im Schritt offen. Warum nur können wir unsere Liebe nicht leben? Alfonso, warum?

»Wie bitte?«
Cynthia stützte sich auf die Armlehnen, als wolle sie aufstehen. Um ein Haar wäre sie explodiert. Flink stellte sich Fred vor den Rollstuhl und drückte sie sanft wieder in den Sitz.
»Sag mal, hat die eben Püppi zu mir gesagt? Kann das sein?«
Wir spielen hier die 70er, 80er, 90er. Die Frau in der schwarzen Lederjacke schlüpfte durch eine Gruppe Jugendlicher, Frantz sah sie nicht mehr.
»Komm, vergiss es«, sagte Fred.
Das Beste von heute.

Cynthia, die bitteren Tränen der. Cynthia war ein Einzelkind. Sie war in Pankow geboren, das Wunschkind ihrer Eltern. Chondrodystrophie, disproportionierter Zwergwuchs. Angeborene Störung der Knochenbildung, das

passiert statistisch in einem von dreißigtausend Fällen. Ihre Eltern waren Architekten. Ihre Mutter legte Gärten an in Berlin und in Brandenburg, Papa baute den Palast der Republik, und Cynthia wuchs nicht.
Als sie drei Jahre alt war, war sie nur wenig größer als ein Neugeborenes. Alle Bemühungen, sie zum Laufen zu bewegen, schlugen fehl. Eine Muskelschlaffheit verlangsamte ihre Entwicklung, besserte sich aber. Sie litt an Atemwegsinfekten und Mittelohrentzündungen. Als sie vier Jahre alt war, wurde ein Kinderrollstuhl angeschafft. Später kam Milchschorf hinzu. Eingeschränkte Funktion der Nieren, Leber und Gallenwege. Hypertonie. Ihr Krankenblatt wurde jedes Jahr länger. Die Zahl ihrer Aufenthalte in Kurhäusern und Rehabilitationszentren wuchs.
Cynthia besuchte einen Behindertenkindergarten und die Sonderschule. Ihre Klasse bestand aus fünf Schülern. Sie besuchten die Patenbrigade des VEB Werk für Fernsehelektronik Berlin-Oberschöneweide. Sie besuchten das Ostseebad Binz und die Sendeanlage im Fernsehturm. Sie feierten internationalen Kindertag. Ach Jottchen, so 'n Würmchen hätte der Hitler aber erlöst, sagte die Vorarbeiterin der Brigade. Der Busfahrer war sehr fröhlich mit den Kindern. Mit einer Ausnahmegenehmigung besuchte Cynthia die polytechnische Oberschule. Sie hatte Anspruch auf Arbeit in einer Behindertenwerkstatt.
Zweimal in der Woche fuhr sie zur Physiotherapie. An jedem Mittwochnachmittag besuchte sie seit einem Jahr ein junger, gut aussehender Mann vom Sozialdienst. Sie gingen ins Eiscafé in der Einkaufspassage am Alexander-

platz. Er studierte Computerlinguistik. Cynthia mochte ihn. Alle anderen hatte sie mit ihren kapriziösen Launen vergrault. Der junge Mann war charmant.

Die meiste Zeit verbrachte Cynthia im Netz. Chatvillage, Lavachat, die mit dem Feuer. LoveChat, die mit dem Herzen. Chatworld, die mit den Teufeln. Sie flirtete und lachte. Nette Schnecken findest du hier, verkriechen war gestern. Sie spielte und hatte Spaß. Smiley + Bärchen = Knuddel Chats. Sie benutzte Namen aus Kinderbüchern. Sie ließ sich die Karten legen, die Liebe und das Leben vorhersagen, sie bestellte Topflappen.

Auch Fred chattete, und er hatte Cynthia in einem Chatroom kennengelernt. Zuckersüß war die, schwor Fred, als Frantz ihn einmal danach fragte, zuckersüß.

Sie fuhr Auto, sie ging zum Brunnen der Völkerfreundschaft. Sie ging zum Frisör im Haus der Elektrotechnik, sie las Zeitschriften. Sie schminkte sich und ging ins Kino in der Passage am Fernsehturm. Sie hielt Diät und liebte Mohnschnecken und die Weltzeituhr am Alexanderhaus. Sie ging essen ins China-Restaurant im Nikolaiviertel und zum Mexikaner im Haus des Reisens, sie kaufte Strümpfe in der Galeria Kaufhof. Sie tat alles, was andere Frauen in ihrem Alter auch taten.

Als Fred sie das erste Mal im Eiscafé in der Passage traf, hatte er mit allem gerechnet, nur nicht mit dem Rollstuhl. Sie lächelte. Sie trank Cappuccino mit Sahne, sie aß Eierkuchen mit Karamell und heißen Himbeeren. Er trank Tee und trug eine dünne Krawatte zum gelb karierten Sakko. Was soll ich sagen? Zuckersüß war se! Da war mir der Rollstuhl dann egal. ’s isch, wie’s isch, hatte Fred gesagt, und da hatte es für die beiden kein Halten mehr gegeben. Eh sich Fred versah, wohnte er mit ihr in einem Mietshaus an der Nikolaikirche. Seit acht Jahren. Fünfter Stock mit Aufzug, historisierende Platte. Vom Wohnzimmer aus blickten sie auf die roten Ziegel des Gotteshauses.

Frantz hatte sich immer gefragt, was Fred bei Cynthia hielt. Sie keifte ihn an. Er schwieg zurück. Sie verfolgte ihn. Er floh ins Anna Koschke. Sie kontrollierte, sie schurigelte ihn, er rettete sich zu seinen Eltern nach Unggenried. Auch dort terrorisierte sie ihn mit Anrufen. Er schrie sie an. Sie schickte ihm Küsse.

Sie bügelt meine Hemden, sagte Fred. Dann lachte er sein einsilbiges Lachen. Tha! Ich hab's eben gern, wenn meine Frau meine Hemden bügelt.

Sie gingen manchmal ins Kino, am Mittag. Frantz wusste, dass Fred ins Kino musste, wenn er in der Nacht zuvor mit Fred lange im Anna Koschke gesessen hatte und sie am Ende noch in der Besenkammer gelandet waren. Es war ein Ablass. Im Gedränge der Kinder und Eltern im CUBIX am Alexanderplatz holte Fred die Karten und Cynthia Popcorn. Im Kinosaal hob er sie aus dem Rollstuhl und trug sie zum Platz. Cynthia trank Coca Cola und lutschte Eiskonfekt. Sie liebte Werbung, sie liebte Trailer. Sobald der Hauptfilm begann, stellte sie Becher und Eimer beiseite und sah ihn an. 's is dunkel. Mach was, sagte sie. Fred stöhnte. Er wusste, dass er nicht entkommen konnte. Mach was, 's is dunkel, ärgerte ihn Frantz manchmal schon im Anna Koschke. Bisschen Tittenwühlen nannte das Fred.

Wir spielen hier die 70er, 80er, 90er, eine Welle der Bewegung erfasste den Alexanderplatz, Fred reichte Frantz eine Flasche. Als sie dicht vor der Absperrung standen, winkte Cynthia einem Wachmann. Der winkte sie ran, und wieder tat sich eine kleine Furt auf. Cynthia sprach den Wachmann an.
»Nein. Sie können hier nicht durch.«
Cynthia lächelte, süß.
»Nein, nein, das geht leider nicht« – der Wachmann schüttelte den Kopf. Sein Gesicht war von einer Narbe durchzogen.

Henno: Er wär gern nach Amerika gegangen. Henno, der schöne Henno. Calvin Klein Underwear und Generation Golf. Metropol Model & Castingagentur, Fasanenstraße 112. Henno, der einmal schön gewesen war, bevor ihm ein führendes Mitglied der Bandidos mit einem Fahrradkettenschwung den Scheitel ins Gesicht verlängerte. Henno, der einstmals schöne Henno. Drei achtzig die Stunde, zwei Kinder, zwei Zimmer, Hellersdorf, es ist am Ende der Allee das siebte Hochhaus in der Reihe jener Hochhäuser mit den bunten Kegeln und Kugeln auf den Dächern, die Farbe seines Balkons ist altrosa.

»Außerdem passen Sie da gar nicht durch. Durch die Absperrung. Das ist viel zu eng!«
Der Wachmann blickte mitleidig.
»Ich bring Sie aber gern zum Ausgang rein, hinten. Kommen Sie, kommen Sie.« Der Wachmann zeigte um die Ecke.
»Nein!«, rief Cynthia.

»Ist mir doch wirklich zu blöde. Das kotzt mich an«, rüpelte Cynthia mit messerscharfer Betty-Boobs-Stimme.
»Mann, das kotzt mich vielleicht an, dass ich alles immer nicht können soll.«
Cynthia rollte energisch vorwärts. Fred ließ die Lehne los. Frantz stand regungslos da.
»Na bitte, geht doch«, sagte Cynthia und rollte mühelos zwischen den Pfosten hindurch.
Frantz und Fred folgten ihr. Niemand hielt sie auf. Sie waren durch.

Ein dumpfer Knall.
Plötzlich: Stille.
Plötzlich: Bewegung.

Schieben, drängeln, drücken. Die Ersten vorn stöhnen schon. Hinter Frantz, Fred und Cynthia fallen die Sperren. Die Ersten rennen schon. Sie johlen wie die Fernsehindianer. *TomTom One II DACH – 147,– Euro.* Der Druck von hinten wächst. Andere rennen auch. Keiner will der Letzte sein. Sie rennen an Frantz, Fred und Cynthia vorbei in das Kaufhaus hinein. Vorn krachen schon die Ersten gegens Glas. Der *iPod Video 30 GB nur 199,– Euro.* Es ist noch nicht Mitternacht. Es ist noch eine halbe Stunde bis Mitternacht, drinnen fürchtet man sich schon. Hat doch keiner so gerechnet. Ist ja schlimmer als in Polen. Rütteln an den Glastüren. Eine Nase bricht, der *Navman F20 nur 99,– Euro*! Es quietscht am Glas, Blut zieht eine Spur die Scheibe hinab, drinnen schreckt ein Mitarbeiter auf. Hämmern. Fäuste gegen Glas. Die *Canon EOS 400 D +*

EF-S 18-55 glatte 533,– Euro, WIR WOLLEN REIN! Füße gegen Glas, Flaschen fliegen, Glas gegen Glas, die Masse drückt, die Masse drückt, eine der Türen bricht. Schwere Glasbrocken krachen auf den Steinboden. Splitter fliegen durch die Luft wie Schrapnelle, wie Schreie, der *HP Deskjet F370 nur noch 33,– Euro* – WIR WOLLEN REIN! Das Metallgitter dahinter hebt sich, jemand hat auf den Knopf gedrückt. Verkäufer schieben die restlichen Glastüren beiseite. Dann flüchten sie durch die Kassengänge hindurch nach hinten.

Der Damm ist gebrochen.

Der Sog erfasst auch Frantz, Fred und Cynthia. Sie werden hineingezogen in den Schlund, in das Grölen, es ist nicht auszumachen, ob es Schmerzensschreie sind oder Verzückung, ob es eine Höllenfahrt ist oder ein Rockkonzert. Frantz erinnert sich an Bilder orthodoxer Muslime bei einem Opferfest. Männer, die sich Macheten und Rasiermesser auf die Köpfe schlagen und Blut in ihren Gesichtern verschmieren. Wer sich gegen den Strom stemmt, wird überrollt. Drin geht das Gedränge weiter. Vorn stehen Wachmänner. Hinten stehen Angestellte. Die Wachmänner versuchen, die Kassen zu schützen. Die Verkäufer verschanzen sich hinter Stapeln aus Kartons. Hinten fliegen Digicams und Fotoapparate durch die Luft. Vorn schlägt ein Wachmann zu. Die Rolltreppe bleibt stecken. Dort schieben sie. Eine Gasse bildet sich. Jemand liegt am Boden. Niemand geht hin.

CallYa-Paket mit Motorola RAZR V3 39,– Euro.

Kartons stehen wie Oxer auf einem Parcours. An den Wühltischen *Fight Club, Bourne Identity 5,– Euro*. Arschloch! Wixer! *Da Vinci Code, Underworld Evolution*. Komm

doch, du, du ...! *Flutsch und weg.* Was? *American Psycho, Gladiator.* Du Drecksau du! *Rambo Trilogy.* Ein Mann bekommt eine Faust in den Magen. *Der Pate Collection.* Ein Flachbildschirm kracht und splittert. *Philips 42PFL7404H – 107cm (42") LCD 599,– Euro.* Der Mann knickt ab. Er sackt zu Boden. Verpiss dich, Kanake.
Die Computer sind oben. Dort stehen auch die meisten Xboxen. Ein Wachmann winkt Cynthia in den Aufzug. Frantz und Fred folgen. Eine Frau springt rein, Typ hinterher. Die Tür ist zu. Ein Halbstarker knallt dagegen. Der Wachmann zieht den Knüppel aus dem Halfter. Er droht dem Jungen durchs Glas.
Im dritten Stock haben sich Gruppen gebildet. Sie tragen die Stapel der Xboxen ab und schichten sie um. Sie schichten sie entlang der Wände zu eigenen Türmen aus Xboxen, Cams und Konsolen. Sie stapeln Autoradios und Navigatoren. Sie telefonieren. Sie rufen Verstärkung. Jemand brüllt in ein Handy. Ey, willst du 'ne Xbox kaufen? Dreihundertfuffzig! Frantz bahnt sich seinen Weg. Fred stopft unterwegs 300-Gigabyte-Festplatten in Cynthias Einkaufsbeutel, schnappt sich einen HP und ein paar USB-Sticks. Frantz hat die Palette mit den Toshibas gefunden. Fred stapelt Packen von Druckerpapier auf Cynthias Schoß. Frantz zieht ein Paket mit der Aufschrift Satellite L40 vom Stapel.
»Los, nix wie raus hier.« Fred wirkt nervös.
Da hört Frantz laute Techno-Musik.
Ein dumpfer, stampfender Beat, wie aus dem Nichts.
»Was'n das?«
Fred sieht Frantz erstaunt an.
»Isch das jetzt die verkaufsfördernde Fahrstuhlmusik?«

Fred lacht sein einsilbiges Lachen.
»Tha!«

Kracks, Spratz, Spratz.
Eins-zwei-drei, lasst die iPods frei!

Eine Stimme wie aus Lautsprechern. Eins, zwei, drei, lasst die iPods frei! Eine Stimme wie auf einer Demo. Der aggressive Beat hämmert durch alle Etagen. Eins, zwei, drei! Lasst die iPods frei! Es ist die helle Stimme einer Frau. Eins, zwei, drei! Andere Stimmen fallen in den Slogan ein. Eins-zwei-drei – lasst das Kaufen sein – eins, zwei, drei – wir laden euch zum Plündern ein …! Wohl eine Spontitruppe, mutmaßt Frantz.
Frantz sieht im Aufzug, wie sie unten auf den Tischen tanzen. Junge Typen mit Sonnenbrillen und Frauen mit langen Filzlocken. Wie auf einem Folk-Happening. Zwei, drei. Der Wachmann hat einen Schlagstock mit Seitengriff. Er klemmt ihn unter den Arm wie einen Exerzierstab und schiebt Cynthia vorbei an den Wartenden, als wäre das seine heilige Pflicht. Eins, zwei. Die Wartenden drängen sich vor den Kassen. Frantz sieht, wie sie sich mit Packen und Paketen mühen. Eins, zwei, drei. Hinten stehen sie breitbeinig auf den Wühltischen und wackeln im Takt. Vorn stehen Polizisten auf den Kassentischen und drohen in die Luft.

Als sie wieder auf dem Alexanderplatz standen, sahen sie das Aufgebot. Einsatzwagen, Rettungswagen. Noch immer hörten sie Schreie, Pfiffe. Sirenen. Mit Paketen beladene Menschen strömten an ihnen vorbei. Sie verschwanden im Untergrund. Autonome rannten brüllend davon. Der rote Kleinbus fuhr weg. Thomas Frantz hatte seinen Toshiba. Sie verstauten alles in den Taschen. Freds Drucker, die Sticks, die Festplatten. Sie öffneten das letzte Bier. Das Papier zurrten sie mit Frantzens Fahrradexpandern am Rollstuhl fest. Cynthia hatte eine kleine Kamera in der Hand.

»Tha! Noch satte eins fuffzig pro Packen gespart. Ja, ja. Auch Kleinvieh macht Mischt. Prosch!«

Fred war zufrieden.

Cynthia versuchte, ein Foto zu machen.

»Wieso geht'n das nich?«

Fred untersuchte den Apparat.

»Tja. Hätsch an der Kasse halt noch 'n paar Batterien einstecken müssen.«

»Und jetzt?«

»Gehn wir in die Besenkammer. Wo wir schon da sind«, sagte Frantz.

»In eure Schwulenkneipe? Oh Gott. Lassen die mich da überhaupt rein?«

Irgendwann landet jeder in der Besenkammer, hatte Luzifer, der Wirt im Anna Koschke, einmal zu Thomas Frantz gesagt. Es klang wie eine Fatalität. Frantz und Fred landeten dort unausweichlich, wenn nichts anderes in der Gegend mehr aufhatte. Die Besenkammer hatte immer auf. Jeden Tag, jede Stunde. Sie war eine der ältesten Kneipen im Viertel. Es gab sie schon, als Homosexualität in der DDR ein Geheimnis war. Aus den Boxen klangen Lieder wie *Griechischer Wein*. In der Besenkammer war immer Volksfest. Schenk noch mal ein. Fred und Frantz

orderten geistige Getränke. Cynthia Prosecco. Bärtige Komplimente. Klar lackierte Fingernägel. Ein Typ wie ein Fremdenlegionär sah Frantz fest in die Augen. Der fette Wirt trug einen grünen Trainingsanzug. Der Fremdenlegionär prostete Frantz zu. Frantz winkte fröhlich und stürzte seinen Schnaps. Er bestellte gleich noch einen. Nach kurzer Überlegung für Fred einen mit. Neben ihm stand ein junger Mann, er hielt einen Schein in der Hand. Frantz musterte ihn. Der dicke Wirt nahm den Schein und strich mit dem Finger über den Handrücken des jungen Mannes. Frantz zahlte. Er nahm die Getränke und schlängelte sich um die Gäste herum. Fred und Cynthia hatten sich am Fenster vor dem Geldspielautomaten postiert. Dort saß ein großer, kräftiger Mann allein am Tisch. Frantz setzte sich auf den freien Stuhl. Der Mann hatte zarte blonde Locken und trug ein knöchellanges Abendkleid. Er fischte eine Packung Zigaretten aus seiner Handtasche und bot Frantz eine an. Fred und Cynthia rückten dazu. Der Mann hob sein Glas.
»Maggie.«

Maggie war mal verheiratet in Würzburg. Maggie, die große Maggie, ein Kerl wie ein Baum. Maggie, die große Maggie, eine Frau zum Verlieben. 1,93 Meter, blonde Löckchen, Schultern wie ein Quarterback. Deutscher Flag-Footballmeister 2007, 2008, 2009, Berlin Bears, degewo-Stadion Lipschitzallee. Maggie, die große Maggie, Gewinnerin des Transencastings *Unsere Transe für Kesha* in der Bar zum schmutzigen Hobby, Rykestraße 45, und Auftritt mit Nina Queer und Kelly Kinky als Background Dancers der Sängerin Kesha in der Oliver-Pocher-Show.

Maggie, die große Maggie, sie wusste im Wettbewerb als Einzige eine Antwort auf die Frage: In welcher europäischen Großstadt sah man Lothar Matthäus und Liliana zuletzt knutschen?

Die Besenkammer war zum Bersten voll. Cynthia und Maggie hatten sich in ein Frauengespräch verkeilt. Fred und Frantz redeten über Fußball. Maggie erklärte die Regeln des Football, Frantz die des Schachboxens. Cynthia liebte Maggies Handtasche. Fred dozierte über Konrad Zuse. Maggie haute Fred auf die Schultern. Fred verschluckte sich. Frantz zog Cynthia den Hut ins Gesicht. Dazwischen stand Maggie auf. Gierigen Blicks schlug sie sich mit der Eleganz des Rasenkämpfers durch die Meute vor dem Tresen und verschwand mit dem Legionär auf der Toilette. Als sie zurückkam, spendierte sie eine Runde. Sie schniefte. Frantz verschwand mit Maggie, und als er wiederkam, schniefte er. Dann verschwand Fred mit Maggie und brachte eine Runde. Er schniefte. Irgendwann legte Maggie das Koks auf den Tisch und teilte es mit ihrer Kreditkarte. Fred setzte sich auf Cynthias Schoß. Cynthia schniefte und quietschte vor Vergnügen. Freds dünne Lippen reichten von einem Ohr zum anderen.
»Herrlich, ich hab noch nie ’n sprechenden Stuhl gehabt.«
Frantz sorgte sich ein wenig um Cynthia. Sie maß ja kaum einen Meter fünfzig.
»Aber nein«, sagte Fred. »Ich sitz öfter auf ihr, darauf besteht sie. Aus Protesch, von wegen man könne auf ihr nicht sitzen.«

Frantz holte Getränke, Fred stand auf.
Sie: »Sitz!«
Er: »Nein.«
Sie: »Ja!«
Er: »Nein«, sie: »Aber sofort!«
Fred setzte sich.
Maggie stand auf und holte eine Runde.

Freds gelb kariertes Jackett flatterte im Wind und die dünnen Haare. Er sah aus wie ein schlecht geschorenes Schaf. Einhändig schob er Cynthia über das Kopfsteinpflaster und rauchte. Der Rollstuhl ruckelte. Leere Flaschen klapperten im Netz. Ihr Kopf rollte von einer Seite zur anderen. Fred knickten die Beine ein.
»Ups.«
Er stützte sich auf den Rollstuhl und rappelte sich wieder hoch. Cynthia lachte.
»Du hasch's gut. Kannsch ja nich umfallen. Hat alles seine Vorteile, ne? Kannsch höchstens ohnmächtig werden«, sagte Fred.
»Tha!«
»Aber rausfallen kann ich«, sagte Cynthia.
»Ach. Kippsch halt wieder die Trepp runter.«
»Weil du mich nicht gehalten hast.«
»Man muss halt auch ma loslassen können, ne?«
»Du Schwein.«

Thomas Frantz trabte müde hinterher. Fred sang. Der Mond ging unter hinterm Roten Rathaus, und Frantz wusste gar nicht, wer da eigentlich wen schob. Aber er wusste, dass Cynthia jetzt zu Hause kochen würde. Einen

Auflauf, Pampe, wie Fred immer sagte. Fred würde eine Flasche Riesling öffnen. Dann würden sie fernsehen, *Sturm der Liebe*, auf dem Bett. Thomas Frantz klemmte sich den Toshiba unter den Arm und verabschiedete sich. Lallend umarmte ihn Fred. Frantz klopfte ihm auf den Rücken, er küsste Cynthias kleine Hand.

Sie lagen auf dem Bett, es war hell. Sie kuschelten, sie haben noch nie eine Folge verpasst, tausendzweiundzwanzigmal nicht, *Sturm der Liebe*. Einundvierzig Glocken läuteten im Turm der Nikolaikirche.
Fred sagt: Ach, ich steh auf kleine dicke rosa Schweinchen.
Cynthia sagt: Du Schwein.
Fred stand auf und holte die Zahnpasta, er trug noch Socken.

10. Thomas Frantz betritt zum zweiten Mal das Haus der deutschen Geschichte. Diesmal haben sie ihm einen Bauhistoriker geschickt

»Neunzehnhundertachtunzwanzich bejannen die jüdischen Architekten Siegfried Friedländer und Jeorch Bauer den Skelettbau mit seinen tragenden Mauerwerkslochfassaden«, sagt Dimitrie Müller.
»Ick würde ma sagen, Neue Sachlichkeit, so wat in der Richtung. Bauhaus im weitesten Sinne, aber Friedländer und Bauer warn keene Bauhaus-Schüler«, sagt Müller. Er sieht Frantz an.
»Det war damals nich anders als heute. Ooch Friedländer, Bauer und die Bauherren mussten sich mit den Behörden herumschlagen. Die jüdischen Architekten versuchten möglichst viel rauszuknautschen. Die wollten noch 'n Riesenuffbau, den hamse aber nich jekriegt. Na ja. Auch det Architektur-Büro Berg und der Bauherr Berg wünschen sich möglichst viel Bruttojeschossfläche, und se wolln möglichst wenig restaurieren. Det is dann im Einzelnen Verhandlungssache. Die mussten ooch Kompromisse einjehn. Beim Pool – oder bei den Fenstern, die bleiben drinne und werden aufjearbeitet.«
Frantz sagt dazu nichts. Er schaut auf die dünnen Lippen, wie man sie von Politikern kennt. Dimitrie Müller, der Mann, den ihm das Architekturbüro geschickt hat, trägt ein abgewetztes graues Jackett und eine abgewetzte braune Ledermappe. Er spricht und sieht dabei permanent auf das Kinn seines sehr viel größeren Gegenübers.
»Ick fungiere hier als Bauhistoriker, sozusagen«, sagt

Müller. »Als Vermittler mit meine Jutachten, die ick zwar im Auftrach des Architekten, aber seriös und unabhängig verfasst habe. Ick bin hier nich der Knecht des Bauherrn. Ick kann hier reinschreiben, wat ick vorfinde. Sonst könnt ick mir bei der Behörde jar nich mehr blicken lassen. Da fragen die mich: Wat haben Sie denn noch an Orijinalem vorjefunden? Ick sage: Det Pieck-Zimmer. Und ick schlage vor, et zu erhalten. Et wird doch wieder ein Jeschäftshaus, diesen Charakter hatte et ja. Die Diktaturen haben sich da nur reinjedrängt. Also Friedländer und Bauer ließen die Schaufensterfront aus Bronze fertijen. Det erste Oberjeschoss is mit Muschelkalk verkleidet und die darüberliejenden Pfeiler mit scharriertem Steinputz. An den Flanken und inner Mitte als Abschluss befindet sich ein Jesims aus Travertin, dat isn heller Kalkstein. Die Hoffassade besteht aus glasiertem weißen Klinker. Die drei Treppenhäuser sind mit hellbraunen quadratischen Fliesen verkleidet, die Stufen mit Holztritten und Linoleum belegt. Sieben Etagen hat det Jebäude. Et schmeichelt sich um den Block wie 'n laszivet L.«
Sie stehen in der Einfahrt. Dimitrie Müller trägt eine abgewetzte Hornbrille und einen abgewetzten Pullunder. Frantz trägt ein interessiertes Gesicht. Er legt das Kinn in die Hand und stützt den Ellenbogen mit der anderen Hand über seinem Bauch ab.
»Und was ist aus den Architekten geworden?«
»Die sind dann irjendwann verschwunden. Von Friedländer weiß man, dass er in Polen im Jetto umkam. Der andere, keene Ahnung.«
Dimitrie Müller sieht Frantz für einen Moment in die Augen.

»Keen anderet Jebäude in Berlin, und ick sage ma in janz Deutschland, besitzt eine derartije Jeschichte.«
Dann fällt sein Blick auf seine Mappe. Er öffnet sie und zückt ein Papier.

Geschichte II. Zur Vorlage an Bauherrn Cisco Venture, London. Unmittelbar nach dem Ende des Zweiten Weltkrieges wurde das Gebäude verstaatlicht. Zur Vereinigung von SPD und KPD zur SED wurde es 1946 Sitz des Parteivorstandes. Ab 1950 des Zentralkomitees der SED. Eine im Jahr 1976 angebrachte Gedenktafel am Haupteingang des Gebäudes erinnert daran, dass der erste und einzige DDR-Präsident Wilhelm Pieck hier arbeitete. Eine weitere, 1988 angebrachte Tafel erinnert an den Ministerpräsidenten Otto Grotewohl. Ab August 1946 erhielt das Haus den Namen Haus der Einheit. Einen Monat später wurde es umbenannt in Zentralhaus der Einheit. Während der Unruhen am 17. Juni 1953 wurden das Haus der Ministerien und das Zentralhaus der Einheit von Arbeitern angegriffen. Von 1959 bis 1989 war das Gebäude Sitz des Institutes für Marxismus-Leninismus (IML) und beherbergte das Parteiarchiv der SED sowie das historische Archiv der KPD. Es dürfte wohl reichen, der Presse gegenüber zu erwähnen, dass das Arbeitszimmer von Wilhelm Pieck als Gedenkzimmer restauriert wird. Im Hinblick auf ostdeutsche Befindlichkeiten bleibt hier ein musealer Gedenkcharakter erhalten. 1990 erfolgte die Umbenennung in Institut für Geschichte der Arbeiterbewegung, welches bis zum 31. März 1992 abgewickelt wurde. Ab April 1992 war das Gebäude Sitz des Verbundes Archiv, Bibliothek und Werkstätten beim Parteivorstand der SED-Nachfolgepartei PDS. Ende 1992 wurden Archiv, Bibliothek und Werkstätten ins Bundesarchiv eingebracht. Ende 1995 erfolgte der Umzug nach Berlin-Lichterfelde. Seitdem steht das Gebäude leer.

Sie stehen im Innenhof und blicken die sieben Geschosse hinauf. Es ist ein sonniger Tag. Der Denkmalschutzgutachter ist bester Laune. Die Dame im Büro des Architekten hatte gesagt, in diesem besonderen Fall sei der Denkmalschutzbeauftragte ausnahmsweise vom Bauherrn beauftragt und bezahlt worden, zum Zwecke der Beschaffung bau- und denkmalrechtlicher Genehmigungen, eine Auflage der Behörde im Bezirksamt Pankow, Denkmalschutzbehörde und Stadtplanungsamt. Der kleine Bagger steht im Hof. Dort befindet sich ein Loch im Boden von der Größe eines Einfamilienhauses.
»In den Jaragen, wat einst die verjlaste Stoffabteilung des Kaufhauses war, haben die Nazis wie die SED-Oberen ihre Karossen jeparkt«, sagt Müller und deutet auf die dahinterliegenden heruntergekommenen Flachgebäude. Ein leichtes Grinsen legt sich auf seine schmalen Lippen. Frantz quittiert das mit Augenaufschlag und einem Lächeln. Müller trägt eine grüne Fliege. Er geleitet Frantz in das Hauptgebäude. Keiner trägt einen Bauhelm.
»Entsprechend dem Kreditjeschäft war der Anteil an Büroräumen im Warenhaus recht groß«, sagt Müller. »Unten jab et die Stoffabteilung und sojar 'nen Warenkatalog, aber noch keen Versand. Im sechsten Oje waren die Kantine und im siebten Stock Lagerräume. Auf dem Dach ein Restaurang mit dreihundert Plätzen und 'nem

wirklich herrlichen Blick auf den Alexanderplatz, Reichstag und Tierjarten. Man kann et sich heute noch janz schön vorstelln, wie herrschaftlich et sich für diese Jejend dort oben speisen ließ«, sagt Müller.

Seine Stimme hallt. Sie klingt wie ein gescratchter Dauerton bei einem Hörtest. Sie stehen mitten im Riesenraum. Der Schuttberg ist weg. Auch die Pfützen. Alles ausgefegt.

»Nun zum Umbau. Der bejinnt neunzehnhundertsiemunddreißich. Et is jeplant, die vierzehn verstreuten Dienststellen der Reichsjugendführung in eim Jebäude zu bündeln. Ick meine, der neue Bauherr bündelt ja ooch, Cool Media heißt det heute, und die Hitlerjugend war ja mit ihre neun Millionen Mitglieder ooch Cool Media und ideolojische Schmiede der Diktatur, und se verlangte nach eim zentralen Jebäude. In die lichtdurchfluteten Etagen werden Parzellen einjebaut, Büros mit Leichtbauwänden. Dazu werden neunhundert Quadratmeter Koksascheplatten, dreihundertdreißich hölzerne Türen und dreihundertfünfundzwanzich Lampenanschlüsse benötigt. Det jeht aus eim Schreiben der Firma Treuwerk an den Bezirk hervor. Die Kosten lajen bei hundertvierzichtausend Reichsmark. Die Bronzefassaden wurden abjerissen. Die Schaufenster zujemauert«, sagt Müller. Er räuspert sich.

»Wissen Sie, wo Baldur von Schirach saß?«

»Nee, weeß ick nich«, sagt Müller. Er kratzt sich am Ohrläppchen. »Ick bin mir nich mal sicher, ob der hier ein eijenes Büro hatte und permanent hier saß. Insjesamt aber saßen hier rund fünfhundert Leute vonner Reichsjugendführung. Danach ehmt der jesamte Parteivorstand der

SED. Die saßen dann im Rundzimmer im zweiten Oje und ham sich die Vorträge anjehört. Da war noch ’ne Schiebewand, für den kleinen Kreis, oder da sind se eene roochen jejangen.«
Frantz nimmt die Hand vom Kinn runter. Müllers Blick folgt dieser Bewegung. Frantz nestelt am Träger seines Rucksacks. Müller hebt die Augenbrauen, reckt seine spitze Nase empor und sieht Frantz wühlmäusig an.
»Wolln wer ma weiter?«
Frantz folgt ihm.

In der zweiten Etage ein identisches Bild. Besenreiner Raum, nur heller. Frantz denkt an das Olympiastadion. Müller steht mit dem Rücken zu Frantz und sieht aus einem der Fenster, die wie in Reih und Glied stehen.
»Jetzt der zweete Umbau. Neunzehnhundertfünfundvierzich wird der in der Sowjetischen Zone jelejene Bau umjehend verstaatlicht. Nach Anjabe des Bezirksamts ist am elften Februar sechsundvierzich die Beschlachnahme nach Befehl hundertvierundzwanzich erfolgt. Et is eines der wenijen intakt jebliebenen Verwaltungsjebäude. Die Leichtbauwände der Nazis werden herausjerissen und durch massivet Mauerwerk ersetzt. Runde Türlaibungen werden einjefasst und Glasbausteine. Über den Empfang in der Einjangshalle kommt ein Relief von Marx und Engels.«
Müller dreht sich um und zückt ein weiteres Papier aus seiner Mappe.

Abschrift. Nachstehend geführte Materialien werden noch für die Baustelle Lothringer Str. 1 benötigt: 25 t Zement, 10.000 Stck. Mauersteine (abgeputzte), 4 t Gips, 10 t Kalk, 1.200 m Fensterglas, 20 Fl. Sauerstoff, 15 Fl. Azetylen, 100 kg Karbid, 50 Rollen Dachpappe, 50 kg Türlack, 25 kg Heizkörperlack, 75 kg Firnis, 25 kg Terpentin, 50 kg Deckweiß, 25 kg weißen Lack für Fenster, 175 kg Oelfarbe für Türen und Fenster, 50 kg Oelfarbe grau oder braun für Fußleisten, 75 kg Kraatz, 75 kg Heizkörperfarbe, 100 kg Sichelleim, 50 kg Testbenzin, 100 kg Holzschrauben, 10 kg Nägel 1″, 10 kg Nägel 1,5″, 30 kg Nägel 2″, 20 Bogen Sandpapier grob, 50 kg Nägel 2,5″, 50 kg Nägel 3″, 100 kg Kaltleim, 100 kg Tischlerleim, Fensterbeschläge für 200 Fenster mit Schrauben und Fetschenstifte, 4 Tf. Schwarzblech 2 mm stark, 25 m Bandeisen 25/3 für 50 Stck. Eckschienen im Keller, 150 Gros Schrauber vers. Kopf M 6/30, 100 Stck. Nieten 6/30, 150 lfd. m Vierkanteisen 20/20 mm, 50 lfd. m Flacheisen 20/5 mm, 25 lfd. m Flacheisen 30/5 mm, 50 Winkeleisen 20/30 mm, 50 lfd. m T-Eisen 15/3 mm, 8 m Eisenblech 1 mm, 6 m Zinkblech, 5 kg Lötzinn, 100 kg Holzkohle, 16 Stck. Klosettbecken S-Traps, 1 Stck. Klosettbecken P-Traps, 19 Stck. Zeitspüler mit Spülrohr, 12 Stck. Klosettdeckel, 5 Stck. Badewannen komplett, 6 Stck. Badebatterien, 8 Stck. Brausebatterien, Bauleitung, gez. Dahms.

»So jenau wird det Bezirksamt Mitte in Kenntnis jesetzt. Daran sieht man, dass et durchaus repräsentativ werden sollte. Tächlich wurden die Belegschaftsstärke von fünfhundertfünfzehn Bauarbeitern jezählt und sämtliche unentschuldigt Fehlenden der Zentralkommandantur jemeldet.«

Er zieht ein weiteres Papier hervor und schiebt die Brille auf seine Nasenspitze.
»Zum Beispiel der Anteil der Firma Holzmann: fünfunddreißich Kranke von hundertachtundsechzich Mann macht zwanzich Komma dreiundachtzich Prozent.«
Müller reißt sich die Brille von der Nase, sieht Frantz ungefähr in die Augen und grinst breit. Seine Zähne sind gelb.
»Een Umbau zur neuen Schaltzentrale der Macht is so akribisch dokumentiert wie der andere.«
»Wahnsinn«, sagt Thomas Frantz.
Müller setzt die Brille wieder auf und blickt auf das Papier.
»Det Schreiben trächt den Titel: Besichtijung des Jonass-Hauses. Det heißt ja, die Parteiführung wusste janz jenau, dass det Haus mal Juden jehört hatte und von den Nazis jenutzt wurde. Wir wussten det aber damals in der DDR nich, wat da vorher in dem Jebäude war. Die Jeschichte des Hauses bejann offiziell erst neunzehnhundertsechsundvierzich. Na ja. Waren ja alle Antifaschisten. Sonst hätten se ja sajen müssen, dasse in ein Jebäude jezogen sind, in dem der Schirach mit seinen Leuten saß.«
Müller kramt in seiner Mappe und hält Frantz zwei Blatt vor, es sind Kopien. Er hält sie hintereinander und gegen das Fenster, so dass Licht sie durchfließt.
»Lecht man die Baupläne der Treuwerk von siebenunddreißich und det des von der SED beauftrachten Architekten Hans Schlüter übereinander, erjibt sich eine beinahe identische Raumaufteilung. Auch die Kantine der NSDAP im sechsten Stock wurde von der SED übernommen. Irjendwo wollten se ja sitzen.«

Müller sieht Frantz von der Seite aufs Kinn und wartet auf Beifall.
»Irre!«
»Wa?«
»Absolut kein Unterschied!«
»Jehn wer eene Treppe höher, da wird et interessant.«

Der dritte Stock ist wie die beiden ersten Etagen vollkommen entkernt. Die Leere ist erdrückend. Frantz atmet schwer. Müller wieselt durch den Raum und bleibt in der rechten der beiden Fensterrundungen stehen.
»Hier im dritten Oje war det Pieck-Zimmer. Jenau hier. Det schönste Zimmer inner Rundung mit Blick zum Alex. Pieck is ja Tischler jewesen, von Beruf, daher hat er darauf jeachtet, dass et ordentlich verkleidet wurde und nich mit Spanplatten. Im zweiten Oje is det Rundzimmer des Parteivorstandes jewesen, der Tagungsraum. Da hing bis vor kurzem noch die Runddecke mit Neonröhren. Die Holzvertäfelung wurde abjebaut und aufjehoben. Det Pieck-Zimmer im dritten Oje war schon ausjebaut jewesen, als der Berg und seine Leute hier ankamen. Ick hab's noch jesehn. Et soll jetzt im Deutschen Historischen Museum sein. Det Historische Institut machte aus dem Zimmer een Kabinett. Nach der Wende war et versiejelt worden, und als det Institut in die Finkenstraße umjezogen is, wurde es ausjebaut.«
Müller fährt fort.
»Et war det einzije Büro mit Blick auf den Alex. Grotewohl bekam die Butze im anderen Rundbogen. Da drüben. Sehn Se? Der guckte uffn Friedhof. Weil der Grotewohl ja von der SPD kam. Pieck war von der KPD jewesen.

Det zeigt schon die interne Jewichtung, obwohl ja die Funktionen paritätisch besetzt wurden. Da war doch klar, wer det Sajen hatte, auch wenn Grotewohl eigentlich sojar der Chef von Pieck jewesen war. Jenfalls jleichberechticht. Et war jenau det jleiche Zimmer, aber ehmt zum Friedhof. Det is der Unterschied. Da kam et aber janz jenau drauf an, ob eener in Moskau oder in Mexiko oder jar nich im Exil war.«
»Berg hat aber vom Pieck-Zimmer gesprochen ...«
»Na ja. Der meint det Tagungszimmer im zweiten Oje. Det wird jetzt restauriert. Det verkoofen se dann als Pieck-Zimmer, aber et bleibt im Deutschen Historischen Museum, da jehört et ja auch hin. Auch im Tagungszimmer jab et Wandverkleidungen, Holztüren, Vertäfelungen, Rejale und Marmor, det hat der Berg ausjebaut.«
Sie stehen nebeneinander am Platz des ehemaligen Pieck-Zimmers vor den Fenstern und gucken runter auf den Alexanderplatz.
»Da war doch der Siebzehnte Juni. Der Arbeiteraufstand in der DDR. Meinen Sie, die standen damals so da wie wir jetzt und haben sich das in Ruhe angesehen?«
»Am Siebzehnten Juni war die Masse der Aufständischen auf der Stalinallee vor dem Haus der Ministerien. Da unten standen ooch welche. Bloß hier oben nich. Et war ja keener mehr da. Als det hier brodelte, warn die schon alle in Karlshorst.«

Sie stehen unten im Hof. Thomas Frantz bedankt sich ausschweifend für die Führung. Der Bauhistoriker schüttelt Frantz die Hand und lächelt.
»Schreim S' et richtich.«

Da sieht ihn Frantz eindringlich an.
»Aber jetzt noch mal unter uns Historikern. Wie konnte das passieren, dass sich ausgerechnet die Heuschrecken ein solches Gebäude krallen? Und alle finden's geil? Nicht einer hat sich in der Presse darüber aufgeregt.«
»Na ja. Ooch unter uns. Die wissen det ja ooch nich.«
»Aber das ist doch ein Unding. Ein solches Haus der deutschen Geschichte als Hotel für Snobs und reiche Clubmitglieder? Schon allein das müsste doch Ärger geben.«
»Jut. Jefällt mir ooch nich. Andererseits: Wer soll et denn sonst koofen, so 'n Biest, historisch kontaminiert bis unter die Jaube. Det so 'n Jeld kostet, und unter jedem Quadratmeter Parketthölzchen liegt 'ne Tellermine? Ick meine, der Eppelmann hat et ja versucht. Der und 'n paar andere Bürgerrechtler. Die wollten 'n Museum draus machen, aber der Bund hat abjelehnt. Konnt ja keener bezahlen, die Stadt schon jar nich. Wo doch die Erben schon so ville verlangt hatten, und jahrelang isset deswejen leerjestanden. Wird ja nich besser im Leerstand, so 'n Jebäude. Sie ham et ja jesehn, wie et reinjerechnet hat und drinnen schon verfault war.«
Das leuchtet Frantz ein.
Müller zuckt mit den Schultern.
»Und noch 'n Museum? Ham wa da nich schon jenuch von?«
Auch das leuchtet Frantz ein.
»Eijentlich jar nich schlecht, dass et Engländer jekauft ham. Von wegen der Jeschichte. Die jehen nich so verkrampft damit um, die sehen det nich als Fußfessel.«
Frantzens ganze schöne Don Quijote'sche Rebellion ge-

gen das Heer der Heuschrecken gerät mit einem Mal ins Stocken; er kann gegenüber dem Mann, der ihm so grinsend ans Kinn schielt, einfach keine Feindseligkeit aufbauen. Es ist ihm, als spräche dieser Mann mit seinem abgewetzten grauen Jackett gleichsam stellvertretend für sein ganzes geschundenes, vergebendes, komisches Volk. Und wenn dieses Volk die Sache derart pragmatisch sah – was sollte er, der rächende Wessi, da noch reißen?
»Warten wir's ab.«

Es ist immer noch ein sonniger Tag.
Frantz ist nach Schlendern zumute, er läuft hinüber zum Alexanderplatz.

Auf den Stufen vor der Passage standen die Wurstverkäufer in Reih und Glied. In den Cafés und am Brunnen saßen Menschen in der Sonne. Ein Stück neben Frantz hatte eine Frau mit ihrer Tochter den U-Bahnhof verlassen und ging in gleicher Richtung. Frantz nahm sie im Augenwinkel wahr. Ein Mann überholte sie. Er hatte einen kahlen Kopf, war sehr groß und drahtig. Das Mädchen mochte sieben oder acht Jahre alt sein.
Der Mann strahlte eine Gereiztheit aus, die Frantz spürte. Rasch war er ihnen zwei, drei Schritte voraus. Der Typ blieb stehen. Er schnellte herum und schlug der Frau mit beiden flachen Händen auf den Oberkörper.
Frantz erschrak. Es war ein trainierter, ein kontrollierter Schlag. Das erkannte er sofort. Der Mann traf die Frau auf der Höhe ihres Schlüsselbeins. Sie fiel nicht um. Frantz stand augenblicklich stocksteif da. Der Schlag

kam aus der Tiefe. Der Mann musste Kampfsportler sein, kein Zweifel. Die Frau blieb reglos stehen. Es musste ihr wohl einen Moment die Luft weggeblieben sein, dachte Frantz, aber sie wirkte fast ruhig, als ränge sie um Fassung. Auch das Kind blieb stehen.
Der Mann wandte sich ab und ging schnellen Schritts weiter. Als er sich sieben oder acht Meter entfernt hatte, drehte er sich noch einmal um. In diesem Moment fixierte Frantz den Mann. Er spürte, wie ihm das Adrenalin in den Kopf schoss. Die Geräusche des Platzes klangen wie gedämpft.
»Spinnt der? Eine Frau zu schlagen?«
Frantz vermochte nicht zu sagen, woher die Männerstimme kam. Da denkt man nicht, dachte er. Da ist man starr. Da liegt die Aggression plötzlich und aus dem Nichts kommend in der Luft. Der Mann wich seinem Blick aus. Einige Passanten waren stehen geblieben. Der Typ rief etwas. Er sprach Holländisch oder Flämisch, das konnte Frantz nicht sagen. Der Typ marschierte in Richtung S-Bahnhof. Frantz zitterte. Sollte er ihm folgen und ihn zur Rede stellen?
Er setzte sich in Bewegung. Nach wenigen Schritten blieb er stehen. Die Frau und das Kind gingen weiter, ohne von ihm Notiz zu nehmen. Sollte er sie fragen, ob er ihr helfen könne?
Die Frau verschwand in der Menge.
Frantz lief zu einem Wurstverkäufer.
Sie standen auf der Plattform wie eine Gruppe Ein-Mann-Orchester. Uniformiert in orangefarbener Hose und Hemd, trugen sie eine Propangasflasche im Rücken und den Rost vor dem Bauch. Grillwalker, las Frantz auf einer

Brust. Über dem Kopf des Mannes war ein Regenschirm aufgespannt.
»Komm' Se ma, et is noch Platz im Restaurant. Ketchup? Senf?«
Frantz deutete auf den Senf.
»Ick jeb Ihn' die Tischdecke gleich mit«, sagte der Grillwalker, drückte Frantz die Wurst im Brötchen in die Hand und reichte ihm eine Serviette.
»Eens zwanzig, der Herr, bitte, danke.«

Gehwegschäden

Das Schild Gehwegschäden ist ein so genanntes Zusatzzeichen und kein Verkehrsschild im Sinne der Straßenverkehrsordnung. Es erfüllt einen juristischen Zweck: Wer sich auf den Gehweg begibt und dabei zu Schaden kommt, kann die Allgemeinheit dafür nicht haftbar machen.
Die Mehrzahl der Schäden an den Gehwegen wird von der Behörde selbst festgestellt. Die Bezirksbehörde beschäftigt in jedem Quartier des Bezirks mehrere Begeher. Der Begeher begeht die Straßen seines Quartiers im regelmäßigen Turnus. Der Begeher wird bei der Ausübung seines gemeinnützigen Gehens oft von Bürgern sowie Mitarbeitern des Quartiersmanagements angesprochen – das über eigene Kiezläufer verfügt – und über neueste Gehwegschäden informiert.
Die Straßen Berlins sind eingeteilt in Straßen der Begehungsklasse Eins und der Begehungsklasse Zwei. Straßen der Begehungsklasse Eins sind übergeordnete, wichtige Straßen wie Hauptverkehrsadern und häufig frequentierte Boulevards. Straßen der Begehungsklasse Zwei sind weniger wichtige Straßen wie Wohn- und Seitenstraßen. Straßen der Begehungsklasse Eins müssen vom Begeher einmal alle zwei Wochen begangen werden. Straßen der Begehungsklasse Zwei begeht der Begeher in seinem Quartier in einem Turnus von zwei Monaten.
Es ist hierbei festgelegt, dass der Begeher eine Begehungsgeschwindigkeit von 2,5 Kilometern pro Stunde nicht überschreiten darf. Der Begeher hat in Ruhe zu gehen und auf den Boden zu sehen.

VERZWEIFLUNG

11. Schachboxen ist ein Experiment. Thomas Frantz ist geerdet in seiner Freimaurerloge unter der Stadt

Nicht das Schach bestimmt das Boxen. Das Boxen bestimmt das Schach. Durch die vergitterten Fenster der Boxhalle zur Straße hinauf fließt sanftes Licht. Thomas Frantz ist ganz bei sich. Der Kellerraum absorbiert die Geräusche der Straße und ist erfüllt von den Gerüchen der Körper; Schweiß perlt von den Wänden, von den Spiegeln. Seine Hände sind bandagierte Flugzeugträger. Er sitzt auf einem Klappstuhl in diesem Ring, er atmet schwer. Ein Tropfen fällt von seiner Stirn auf das Feld der schwarzen Dame. Er zieht mit der Linken, ruhig, überlegt, und schlägt, die Figur berührt kaum das Holz, auf die Uhr. Tack. Nicht das Denken bestimmt das Handeln, das Handeln bestimmt das Denken. Tack. Bauer d2 auf d4, und Tack. Das Adrenalin kontrollieren. Tack. Läufer c1-g5, und Tack. Flüchten oder angreifen. Tack. Springer g1-f3, und Tack. Schlagen oder verteidigen. Im Ring wie auf dem Brett.

Er ist nicht alt, er ist nicht jung, er ist eine serielle Schnittstelle. Er ist hier unten das Experiment. Das Experiment einer Zeit, in der das Boxen und das Schach zueinanderfinden. Sein Gesicht ist groß, sanft, breiig. Eine Narbe zerhackt seine buschige Braue, man könnte einen kleinen Hund darin verlieren. Thomas Frantz hat klare Augen.

Wenn man einen Schachspieler und einen Boxer gegeneinander antreten lässt, wird meist der Schachspieler übel zugerichtet. Der Boxer weiß nicht, wie er Schach spielen soll, der Schachspieler hat keine Ahnung, wie er sich im Ring zu decken hat. Es gibt nur wenig Harmonie zwischen den beiden Extremen: Es sind zwei Sportarten, die innerhalb eines Quadrates stattfinden und in denen die Kombattanten auf einem Podest vom Publikum umringt werden.

Das Rundenzeichen ertönt, das Schachbrett wird aus dem Ring getragen. Der Kampf geht weiter. Die Gegner streifen ihre Handschuhe über und gehen aufeinander los. Thomas Frantz haut Jabs raus, eine Rechte, er duckt sich. Seine Hände hängen schwingend herab, schnellen abwechselnd das Gesicht deckend zurück an seinen Kopf, er weicht aus; die Seile umarmen ihn wie einen Sohn.

Die Idee des Schachboxens ist nicht, einen perfekten Körper zu haben. Die Idee ist, einen perfekten Körper und einen perfekten Geist zu erlangen. Die Kluft zwischen Intelligenz und Kraft zu überwinden. Das ist eine zutiefst faschistische Idee. Eine Idee des 20. Jahrhunderts, die im 21. Jahrhundert wiedergeboren wird. Eine perfekt menschliche Arroganz. Es existiert ein Riesenraum zwischen überlegener Intelligenz und brutaler Kraft, die a priori diese intellektuelle Kapazität nicht hat. Dieser Raum soll hier unten geschlossen werden. Der Mensch kann sich anpassen, das ist seine Kraft. Ein Ehrgeiz, der es ihm erlaubt, zugleich an seiner Physis und an seiner Schachkompetenz wie an zwei Teilen des gleichen Egos zu arbeiten. Darin liegt eine Ästhetik der Dekadenz, eine Abgründigkeit.

Andererseits: War diese Kluft wirklich so groß? Sprach

man nicht allenthalben von boxerischer, von fußballerischer Intelligenz? Hatte nicht sogar manches berühmte Rennpferd das Genie des Menschen weit hinter sich gelassen? Schließlich hatte Frantz einmal gelesen, »dass die Griffe und Listen, die ein erfinderischer Kopf in einem logischen Kalkül anwendet, wirklich nicht sehr verschieden von den Kampfgriffen eines hart geschulten Körpers« seien. »Sollte man einen großen Geist und einen Boxlandesmeister psychotechnisch analysieren, so würden in der Tat ihre Schlauheit, ihr Mut, ihre Genauigkeit und Kombinatorik sowie die Geschwindigkeit der Reaktionen auf dem Gebiet, das ihnen wichtig ist, wahrscheinlich die gleichen sein, ja sie würden sich in den Tugenden und Fähigkeiten, die die ihren besonderen Erfolg ausmachen, voraussichtlich auch von einem berühmten Hürdenpferd nicht unterscheiden, denn man darf nicht unterschätzen, wie viele bedeutende Eigenschaften ins Spiel gesetzt werden, wenn man über eine Hecke springt.«

Thomas Frantz täuscht an, taucht ab. Er ist geerdet in seinem Intellectual Fight Club, dieser Freimaurerloge unter der Stadt. Nicht der Geist bestimmt die Materie, die Materie bestimmt den Geist. Taucht mit schnellem Sidestep und rechtem kurzen Haken wieder auf, trifft, Schritt zurück, Schritt vor, links, rechts, an den Kopf, in den Körper. Er sucht die Balance. Seine Schläge schützen ihn. Wasser spritzt von seiner Pelle, seinen Strähnen, Kopf, Körper, Körper, Kopf, raus aus dem Mann. Das Rauschhafte daran ist nicht zu verkennen.

Es ist wie ein Besäufnis. Ein großartiges, kollektives Besäufnis. Wir werden alle noch einmal trunken sein. Wir werden nicht kollabieren. Wir werden uns schlafen legen. Und wenn wir aufwachen, wird nichts mehr so sein, wie es war. Thomas Frantz schwitzt. Sein rotblondes Haar ist dunkel vom Schweiß. Keine Angst, mein Junge, du geniales Rennpferd.

12. Thomas Frantz geht zum ersten Mai, landet in einem Panzerraum und sieht sich danach die Boote an

Die pure Freude.
Soziale Menschenrechte statt Almosen. Auch ohne Pass zum Arzt. Kein Bock auf prekäre Karriere. Musik gegen Gewalt, Ich, du, er, sie, wir – das ist nicht unser Bier.
Eigentlich hätte sich der Demonstrationszug der Prekarianer am 1. Mai von Mitte nach Kreuzberg schon um 13.00 Uhr von diesem Punkt aus in Bewegung setzen sollen, aber Pünktlichkeit ist ihre Sache nicht, und auch Thomas Frantz hat zu Hause ein wenig herumgetrödelt, weshalb er rechtzeitig zu Beginn der Demo erscheint, kurz nach 15.00 Uhr.
Kampf dem Sozialfaschismus. Klasse gegen Klasse, Ihr Atzen. Prekäre, wehrt Euch.
Wie Sprechblasen kleben Pappschilder an Holzstangen, die auf dem Bebelplatz liegen. Jongleure werfen Keulen in die Luft, ein dicker Clown unterhält Kinder, Worte wie Sozialismus, Schweinerei und Solidarität liegen in der Luft, etwa in dieser Reihenfolge. Leichte Lounge vom PC. Es ist warm. Vor der Humboldt-Universität, wo die Bücherverkäufer das große Marx- und Engels-Geschäft wittern, liegen sie im Gras. Die pure Freude – Bitburger Pilsener, so steht es geschrieben an der Wand eines Plattenbaus vor dem nahen Alexanderplatz.
Es ist eine bunte Truppe, die sich da eingefunden hat, Mayday-Parade nennt sich das und Marsch der Prekarianer. Und das sind alles wir. Also jeder, der sich nach dem

Studium in endlosen schlecht bezahlten Projekten ergeht, kreischt eine grausig schrille Frauenstimme aus den Lautsprechern, jeder, der keinen Arbeitsvertrag hat, jeder, der alleinerziehend ist, jeder, der von Transferleistungen lebt, jeder, der um seinen Job bangen muss, jeder, der noch von seinen Eltern unterstützt wird, auch mit vierzig, jeder, der nicht weiß, wie er nächsten Monat seine Miete zahlen soll, krächzt die Frauenstimme aus den Lautsprecherboxen. Ein paar Punks, viele junge Leute. Wie eine Ansammlung mobiler asiatischer Garküchen sieht das aus, mit bunten Lampions und Lametta reihen sich Vehikel und Stände aneinander auf dem Platz der Bücherverbrennung, wo ein Guckloch im Boden den Blick auf leere Regale freigibt.

Erst regnet es Rechnungen, krächzt die Stimme, dann Mahnungen. Dann Vollstreckungen. Wir müssen lernen, uns dagegen zu schützen. Zu viel Alltag, zu wenig Geld, zu kleine Zimmer. Wir müssen zusammenziehen, das entlastet uns. Wir müssen uns gegenseitig heiraten, das hilft uns.

Da hocken sie auf dem Bebelplatz und lümmeln und dösen in der Sonne, schwarz gekleidet und in Jeans, viel Flipflop, viel Top, Frantz hat sein kaputtes Rad am Zaun geparkt und schlendert durch die kleine Wagenburg, wo die Prekarianer Flugblätter verteilen und kommunistische Zeitungen. Frantz sammelt einiges davon und lässt sich auf einer Bank vor der Juristischen Fakultät nieder.

Eine weiche Männerstimme klingt jetzt aus den Boxen. Ich krieg die Krise. Jeden Morgen beim Weckerklingeln, sagt der sympathische junge Mann, beim Jobcenterterror

und beim Ausländerbehördenhorror, sie schwebt über dem Krampf meiner Selbstvermarktung und den Resten meines Dispos. Und was ist morgen? Wie geht's weiter? Solange Überleben an Einkommen, Einkommen an Arbeit und Arbeit an Wirtschaftswachstum gekoppelt ist, bleibt für uns alles beim Alten. Genu...
Die sanfte Stimme ist plötzlich verschwunden. Scheint ein technisches Problem zu sein. Der Clown versteckt sich hinter einem Elternteil, stellt sich in seinen übergroßen Schuhen auf die Zehenspitzen und tut so, als würde er nach den Kindern suchen.
... Hallohallo? Eins, zwei ... Es ist genug für alle da! Der Staat springt, wenn der Kapitalismus krankt! Konzerne und Banken kriegen Milliardenkredite, und was kriegen wir? Genau. Entlassungen. Sinkende Löhne, steigende Mieten und teure Gesundheitsversorgung, sagt der junge Mann, man hört, dass ihm zum Kotzen sein muss wegen der Hitze oder der Party der letzten Nacht. Der Clown guckt über die Köpfe der Kinder in die Ferne und tut so, als würde er sie jetzt dort suchen.
Krrzzt.
Der Kaiser ist nackt. Kampf dem Reichtum des Planeten, sagt nun wieder die erschreckende Frauenstimme, Ausbeutungundabzocke, das wird sich auch nach der aktuellen Krise nicht ändern, und wie heißt es doch so schön – ??? – hoch die sozialistische Internationale! Der Kapitalismus ist in der Krise?
Der Clown wischt sich Schweiß von der Stirn.
Gut so! Der Kapitalismus ist angezählt? Mann, von Arbeit muss man leben können.
Ohne Arbeit auch, brüllt einer.

Thomas Frantz blättert in den Zeitungen, die er gekauft hat.

Darin ist von einem Generalstreik die Rede, der das gesamte öffentliche Leben umfassen werde. Man soll einen Naziaufmarsch verhindern. Man soll Residenzpflicht und Abschiebeanlagen abschaffen und sich einmal fragen, warum die einen Kapital haben und die anderen nicht, weshalb erst nämlich Letztere ein Interesse daran hätten, ihre Arbeitskraft für die Profite der Besitzenden zu verkaufen. Man soll einen neuen Club am Stadtpark Friedrichshain besuchen, Posta's Romantikbude, Chill-Mix, Baccara-Lounge, Pokertisch für bis zu zwölf Personen, bei Voranmeldung eine Runde Kahlúa aufs Haus. Man soll sich möglichst viele Kotröhrchen in der Apotheke besorgen und einen Monat lang befüllte Kotröhrchen per Post an private und gemeinnützige Pflegedienstanbieter, Wohlfahrtsverbände, Zeitarbeitsfirmen und Entscheidungsträger senden (geben wir den Scheiß, den wir täglich wegmachen, an die zurück, die durch Lohndumping unsere Tage zu Scheißtagen machen); die Adressen sind beigefügt. In der Zeitung Die Internationale findet sich eine kleine Streikchronologie.

4. Februar: In Kathmandu, Nepal, fordern die Beschäftigten der medizinischen Universität und des dazugehörigen Spitals 20 Prozent mehr Lohn. 7. Februar, Großbritannien: Rund 1000 ArbeiterInnen haben die britische Lindsey Oil Refinery bestreikt. Sie forderten die Erhaltung ihrer Arbeitsplätze und einen Arbeitsvertrag. 13. Februar: In Berlin hat vor dem Kino Babylon Mitte

eine Kundgebung gegen die Arbeitsbedingungen und für einen höheren Mindestlohn für die Angestellten im Kino stattgefunden. 24. Februar: Im Kosovo hat die Gewerkschaft der Angestellten im Gesundheitssektor einen Streik angekündigt. 2. März: In einer Getränkefabrik namens Nashub im Iran hat die Belegschaft, nachdem sie seit fünf Monaten keinen Lohn erhalten hatte, ihre Arbeit niedergelegt. 4. März: Im schottischen Dundee hat die Belegschaft der Verpackungsfabrik Prisme, nachdem sie überraschend erfahren hatte, dass die Fabrik binnen einiger Tage geschlossen wird, beschlossen, die Fabrik zu besetzen. 5. März: Guadeloupe. Auf der Insel in den Antillen hat ein sechswöchiger Generalstreik stattgefunden, ca. 4000 ArbeiterInnen verschiedenster Fabriken, der Stromversorgung, Hafenarbeiter etc. legten während dieser Zeit ihre Arbeit nieder. 13. März: In Bordeaux haben die ArbeiterInnen einer Sony-Fabrik den Manager von Sony Frankreich über Nacht auf dem Betriebsgelände festgehalten. Deutschland. Die Angestellten des IT-Dienstleistungsunternehmens EDS haben erneut gestreikt. Am 1. April haben in der ganzen Schweiz die Hausärzte gestreikt.

Frantz schüttelt den Kopf. Sinnloser Baumtod. Er legt die Zeitung weg. Da springt ihn ein Flugblatt an. 120 Jahre internationale Geschichte des 1. Mai als Kampftag gegen Ausbeutung und Unterdrückung. 120 Jahre Klassenkampf, es sieht nicht gut aus für die herrschenden Klassen, www.klassenkampfblock.blogsport.de. Frantz sieht hinauf in den Himmel und schließt die Augen, um die Sonne zu genießen. Als er die Augen öffnet, sieht er bun-

te Schirme am Himmel. Weiße Sommerhüte, Palmen im Wind, Champagnerkühler wie Fürst-Pückler-Eis.
Eine Milliarde Menschen hungern, nervt die Frauenstimme am Mikrofon, nicht zuletzt als Opfer des jahrzehntelangen IWF- und Weltbank-Krisenmanagements. Wo die Krise marschiert, marschieren Aufrüstung und Krieg!
Der Dachgarten gehört zum alten Bankhaus Löbbecke. Es ist ein schöner Bau am Ende des Platzes, der benannt ist nach dem tapferen Schweizerlein und Begründer der deutschen sozialdemokratischen Arbeiterbewegung, das Haus liegt in Form und Stil dem Forum Fridericianum wohl angepasst zwischen Fakultät und Sankt-Hedwigs-Kathedrale.
Die Krise, ruft jetzt der sympathische junge Mann, ist schon lange existent in den Slums unserer Stadt, die bevölkert sind von multinationalen Überflüssigen, von Schattengesellschaften ohne Perspektive.
Frantz kann jetzt einen Butler auf dem Dachgarten erkennen. Der Mann trägt so eine Art Frack und scheint etwas mit einer Kelle zu servieren; eine Suppe, denkt Frantz. Eine Potage du jour. Vielleicht, entsprechend der Jahreszeit, Spargelcreme?
Revolution!, ruft der junge Mann. Die zunehmenden Proteste gegen den Sozialabbau zeigen, dass die Zeit des ruhigen Hinterlands zu Ende ist! Das Kapital und seine Vasallen fürchten um ihre Herrschaft. Aufruhr! Proteste! Aktionen! Mord! Das Kapital zittert! Der Aufbau von Gegenmacht bewegt die gesamte Linke!
Auf dem Dachgarten des Bankhauses Löbbecke treten Gäste ans Geländer, es sind zwei Herren und eine Dame,

wohl um zu sehen, wer da unten einen solchen Spektakel macht.
Krrzzzt.
Also Schluss mit dem Kapitalismus, schreit wieder die grässliche Stimme, Schluss mit der Vereinzelung der Superheldinnen! Organisieren wir das schöne Leben, damit wir bald sagen können: Es war nicht alles schlecht im Kapitalismus!
Es erklingt ein lauter Technobeat, ein aggressiver Rhythmus, der in regelmäßigen Abständen in der Art eines Club Mix unterbrochen wird von einem Refrain: We've got the power! Der sympathische junge Mann am Mikrofon fällt mitsingend in den Refrain ein, nicht ohne vor jeder neuen Zeile »zwo, drei, vier« zu skandieren. Die letzten Tapeziertische werden zusammengeklappt und verladen. Man hört laute Trillerpfeifen. Zwo, drei, vier, we've got the power! Der Clown winkt, die Wagenburg setzt sich in Bewegung. Auf dem Dachgarten hat man das Interesse verloren und ist an die Tische zurückgekehrt. Zwo, drei, vier. Frantz fragt sich, was es wohl zum Hauptgang gibt. Drei, vier. Vielleicht Entenbrust mit Broccoli. We've got the power! Nickend, stampfend, zuckend walzt der Menschenzug in Richtung Brandenburger Tor. Der Bebelplatz leert sich. Zwo, drei, vier. Und danach Cassis-Sorbet?

Zurück bleiben mit Tüten, Taschen und Müllsäcken bewehrte Männer und Frauen, auch einige Kinder sind darunter, mit Ranzen. Sie schlagen sich um leere Bier- und Plastikflaschen auf dem Platz. Zwei junge Männer verjagen einen Alten. Der verteidigt seinen rundherum mit blauen Säcken behangenen Rollator wie eine Festung. Der Alte wehrt sich erbittert, er keift, er spuckt, die Frauen gehen ihm aus dem Weg und die Kinder, die es gezielt auf verstreutes Leergut abgesehen haben. Wie Balljungen auf einem Tennisplatz preschen sie hervor, bücken sich, greifen eine Flasche und rennen wieder an den Spielfeldrand. Frantz beobachtet das. Er wird traurig und wütend zugleich. Die wichtigste Errungenschaft der europäischen Geschichte, denkt Frantz, ist nicht die Festschreibung von Menschenrechten. Der Alte hustet, er bleibt stehen. Nicht das Recht auf Streik, die Freiheit des Individuums oder die Einführung der Sozialversicherung. Es ist die Sicherheit von Eigentum. Der ungehinderte Genuss von Besitz. So ist das. Der Alte nimmt einen Schluck, die Flasche hat er sich erkämpft.

Frantz steht auf, reckt sich, packt ein paar der Zeitungen in seinen Rucksack und nähert sich dem alten Bankhaus Löbbecke. Es parken zwei schwarze Limousinen vor dem Eingang, an dem mehrere Messingschilder angebracht sind. »Hotel de Rome« steht auf einem. Ein junger Mann in einer Livree hat vor dem Eingang Haltung angenommen. »Member of the Leading Hotels of the World« steht auf einem anderen Schild. »Superior. Deutsche Hotelklassifizierung.« Darunter fünf Sterne.
Der junge Mann in der Livree spricht Frantz an.
»May I help you, sir?«
»Ich notiere mir ein paar Dinge. Bin von der Presse. Können Sie mir sagen, welche Veranstaltung gerade auf dem Dachgarten stattfindet?«
»Natürlich, Sir. Ein Treffen des Rotary Clubs. Nein, war-

ten Sie! Bankiers glaub ich, ein Gesellschaftstreffen, heute. Vom Bankhaus Löbbecke. Sorry. May I help you, sir?«

Ein Mann mit einem kleinen Lederkoffer sprintet die Stufen ins Hotel hinauf. Er nimmt keine Notiz von dem jungen Bediensteten. Dieser springt ihm hinterher.

»Sir, sorry, may I carry your luggage?«, hört ihn Frantz noch sagen, dann ist der Livrierte in der Lobby verschwunden.

Nach einer Weile kehrt er zurück.

»Ja, also eine Gesellschaft, habe mich erkundigt.«

»Aha.«

»Es sind auch Herren dabei, die früher einmal in diesem Bankhaus gearbeitet haben.«

»Ich wusste gar nicht, dass es jetzt ein Hotel ist. Seit wann denn?«

»Seit Oktober 2006, Sir.«

»Ist ja fabelhaft. Ganz erstaunlich. Gibt es noch Reste des alten Bankhauses, ich meine, hat man irgendwelche Säle und Räume so belassen, wie sie mal waren?«

»Aber ja: der ganze ehemalige Panzerraum! Alles original. Und erst der Ballsaal. Da sind noch die Marmorböden des Bankhauses erhalten, und darauf steht Dresden, Berlin, London, vielleicht, weil sie dort einmal Niederlassungen hatten, und in der ersten und zweiten Etage sind die Decken so hoch wie in einer Kathedrale. Was sag ich, wie in einem Palast«, gerät der junge Livrierte ins Schwärmen.

Er freut sich über dieses Haus, als wäre es seines, denkt Frantz, er möchte den Besucher von der Presse an dieser Begeisterung teilhaben lassen, als sei er mit dem Haus verwachsen, als wäre er ein Teil davon wie der Elbsandstein oder das Schild »Berlins schönste Dachterrasse lädt wieder ein«. Ein kleines Messingschild befindet sich auch auf seiner Brust. Darauf steht »Frank«.

»Kommen Sie, kommen Sie«, fordert Frank Frantz auf, Frantz folgt ihm in die Lobby.

Der junge Mann trägt eine Uniform, die an einen Militärmantel erinnert. Der lange, schwere Mantel reicht bis zu seinen Füßen. Er ist dunkelblau und weist an Ärmeln und Kragen bordeauxfarbene Bordüren auf. Der junge Mann trägt trotz der Wärme einen gleichfarbigen Schal und schwarze Lederhandschuhe sowie eine blaue Schildmütze mit Goldrand auf dem Kopf. An seinem Revers steckt eine rosa Nelke. Stolz präsentiert er Frantz das Innere der Halle. Riesige schwarze Sofas mit schrankhohen Lehnen bilden einen Kreis auf einem roten Teppich. Der Rest der Halle ist bis zur Decke mit schwarzem Marmor ausgeschlagen. Schwarze Vasen von der Größe eines Portals zieren Empfang und Treppe, Glas, Stuck, Art déco, so weit das Auge reicht, das Ganze erschlägt Frantz ein wenig, von der Decke hängt ein kristallener Lüster, den ein Kran angebracht haben muss.

»Wenn Sie mir bitte folgen wollen, Sir ...«, sagt Frank.

Frank führt Frantz zu einer zweiten Marmortreppe am Ende der Halle. Auf dem Weg hinab zeigt er mit dem Finger auf allerlei Gobelins, in der Halle des Untergeschosses macht er hier auf etwas aufmerksam, deutet dort auf eine Statue. Vor einer schweren Eisentür bleibt er stehen. Er tippt mit beiden Händen an die Tür, sie öffnet sich langsam, wie von einer verborgenen Mechanik bewegt.

»Der Panzerraum.«

Frank geht vor, Frantz folgt ihm, in einigermaßen erhabenem Schritt.
Frantz glaubt sich im Inneren von Fort Knox oder einer Zentrale von Wells Fargo. Auf dicken Panzertüren befinden sich geschnörkelte Lettern und Malereien wie auf einem Bauernschrank. An manchen Türen ist der Lack schon brüchig. Man hat hier auf die Retusche verzichtet. Schwere Drehkreuze aus Messing. Einige Türen stehen offen, andere sind geschlossen. Die Brüchigkeit verleiht der Schwere des Metalls noch ein zusätzliches, ein historisches Gewicht. Weiches Licht dringt durch vergitterte Fenster in dieses Souterrain und fällt auf einen Deckchair aus Mahagoni. Darauf roséfarbene Frotteetücher. Auf einem Beistelltisch bunte Flacons. Rosenblütenblätter und flimmernde Teelichter in kleinen Gläsern.
»Der Raum wird als Beauty-Salon genutzt«, erklärt Frank.
Frantz nickt und sieht sich weiter um. In den begehbaren Tresorräumen, dort, wo sich einmal Berge von Banknoten, Devisen, Handelsbriefen, Wertpapieren aus aller Welt befunden haben mussten, überall kleine Teelichter. Ein Andachtsraum des Kapitals. Eine funkelnde Sakristei des Geldes. Frantz stellt sich vor, wie Generationen von Bankiers hier unten ihre Weihen erhalten und einen feierlichen Eid auf ewiges Wachstum geschworen haben mögen. Ein Beauty-Salon also. Und warum eigentlich nicht? Gingen Geld und Schönheit nicht schon immer gut zusammen?
Frank guckt Frantz an, als erwarte er eine Huldigung. Da sieht der Frantz den Frank eher etwas verlegen an, als wolle er ihn etwas Unangenehmes fragen.

»Sagen Sie mal, ohne Ihnen zu nahe treten zu wollen: Wissen Sie eigentlich, wer da draußen auf dem Platz gerade demonstriert hat?«
Frank steht, die Hände hinter dem Rücken verschränkt, wie eine Eins, so würdevoll. Eine Weile schweigen die beiden.
»Nein, wieso?«

Frank: In vier Jahren fängt das Leben an. Höber, Frank Zacharias, geboren 12.3.1977 in Mindelheim. Abitur LSH Schloss Ising, Chiemsee, Englisch, Bio, Reli, Mathe, Facharbeit über Faulkner und Hemingway. Vater früh verstorben, Mutter alleinerziehend, zwei Geschwister, 23 und 25. FU Berlin, Otto-Suhr-Institut, Politikwissenschaft, Hermeneutik, Militär-Soziologie in Potsdam, Promotion über Gaston Bouthoul und Louise Weiss: Gründung des Institut de Polémologie Paris und dessen Einfluss auf die Konflikt- und Friedensforschung. Danach Aushilfskellner (Bankett) Hotel Intercontinental, Budapester Straße 2. Aushilfsbellboy The Regent Berlin, Charlottenstraße 49, Probeazubi zum Hotelfachmann Hotel de Rome, Bebelplatz 37. 1 Zi, Kü, Bad, Weserstraße 17, OH, SF, 2. Etage links. Seit drei Wochen Single. Diabetes Typ 1, Pumpenträger. Zwei Kaninchen, Cindy und Bert (scheiße, kann ich doch auch Kohle machen, Hotelerie, da kommste rum, da siehste was, Uni is Mist, kannste gleich auf Hartz IV, Mensch, Marianne, in nur vier Jahren fängt das Leben an, ja warum kannst du's bloß nicht erwarten?).

Frantz druckst ein wenig herum.
»Na ja, rein Interesse halber. Das waren Leute, die sich *Prekariat* nennen. Leute, die glauben, ausgebeutet zu werden, oder sich von einem Praktikum zum anderen hangeln, von Nebenjob zu Nebenjob. So was. Leute wie Sie.«
Frank sieht Frantz mit großen Augen an.
»Wie ich?«
»Sind Sie denn kein Student? Machen Sie das nicht als Ferienjob? Ich meine, diese Verkleidung ...«
Frank scheint nicht recht zu verstehen. Er wirkt brüskiert.
»Ferienjob? Verkleidung? Dies ist Teil meiner Ausbildung, Sir. Also, das heißt, wenn ich es gut mache, Sir.«
»Und was heißt das jetzt wieder?«
»Wenn ich mich bewähre, bekomme ich einen Ausbildungsplatz, Sir. Sie glauben gar nicht, wie viele Leute sich hier bewerben. Das Hotel de Rome gehört schließlich zu den Besten der Welt.«
»Okay. Es geht mich zwar nichts an, aber bekommen Sie gutes Geld für Ihre Arbeit?«
»Ja. Das heißt nein. Nicht sehr viel, aber immerhin. Wissen Sie, ich habe einen Freund, der ist gelernter Patissier. Seit einem Jahr arbeitet er in Paris im George V. In der Patisserie. Der muss Geld mitbringen, damit er dort arbeiten darf.«
Frantz schüttelt den Kopf.
»Was glauben Sie? Ich bitte Sie, Sir. Wenn er das drei Jahre gemacht hat, kann er überall arbeiten. Dann bekommt er sicher einen Job. Mit der Reputation eines solchen Hauses ...«

Er ist beeindruckt, der Frantz. Er möchte den jungen Mann nicht zu lange von der Vorbereitung auf seine Ausbildung abhalten. Er bedankt sich sehr höflich für die freundliche Führung und verspricht wiederzukommen. Vielleicht als Gast auf der Dachterrasse. Jedenfalls bald. Der Diener geleitet Frantz auf den Platz hinaus. Thomas Frantz verabschiedet sich, der Livrierte verneigt sich, kehrt zurück zu seiner Tür und nimmt Haltung an.

Frantz schlendert über den Bebelplatz. Der Platz ist übersät von Flyern und Papier. Eine Gruppe Touristen glotzt durchs Guckloch im Boden. Sie sehen leere Regale. Der Alte dreht noch immer seine Runden. Auf den Treppen der Staatsoper ein Trüppchen Stadtpunks, Alexianer vermutet Frantz. Aus einiger Ferne klingt noch das Technotamtam herüber, zwo, drei, vier, und Frantz beschließt, mit seinem kaputten Fahrrad, der Antrieb ist uralt, ständig dreht die Kette durch, zur Strandbar am Bode-Museum zu fahren.

Das ist ein herrlicher Flecken Berlin.
Gleich unterhalb der Monbijoubrücke haben sie bunte Liegestühle am Fluss aufgestellt, dort stehen Palmen, Rhododendren und Oleander in Kübeln herum. Hunderte finden sich an warmen Tagen ein und gucken aufs Wasser. Vor dem Freilufttheater gibt es eine Bar, man nimmt sich Getränke mit runter zum Strand, der eigentlich keiner mehr ist, seit ein Investor den Park erneuern ließ als Dreingabe für die Errichtung eines Wohnblocks mit Townhousecharakter zur Oranienburger Straße hin; seither stapft man statt durch Sand über eine dünne

Schicht sandfarbener Kiesel auf sandfarbenem Beton. Das ist barfuß etwas unangenehm, tut der Sache aber keinen Abbruch.
Auf der Spree die Stadtdampfer. Sie fahren im selben Takt vorüber wie die Hochbahnen vom Hackeschen Markt zur Friedrichstraße. Vollbepackt mit Ausflüglern bis zum letzten Platz im Bug. In der Strandbar, vielmehr auf den sandfarbenen Kieseln, lümmeln die Menschen in Liegestühlen, die an der Balustrade zum Wasser hin aufgereiht sind. Die Menschen auf den Stadtschiffen glotzen die Menschen auf den Liegestühlen an, während die Menschen am Ufer die Menschen auf den Dampfern anstarren. Fast könnte man sich die Hand reichen, aber das tut natürlich niemand. Die Schiffe heißen *Bertram* und *Franziska*, *Helgard* und *Pinguin*, zu geht's auf diesem braunen Wasser wie auf einem Verladebahnhof, es riecht nach Schiffsdiesel und See. Frantz sitzt an der Balustrade im Liegestuhl und liest. Er hätte auch im Park auf der Wiese oder zu Hause lesen können, aber das Stimmengewirr an einem Ort wie diesem beruhigt ihn wie der laufende Fernseher am Abend in seiner Wohnung. Dann und wann treten metallische Stimmen aus dem Gebrabbel hervor, zur Linken das Pergamon, rechts der Monbijou. Ab und zu blickt Frantz sich um in der unendlichen Masse und vergewissert sich, dass er nicht der einzige Mensch auf dieser Welt ist. Dann sieht er das Flimmern der Sonne unter der Brücke, das Wasser wirft ein schimmerndes Muster auf die Quader, Frantz beißt in seine Wurst und ist zufrieden. Die unmittelbare Anwesenheit vieler zufriedener Menschen und einer heißen Wurst mit Senf im Brötchen machen ihn nun mal glücklich, und

wenn die Spatzen von den Bäumen pfeifen – na umso besser.
Jetzt müsste der Prekarianerzug in Kreuzberg angekommen sein. Frantz kaut gründlich. Dort wird er sich bis zum späten Abend langsam auflösen oder anschwellen wie ein Bocksgesang, und in der Nacht werden wieder ein paar Möchtegerngangsterkinder mit hochgezogenen Kapuzen und über die Stupsnasen gezogenen Palästinenserschals – eigentlich ein Relikt aus grauer Vorzeit, aber das haben sie nun mal im Fernsehen gesehen – ein paar ungeschickt vor einem Mietshaus abgestellte Mülltonnen in Brand stecken, wie besoffene Indianer in einem Reigen darum herumtanzen, bis ein äußerer Ring von Fotografen und Kameramännern die Szene für die Abendschau und die Montagsausgaben in jeder Perspektive und Verschlusszeit festgehalten hat; man gibt Regieanweisungen und gern ein paar Zehner. Erstermaiwiderstand. Gerechtigkeit und Bier. Das Gesetz westlich des Landwehrkanals. Vollkommen degeneriert. Ihr seid doch eine Generation ganz und gar ohne Hoffnung, ein Satz, den Frantz bei Gertrude Stein gelesen hat, und warum zum Teufel glotzen ihn die Leute auf dem Dampfer bloß so blöde an? Erstemaitour. Terrortouristen. Visagen, Eis und Weißbier kauend, Tourismusterror; einerlei. Da tauchen auch noch diese affig gewandeten Multikultikampfmusiker auf und terrorisieren ihn mit ihrer immergleichen Fünfvierteltaktbeschallung, Sitar, Trommel, Tröte, Bandoneon, Unsinn, Musik ist nicht *gegen* Gewalt, Musik *ist* Gewalt, Frantz schmeißt wütend das letzte Stück Wurst weit aufs Wasser hinaus, eine Möwe taucht aus der Höhe ab und fängt den Zipfel im Sturzflug auf.

Wie manche Menschen.
Fressen, was Thomas Frantz noch wegwirft, und Frantz, der fährt heim.

Flop.
Krrzzt.
Sommerfrischler und Sympathisanten, Touristen, die auf Ureinwohner machen, Berlin ist die vielfältigste Stadt Deutschlands, sagt die Dame auf VOX, wir gucken mal live auf die Skalitzer Straße, da hat sich eine Frau richtig Mühe gegeben, sich einzukleiden, sehr viel Musik und Solisten und Tracht, das funktioniert ja auch, sehr viele bunte Menschen, aber wir haben's auch schon gehört, die ersten Steine sind geflogen, leider, das waren die Autonomen, Befürchtungen gab es auch, dass die Mayday-Parade ausarten könnte, sie fand unter dem Motto statt: Ich krieg die Krise, und das nicht erst seit gestern. Die Demo sollte vom Bebelplatz eigentlich durch die Friedrichstraße ziehen, aber das hatte das Oberverwaltungsgericht verboten, also sind sie vom Bebelplatz zum Brandenburger Tor gezogen, also schalten wir doch mal rüber, und was bitte, Jörg, machen die da jetzt?
Also das hat sich aufgelöst, einige gehen noch zur Kreuzberger Demo und feiern dort, aber mit Einbruch der Dunkelheit und mit steigendem Alkoholeinfluss steigt ja auch bekanntermaßen die Gewaltbereitschaft, und da kommen wir dann im Laufe der Nacht noch mal zurück, versprochen.
Danke, Jörg. Ja, und in der Walpurgisnacht, da wurden ja schon Mülltonnen in Brand gesteckt, gegen 1.40 Uhr hat

sich die Lage beruhigt, Flaschen flogen in Friedrichshain in die McDonald's-Filiale, 57 Menschen wurden vorläufig festgenommen. Aber Berlin, das ist die Welt im deutschen Reagenzglas, 20 000 fanden sich heute ein zur Demo und Kundgebung der Gewerkschaft mit Kindern auf der anderen Seite des Brandenburger Tors, Zocker, Bänker, die wurden angeprangert, Leute, die alles verspielt haben, sollen jetzt das neue System aufbauen, sagte ein Sprecher, das gehe doch wohl nicht an, es waren doppelt so viele Teilnehmer wie angekündigt. Hören wir eine 38-jährige Demonstrantin und Mutter:
Ach, Arbeit wird an diesem Tag immer so groß geschrieben. Arbeit soll ja das Leben schöner machen. Aber viele Menschen müssen auch ohne Arbeit auskommen, und was machen die dann?
Es gab aber noch viele weitere Demonstrationen, dazu mehr gleich, auch die NPD nutzt diesen Tag gern zur Öffentlichkeitsarbeit, bleiben Sie bei uns, Norbert Siegfried ist vor Ort. Norbert ...
Norbert?
Norbert?
Ähja, eine Störung, wie ich gerade höre. Ähja. An der Monbijoubrücke, da liegt die Mutter aller Strandbäder. Aber wer kommt an diesem Tag hierher? Fragen wir unseren Reporter Jürgen Hobrecht vor Ort.
Nun, sagen wir, große Horden zogen durch die Straßen in Berlin und kommen jetzt hierher, wo was los ist. Die Berliner kommen und tanzen und lassen die Füße baumeln, das Wasser, die Boote wie Urlaub, und wenn das hier wie Urlaub ist, wir haben Pizza, wir haben Palmen, es ist alles da, was man für Bella Italia in Berlin braucht,

dann stimmt das, also italienischer Sommer und ewig süßes Leben in Berlin, und wir sehen uns das später noch mal an, was hier passiert.
Danke Jürgen, high live und Halligalli überall, und neben dem Aktuellen, Jörg, kannst du uns jetzt endlich zeigen, dass es bereits zu Ausschreitungen gekommen ist?

Krrzzt.
Flop.

13. Stadt der Verzweifler. Ein Sonntagnachmittag bei Marie-France auf dem Sofa, Frantz macht sich ein Brot und sieht fern, endlich kommen Obdachlose zu Wort

»Es ist«, sagt Marie-France, »ein Problem der deutschen Männer.«
Sie dreht sich eine Zigarette.
»Neulich saßen wir bei Anna Koschke und hörten Luzifer zu, der erzählte von seiner Eigentumswohnung und seiner Datsche, die ihm auch gehört, der zufrieden war und nichts anderes als Wirt sein will und einen langjährigen Freund hat. Toll, hast du gesagt. Thomas. Das möchte ich auch, so eine Datsche. Sollen wir wieder mit der Nummer anfangen?«
Marie-France steckt sich die Zigarette an und schlägt die Beine übereinander. Ihre hübschen Füße mit den stets rot lackierten Nägeln stecken in spitzen, lilafarbenen marokkanischen Pantoffeln.
»Du willst doch gar nichts.«
Marie-France blickt Frantz mit ihren sorgenvollen Juliette-Gréco-Augen ein wenig vorwurfsvoll an.

Thomas Frantz sitzt auf dem Sofa in der Wohnung seiner Freundin und sieht runter auf den Zionskirchplatz. Sonntagnachmittag, es ist immer ein Sonntagnachmittag, wieso eigentlich? Das ist ein Phänomen, das noch niemand untersucht hat. In Thomas Frantzens Fall ein doppeltes, denn eigentlich ist der Sonntagnachmittag, also nach zwölf Uhr, wenn die meisten anderen schon gegessen haben, der einzige Teil der Woche, an dem er

sich in relativer Übereinstimmung mit dem Rest der Welt befindet; der Teil der Woche, an dem er ausnahmsweise die gleichen Bedürfnisse hat und nahezu ähnliche Handlungen vollzieht. Er hat lange geschlafen, ausgiebig gefrühstückt, er beginnt den Tag mit Müßiggang, neigt zu Nickerchen, und er sieht zu, dass er den Tag auch in dieser Weise beendet.
Manchmal macht er, wie der Rest der Welt, einen Ausflug. Marie-France und er gehen in den Park, erkunden die Umgebung, machen eine Fahrradtour durch die Stadt, einen Spaziergang über den Flohmarkt. Aber der Freiberufler hat es an einem Sonntag schwer. Es ist für einen Freiberufler kein Unterschied zwischen einem Sonntag und einem ganz gewöhnlichen Tag der Woche, der Freiberufler kann jeden Tag zum Sonntag machen, wenn er will. Deshalb ist der Sonntag kein Sonntag, vielmehr ein Tag des schlechten Gewissens.

»Diese Problematik«, fährt Marie-France fort, »dass du Leute beneidest, die einen Standpunkt haben, ein Kind, ein Zuhause, eine Ehe, eine Datsche, du zweifelst an dir, weil du das nicht hast, und du hast gleichzeitig die Vorstellung, dass du ebenso verzweifeln würdest, wenn du es hättest. Es ist die Unmöglichkeit. Permanent verzweifelt zu sein, weil du nichts zustande bringst neben Leuten, die das gemacht haben. Ich kenne das von allen deutschen Männern, mit denen ich zusammen war. Es ist immer der Zweifel. Das Schizophrene der Situation ist, an allen Standpunkten zu zweifeln. Ich bin Redakteur, sagt ihr, und ich stehe zu dieser Zeitung, ich stehe zu dieser Frau, ich will aufs Land. Gleichzeitig wollt ihr euch immer aus jeder Situation raushalten, die euch irgendwie festnagelt. Aus Angst vor Freiheitsverlust, aber ihr wisst ja gar nichts mit der Freiheit anzufangen, als darunter zu leiden, dass ihr keine Kinder, keine Häuser, keine Frauen habt.«

Marie-France sitzt am Tisch in ihrem kleinen Wohnzimmer, der Esstisch ist nicht weit vom Sofa entfernt, und sieht runter auf den Zionskirchplatz. Sie trägt ein blaues Sommerkleid, auch wenn es draußen regnet. Das Kleid betont ihre voluptuöse Figur. Ihre Beine sind makellos. Sie trinken Tee.

»Ihr nennt das Freiheit.«

Marie-France' Augen und Stirn liegen in Falten.

»Und dann seid ihr Mitte vierzig und stellt fest, dass andere das haben, ihr aber nicht, und zweifelt an euch. Das ist ein Problem, das nicht zu lösen ist. Dazu kommt das Schicksalhafte: Wir haben das nicht bekommen, weil wir nicht die Gelegenheit dazu hatten, die falschen Frauen, die falschen Männer, die falsche Zeit, kein Geld. Und wenn es erreichbar ist und konkret, ist es kalter Kaffee und zweite Wahl. Dann hat es keinen Wert. Weil ihr dem Unerreichbaren nachjagt, um daran leiden und verzweifeln zu können. Woran liegt das? Am Krieg? Am Holocaust? An der Schuld? Aber warum war schon Nietzsche der große Zweifler?«

Frantz überlegt.

»Gut. Aber entweder man verkauft seine Seele und macht Karriere, oder man ist ein freier Vogel. Dazwischen gibt es nichts. Entschlossenheit ist das Maß der Dinge und das unumstößliche Maß unserer Zeit.«

»Eure Freiheit ist euer Untergang.«

Marie-France steckt sich eine neue Zigarette an und reicht Frantz das Tabakpäckchen. Es ist fast leer.
»Du beklagst dich die ganze Zeit, aber du änderst nie etwas.«
»Das stimmt. Veränderungen sind nicht gut.«

Thomas Frantz raucht. Er denkt nach. Er mag keine Veränderung. Das ist ihm ein Gräuel, selbst wenn die Realität noch so erdrückend ist. Aber wer ständig an der sich ständig verändernden Realität zweifelt, dem dreht sie den Spieß um: Dann zweifelt die Realität auch an ihm, dem Verzweifler. Das ist eine Tragik, von der er lebt.
Thomas Frantz ist ja Zeuge. Er ist immer *nur* Zeuge, eine neutrale Instanz, der geborene Beobachter, ein pathologischer Schweizer. Ein Chronist, ewiger Berichterstatter, innerer Protokollant. Der Journalist in ihm ergreift keine Partei. Er hat Verständnis. Er versteht sowohl die eine als auch die andere Seite. Er ist ein Sowohlalsauch. Ein Schweinepriester, der sich nicht für eine Sache, für ein Gefühl entscheiden kann. Ist das ein modernes Phänomen? An der ständigen Veränderung zu verzweifeln? Heute schlank, morgen rank, gestern androgyn, übermorgen Brusthaartoupet? Wer gibt einem da noch Halt?
Seine Losigkeit. Ist Frantz nicht selbst schuld daran? Weil er sich nie für eine Sache entscheidet, weil er stets durchleuchtet, betrachtet, abwägt, versteht, vergleicht, evaluiert, statt sich zu entscheiden? Thomas Frantz saugt alles in sich auf wie ein Schwamm und nährt täglich seine Zweifel. Ist er nicht ein permanenter Problemsucher? Warum? Nur um von seinen eigenen Problemen

abzulenken? Von seiner Losigkeit? Was nagt an ihm, frisst sich durch seinen Kopf wie ein Bandwurm, wer hat das in ihn hineingepflanzt, dieses Zweifeltier? Wer Zweifel sät, wird Zweifel ernten, könnte er jetzt biblisch argumentieren, was ja auch ein hübsches Grundproblem ist. Nein, lieber flüchtet er. Rettet sich in ein intellektuelles Labyrinth und körperliche Qual, spielt Schach, boxt, rennt, rennt auf und davon, und am Ende steht dann wieder so etwas wie ein chemisches Glücksgefühl. Hat er nicht längst erkannt, wie unmöglich es ist, mit einem anderen Menschen sein Leben zu teilen? Und ist er nicht der Sohn eines Mannes, der entscheidungsfreudig war und alles richtig gemacht hat, Frau, Kind, Studium, und hat er ihn nicht einfach verhungern, verrecken lassen am ausgestreckten kalten Arm, hat er ihn nicht umgebracht, gemordet, sich also entschieden und ihn, Frantz, einfach weggegeben in ein Tierheim? Wie sollte er da nicht zum Zweifler werden?

Frauen. Frauen hatten seine Liebesfähigkeit, die er einmal als beachtlich betrachtet hatte, gründlichst ausgetrieben und zuletzt ein für alle Mal zerstört: Frantz war den kriegerischen Aspekten der Liebe, wie sie von einem bestimmten Frauentypus betrieben wurde, nicht gewachsen. Es waren die gutbürgerlichen, gestählten Kinder, zu denen sich Frantz, das Heimkind, aus verständlichem Mangel hingezogen fühlte, weil sie über alles geliebt wurden und eine Brutalität im Umgang mit anderen Kindern entwickelten, die an Gesundheit nicht zu übertreffen war. Eine Grausamkeit, die sich insbesondere jenen Kindern gegenüber offenbarte, von denen sie verehrt wurden, als gelte es, einen Wettbewerb zu gewinnen.

Frauen dieses modernen Homo-sapiens-Typs hatten stets das berechtigte Gefühl, etwas Besseres zu verdienen. Sie nährten sich von Zärtlichkeiten und Gefühlen, die ihnen entgegengebracht wurden, bis sie ihres Wirts überdrüssig waren und die Zuneigungen wegwarfen wie ein gebrauchtes Kleenex. Es ist ihnen ihr gesamtes Leben eingeredet worden, wie schön und wertvoll sie seien, und sie bewegten sich in den Seelen wie Hooligans in der Südkurve. Liebe ist ein endloses Boutiquenschaufenster. Darin stehen stumme Diener. Man braucht nur auf dieses oder jenes Item zu deuten und nach Herzenslust zuzugreifen. Katastrophenkinder sind anders. Sie haben Angst.

Diese Frauen fühlten sich anfangs zu Frantz ebenso hingezogen, wie er sich von ihnen angezogen fühlte. Sie liebten den Geruch der Losigkeit. Des Flüchtigen, das Fluidum des Dahergespülten, das jemand wie Frantz atmete. Er verschaffte ihnen ein erregendes Gefühl von Schmerz, als würden sie sich downtown auf Slumming tour begeben. Mit Kondom, versteht sich. Frantz wiederum war fasziniert von diesem unschlagbaren Selbstbedienungsreflex. Er schien ihnen eine Autarkie zu verleihen, die er maßlos bewunderte. Sie liebten die Verletzlichkeit, die er in seinem massiven Körper verbarg, er wiederum liebte den brachialen Egoismus, der in jeder Pore ihrer weichen Lippen, zarten Haut, fragilen Fingerchen steckte. Stärke und Schwäche in reziproker Affinität. Die Anwältin in Los Angeles. Die Journalistin in Berlin. Die Architektin aus Österreich.

Aber einer wie er kam für die Reproduktion nun mal nicht in Frage. War er eingangs noch so aufregend ge-

wesen, gab er sich alle Mühe – dafür wählte man jemand anderes. Aus der Diskrepanz zwischen Stärke und Schwäche ergibt sich zudem zwangsläufig Langeweile, wenn der Punkt der Saturiertheit des Stärkeren erreicht ist. Natürlich hatte auch Frantz ausgeteilt und verwundet. Dessen war er sich bewusst. Er hatte andere Frauen sitzengelassen, hatte ebenso wenig über seinen Schatten springen können. Vielleicht lag darin eine ausgleichende Gerechtigkeit. Sein Fortpflanzungswunsch wurde mit Flucht quittiert. Das ist in Frantzens Fall wörtlich zu nehmen. Sobald er ihnen eröffnet hatte, er könne sich in nicht allzu ferner Zukunft durchaus ein gemeinsames Kind vorstellen, saß die Journalistin in der nächsten Maschine nach Tel Aviv (sie wurde überraschend Israel-Korrespondentin einer Tageszeitung) und die Architektin im Flieger nach Moskau (plötzlicher Ruf eines renommierten schweizerischen Bauunternehmens). One way ticket, versteht sich. Die Anwältin in Los Angeles zog es seinerzeit vor, zu Hause zu bleiben. Sie ließ Thomas Frantz – ein Anruf bei der Ausländerbehörde und eine Anzeige bei der Polizei wegen Stalkings genügten – des Landes verweisen und nach Deutschland abschieben. So geht das. Frantz war der Liebe müde geworden.
Schließlich hatte er diesen Wunsch mehr oder minder aufgegeben.

Marie-France sieht ihn von der Seite an.
»Seit ich fünfunddreißig Jahre alt bin, höre ich permanent, dass ich eine alte Schachtel bin. Überall. Seit ich Ende zwanzig bin, gibt mir meine Familie das Gefühl, dass ich gescheitert bin, weil ich kein eigenes Haus habe.

Das sind die Gefühle, die mir die Gesellschaft gibt. Wer fragt mich denn? Als ich ein zweites Kind wollte, hatte ich einen Mann, der mich sehr liebevoll ins Krankenhaus zur Abtreibung gefahren hat. Jetzt, wo ich einen Freund habe, der sich im Grunde nichts sehnlicher wünscht als ein Kind, kann ich nicht mehr. Zu alt. Daran kann man verzweifeln. Oder daran, dass ich seit Monaten keinen Auftrag mehr habe und nicht weiß, wie ich meinen Sohn im Studium weiter unterstützen kann.«

Marie-France schweigt und raucht.

Frantz raucht und überlegt.

Freiheit oder Standpunkt? Hätte er Geld, sich eine Wohnung zu kaufen, wär's ja noch gut. Aber das ist heute nur noch als GmbH mit Partner möglich. C. und D. waren eine GmbH (Werbung). B. und G. waren eine GmbH (Kanzlei). R. und S. waren eine GmbH (Architektur). Loyalität schafft man im Arsch. Durch Analverkehr. Respekt schafft man mit Erfolg. Gemeinschaftlich erzielter Erfolg erzeugt Respekt unter den Partnern. Liebe schafft man nach zwanzig Jahren. 's isch, wie's isch. Wenn man in zwanzig Jahren Ehe Fakten geschaffen hat, sieht der eine dem anderen die Fehler nach. Den Alkohol und die miesen Launen, die Herrschsucht und den Geiz, die Egomanie und den schwäbischen Dialekt. Einzig der Zweifler stellt nur Fragen. Er kann Gut von Böse nicht unterscheiden vor lauter Fragen. Gibt es gut und böse? Ist das nicht ein bisschen wie schwarz und weiß? Aber wer weiß, ob nicht der Zweifler doch am Ende recht behält? Ist er nicht gar ein Synonym für eine Gesellschaft, die sich permanent in Frage stellt? Sind wir Menschen als Tierart am Ende nur das Produkt einer Zeit, in der die Zweifler keine

Kinder mehr bekommen, weil das vielleicht einen evolutionären Grund hat? Sind wir nicht Kinder von Eltern, die das Kinderkriegen noch als Plage empfunden haben? Aber Marie-France kann dir ja gar keine Kinder mehr schenken, sagt sich Thomas Frantz. Nein, aber sie könnte mir ein Heim schenken, ein Zuhause, einen Hafen, eine Zugehörigkeit, eine gemeinsame Wochenenddatsche, widerspricht er sich. Warum trennst du dich nicht von ihr und suchst dir eine Jüngere, die dir Kinder gebären kann, und springst hinein und schaffst Fakten und ein Leben? Ja, aber wie soll ich dieses neue Leben denn ernähren? Die Natur, das Leben, wird einen Weg finden! Aber wenn ich dann bei der Einschulung schon bald sechzig bin, wie all diese alten Knallköpfe in den Sandkästen, was dann? Und könnte ich Marie-France das überhaupt antun? Dann drehe es doch mal um: Würde Marie-France, wäre sie an deiner Stelle, nicht exakt so handeln und sich völlig naturgemäß für das Leben und einen anderen Mann entscheiden?

Marie-France richtet sich auf und nimmt einen Schluck Tee. Sie stöhnt.
»Ihr seid ein Zweifelvolk. Weil ihr so wenig Licht habt. Viel mehr Dunkelheit als Sonne. Da kriegt man einen anderen Blick.«
Frantz sieht runter zum Zionskirchplatz und überlegt.
»Wir haben kaum noch Tabak«, stellt er fest.
»Dann geh runter und kauf welchen.«

Thomas Frantz ist zu stolz, sie um Geld zu bitten. Er hat keines mehr, und der Austausch von Geld ist zwischen ihnen kein Thema, dennoch wäre es ihm wie Betteln vorgekommen. Marie-France geht an ihre Handtasche, zückt den roten Geldbeutel und gibt Frantz einen kleinen Schein. Frantz fühlt sich elend. Er steckt den Schein ein, streift seine Jacke über und geht runter.

Im Laden kauft er eine Schachtel Zigaretten. Es ist kalt, die Straße nass. Frantz steht draußen an einem der beiden Tische, an denen sonst die Arbeitslosen stehen, rauchen und Bier trinken. Frantz raucht. Fehlt noch das Bier, denkt er. Es ist das erste Mal, dass er hier steht.
Leistungsträger.
Der Begriff fällt ihm auf einmal ein. Ein kalter, ökonomischer, ein technokratischer Begriff. Ein genauer Begriff, denn er teilt die Menschen ein in solche, die ihm entsprechen, und andere. Ein Begriff, der aussortiert. Ein Mann kommt über die Straße und stellt sich an den anderen Tisch. Umgeben von dunstiger Feuchtigkeit holt er eine Packung Zigaretten aus seiner Jackentasche und steckt sich eine an. Der Mann mochte Mitte fünfzig sein. Er hustet.
Ist eine Mutter mit zwei Kindern, die keine Alimente, aber Geld vom Staat bekommt, noch ein Leistungsträger? Thomas Frantz bekommt kaum noch Aufträge, und die Geschichten, die er schreibt, werden immer schlechter bezahlt. Lange, denkt er an diesem Sonntagnachmittag, wird er kein Leistungsträger mehr sein, der Mann gegenüber hat traurige Augen. Von den Honoraren kann er kaum noch leben. Der Mann hustet, die Kälte raus. Auch so einer, denkt Thomas Frantz. Aussortiert. Hat nicht mal mehr das Geld fürs Sonntagnachmittagbier.

Über dem Kopf des Mannes öffnet sich ein Fenster. Ein anderer Mann, vielleicht Anfang fünfzig, streckt den Kopf heraus. Er platziert ein Kissen auf dem Fensterbrett, lässt sich darauf nieder, und es sieht aus, als wolle er dergestalt seinen Sonntagnachmittag verbringen. Er hat das Gesicht eines Mopses.
Als Frantz zurückkommt, sitzt Marie-France am Computer und legt eine Patience. Er macht es sich auf dem Sofa bequem, sieht hinaus zum Zionskirchplatz und überlegt.
Welche Rolle spielt er eigentlich in dieser Gesellschaft? Er ist doch auch ein Teil, wenn auch ein schwächer werdender, warum kann er nicht einmal für etwas sein, anstatt immer nur dagegen?

»Ich bin für bedingungsloses Sonntagnachmittagbier.«
Marie-France lächelt gelangweilt.
»Armer Idiot.«

Gut. Auch wenn er, wie so viele in seinem Alter, also Mitte vierzig, seinen Platz in dieser Gesellschaft immer noch nicht gefunden hat – oder bald verlieren wird, wie man's nimmt –, hat er nicht doch immerhin einen Ort? Er ist in Berlin. Als ob Berlin die Verzweiflung wäre. Weil es ja auch immer an sich zweifelt, weil es ja nie fertig sein will, das Gebilde, das nie ist und immer nur wird, die Stadt, die ständig pleite ist und wie er am Tropf hängt und am Abgrund steht. Wenn Hamburg eine Stadt britischer Zurückhaltung ist und München ein Stein gewordenes Bussidiktat des positiven Denkens, dann ist Berlin die Stadt der Verzweifler. Da hat Thomas Frantz doch wirklich seinen Platz gefunden. Nirgends lässt es sich so herrlich verzweifeln. Und ist die Stadt der Verzweifler nicht Hauptstadt der Deutschen, während zum Beispiel Paris eine Stadt der Gewinner ist, der petits fonctionnaires, der stolze, kranke Kopf der Grande Nation? Ist Berlin dagegen nicht schon immer mehr Gastritis gewesen? Ein Leiden, das sich in tieferen Körperregionen abspielt?

Thomas Frantz steht auf, macht sich in der Küche ein Brot und stellt den Fernseher am Fußende des Sofas an. Nachdem er eine Weile herumgezappt hat, bleibt er bei der Wiederholung einer Talk-Sendung auf einem Spartensender hängen. *Menschen bei Maischberger.*

Frantz hat Talkshows satt, aber er liebt Frau Maischbergers Versuchsanordnungen, und Frau Maischberger sitzt jetzt einer anderen Frau gegenüber, die sie Die Waldfrau nennt. Namen tun hier nichts zur Sache, sagt Frau Maischberger, bleiben wir also bei Die Waldfrau, das ist ja bekannt. Es ist eine gemütliche Studioatmosphäre mit Sesseln und Sofas, Die Waldfrau versinkt beinahe im Polster, und Frau Maischberger macht ein sorgenvolles Gesicht. Die Waldfrau sieht nämlich etwas mitgenommen aus. Extrem abgemagert, Stirn, Hals und Augenpartie vollkommen zerfurcht, ein echter Hingucker in der Nahaufnahme, Die Waldfrau, die sich in der Mitte einer Verwertungskette befindet, an deren Ende ihre Verarbeitung zu Tiermehl steht. Der Auftritt Die Waldfrau steht sehr passend am Anfang der Fraumaischbergersendung mit dem Titel Ausgerissen, abgehauen, obdachlos –

kein Weg zurück?, denn Die Waldfrau lebte immerhin zwölf Jahre allein auf der Straße, bis sie ein halbes Jahr in einem Wald bei Köln hauste, sodann ihre Schwester in Dresden besuchte und dort einem Reporter in die Hände fiel, was den Anfang der kolossalen Verwertungskette markierte, des Weiteren durchgenudelt in Boulevard und Panorama landauf und landab, gefolgt von bundesweit ausgestrahlten TV-Auftritten, aber das ist ja bekannt, nun also die Erinnerung an Die Waldfrau wachgerufen durch und dank Fraumaischberger nach genau einem Jahr, was ist also aus Die Waldfrau geworden, und bitte schildern Sie das Martyrium doch noch einmal exakt, ganz genau, Fraumaischberger macht jetzt ein interessiertes Gesicht, sofern das geht, setzt an geholperten Stellen fragend nach, sehr nüchtern, sehr sachlich, detailliert das Ganze.

Danke liebe Frauamarschdiewaldfee (diese ab), und wir kommen nun zu unseren nächsten Gästen.

Es sitzen im Folgenden ein bekehrter Kölner Obdachloser, ein als Das stadtbekannte Original eingeführtes Ingredienz, und zur Fraumaischbergerlinken der Sehr bald Vater werdende Der Straßenjunge Ratte samt eigenem Streetworker auf der Polstergarnitur, wunderbare Inszenierung das, anerkennt Frantz und kaut, Der Straßenjunge Ratte wiegt ungefähr zweieinhalb Zentner, trägt Bermudashorts und Flipflops, und dann sitzt da noch als Buhmann der Chef der Polizeigewerkschaft, der jammert (wer jammert, der hat noch vierzig Prozent, denkt sich Frantz) und abwechselnd unterlegt wird von Spruchbändern wie: Keiner ist in Deutschland auf Betteln angewiesen und: Fordert generelles Bettelverbot in Deutschland.

Richtig, flankiert Das stadtbekannte Original, wer in Köln verhungert, ist dumm. Der Straßenjunge Ratte grinst, Das stadtbekannte Original hebt an, eine Geschichte aus seiner Zeit auf der Platte zu erzählen, wird aber von Fraumaischberger direkt und barsch unterbrochen: Ist doch gut, dass Sie hier mal zu Wort kommen.
»Richtig. Ist doch gut, dass mal eine Diskussion über Obdachlosigkeit geführt wird«, murmelt Marie-France bei ihrer Patience, Frantz muss husten, Der Straßenjunge Ratte bekommt aus dem Off ein Glas Wasser gereicht und danach eine belegte Semmel.

Es wird langsam dunkel.
Marie-France hat noch zu tun. Thomas Frantz schaltet den Fernseher aus. Er verzweifelt noch einen Moment auf dem Sofa, bekommt wieder Hunger, erinnert sich daran, dass er noch portionierte Steaks vom türkischen Metzger im Gefrierfach hat, falsches Entrecote, das kostet die Hälfte, er umarmt Marie-France, küsst sie zärtlich auf Lippen und Nase und fährt mit dem Fahrrad zufrieden nach Haus.

14. Ein Stromkonzern ist kein Kreditinstitut. Frantz trifft einen netten Kundendienstmitarbeiter und sieht jetzt alles anders

Früher einmal, in der guten alten Zeit, da stand man noch gegen die Macht des Staates. Allein, als Teil der Masse, Terrorist oder Kanonenfutter. Als Thomas Frantz sein Fahrrad an einem Verkehrsschild vor dem Kundenzentrum des Stromkonzerns ankettet, weicht seine Wut mit einem Mal einer beklemmenden Nachdenklichkeit.

Hier steht der Einzelne der Gewalt eines Konzerns gegenüber. Dieser schröpft ihn, nimmt ihn aus, erleichtert ihn, zieht ihn über den Leisten, lutscht ihn aus, barbiert ihn über den Löffel, meiert ihn ab und bumst ihn anal ohne Kondom. Frantz betrachtet das Gebäude in der Nürnberger Straße. Eine der guten Adressen in der City, keinen Steinwurf weit vom KaDeWe. Das Gebäude hat mit der Übernahme durch einen schwedischen Energiekonzern einen gelben Anstrich wie eine amorphe Keule erhalten. Vor der Tür stehen zwei muskulöse Männer in Uniform. Die Uniform besteht aus einem schwarzen Anzug. Sie rauchen. Auf den Brustschildern der Typen liest Frantz das Wort Security. Der Raum ist mit Licht durchflutet und von transparenter Großzügigkeit. Hintereinander sind Schalter angeordnet. Quader mit brusthohen gläsernen Trennwänden. Hinter jeder Scheibe sitzt ein Mensch. Es ist angenehm kühl, der moderne Mensch ist in allen Bereichen des Lebens dieser Temperatur ausgesetzt. Über den Menschen hängen digitale Anzeigen.

Man muss eine Nummer ziehen. Im Grunde kann er sich gar nicht entziehen, es sei denn, er lebte in einem Wald in einem Erdloch und nährte sich von Beeren und Wurzeln, jedenfalls so lange, bis ihn jemand dort herausholte und in ein hygienischeres Loch steckte. Die vorherrschende Farbe auch im Inneren des Gebäudes ist gelb.
Frantz geht zum Informationsschalter und trägt sein Anliegen vor. Die Dame gibt ihm eine Nummer. Sie ist sehr nett. Die beiden Sicherheitsbullen beenden ihre Zigarettenpause und kommen zur Tür herein. Sie stellen sich breitbeinig in die Mitte des Riesenraums und verschränken ihre Arme hinter ihren Rücken. Sie beobachten Frantz, der in diesem Moment der einzige Delinquent in der hangargroßen Halle zu sein scheint. Sie stehen mittendrin wie bissige Pitbulls.
»Aber Sie haben doch Glück, Sie sind ja sofort dran«, sagt die Dame. Sie ist wirklich nett.
Frantz bedankt sich artig. Schalter drei.
Frantz tritt in den Schalterraum ein. Er begreift sofort: Dies ist der Beginn eines Lernprozesses für Primaten. Versucht der Einzelne, sich über das Verhalten des Konzerns bei diesem zu beschweren, verhungert er in der geruchslosen Asepsis zwischen Callcentern, Kundenbetreuungszentren, Rechnungs- und Rechtsabteilungen sowie der Exekutive der Inkasso-Anwälte und der mit ihnen verbündeten Staatsgewalt. Frantz hört eine warme weibliche Stimme. Wir sind ein führendes Energieunternehmen. Entdecken Sie uns, sagt die warme Stimme. Wir unterstützen Ihren geschäftlichen Erfolg. Wir bieten umfassende Energielösungen für Gewerbe- und Industriekunden, sagt die warme Stimme. Der Mann steht hinter

seinem Schaltertisch auf und begrüßt Frantz mit Handschlag, als sei er ein alter Kumpel. Er bittet ihn, Platz zu nehmen. Der Mann, etwa Mitte dreißig, wie Frantz schätzt, hat dunkle Haare. Der Mensch wird quasi per Zufallsgenerator irgendeinem unterbezahlten und verängstigten anderen Einzelnen in einem Kundenzentrum oder einem Callcenter in irgendeiner anderen Stadt zugeteilt. Diesem kann er nicht lange böse sein. Denn der hat das Unrecht ganz offensichtlich nicht begangen. Schon bei seinem nächsten Versuch landet der Einzelne bei einem anderen Würstchen und in einem anderen Callcenter. Berkant, liest Frantz auf dem Brustschild des Mannes. Frantz blickt sich um. Einige der Schaltermenschen sind Farbige, am Ende der Reihe trägt eine junge Frau ein Kopftuch. Frantz kramt seine Unterlagen hervor. Wir bieten günstige und attraktive Stromprodukte für vielfältige Ansprüche. Wechseln Sie jetzt und erhalten Sie unsere einmalige Bonusleistung, hört Frantz die warme Stimme. Er hat alles vorbereitet. Der Mann tippt Frantzens Kundennummer ein.

»Sehen Sie«, sagt der Mann ohne aufzusehen, »wir sind ein Wirtschaftsunternehmen und kein Kreditinstitut.«

Berkant, der nette Kundendienstmitarbeiter: Mittlere Reife, Mittelstürmer. 1991 beim Turnier der Landesjugendauswahl aufgrund einer nicht schriftlich fixierten Direktive, man wolle verdammt noch mal keine Kümmeltürken in deutschen Teams sehen, ausgeladen, rausgeschmissen, heimgeschickt, zum Teufel gejagt. Barmann im Kumpelnest (Pohlstraße). Aushilfstätigkeit als Rausschmeißer (Abraxas, Kantstraße). Verheiratet, zwei Kinder. Ich habe einen dummen Sohn und eine kluge Tochter. Beides ist gut. Mein dummer Sohn, der kleine Pesevenk, wird am Fließband glücklich sein. Meine Tochter wird in Deutschland studieren und geht dann nach Istanbul.

Die flächendeckende Installation von Callcentern und Kundenbetreuungszentren ist das wirksamste Mittel der Macht seit der Erfindung des Schwarzpulvers. Was sich allein darin zeigt, dass sich auch der Staat flächendeckend dieser Einrichtungen bedient. Callcenter sind billiger als Waffen. So ist das. Es sei eine Gesamtschuld von 227,24 Euro zu begleichen, sagt Berkant. Darin bereits enthalten die Gebühr in Höhe von 42,32 Euro des Außendienstmitarbeiters, der den Mahnbescheid zustellte, sowie die Gebühr für die Unterbrechung der Stromzufuhr in Höhe von 51,11 Euro, zuzüglich der Gebühr des Außendienstmitarbeiters für das Wiedereinschalten des Stromes in Höhe von 51,11 Euro, im Voraus. Umweltfreundlich, mit vielen Extras oder einfach günstig, wir liefern den Strom, der zu Ihrem Leben passt, sagt die warme Stimme. Natürlich komme noch die Mehrwertsteuer hinzu. 43,17 Euro. Dann sei seine Stromschuld in Höhe von 39,53 Euro zur Gänze getilgt. Frantz sagt dem Mann, er habe bereits 127,24 Euro überwiesen und deutet auf den Kontoauszug, den er mitgebracht hat. Diesen besieht Berkant mit offenkundigem Wohlwollen. Den Rest seiner Schuld zählt Frantz ab und legt das Geld auf den Tisch. Wie das mit dem Strom-Einschalten jetzt vor sich ginge, will Frantz wissen.
»Nicht so schnell. Erst müssen wir an die Kasse«, sagt

Berkant. Er steht auf und bedeutet Frantz, ihm zu folgen.

Sucht der Einzelne Hilfe, findet er sie bei einer Verbraucherschutzorganisation. Oder in den Medien. Erst wenn sich eine Masse aus Einzelnen mit einer dieser Gewalten verbündet, und diese Gewalt zufällig ein Interesse verfolgt, das sich mit den Interessen der Masse aus Einzelnen einigermaßen deckt, kann ein Großkonzern zu Veränderungen gezwungen werden. Dies erstreckt sich über einen längeren Zeitraum und beschränkt sich im Ergebnis in aller Regel auf Marginalien. Vor einem der Kassenautomaten bleibt Berkant stehen. Er erklärt Frantz dessen Funktionsweise, als habe er es mit einem Analphabeten zu tun. Die Wachleute gucken böse. Berkant hilft Frantz, seine Geldscheine einzuspeisen. Das Kleingeld wirft Frantz in den Schlitz. Berkant verfolgt diese Bewegungen und nickt bei jeder eingeworfenen Münze.
»Oje. Da fehlt ja eine Ziffer«, sagt Berkant.
Er hält Frantz die Kopie seines Kontoauszuges vor die Nase und deutet auf eine lange Zahl.
»Sie haben bei der Kundennummer die letzte Ziffer vergessen. Oder der Computer konnte sie nicht lesen. Da wird die Bank das Geld rückbuchen. Oder unsere Computer erkennen den Code nicht und können das Geld nicht zuweisen. Sie müssen Ihre Bank kontaktieren und den Fehler beheben.«
Frantz stöhnt. Dazu würde er den ganzen Weg wieder mit dem Fahrrad fahren und in die Stromzentrale zurückkehren müssen. Dem Einzelnen geht dabei die Puste

aus. Das ist die Zermürbungstaktik. Er sieht sich außerstande, sich dieser Macht zu erwehren. Er beugt sich schließlich und beugt und beugt sich, lässt die Hosen runter und hält das Rektum hin. Berkant sieht den gekrümmten Frantz voller Mitleid an.

»Vielleicht finden wir eine Lösung.«

Frantz folgt Berkant zurück zum gläsernen Quadrat. Er setzt sich und lässt den Kopf hängen. Wir versorgen Sie mit Energie zu fairen Preisen. Sie entscheiden, was Ihnen wichtig ist, sagt die warme Stimme. Unsere Angebote für Sie: Klassik mit Service-Extra, Kompakt, sparsam und sauber; Natur, Strom aus Wasseranlagen in Norwegen, hundert Prozent regenerativ, Easy, einfach und günstig, Basis, die gesunde Grundversorgung, sagt die warme Stimme.

»Sehen Sie, Herr Frantz, ich werde mir das für morgen persönlich zur Wiedervorlage notieren. Ich rufe die Buchhaltung an und teile ihnen mit, wo der Fehler liegt. Dann rufe ich Sie an. Gleichzeitig gehen Sie zu Ihrer Bank und klären das. Abgemacht? Ich kümmere mich, und Sie kümmern sich auch. Dann gebe ich jetzt die Wiedereinschaltung für morgen ein.«

»Ja gern, so machen wir's.« Frantz seufzt.

»Der Außendienstmitarbeiter kommt zwischen neun und sechzehn Uhr. Es ist nicht derselbe, der den Strom abgeschaltet hat. Stellen Sie also sicher, dass er Zugang zum Keller hat.«

Frantz nickt und diktiert eifrig dem Mann seine Handy nummer.

»Auf Wiedersehen Herr Frantz.« Die freundliche Dame am Informationsschalter lächelt. Die Sicherheitskräfte treten beiseite. Als Thomas Frantz auf dem Bürgersteig vor seinem Fahrrad steht und ihn die feuchte Hitze anspringt, empfindet er tatsächlich so etwas wie Dankbarkeit.

15. Calimero erklärt dem Museumsheinrich im Anna Koschke die philosophische Theorie der zwölf Minuten

»Was wötsch? ’n Goof? Ja spinnst?«
An diesem Abend beißt sich Thomas Frantz im Anna Koschke auf Pump ein wenig am Tresen fest. Fred ist da und auch der Schweizer. Sie sitzen schon seit Mittag hier und trinken Fendant, den es exklusiv für den Schweizer gibt.
»Na ja, manchmal denke ich, ich habe etwas verpasst. Da ist so eine merkwürdige Sehnsucht.«
»’n Goof. Ich glaub’s nöd.«
Der Schweizer fasst sich in gespielter Verzweiflung an den Kopf. Thomas Frantz schätzt die grundanständige Art des Schweizers, das Leben wie ein Zürcher Geschnetzeltes zu betrachten. Dat Urs, groß, schlank, an den Schläfen bereits graumelierter Bubischnitt, schwarzer Anzug, weiße Hemden mit Stehkragen, ist in all seiner Perfektion und Hochgeschwindigkeit wirklich ein typischer, liebenswerter Berner. Promovierter Industriehistoriker, seit elf Jahren im Stadium der Habilitation. Jedes Mal, wenn Frantz ihn trifft, mault er, weil er noch immer nicht Professor ist. Was er nie werden wird, weil er dafür längst zu alt ist.
Dat Urs und den Fred eint eine Leidenschaft. Sie sind glühende Anhänger der Schriften des Marquis de Sade. Sie kennen sich, seit Fred den Webshop für SM-Devotionalien unterhält und der Schweizer einmal bei ihm eine Longierpeitsche mit Gummigriff und Ring am Schlag,

eine nylonbespannte Reitgerte aus Fiberglas mit Handschlaufe und Klatsche, eine Dressurgerte, Teleskoppeitsche mit Golfgriff, die Springgerte »John Webb« sowie einen Gertenhalter zur Wandmontage bestellt hat. Der Schweizer lebt von schlecht bezahlten Studienprojekten. Er hat ein Büro mit Gemeinschaftssekretariat an der FU, das er beinahe täglich besucht. Ständig bewirbt er sich völlig aussichtslos auf C4-Professuren, lehnt aber Stellen ab, bei denen es sich nur um ein Museum handelt oder eine Fachhochschule. Er heißt dat Urs, weil er einmal eine solche Stelle angenommen hat. Ausgerechnet im Rheinischen, wovon er sich nie wirklich erholt hat.
Fred und der Schweizer bilden gemeinsam so etwas wie eine Wehrsportgruppe. Sie treffen sich zu regelmäßigen Exkursionen in die mark-brandenburgische Landschaft. Sie stehen sehr früh auf, fahren mit der S-Bahn raus, legen bei jedem Wetter unfassbare Distanzen zu Fuß zurück, um stillgelegte Fabriken, Kombinatsbrachen, Industriedenkmäler und anschließend eine Schnitzelrestauration aufzusuchen. Wenn sie mit der letzten S-Bahn nach Berlin zurückkehren, schauen sie in aller Regel im Anna Koschke vorbei und danach in der Besenkammer. Sie tun das in Abständen von ein bis zwei Wochen. Eines Tages wird es einen mark-brandenburgischen Industriedenkmalführer geben. Eine schweizerisch-schwäbische Koproduktion mit selbst gemachten Fotos, allerlei Kartenmaterial und einem Anhang mit gastronomischen Tipps. Das Paradethema des Schweizers ist die Kunst und sein Lieblingswort: verhocken.

Thomas Frantz steht auf, streckt sich, verlässt den Tresen, setzt sich an den Tisch vor dem weinroten Sofa und trifft dort Calimero. Calimero ist der Philosoph des Anna Koschke, er hat zwölf Semester Philosophie studiert, einen Magister seines Fachbereichs erworben und eine Promotion verfasst, er hat Abhandlungen über Popper und Adorno geschrieben, und seither schreibt er Programme. Frantz mag Calimero, das italienische Gastarbeiterkind. Ich bin ein Gastarbeiterkind, sagt Calimero ständig und lächelt dabei, er ist gescheitelt und jung und klug, er sieht gut aus und ist gewandt, exzellenter Schachspieler, verheiratet mit einer Frau mit chinesischem Migrationshintergrund, die Frantz nicht kennt, weil Calimero sie nie mitbringt, drei Kinder, zwei, vier und fünf. Calimero kokst. Calimero ist nervös. Calimero gestikuliert mit den Händen. Seine flinken Augen brennen, muskulöse Zähne blitzen auf in diesem leicht ausgemergelten Gesicht. Oft sitzen Calimero und der Museumsheinrich auf dem alten weinroten Sofa, es ist ein Möbelstück aus der Gründerzeit und ein Bild für die Götter. Museumsheinrich, die Gemütlichkeit in Person, sehr rund, sehr ostig, sehr zufrieden, und daneben der magere kleine Calimero, wie er Whisky und Kaffee mit ganzen Zuckerstreuern in sich hineinschüttet. Museumsheinrich, gerade geschieden, Restaurateur, vormals Ringer, Spezialität Doppelnelson und gestreckter Armhebelüberwurf, drei Kinder, zweiundzwanzig, siebenundzwanzig, achtundzwanzig. Er hebt das Bierglas mit der Rechten in Zeitlupe zum Mund, nicht ohne gleichzeitig mit der Linken den langen grauschwarzen Bart glattzustreichen, er trägt ein weißes Hemd mit Stehkragen und schwarzes Gilet, Calimero sieht ihn an und verzweifelt; sie sind ein Team. Calimero programmiert. Museumsheinrich archiviert. Zusammen bilden sie eine Revolution. Vorbei die Zeit der Lochkartenablagesysteme, ganze Armaden von Museen reißen sich um die Gunst von Calimero und Museumsheinrich, sie haben gerade erst die gesamte ägyptische Sammlung des Pergamonmuseums digitalisiert, mehr als 1000 Teilstücke in weniger als sieben Monaten, dazu 3468 nie ausgestellte Fundteilstücke erfasst, die gelagert sind in tiefen Gruften und Kellern umspült von der Spree, weiß doch heute keine Sau mehr, was da in Karton 804/22 az rumliegt, den Professor xy 1923 aus dem Vorderen Orient angeschleppt hat, traut sich doch kein Mensch mehr ran an die verstaubte Kiste, darin 22 Bruchstücke einer Keilschrift aus babylonischer Zeit, das weiß der Museumsheinrich, aber daneben stehen noch vier weitere Kisten, deren Aufschrift gar nicht mehr erfasst geschweige denn entzifferbar ist, und was macht man sapperlot dann damit? Calimero qualmt wie ein Steinesel, die Retusche. Die Retusche ist ein Problem der Wahrheit und der Lüge, meint der Museumsheinrich. Calimero bestellt Whisky. Weil die Retusche die Wahrheit finden will, aber auf dem Wege der Findung der Lüge erliegt. Weil sie sich anpasst, weil sie vortäuscht und diese Vortäuschung der Ansatz der Lüge ist. Museumsheinrich nimmt seine Brille ab und putzt die runden Gläser, sehr bedächtig, zwölf Minuten. Zwölf Minuten, sagt das italienische Gastarbeiterkind, alle Gedanken, alle Handlungen, die über zwölf Minuten hinausgehen, sind nichts wert. Du wirst es mir wieder mal nicht glauben, aber gestern war ich in Clärchens Ballhaus, und da war ein hüb-

sches Mädchen auf der Tanzfläche, ich tanz also rüber zu ihr und sprech sie an, sie lächelt, der Museumsheinrich setzt seine Brille auf, rückt sie auf der Nase zurecht und justiert den linken runden Spanndrahtbügel über seinem Ohr. Acht Minuten hat das gedauert, sagt Calimero, ich habe acht Minuten mit ihr getanzt und geredet, dann sind wir rauf in den alten Spiegelsaal, die Tür ist immer offen, und es ist dunkel da drin, keine Menschenseele, das hat noch eine weitere Minute gedauert, und dann hat sie mir da oben einen geblasen. Ich meine, das ist es doch. Richtig gut einen geblasen kriegen. Nach drei Minuten bin ich gekommen. Macht insgesamt zwölf. Museumsheinrich dreht seinen Kopf und sieht den Philosophen mit großen kullerrunden Augen an. Und ich behaupte einmal, alles, was im Leben über zwölf Minuten hinausgeht, ist nichts wert. Zwölf Minuten, das ist die magische Zeitgrenze. Calimero rümpft die Nase. Alle Gedanken, alle Handlungen. Zwölf Minuten. Sonst nichts. Museumsheinrich steht auf, er schnauft ein wenig und tapert zur Toilette, tuff, tuff, tuff, wobei sein Spielbein leicht aussichelt und das Körpergewicht über die Achse des Standbeins hinaus verlagert wird, tuff, tuff, tuff, zwölf Minuten, und sonst gar nichts.
Frantz gesellt sich wieder an den Tresen, da schneit der Zeitungsverkäufer herein.

»Krisenticker, Krisenticker! Leute, lest den Krisenticker! 11.21 Uhr: Zeitpunkt schlecht gewählt. Nur wenige Tage vor Bekanntwerden des Gewinneinbruchs hat der Vorstand der Deutschen Postbank noch Sonderzahlungen in Millionenhöhe erhalten. Krisenticker, lest den Krisenticker! 13.56 Uhr: Schriftsteller Enzensberger sieht Kapitalismus nicht in Gefahr. Bisher hat sich dieses proteische Monster noch jedes Mal aufgerappelt, weil es verdammt lernfähig und keine Alternative in Sicht ist, Krisenticker! 16.07 Uhr, Chiemgau: Rentner laufen Amok, entführen und foltern Anlageberater. 18.03 Uhr: In den USA so viele Menschen arbeitslos wie seit 1939 nicht mehr. Leute, der Krisenticker!«

Ansgar. Groß, schlank, Brille. Ein Mann Ende dreißig, Hagestolz mit verschränkten Armen im Rücken. Ansgar, pockennarbig wie langgesichtig, Spross einer berühmten Berliner Sozialdemokratenfamilie, brachte es im Bayerischen zum stellvertretenden Chefredakteur einer erzkonservativen Zeitung, wohnte in einer abgelegten Verlegervilla auf dem Land, sieben Zimmer, Kamin, Küche von Bulthaup, seine junge Freundin fuhr Z4. Sonntags flanierten die Menschen in ein freches Steingrau gewandet an seinem Swimming Pool vorüber. Dann heiratete seine Freundin – den alternden Verleger. Sie schenkte ihm zwei gesunde Söhne, hütete vier Bouviers des Flandres und fuhr Z8. Ansgar kehrte zurück nach Berlin und erwarb sich in den Kreuzberger Kneipen der schwarzen revolutionären Zellen den Ruf eines soliden Defätisten. Frantz schätzt Ansgars punktgenaue Expertisen zwischen zwei Getränken, wenn seine grauen Augen hinter den dicken Gläsern beständig nach links und nach rechts wandern, als könne jemand mithören. Ansgar stellt die große rote Zeitungstasche, die er wie eine Kugel vor seinem Bauch herzuschieben scheint, auf einen Hocker. Die Kugel und der dunkle Panzer seines Parkas einhergehend

mit den fühlerartig abstehenden Ohren verleihen ihm das Aussehen eines Mistkäfers. Die Krise? Pillepalle. Peanuts. Diese Krisen kommen und gehen. Das ist erst der Anfang. Als Nächstes ist der Euro dran. Da wird's schon spannender. Ansgars Mistkäferohren leuchten. Konspirativ neigt er sich zu Frantz und senkt die Stimme. Wenn die Banken sich erholt haben, wird man anfangen, auf die Pleiten ganzer Länder zu zocken. Ganzer Länder? Ja. Ganzer Länder. Ansgar blickt nach rechts und nach links und vollführt eine Mundbewegung, als wolle er auf den Boden spucken – Pärch! So wie es die Junk-Bonds-Händler in den achtziger Jahren mit den Unternehmen gemacht haben. Runterwirtschaften, zerschlagen und die Einzelteile gewinnbringend verkaufen. General Motors, American Savings & Loans. Die Sauerei fing an, als man die Idee der Aufklärung und des Liberalismus, Locke, Mill, Voltaire, durch die Idee des Wirtschaftsliberalismus ersetzte. Standard & Poor's, Moody's, Creditreform. Heute sind die Rating Agenturen die Hohepriester. Wir sitzen alle auf gepumpter Kohle. Wem gehört denn irgendwas? Häuser? Autos? Das Handy für die dreijährige Tochter ist doch schon geleast. Nein. Sie werden die Länder im Euroraum für zahlungsunfähig erklären. Dann wird man sie zerschlagen und ihre Einzelteile gewinnbringend verkaufen. Griechenland, Italien, Spanien. Und irgendwann ist Amerika dran. Die Amerikaner werden von den Geistern, die sie riefen, selbst am schlimmsten heimgesucht. Dann kommt es zu uns.
Frantz bestellt zwei Bier, der Mistkäfer quittiert die Order mit Wohlwollen und wackelt mit den Fühlern. Wenn das System aus der Balance gerät, frisst ein Fisch den nächst-

kleineren, bis die Meeresfauna aus Monsterwalen besteht. Google, Shell, Bertelsmann. Das Bier kommt sogleich, Ansgar schlürft eine Prise Schaum und schmatzt. Die Sardine hat da nix zu melden. Sie ist Futter oder Putzerfisch. Der Mensch hat einen Wert nur als Konsument. Sobald er aufhört, zu konsumieren und ein Zahnreiniger zu sein, wird man ihn für zahlungsunfähig erklären, zerschlagen und seine Assets gewinnbringend verkaufen. Der Mistkäfer nimmt einen mächtigen Schluck. Herz, Lunge, Nieren, Blut. Ein paar chemische Substanzen. Quecksilber, Fluor, Jod. Der Unterschied zur Verwandlung des Menschen in Zahngold oder Seife besteht darin, dass eine Niere einfach mehr einbringt. Er wischt sich den Mund und zuckt mit den Schultern, da tapert der Museumsheinrich auf seinem Weg zur Toilette vorbei und rollt seine kullerrunden Augen, Frantz bekommt langsam ein Gesicht wie ein Monchhichi und nuschelt etwas Unverständliches, aber der Mistkäfer ist nicht mehr zu bremsen: Das ist auch so ein Unterschied. Diesmal sind es keine Bestien, die uns das servieren. Es sind Saubermänner mit reinstem Gewissen und Schlössern im Tessin. Sie leben in einer Villa in Grünwald und engagieren sich im Umweltschutz. Es sind Lobbyisten. Aktienbesitzer. Anteilhaber, und sie manipulieren uns völlig legal mit ihrer Konzernpropaganda. Sie hüten eine Ranch in Texas und werden amerikanische Präsidenten. Sie pflegen Kirschwälder in Japan und siedeln vom Aussterben bedrohte Glühwürmchen an. Sie bauen Inseln im arabischen Golf und sichern das Überleben von Millionen pakistanischer Sklavenarbeiter. Sie tun absolut nichts Unrechtes. Sie spenden Geld. Sie gründen Stiftungen. Es sind Philanthropen. Nette, gut aussehende Kerle, Pärch! - der Mistkäfer verzieht das Gesicht, als wolle er auf den Boden spucken, der Museumsheinrich kommt zurück, tuff, tuff, tuff, Ansgar stürzt seinen letzten Schluck und schultert die Tasche, zwölf Minuten, das ist hier geltende Philosophie, Eiszeit. Wir kriegen eine Eiszeit, Ansgar rollt seine Schmutzkugel zur Tür, schlägt den Kragen auf und hebt die Hand. Investiere in Jack-Wolfskin-Aktien. Warme Anoraks, mein persönlicher Tagestipp, Mahlzeit und tschüs.

16. Ein Sohar gehört in jedes Haus. Frantz recherchiert bei den Kabbalisten, fühlt sich nicht recht wohl, *Und täglich grüßt das Murmeltier*

Inzwischen könnte Thomas Frantz den Raum schon malen, müde, wie er ist. Den Gummibaum hinter dem Flipchart, die meditativen Poster an den Wänden, Wasserfälle und Wiesen, ganz reizend, die alten Resopaltische und durchgesessenen Freischwinger auf blauem Filz. Der kleine Mann mit den flinken Augen hinter den Brillenrändern läuft wie ein Frettchen mit Kugelbauch vor seinem Tisch auf und ab. Darauf seine alte Mappe, das rotsamtene Deckchen und der siebenarmige Leuchter. Er trägt wieder seine Jeans und das karierte Jackett mit Lederpatches an den Ellenbogen. Am Gürtel hängt ein altmodischer Kassettenrecorder wie ein Colt. Es sieht aus, als würde er jeden Moment ziehen. Er kennt keine Gnade. Er schneidet seine Worte mit. Der Israeli, dessen Kippa ihn als frommen Juden ausweist, kennt keine Pause. Er unterstreicht seine Worte heftig mit den Händen.

Es bricht die letzte Stunde des Kurses Kabbala I an.

»Unser Ziel ist der Sohar in jedem Haus. Überall auf der Welt. Wir kämpfen gegen die Dunkelheit, und jetzt ist die Zeit, dass die ganze Welt die Kraft der Kabbala benutzt und Licht empfängt«, doziert der Israeli.

Er bleibt stehen und blickt mit diesen flinken Augen in die Runde. Alles ganz gewöhnliche Leute. Alles stinknormale Gestalten im zweiten Stock des Vor-Atlantis-Ex-Zeitlos-Zentrums, Akazienstraße 28, Montag Tag der offenen Tür im Heilzentrum mit Kindertantra und Mantrasingen, Dienstag Gedanken an Mutter Erde, Mittwoch Basis orientalische Tanzelemente und Kombination, Freitag Yoga-Flow und Conscious-Touch-Fortbildung, Samstag Schuh- und rauchfreie Party mit Chill-out-Zone, Kissen und Matratzen, vegetarisches Vollwertbuffet.

»Mit euch und dem nächsten Anfängerkurs machen wir ein Kabbala-Center in Berlin auf. Möglichst viele Menschen sollen kommen, bringt bloß alle eure Freunde mit.«

Der Israeli grinst.

Da sitzt Thomas Frantz jetzt schon seit Wochen auf seinem durchgesessenen Stuhl. Er hat den Auftrag von der Jüdischen angenommen, diese merkwürdige Kabbalistentruppe aufs Korn zu nehmen, die da aus Amerika nach Europa drängt und sich überall breitmacht. Dreihundertfünfzig Euro. Das absolute Maximum für eine Seite drei, und Frantz ärgert sich grün, weil er dafür jetzt schon so viele Stunden hier rumsitzt, mit An- und Abfahrradfahrt noch mal Zeit investiert hat, und schreiben muss er's ja auch noch.

»Wonach sucht ihr eigentlich?«

Das tut der Israeli ständig. Er stellt Fragen, die er sogleich selbst beantwortet.

»Glück? Erkenntnis? Sicherheit? Liebe? Geld? Ja, selbstverständlich, Geld gehört dazu. Besser reich und gesund als arm und krank. Das alles ist Licht. Die erste Regel lautet: Alles, was wir wollen, ist Licht. Und Licht kostet Geld.«

Samirah, Hans, das Ehepaar. Beide um die fünfzig. Beide aufgehübscht mit blonden Strähnchen im exakt gleich langen Haar. Beide braun gebrannt, exakt im gleichen Ton; käserund, er wie sie. Echte Hackfressen. Er: Unternehmensberater der windigsten Sorte. Sie: seine rechte Hand. Echte Hingucker, alle beide. Er: Z4 kobaltblau. Sie: Mini Cabrio Brit flag. Wir wünschen uns sehnlichst ein Kind. Rustico auf Malle. Egal wie.

Double D: Kerstin. Reisekauffrau, Anfang dreißig, maulfaul. Stumme Leidenschaft: Tango Argentino. Unglaublich großer Busen. Zweimal die Woche lässt sie sich zur Milonga im Ballhaus Rixdorf professionell übers Parkett schieben. Sensationell dicke Titten. Langes brünettes Fadenhaar. Teiggesicht, rahmenlose Designerbrille. Absolute Hammerhupen. Leichter Münchner Akzent, unfassbare Big Bazoobies, regelrecht unanständig, ja mei, mehr Geld, des wär der Wahnsinn.

Rudolf ist Maler. Mitte vierzig, gibt Zeichenkurse an der Volkshochschule, 3,80 Euro die Stunde. Kuratiert Ausstellungen. Galerie La Giraffe, Neukölln, 32 m^2, Souterrain, alle zwei Monate. Pullunder mit V-Ausschnitt, Cordsamthose. Brille, Stotterer, wohnt bei seiner Mutter in Spandau. Sucht eine Partnerin. Mit Niveau, mit Bildung, mit künstlerischem Ausdruck. Nichts von der Stange.

Der Rektaltrinker, Markus. Mitte dreißig, Produktmanager, mittelgroß, mittelschwer. Beginnt die Vorstellungsrunde mit den Worten: Ich bin Markus, ich bin Alkoholiker. Darüber besteht kein Zweifel. Ich weiß es. Ich war so weit, dass mein Magen den Schnaps nicht mehr halten konnte. Hab alles nur noch rausgekotzt. Irgendwann kam mir dann die Idee: Ich schieb's mir hinten rein. Ich lass die ganze Flasche einfach da reinlaufen. Ist doch scheißegal, wie das Zeugs in den Körper kommt. Ich bin jetzt trocken. Ich bin Markus. Danke.

Sie alle sitzen im Halbkreis um den Israeli und sein kleines Pult herum und hören aufmerksam zu. Im Laufe der Donnerstagabende dringt Licht ins Dunkel.

»Ein Atom, jedes Atom, besteht zu 99 Prozent aus Nichts. Fakt. Der Tisch, der Stuhl, die Wand, 99 Prozent Nichts. Fakt«, sagt der Israeli.

»Seht ihr? Unsere tägliche Wahrnehmung entspricht also einem Prozent. Fakt! Diesen Zustand nennen wir reaktiv – im Gegensatz zu jenen 99 Prozent des Lichts, die proaktiv heißen. Die metaphysische Ebene ist eine Parallelwelt zu unserer Ein-Prozent-Welt. Fakt! Darin gibt es keine Zeit. Die Erfindung des Telefons? Des Stroms? Der Computer? Gab es alles schon längst darin.«

Immer wieder hält der Mann inne und schaut sehr wissend über seinen Brillenrand.

»Manchmal klingelt das Telefon, und ihr wisst schon vorher, wer dran ist. Nein? Fakt! Da wart ihr automatisch mit den 99 Prozent verbunden. Nicht alles, was logisch ist, ist wahr. Fakt! Kabbala ist das Ende des Films. Wenn wir die 99 Prozent aktivieren, erreichen wir die Ebene der Wunder. Fakt! Daraus folgt Regel Nummer zwei: Traue nicht deinen fünf Sinnen. Wenn euch etwas widerfährt, Freude, Trauer oder Enttäuschung, sagt einfach: Stopp! Denn das ist vielleicht nur das eine Prozent.«

Immer, wenn er das Wort »Fakt« sagt, hebt er den Zeigefinger und schießt auf den Zehenspitzen in die Höhe. Am Ende eines jeden Donnerstagabends gibt der Israeli allen eine Kassette mit. Man darf sich seine Worte zu Hause noch mal anhören. Es ist eigentlich ganz einfach. Zum Beispiel die Sache mit dem Satanssystem: Der Gegner ist immer der Satan. Widerstandsformel 1: Erkenne eine Chaossituation. Widerstandsformel 2: Meine eigene Reaktion ist der Feind. Widerstandsformel 3: Stopp! Satan, du bist da! Ich stoppe das reaktive System. Widerstandsformel 4: Ich wechsle das System! Ich erkenne das Licht und manifestiere es. Das Erste, was wir ohne nachzudenken sagen oder tun, ist das Richtige.

»Die Bibel ist ein Code«, sagt der Israeli. »Kabbalisten lesen sie nicht als ein Medium der Botschaft, sondern das Medium ist für sie die verschlüsselte Botschaft selbst. Wie Jakob und Esau im 1. Buch Mose. Jakob repräsentiert das Licht, Esau das Vergängliche. Die Linsensuppe repräsentiert die Energie des einen Prozents. Wir haben die Entscheidung. Zwischen Erstgeborenenrecht und Linsensuppe.«

Stopp.

Da hat Rudolf eine Frage.

»Woher kommt eigentlich das g-ganze Wahnsinnswissen?«

»Es war immer da. In der Parallelwelt. Fakt! Die Kabbalisten waren vor 4000 Jahren damit verbunden. Die he-

bräischen Buchstaben sind die Verbindung zur DNA des Universums. Fakt!«
Double D meldet sich. Sie schnippt mit erhobenem Mittelfinger und Daumen.
»Müssen wir dazu Hebräisch lernen?«
»Nein. Es reicht, wenn wir die Buchstaben mit den Fingerspitzen berühren und sie mit den Augen scannen. Wie im Supermarkt. Wenn wir die Buchstaben ansehen, resonieren sie mit einer Energie-Sequenz in uns. Der Sohar spricht von der Kraft der Sequenzen.«
Am nächsten Donnerstag verteilt der Israeli Fotokopien. Darauf stehen die 72 Namen Gottes. Darunter 72 Wörter, die für Frantz ziemlich gleich aussehen und aus jeweils drei hebräischen Lettern bestehen.
»Scannt das. Jeden Tag eine halbe Stunde. Moses hat mit diesen Namen das Rote Meer geteilt. Fakt! Und kommt Montag in die Sohar-Klasse. Dort scannen wir gemeinsam und bekommen Schutz für die Woche. Fünfzehn Euro.«

Uwe lebt in Scheidung. Keine Kinder, keine Katzen. Wissenschaftsjournalist. Radio, Stundenfeatures. Knabbert am Existenzminimum. Radhelm, aus Prinzip. Stützstrumpfträger. Der sechste Sinn: Über Tiertelepathie und die Irritation der Wissenschaft. RWTH-Preis der Universität Aachen für Fuzzy Logic – Ein Report über krauses Denken oder die Logik der Unschärfe. Totalveganer. Dumpsterdiver, aus Prinzip: taucht in Müllcontainer der Supermärkte und lebt von Obst und Gemüse, das er darin findet. Alles frisch, alles gut. Eine richtige Volksbewegung ist das. Macht echt Spaß. Ein richtiger Volkssport aus den USA ist das.

Stephanauskas. Akkreditiert bei der Bundespressekonferenz. Homme de lettres. 74, Lette, Thomas-Mann-Spezialist. Einziger Thomas-Mann-Biograph Lettlands. Einziger lettischer Bekannter der Thomas-Mann-Tochter Erika. Einziger Hüter der Thomas-Mann-Stiftung Lettlands (es ist das einzige Landhaus Lettlands, in dem Thomas Mann einen Sommer verbrachte).

Mariechen ist die Jüngste. Anfang zwanzig, Kettenraucherin, Kichererbse. Lange, lackierte Fingernägel, Literaturdiplom, Lispeln. Stöckelschuhe, rosa Strümpfe, Minifellfummel. Erscheint an diesem Donnerstag zum ersten Mal in einer Hose. Vielmehr in einem weißen, welligen, abgesteppten und durchsichtigen Beinkleid wie eine ADO-Gardine mit Goldkante. Ich weiß also gar nicht, was ihr wollt. Als ich's bei Woolworth gekauft habe, stand drauf: Hose.

In der Woche darauf meldet sich Uwe. Er habe täglich mehrfach die 72 Namen Gottes gescannt. Seine Frau sei plötzlich von unmöglichen Unterhaltsforderungen abgerückt, und auch ein weiteres familiäres Problem habe sich wie von selbst gelöst.
»Ich weiß nicht wie, aber es hat funktioniert.« Uwe zuckt mit den Schultern.
Rudolf offenbart, seit Beginn des Kurses habe er sehr viel mehr Selbstvertrauen. Samirah berichtet, eine Zyste in ihrer Unterleibsregion habe sich spontan zurückgebildet. Warum hat Frantz auf einmal Appetit auf Linsensuppe? An dieser Stelle spricht der Israeli vom kabbalistischen Konzept des Tikun. Was aus dem Hebräischen übersetzt

so viel heißt wie Korrektur. Der Israeli verzichtet auf eine weitere Ausführung. Er bezeichnet Tikun einfach als metaphysische DNA. Das klingt logisch.
»Denn im Anfang war das Licht, und dann haben wir Zimzum gemacht, was heißt zusammenziehen, und sind in der Welt des Chaos gelandet. Der Mensch kommt auf die Welt, um die metaphysische DNA, seinen vorbestimmten Film zu ändern ...«
Er dreht den Kopf und lugt listig über die Brille.
»... und in einen anderen Film zu wechseln, der besser ist. Kennt ihr den Film *Und täglich grüßt das Murmeltier*? Ein Mann, der jeden Morgen aufwacht und den gleichen Tag erlebt? In diesem Film seid ihr.«
Betroffenes Schweigen.
»Fakt!«
Mariechen kichert.
»Am Sonntag könnt ihr teilhaben an der Rosch-Chodesch-Veranstaltung. Das ist der erste Tag des hebräischen Monats, Neumond, und an diesem Tag ist es sehr leicht, sich mit dem Licht zu verbinden.«
Alle tragen sich auf Sarahs Liste ein. Achtundzwanzig Euro, im Voraus. Mariechen geht raus, eine rauchen.

Am Sonntag steht eine junge Frau neben Frantz am Bücherstand und blättert in einer Ausgabe des Sohar. Über vierzig Bände. Über fünfzig Menschen sind gekommen. Das Ehepaar, Uwe, Double D, Rudolf und der Rektaltrinker. Einige Münchner Kabbalisten sind da und Leute aus Hannover. Die Frau neben Frantz ist Mitte dreißig. Sie hat einen kurzen Pony und trägt ein Gänseblümchen aus Plastik über dem rechten Ohr.

»Ich habe nun den ersten Kurs schon vor Monaten gemacht. Belege demnächst den zweiten. Habe alle Bücher von diesem Rabbi Berg gekauft, die es auf Deutsch gibt. Sie sind ja nicht ganz billig«, sagt sie.
»Ich habe mich nun mit Astrologie beschäftigt. Dann habe ich nun in der Buchhandlung etwas über Kabbala gefunden und einen Flyer vom Center gesehen«, sagt die Frau mit der Gänseblume im Ohr.
»Nun bringe ich eine Freundin mit. Es ist ja Wissenschaft, keine Religion. Kommst du morgen in die Sohar-Klasse?«
Frantz verneint. Die Frau mit der Gänseblume wendet sich einem jungen Mann zu. Er steht hinter dem Büchertisch.
»Wie lange bist du denn schon dabei?«
»Zwei Jahre. Mit dreiundzwanzig habe ich angefangen.«
»Und welche Kurse hast du besucht?«
»Eins und zwei. Jetzt mach ich den Baum des Lebens.«
»Kann man das dann schon? Ich dachte, da kommt erst drei, vier und fünf?«
»Das Basiswissen dazu hat man dann.«
»Und wie lange dauert der Baum des Lebens?«
»Die Kabbalisten sagen, so sechzehn Jahre.«
»Stimmt ja, das muss man wirklich ein ganzes Leben lang studieren.«
Die Frau blättert wieder im Sohar. Sie bedauert nun, dass sie die englischen Kommentare zum aramäischen Original nicht verstehen könne.
»Aber nein«, mischt sich eine blonde Frau ein, die aus Hannover gekommen ist. »Man muss sowieso nicht lesen. Man muss wirklich nur scannen. Die Juden haben ja das

Problem, dass sie das lesen können. Da bleiben sie immer hängen.«
Genauso hatte es der Israeli einmal gesagt. Fakt.

Dieser erscheint und hält eine kurze Ansprache. Ein freudiger Moment steht uns bevor, in Kürze werde ein großer Kabbalist zu uns sprechen.
Das Licht geht aus.
Auf einem Video-Beamer sehen wir einen untersetzten Mann mittleren Alters mit Bart und Brille in einem hellblauen Hemd mit gestärktem Kragen und roter Fliege vor einer Wand aus alten Bücherrücken. Es ist Yehuda Berg. Sohn aus zweiter Ehe des Rabbi Phillip Berg, der einmal Feivel Gruberger hieß und in New York Versicherungsvertreter war, bevor er 1969 in Los Angeles ein Kabbala-Center gründete. Yehuda Berg spricht auf Englisch über das Motto des Monats. Er bewegt seinen Kopf rhythmisch. Die Kraft der Buchstaben Beth und Tzade. Es klingt wie ein Rap. Worte wie Tetragrammaton und Spiritual bank account folgen darin in atemberaubender Geschwindigkeit aufeinander. Am Ende resümiert er: We have to change. We have to leave our comfort zone. We have to donate. Dann erscheint ein Mann mit weicher Stimme. Das Kabbala-Center in Los Angeles hat zwanzig Tsunami-Opfer auf Sri Lanka unterstützt, säuselt er. Man sieht glückliche Menschen an einem Strand offenbar auf Sri Lanka, und es ertönt beruhigende Synthesizermusik. Jede Spende an das Center bringt Licht in dein Leben, sagt der Mann.
Das Licht geht an, das Licht geht aus.
Das Licht fällt auf Sarah, die kleine dicke Frau des Israeli.

Sarah sitzt an einem Pult. Vor ihr stehen Kerzen. Der siebenarmige Leuchter auf dem samtroten Deckchen. Der Israeli hat das immer in seiner alten Mappe dabei. Sie spricht mit ruhiger Stimme.

»Wir schließen die Augen.«

»Wir schließen die Augen«, murmeln alle.

»Wir sind entspannt.«

»Wir sind entspannt.« Es klingt wie ein Vaterunser am Sonntag.

»Wir heben ab«, sagt Sarah.

»Wir sehen unsere Stühle unter uns, den Raum, in dem wir waren, das Gebäude, wir sehen das Dach dieses Gebäudes, unter uns ist Berlin. Wir steigen höher, immer höher. Wir haben keine Angst, Gott ist mit uns. Wir steigen höher in den Himmel. Unter uns ist Deutschland. Wir sehen das Meer, wir fliegen über das Meer. Wir spüren den kalten Hauch des Windes, wir sehen schon die Berge von Israel, da ist Jerusalem, wir landen in Jerusalem vor dem Tempel. Dort ist Abraham. Dort ist David, Jakob, und wir sehen die Buchstaben Beth und Tzade, wie sie leuchten. Wir sehen das Licht und danken den Propheten, wir spüren das Licht in uns. Wir spüren die Wärme, wir sind erfüllt von der Energie des Lichts, wir spüren die Freude, das Licht, wir sind glücklich.«

Der Flug geht zurück.

»Drei, zwei, eins, wir wachen auf.«

Alle wachen auf und befinden sich im zweiten Stock des Vor-Atlantis-Ex-Zeitlos-Zentrums in Schöneberg. Frantz hört, wie die Frau mit der Gänseblume neben ihm leise stöhnt.

An diesem Donnerstag kauft Uwe, dessen Familienprobleme sich so plötzlich gelöst haben, als Erster den Sohar. Er kostet 430 Euro. Hans und Samirah möchten spenden. Rudolf, Double D und der Rektaltrinker wollen mit dem Israeli und Sarah, den Münchnern und Hannoveranern nach London zur Purim-Feier fliegen. Stephanauskas möchte auch gern mit, hat aber nicht so viel Geld. Und der Israeli dreht an diesem letzten aller lichterfüllten Donnerstage noch mal so richtig auf.

»Denn die Kabbala, das ist etwas viel Größeres, als ihr es euch vorstellen könnt!«, schreit er. Er sieht jetzt aus wie ein Gunslinger aus dem Spaghettiwestern. Es bleiben nur noch wenige Minuten.

»Und es ist Teil unseres Zeitalters, dass das Licht sich enthülle, es liegt an euch, jeden Tag und jede Stunde Licht zu empfangen!«, brüllt der Israeli.

Alle schreiben sich bei Sarah für den nächsten Kurs ein. Alle entrichten einen biblischen Zehnten an das Center. Alle zahlen in bar. Alle außer Stephanauskas und Frantz. Frantz steht auf. Packt seinen Stift und den Mini-Sohar ein, den er sich bei Sarah für elf Euro gekauft hat, man weiß ja nie. Er drückt dem weißhaarigen Letten die Hand. Stephanauskas lächelt. Furchtbar gern würde Thomas Frantz jetzt das Licht ausmachen.

17. Frantz genießt eine Prise Heimat am Hackeschen Markt und wird Opfer einer kriminellen Handlung

Abgerechnet wird im Siebenminutentakt, hat Thomas Frantz herausgefunden. Da erscheint ein Mime halb links auf dem Platz vor dem S-Bahnhof Hackescher Markt. Er setzt sich in Richtung der Oranienburger Straße und des Tramnachtplatzes mit Blick zum Bahnhof auf den Boden. Frantz wiederum sitzt im Weihenstephaner auf einem seiner geliebten Biergartenstühle mit Blick zur Spandauer Straße und hat sich einen Schweinsbraten in Dunkelbiersoße bestellt. Der schweizerische Gebirgsjägerrucksack mit den schweißnassen Boxsachen steht neben seinem rechten Fuß.

Bayern, Böhmen und Chinesen sind die Schweinefleischesservölker dieser Welt, aber das Weihenstephaner am Hackeschen Markt ist einer der letzten Orte dieser Stadt, wo es einen echten Schweinsbraten überhaupt noch gibt, und das um zehn Euro sechzig. Er blickt rechter Hand auf den Bahnhof und die Meile der Cafés davor mit ihren Sonnenschirmen, Bistrotischen und Hollywoodschaukeln. Früher hat man einen Schweinsbraten noch daheim gegessen. Man trank sein Bier in der Wirtschaft, aber zum Schweinsbraten ist man heimgegangen. Man ist praktisch zum Schweinsbraten *hin*gegangen, das hat der Polt einmal gesagt.

Frantz macht gern auf Polt und Bayerisch. Das macht ihm Spaß, dabei fühlt er sich wohl. Es hat nun mal etwas Beständiges, wenn man zum Schweinsbraten *hin*geht. Er verfällt dann in ein dem Bayerischen ähnliches Idiom, auch wenn die Kellnerin aus Ostberlin stammt. Erinnert es ihn an seine ferne Kinderheit? Was reizt ihn so sehr daran? Es ist doch alles wirklich ganz anders, als es damals vielleicht gewesen sein mag, in dieser Zeit, von der ihm nur noch schemenhafte Bilder geblieben sind. Er hat noch Geräusche im Kopf, aus dieser Zeit, so scheint ihm, bevor seine Eltern ihn weggaben in das Heim, das er nicht erinnert. Das Rücken eiserner Gartenstühle. Der Klang aneinanderstoßender gläserner Bierkrüge, wenn die Kellnerin die vollen Gläser bringt oder die leeren wieder wegträgt, das beruhigt ihn, das klebt noch in seinen Ganglien und Synapsen, das ist direkt verbunden mit Nabelschnur, mit Mama und Papa, die ihn mitschleppten in den Biergarten am Chinesischen Turm im Englischen Garten. Thomas Frantz weiß, dass er in München geboren wurde. Er hat keine Erinnerung an diese Stadt. Er weiß, dass seine Eltern sehr jung waren, damals. Er hat kein Bild von ihnen. Dass der Vater studierte. Das Klirren von Besteck in einem Kasten oder in den aufgestellten Bierkrügen auf den Tischen, wenn die Touristen darin kramen, das ständige Rücken der Tische. Seine Pflegeeltern im Osthessischen, die ihn herausgeholt hatten aus dem Heim, gingen nie mit ihm in den Biergarten. Am Tisch links neben ihm wird Spanisch gesprochen, rechts breitestes Texanisch. Es sind doch nur noch postembryonale Wahrnehmungen, die ihn da so einlullen, aus der Zeit, bevor ihn seine Eltern abgaben wie ein Hündchen, und abgerechnet wird im Siebenminutentakt, hat Thomas Frantz errechnet.

Vor ihm Schwedisch. So etwas interessiert ihn, denn er

erkennt fast alle Sprachen, jedenfalls die wichtigsten, an ihrem Klang, an bestimmten Worten, darin ist er geübt. Manchmal folgt er Touristen, zwei, drei Straßen lang, nur um herauszufinden, welche Sprache sie sprechen. Erst wenn er sich sicher ist, wendet er sich ab. Selbst vor komplizierten osteuropäischen und asiatischen Sprachen schreckt er nicht zurück. Sie haben alle ihren spezifischen Klang, einen ganz bestimmten Tonfall, etwas, an dem man sie voneinander unterscheiden kann. Ken, das heißt »ja« auf Iwrit. Außerdem sind Israelis immer laut. Konichi wa! Japaner. Dyakuyu! Ukrainer. Tak, das kann aber sowohl ukrainisch als auch polnisch sein. All das hat Frantz gelernt, gegoogelt, gespeichert. Oui mit einem gehauchten, feinen und fast nicht ausgesprochenem »h« am Ende, daran erkennt man die Pariserin aus gutem Hause, biengsürr, den ungehobelten Südfranzosen. Es ist wie Stadt Land Fluss oder Kennzeichen auf der Autobahn erraten.
Der Büchsensammler ist geradezu bepflastert mit Ausweisen in allen Sprachen und Echtheitszertifikaten. Kinder in Not, das steht über und über auf ihm wie auf der Büchse, von Kopf bis Fuß ein einziges Kind in Not, dazu hat er noch einen in Plastik eingeschweißten Ausweis in der Hand, den er jedem Gast im Weihenstephaner mitsamt der Klingelbüchse unter die Nase hält, darauf sein Bild und Kinder in Not. Sogar auf seinem Rücken haftet noch das Bild eines ausgemergelten Kindes mit großem Kopf und Wasserbauch. Das ist seine Masche, das zieht immer, besonders beim Essen. Danke. Entschuldigung, dass ich Sie gerade beim Essen störe. Er zieht das Wort Entschuldigung merkwürdig in die Länge, aha, ich wollte

Sie nicht beim Essen stören, auch das, das Wort stören, merkwürdig lang, und spätestens beim »nicht« hat Frantz es erraten, nicht stören, mmmh, entschuldigen Sie, im »nicht« ein verräterischer Kehllaut, mmmh, erwischt, Russe, ganz klar, mir ziehste nich am Lümmel – da erscheint der Mime halb links und die Ostberliner Kellnerin im Dirndl mit seinem Schweinsbraten.

Thomas Frantz beißt auf ein Stück krosse Schweinskruste und lässt die Krümel genüsslich auf der Zunge zergehen. Saftig das und fettig. Aber das Fett und die Kruste sind nun mal das Beste, was das Schwein zu bieten hat, da hilft alles Betteln nix, der Russe kassiert ab, und der Mime trägt einen Filzhut, sieben Minuten, schwarz und spitz wie ein Tiroler, aber ein Schweinsbraten will in Andacht gegessen werden. Dazu braucht es eine Konzentration. Der Mime hat ein weiß bemaltes Gesicht und spannt ein Drahtseil von der Laterne zum Baum genau zwischen Café Barist und dem Restaurant Weihenstephaner, Konzentration, er hat zwei metallene Ringe unter dem rechten Arm und vier bunte Bälle in der Linken, sieben Minuten hat er Zeit, Thomas Frantz unterbricht seinen Schweinsbraten mit Knödeln, er stoppt das auf seiner Uhr.

Eigentlich passt der Schweinsbraten gar nicht hierher. Der Schweinsbraten verlangt eine würdige Atmosphäre, er verträgt sich nicht mit Schwedisch und Thüringisch und schon gar nicht mit lauter Rockmusik, zum Schweinsbraten gehört eine Hausmusik mit Zither und Konzertgitarre, eine Mittagssendung des Radio Oberlands oder wenigstens eine Ruhe, aber Thomas Frantz wäre es drinnen jetzt viel zu heiß, und außerdem ist jemand, der um

halb zwölf nachts einen Schweinsbraten am Hackeschen Markt isst, sowieso nicht ganz dicht.
Der Mime läuft, Laterne zu Baum, Baum zu Laterne, sieben Minuten, Thomas Frantz stoppt das und schreibt das auf, und da klatschen sie schon, aber an der falschen Stelle, weil das war dahinten, das war bei den Feuerschluckern, den schmalen Spacken, das war nicht hier, und die Uhr, die läuft ja noch für den Seiltänzer, Frantz schneidet den zweiten Knödel an. Es sind hier Knödelettes, damengerechte Portionen, vogeleigroß, das hat weniger Kalorien, das macht nicht dick, der Akt ist im Gang, der Mime taumelt, schwankt und wirft den ersten Reif in die Luft, fängt ihn wieder, wirft den zweiten, fängt ihn mit dem Fuß, taumelt, mira! – die Italiener haben ihn entdeckt. Mira, questo, guarda lui. Der Mime schwankt und schwitzt schon übers weiß getünchte Gesicht zwischen Laterne und Baum, sieben Minuten, die Reife zurück auf die Schulter und die Bälle hinauf, grün, fluoreszierend, oh my God, es blitzt aus allen Handys, I hope he's not ... – is he gonna fall?
Er fällt.
Die Bälle fallen auch und ein paar Blätter vom Ast, an dem er sich fängt. Der Mime steht, schiebt die Reife auf die Schulter und sammelt seine Bälle, zurück aufs Seil. Wirft die Bälle, Reife, alles auf einmal, fängt sich selbst und hat alles gefangen, Applaus, sogar an der richtigen Stelle, und dann setzt der Jazz ein, die sieben Minuten sind um, der Mime springt, grade noch in der Zeit, vom Seil.
Die Cool Jazz Band besteht aus Bass, Sax und Synthe.
Der Akt beginnt, der Mime kassiert, das ist hier so, denkt Frantz, die Abkassiererin der Jazzband scheucht ihn

schon, den Mimen, wer hier so tut, als wüsste er's nicht, hat hier kein Recht, jedenfalls hat er Recht, Thomas Frantz, und er behält es gerne, das Recht, sieben Minuten, das ist so, das ist hier geltendes Recht. Viel hat er nicht gekriegt. Der Kindernotrusse bedeutend mehr. Der Mime rekuperiert das Seil zwischen Laterne und Baum, did it taste well, honey? Im Zweifelsfall hat er noch mehr Glück gehabt als die Gäste, denkt Frantz. Die werden rundherum schon fünf Minuten nach der letzten Bestellung abkassiert. Thomas Frantz dagegen bestellt ein frisches Bier.

»Sorry«, entschuldigt sich die Ostberliner Bedienung im bayerischen Dirndl.

»Scho guad«, sagt Frantz.

Da kommt der Zeitschriftenverkäufer.

»Krisenticker! Krisenticker! Leute, lest den Krisenticker! 12.08 Uhr: Offener Tumult im Handelssaal der Frankfurter Börse. Besucher stürmen Plattform und zerschlagen Glasscheiben auf der Balustrade, Händler in Panik. Krisenticker, Leute, lest den Krisenticker! 14.33 Uhr: Britische Notenbank sagt Schaden von fast drei Billionen Dollar voraus. Die Prognose liegt doppelt so hoch wie die jüngste Schätzung des IWF. Krisenticker, lest den Krisenticker, 18.12 Uhr: Angst in Frankreichs Chefetagen. Streikende Arbeiter eines Baumaschinenherstellers nehmen Konzernleiter und Manager in Geiselhaft. Der Konzern will 733 Stellen streichen, die Arbeiter drohen mit Ermordung. Krisenticker, Dax schließt bei 4335 Punkten, Leute, lest den Krisenticker, neueste Meldungen von der Krise ...«

»Sag mal, wo bistn jetzt? Ich seh dich kaum noch ...«, ruft Thomas Frantz.
»Ah, Thomas, du! Andere Tour. Mitte Wedding.«
»Und wo treff ich dich?«
»Im Anna Koschke«, sagt der Zeitschriftenverkäufer.
»Ich hab noch einen persönlichen Tipp für dich ...«
»Ja? Welchen?«
»Goldreserven auf keinen Fall verkaufen!«
»Goldreserven halten. Gut. Mach ich, danke.«

Die Feuerschlucker rücken an, sie haben sich heute mit dem Didgeridoo-Mann zusammengetan. Ein ohrenbetäubendes Beben erschüttert den Platz, es sind die Rollkoffer einer japanischen Reiserotte, Feuerspacke und der Keulenschwinger wetzen die Messer, die Trolleys rumpeln vom Hostel übers Pflaster, Didgeridoo trommelt, und die Messer schwirren durch die Luft, mit vieren nimmt er's auf, der Feuerkeulenmessermann, siggesagge-siggesagge-heu-heu-heu grölen die Japaner, Didgeridoo quittiert das mit einem langgestreckten Wooooooooo und schnalzt mit der Zunge den Rhythmus drauf, Feuerspacke schluckt und spuckt, siggesasaggesiggesagge wooo-wooo-wooo, Didgeridoo rockt den Platz, und was macht das Mädchen der Cool Jazz Band?
Kassiert den Frantz ab. Wieder 'n Euro weg, so geht das, aber die Kruste kommt geschmacklich mit ein wenig Luft noch mal hoch, der Schweinsbraten stirbt aus, aber er stößt wieder auf, das ist sein Vorteil, sanft bitter der Kümmel mit einem Hauch von Knoblauch.
»Entschuldigen Sie ...«, sagt eine Frauenstimme.
Thomas Frantz blickt verstört von seinem Bier auf. Vor

ihm steht eine Frau, vielleicht in seinem Alter. Sie ist groß und kräftig und brünett. Sie ist hübsch und trägt einen breiten Gürtel über einer weißen Hose.
»Ist hier noch Platz?«

Nachdem Frantz und die Frau aus München, sie ist Zahnärztin in einer Gemeinschaftspraxis in Bogenhausen und hat kleine, aber strahlend weiße Zähne passend zur Hose, sie ist Gast eines Symposiums, das von einem Fabrikanten von Quecksilberlegierungen gesponsert wird, heißt Faye, hat quirlige Locken und liebt tatsächlich Kafka und Kundera, noch einige Gläser Bier getrunken und über dies und das geredet haben, schlägt Thomas Frantz vor, die Unterhaltung in der Riva-Bar fortzusetzen. Nachdem sie in der Riva-Bar einige Mochitos getrunken haben, schlägt Frantz vor, sie mit dem Fahrrad in die Russendisko zu fahren. Sie weiß gar nicht, was das ist, Thomas Frantz erklärt es ihr, aber sie weiß gar nicht, wer das ist, Wladimir Kaminer, nimmt dennoch Platz auf dem Gepäckträger, etwas unsicher noch, aber betrunken genug, und Thomas Frantz rüttelt sie, den Gebirgsjägerrucksack geschultert, an dem sie sich festhält, über das Pflaster zur Tanzwirtschaft Kaffee Burger auf der Torstraße. Dort nehmen sie, weil gerade im Angebot und Frantz zahlt, einen Himbeerdaiquiri aus der Mixmaschine. Es ist laut und voll, auf der Tanzfläche fliegen die Fetzen, alles stampft und hüpft auf dem Holzboden zum russischen Pop, und Thomas Frantz schlägt vor, den Abend in ihrer Bleibe fortzusetzen, aber diesmal mit Taxi. Er ist langsam müde nach all dem Sport und Schweinsbraten und nicht mehr der Jüngste.

Es ist ein Zimmer mit Kochnische und Bad im 13. Stock eines Apartmenthauses in der Rochstraße, einem neu gestalteten Plattenbau, den Frantz kennt, weil er schon oft mit dem Fahrrad daran vorbeigefahren ist, aber noch nie daran gedacht hat, einmal hineinzugehen. Die Tür am Ende des verschachtelten Flurs geht nach außen auf. Wie in allen Plattenbauten. Es ist einfach fies, wenn die Wohnungstür nach außen aufgeht. Thomas Frantz wirft den Rucksack ab, Faye verschwindet im Bad. Als sie zurückkommt, liegt Frantz schon auf dem Bett, er hat noch die Unterhose an, ein Herzchenmotiv mit Pfeil darauf, und Faye verlangt von ihm, dass er dusche und sich die Zähne putze. Das sei ja wohl das Minimum. Es liege eine abgepackte Zahnbürste unter dem Spiegel und eine Zahnpasta daneben. Thomas Frantz tut, wie ihm geheißen, auch wenn er nach dem Sport bereits geduscht hat.
Sie liegen noch eine Weile auf dem Bett.
Sie rauchen. Reden. Kinder habe sie nie gewollt. Das habe sie auch immer allen Kerlen gesagt. Lieber frei sein. Lieber Beruf. Lieber Urlaub, moderne Zweizimmerwohnung mit Balkon, Müllschlucker und Aufzug, lieber – Frantz packt sie am Hintern, recht ruppig. Er knetet die Backen, gleitet geschickt runter und beginnt das Spiel. Sie ist rasiert, aber es kratzt wie Schweinsborsten, lieber hätte er ein paar ehrliche Haare verschluckt, aber was soll's, und wer zu wählerisch ist, wird gar nicht gelegt.

Gegen Mittag schultert Frantz seinen Rucksack. Darin die stinkenden nassen Boxsachen, Faye ist nicht da, er hat sie gar nicht gehört, er hat Kopfweh, eine pelzige Zunge und aufgeraute Haut um den Mund. Das juckt. Da erinnert sich Frantz an die Zahnbürste, die er in der Nacht benutzt hatte. Mitsamt Jacke und Rucksack putzt er sich im Bad die Zähne, es ist wie eine Befreiung vom Übel, von der Schuld, die in ihm aufsteigt. Thomas Frantz ist eigentlich kein Fremdgänger, er lässt nur ungern was anbrennen. Und wenn es schon mal sein soll, ja was soll's dann. Einen Moment überlegt er, ob er Faye so etwas wie eine Telefonnummer hinterlassen soll, erinnert sich aber, dass er gar keinen Stift dabei hat, findet auch keinen in der ganzen Bude weit und breit, nicht einmal einen Lippenstift, mit dem er was auf den Spiegel hätte malen können.

Thomas Frantz schließt die Tür.

In der Mittagshitze läuft er schwer beladen los, der Rucksack drückt, und eigentlich könnte er jetzt einen Schweinsbraten vertragen, wo der doch am Aussterben ist. Er läuft noch am Kaffee Burger vorbei und holt sein Rad, dann macht er sich zu Hause eine Brühe heiß und stellt fest, dass ihm jemand das Handy sowie den Mundschutz aus der vorderen Rucksacktasche geklaut hat. Idiotischerweise in dieser Kombination. Er ist also Opfer eines Verbrechens geworden. Weil er sich keinen Reim darauf machen kann – was wollte die Zahnärztin mit seinem roten Mundschutz? War das für sie eine Trophäe? Ein Fetisch? Aber warum dann das alte Handy? Konnte das der russische Kinderbüchsenmann gewesen sein? Das Mädchen, das für Jazz Combo und Didgeridoo abkassiert hatte? Oder jemand, der sich auf ein affenähnliches Herumkrabbeln zwischen den Tischen spezialisiert und einfach mal beherzt in die Tasche gegriffen hatte, bevor er sich so pavianartig entfernte, wie er gekommen war? –, kratzt er sich am Kopf und legt sich erst mal hin.

18. Die Gerichtsvollzieherin kommt zu Frantz, raucht, regt sich furchtbar auf und entspannt sich wieder

Die Gerichtsvollzieherin klingelt am nächsten Morgen und steht vor Thomas Frantzens kleiner Dachwohnung in Begleitung eines jungen breitschultrigen Mannes. Sie keucht. Der Mann trägt eine schwarze Nappalederjacke nach Art der Gangsterfilme. Det is mein Kollege, sagt sie gleich. Der junge breitschultrige Mann nickt. Frantz öffnet die Tür und lässt beide herein. Er entschuldigt sich, er möchte ihnen lieber nicht die Hand geben, er habe sich wohl ein wenig erkältet. Ja, ja, man redet ja überall nur noch von Schweinegrippe und Pandemie, sagt die Gerichtsvollzieherin und prescht ins Zimmer.

Über den schrägen Dachfenstern brauen sich Wolken zusammen, Frantz bemerkt das, die Gerichtsvollzieherin öffnet ihren schweren schwarzen Koffer auf dem Fußboden. Die Frau ist Anfang oder Mitte vierzig, schätzt Frantz. Sie ist dünn, wirkt abgehetzt, sie hat schlechte Haut und stumpfe, fettige Haare. Starke Raucherin. Das sieht Frantz an ihren gelben Zähnen. Der Mann erscheint ihm dagegen kerngesund. Die Frau kramt eine Schachtel aus ihrer Jackentasche und steckt sich eine Zigarette an.

Thomas Frantz erklärt, er habe nur fünfundzwanzig Euro da. Das möchte er anzahlen, er sei ja zahlungswillig, und den Rest abstottern. Frantz nimmt das Geld vom Schreibtisch und entdeckt, dass auf einem der Zehn-Euro-Scheine ein Treueherz des Kaiser's klebt.

»Das ist zu wenig«, sagt die Gerechtigkeitsvollzieherin, »es geht hier um vierhundert.«
»Was?«
Frantz erschrickt.
»Wovon reden wir hier?«
»Na von dieser Forderung.« Die rauchende Gerichtsbarkeit hält Frantz ein riesiges gelbes Papier unter die Nase.
»Aber das ist doch schon längst bezahlt?! Wissen Sie eigentlich, warum Sie hier sind?«
Das Gericht zieht an seiner Zigarette, obwohl noch immer atemlos wegen der Treppen, und sieht Frantz verdutzt an.
»Sie sind hier, weil Sie sechzehn Euro dreiunddreißig für einen Rechtsanwalt eintreiben, obwohl er schon fünfundzwanzig Euro von mir bekommen hat.«
Die Gerechtigkeit qualmt und sieht auf das Papier.
Eine Weile überlegt sie.
»Was?«
»Sie treiben sechzehn Euro Märchengebühren für einen Anwalt ein.«
»Ach, erzählen Se mir nüscht. Sie wissen ja gar nicht, was man in diesem Beruf heutzutage alles erlebt. Wissen Se was? Ick hab et satt. Heulende Menschen, verzweifelte Menschen, kotzende Menschen, stinkende Menschen, und das um jede Uhrzeit. Alle sind se verzweifelt. Alle haben se Geschichten. Immer. Alle sind se schlauer als ick, grundsätzlich. Ick meene, morgens um halb neun, det is doch 'ne zivile Uhrzeit, der Mensch is ja durch mein Büro dreimal schriftlich vorjewarnt worden, und dann muss ick einen unausgeschlafenen und nach irgend-

einem Pitralon oder Alkohol stinkenden Menschen ertragen, so genau kann ick das morgens gar nich auseinanderhalten, so 'n behaarter Kerl, der in Unterhosen die Tür aufmacht und sich unablässig am Sack kratzt, und dann hat er auch noch die Verve, mir zu sagen, er hat det Geld natürlich nich. Also da müssen wir eben pfänden. Das heißt ja erst mal nur, wir kleben 'n Kuckuck, aba auf was? Auf einen wandbreiten Flachbildschirmfernseher der neuesten Generation, den ick gar nicht pfänden darf, weil der arme Herrfrauhartzvierempfänger denn nüscht mehr zum Glotzen hat? Ja wo haben sie ihn denn her, ihren 3-d-highspeed-flatscreen-receiver, wenn nich vom Elektromarkt, dem sie's schuldig geblieben sind? Na jut, haben sie den Fernseher halt bar bezahlt, aba dafür die Stromrechnung nich oder die auch noch grade so, aba den jegnerischen Anwalt natürlich großzügig vergessen. Ick kann Ihnen was sagen. Sie sehn ja noch vernünftig aus. Was mich da sonst immer so erwartet. Nicht auszuhalten. Ekelig. Menschenunwürdig. Kroppzeug. Abschaum. Und ick mein jetzt noch nich mal die mit Migrationshintergrund. Da is ja meistens Derherrjussufodersüleimann gar nich da. Immer nur die Kopftuchweiber«, sagt die Gerechtigkeit und qualmt, »kannnixverstehn. Kannnixsagn. Mannnixda. Gna, gna, nix nix. Glauben Sie mir, ick hab alles durch. Glauben Sie, ick hab et leicht? Glauben Sie, ick habe keine uneheliche Tochter durchzuziehen, die mir Scheiße baut inner Schule und 'n Araber anschleppt? Nee! Kratzen die sich am Sack. Einer hat mal 'ne Hacke aus'm Spülschrank geholt, ick kann Ihnen sagen, das hat gestunken, als der die Klappe da unter der Spüle aufmacht, wo sich oben die

verkrusteten Töpfe türm', und dann holt der 'ne Hacke da raus und brüllt: BEVOR DU SCHLAMPE HIER WAT PFÄNDEST, HACK ICK LIEBER ALLET SELBER KURZ UND KLEIN – na ick sage Ihnen, da wird et Ihn' aba anders.«
Der junge breitschultrige Mann nickt.
»Da kriegen Se't mit der Angst zu tun. Ick bin doch nur 'ne Frau!!! Und dann steht da so ein Abschaum vor Ihn' mit 'ner Axt, und wer weiß, wen er damit zerhacken will, und am Ende noch sich selbst? Nee. Wegen fünfundzwanzich Euro? Det is numa mein Satz. Deswegen soll ick täglich mein Leben riskieren? Und das meiner Tochter? Damit se Waise wird? Nee. Det is zu wenig. Ick sage Ihn'. Alle wolln mehr Geld. Okay. Aba wissen Se, jeder kriegt's, die Lotsen am Flughafen, die Krankenschwestern und die U-Bahn-Schaffner sowieso, weil die könn ja streiken, da tut's weh, wenn die streiken, wem tut's denn weh, wenn wir mal streiken? Den sackkratzenden Schweinen bestimmt nich, nur den armen Teufeln, den Gläubigern und den Anwälten, die auf ihre Inkassogebühren hockenbleiben. Aba die helfn mir ooch nich. Die sind doch selber am Arsch. Ick sage Ihn', unsereins, der hat keine Gewerkschaft. Unsereins, der muss zusehen, wo er bleibt, der muss pfänden, der muss rauflatschen in jen sechsten Stock ohne Aufzuch, der muss Kuckucke klebn auf jen Schrott, der muss sich beschimpfen lassen vonne Asozialen und Kanaken, der muss sich zerhacken lassen vonne Sackratten und beschimpfen inner obsönsten Weise, glauben Sie, det macht mir Spaß? Glauben Sie, ick mach det gerne? Und wenn der erste von uns ma zerstückelt auf'm geleasten Teppich

liecht? Denn ist det Geschrei groß. Denn aba. Hörn Se ma!«
Frantz reicht der Richtigkeit einen Aschenbecher.
Sie sieht wieder auf das Papier.
»Det stimmt. Det is längst bezahlt.«
»Eben.« Thomas Frantz streicht sich durch die Locken. »Sie kommen, um sechzehn Euro dreiunddreißig für einen Inkasso-Arsch einzutreiben.«
»Na, na, ma langsam. Det is 'n Rechtsanwalt.«
»Die leben aber inzwischen davon, dass sie Inkasso-Ärsche sind. Ich weiß das«, sagt Frantz.
»Na ja«, die Vollzieherin scheint plötzlich milder gestimmt, »denn überweisen Se's mir doch einfach. Sie wissen ja gar nich, wegen was die mich schon losgeschickt haben. Wegen drei Euro. Ick sage Ihnen, wegen drei Euro. Ick habe Urteile gesehen wegen vier Euro fuffzich. Dafür sind Leute in den Knast gegangen. Aba Recht is numa Recht und muss Recht bleiben.«
Das rauchende Recht geht in die Knie, beugt sich über ihren Koffer und füllt darin einen Überweisungsschein aus. Ihr Haar oder ihre Kleidung hat einen penetranten Geruch.
Sie händigt Frantz den Schein aus. Ihr Rachen rasselt.
41,33 Euro, liest Frantz. Er wundert sich.
»Ich denke, es sind über neunzig Euro?«
»Wieso?«
»Na, die sechzehn dreiunddreißig des Anwalts und Ihre fünfundsiebzig Euro, macht einundneunzig dreiunddreißig. Hier. Sehen Sie?«
Frantz zeigt ihr das Schreiben des Anwalts.
»Nee. Ick kriech nur fünfundzwanzig. Da hat er die fünf-

zig Euro Vorschuss mit angerechnet, den er mir zusätzlich geleistet hat für den Fall, dass Sie nich da sind und wir wiederkommen oder die Tür aufmachen müssen. Aba den kriecht er ja von mir wieder.«
»Dann hat der Anwalt versucht, mich zu betrügen? Die zusätzlichen fünfzig Euro, die er Ihnen da als Vorschuss geleistet hat, hätte er doch nie an mich zurücküberwiesen, wenn ich ihm einundneunzig Euro dreiunddreißig geschickt hätte, wie von ihm gefordert! Ich habe noch nie erlebt, dass man von einem Inkasso-Anwalt etwas wiederkriegt ...«
Zornesröte steigt in ihm auf.
»Det kann schon sein.« Die entspannte Gerechtigkeit schließt den Koffer und begibt sich zur Tür.

»Vielen Dank«, sagt Frantz.
»Nüscht zu danken.«

Thomas Frantz schließt die Tür. Der Geruch der Gerichtsvollzieherin steht noch in seinem Zimmer. Er ist wütend darüber, dass ihn der Anwalt reinlegen wollte. Gleichzeitig überschlägt er dessen Gewinn. Ein ganz hübsches Geschäft muss das sein: Erst die Märchengebühren, dann der Betrug. So geht das. Wer am Boden liegt, den zieht man aus. So wie man Leichen auf einem mittelalterlichen Schlachtfeld fledderte, stellt Frantz sich vor. Fünfzig Euro pro Kadaver. Da kommen schnell ein paar Tausend zusammen. Im großen Stil noch viel mehr. Und wenn er den Anwalt anzeigte und einen Artikel darüber schriebe? Frantz hat den Aschenbecher noch in der Hand, er könnte ihn glatt an die Wand pfeffern.

Dann redete sich die Ratte bloß raus. Nein, beweisen kann er das nicht. Aber wann ist das Maß voll?, fragt er sich kopfschüttelnd auf dem Weg zur Küche. Wann ist der Moment erreicht, in dem eine schlingernde Murmel auf dem Tisch die Kante erreicht und herunterfällt? Frantz leert den Aschenbecher. 23 Mal entscheidet Frantz. Die Kippen darin sind mit Lippenstift verschmiert und bis zum Filter heruntergeraucht. 23 Mal darf die Gerechtigkeit kommen. Beim 24. Besuch greift der Mensch zur Axt.

19. Frantz geht auf eine Party in den alten Westen, und der Altewesten kackt ab

Seine Kaschuben aus dem Anna Koschke rufen an. Sie seien gleich vor seiner Haustür und wollten ihn abholen, Fred, der Schweizer und auch der Mistkäfer, den sie unterwegs irgendwo aufgegabelt haben. Aber Thomas Frantz soll auf eine Party in den Westen gehen. Es ist ein alter weltberühmter Westberliner Kindertheaterregisseur, zu dem Marie-France will. Er habe einige bedeutende Kinderfilme gedreht, er sei eine große Nummer gewesen und habe all die alten Granden noch selbst gekannt, Fassbinder, Wenders, Schroeter, und nun sitze er in der Jury des Kindertheaterfestivals in Malmö im Komitee für das Kindertheaterstück mit den buntesten Masken und Kostümchen, er geht über einen roten Teppich und bewertet Fingerfarben. Marie-France hat sich ein wenig aufgetakelt, da rufen seine Kumpels an, sie stünden schon am Kiosk vor dem Rosa-Luxemburg-Platz und bestellten ihm bereits ein Bier – Frantz sagt ihnen ab.
Er kann nicht mehr, schließlich ist er nicht mehr der Jüngste, aber muss auf diese Party der kinderlosen Theaterregiegröße in den alten Westen, nach Charlottenburg, ob er will oder nicht. Marie-France hat mit dem inzwischen doch recht betagten Mann einige der großen Erfolge seiner gloriosen Kinderfilmvergangenheit geschnitten, darauf pocht sie vehement, auch wenn er seit vielen Jahren keinen Film mehr gemacht hat und Marie-France also mit ihm nicht mehr arbeiten wird, aber man könne

ja nie wissen – in diesen Zeiten sei ihr jeder Strohhalm recht. Frantz hat einmal auf einer Vernissage die rechte Kindertheatervergangenheitshand geschüttelt. Der Mann litt, so hatte es Frantz empfunden, unter einem schrecklichen Bedeutungsverlust. So wie die Münchner, die alle in den Ostteil der Stadt gezogen waren, war es ihm vorgekommen. All die Münchner Literaten, Journalisten und in München wirkenden Österreicher, die Jahrzehnte die Bereiche Lifestyle und Gesellschaft sowie das halbe deutsche Feuilleton dominiert hatten, unter einem schrecklichen, plötzlichen und scheinbar kollektiven Bedeutungsverlust gelitten haben mussten und praktisch über Nacht nach Berlin gezogen waren. Sie siedelten in den Stadtteilen Mitte und Prenzlauer Berg. Gott sei Dank fielen sie dort nicht weiter auf. Marie-France ist wütend in ihrer Entschlossenheit, und Frantz gibt nach. Ungern. Er würde jetzt lieber bei den Kaschuben unten am Kiosk stehen. Frantz schreibt in das Buch, das Marie-France der sehr viel jüngeren Freundin des Altenkindertheatergenies gekauft hat, es ist ein dicker Liebesroman, kurzerhand »Liebe Carola, alles Gute zum Geburtstag, und ich finde Dich sexy« hinein. Marie-France sagt, als sie das liest, ja was könne man einer Frau, die gerade fünfundfünfzig geworden ist, schon Besseres in Aussicht stellen.

Großbürgerliche Wohnung mit Flügeltüren und knarrendem Parkett. Palmbäume. Wände und Mobiliar reduziert auf Schwarz und Weiß wie gerahmte Kunst, der Mensch ist gut, die Leute sind schlecht, alles Achtundsechziger mit Armani-Jacketts und langen Zöpfen, aber Karl der Große ist da und Baffles, sein kurzes Fell schwarz und weiß wie eine Mimikry im Altberliner Zimmer, er kläfft und flitzt mit seinen Krallen über das Parkett in Frantzens Richtung, er kläfft wie Tuberkulose, und alle halten sich die Ohren zu. Frantz und der Dichter Karl der Große steuern die Küche an, traditionell das Getränkelager, da kreuzt Carola ihren Weg und hat das Buch mit Frantzens Glückwunsch unterhalb des Schmutztitels in der Hand. Carola lacht und umarmt Frantz, wobei sie sich auf die Zehenspitzen stellt und ihre Zunge in sein rechtes Ohr steckt. Frantz fährt auf. Er hasst das, diese ekelhafte Feuchtigkeit, diesen Krach in seinem Ohr. Baffles kläfft, und Carola fasst Frantz in den Schritt. Das ist ihm jetzt entschieden zu viel.

Er hat diese Widmung beileibe nicht wörtlich gemeint. Er hat keine Ahnung, welcher Teufel ihn dabei geritten haben mochte. Er kannte Carola ja kaum. Sie war einmal bei Marie-France zu Besuch gewesen. Carola hatte den Abend sichtlich genossen und nach einiger Zeit ausgelassen mit Karl dem Großen in Marie-France' kleiner Wohnung getanzt und ihn sogar geküsst. Darauf tanzte Carola mit einem anderen Gast und küsste ihn innig. Karl der Große war beleidigt gewesen.

Frantz windet sich aus Carolas Würgegriff und schlängelt sich, unter dem Vorwand auf die Toilette zu gehen, an den Armani-Jacketts vorbei in die Küche. Eine Weile sitzt er da am Küchentisch bei einem grauhaarigen Mann, der von Konfuzius redet und wie am Fließband aber sehr kunstvoll konisch zulaufende Joints fabriziert und diese im Raum kreisen lässt. Frantz trinkt Weißwein, einen einfachen Chardonnay, den der Kindertheaterfestivaljuror zum Fünfundfünfzigsten seiner Freundin bereit-

gestellt hat. Er beobachtet den Auftritt des Altenregiegenies, der, weißhaarig und löwenmähnig, von einem Grüppchen zum anderen huscht, jede Szene eine Weile unterwandert und lauthals lacht. Karl der Große setzt sich neben Frantz und hebt Baffles auf seinen Schoß.
»Sach ma, weißt du, was die da drüben die ganze Zeit macht? Da auf dem Canapé im Wohnzimmer?«
»Wer?«
»Na Carola.«
»Was denn?«
»Die knutscht da mit einem nach dem andern rum. Aber so richtig. Ob der das gar nicht mitkriegt?«
»Keine Ahnung. Vielleicht ist es ihm egal?«
Karl der Große grinst.
»Meinst du?«
»Na die sind doch alle so tolerant, diese Leute.«
»Kann ich mir gar nicht vorstellen.«
In diesem Moment treffen Carola und der Joint gleichzeitig bei Karl dem Großen ein. Carola streichelt Baffles' Bauch, Karl überreicht Carola den Joint, das Tier grunzt, Carola tänzelt zur Küche hinaus und Karl stöhnt. Der Weißwein ist alle.
Frantz und Karl der Große durchsuchen den Kühlschrank des Kindertheateraltgrandseigneurs. Sie sehen in allen Ecken und auf den Tischen nach und sogar im Badezimmer. Karl der Große weiß, dass der Altekinderregiegigant eine legendäre Weinsammlung besitzt und sucht am Schlüsselbrett im Flur nach etwas, das aussieht wie ein Kellerschlüssel. Dann versucht Karl, Carola, die gerade eng umschlungen tanzt und ihre Zunge kreisen lässt, dazu zu überreden, ihm bei der Suche nach diesem

Schlüssel zu helfen und darüber hinaus die Lage des sagenumwobenen Depots zu verraten. Schließlich entdeckt Karl ein kleines Weinregal neben dem weißen Canapé im Altberlinerraum.

»Pack mal rein da«, sagt Karl.

»Ganz unten ins Regal. Wo die richtig teuren Pullen liegen.«

Frantz greift in das Regal und zieht eine Flasche hervor. Es ist ein Weißwein, Jahrgang 1969, Lorraine.

»Bingo«, sagt Karl.

»Ja, aber brühwarm.«

Frantz macht sich auf in Richtung Küche, Korkenzieher, Gläser und Eiswürfel zu besorgen. Zurück auf dem Canapé, entkorkt er die Flasche und gießt ein. Nimm Eiswürfel, sagt Frantz und hält Karl einen kleinen Kübel hin, den er auf dem Küchentisch gefunden und mit Eiswürfeln gefüllt hat. Plötzlich steht der Altekinderregisseur vor ihnen. Er sieht die Flasche in Frantzens rechter Hand und die Eiswürfel in seinem Glas, diesen doppelten Frevel, leibhaftig und wie vor Schreck erstarrt steht er vor Frantz und Karl dem Großen und ringt nach Luft.

Der Alte bekommt einen Tobsuchtsanfall und hochroten Kopf. Die flinken grauen Augen hinter dem schwarzem Gestell zu Bunkerschlitzen verziehend, spuckt er, schreit und greint im Altberlinerraum, ihm fehlen die Zähne, außerstande, die gewohnte, ihm zustehende, ihn zierende Furcht zu verbreiten – Frantz und Karl der Große machen sich nicht einmal die Mühe, ihn ernst zu nehmen, vielleicht das Schmerzlichste in seiner Lage; sein Gebrüll verkommt zum Gebell im Altenraum, bis es gurgelnd in seinem Hals erstickt. Der Mann sabbert, rot vor Zorn, Frantz und Karl der Große heben ihre Gläser, und dann kläfft Baffles.

Marie entsorgte Frantz von dieser Party, es war noch nicht einmal ein Uhr. Auf der Straße hielt sie ein Taxi an, bugsierte Frantz in den Fond, half ihm ein wenig die Treppen hinauf, legte ihn aufs Bett und zog ihn aus. Frantz schlief friedlich ein.

Einige Tage später erhielt Marie-France einen Brief. Anonym. Darin die Schmutztitelseite des Buches, das Marie-France für Carola gekauft hatte, mit Frantzens Glückwunsch darauf. In dem Brief stand: Liebe Marie-France, viel Spaß mit einem Freund, der Dich betrügen möchte. Sehr klein und ziseliert. Kurz darauf rief Carola an. Ist dein Freund auch wirklich nett zu dir? Bist du glücklich mit ihm? Marie-France verstand nicht, was diese Fragen bedeuten sollten, und dann brach Carola in Tränen aus, die Fakten sprachen für sich. Frantz brauchte eine Weile, bis er begriff. Er konnte sich nicht mehr an den Rest des Abends erinnern, aber Marie-France schwor, Frantz habe seine Unterhose noch angehabt und diese habe weder gerochen noch irgendeine Abnormität aufgewiesen, da fiel es Frantz auf. Das Altewestberlin hatte abgekackt und wollte es Frantz in die Schuhe schieben.
Frantz malte sich aus, wie der Grandseigneur, nachdem sich Carola bereits hingelegt hatte, als Marie-France, Frantz und die letzten Gäste gegangen waren, zum alles vernichtenden Gegenschlag ausgeholt haben musste. Er ging auf die Toilette und schiss in die Hose. Verschmierte

etwas von den Fäkalien auf dem Boden des Badezimmers, legte eine Spur in die Küche, bestrich damit, wie mit Fingerfarbe, Teller und Tabletts und die Überbleibsel von Hühnchen auf Broccoli, schlich sich in Carolas Schlafzimmer und schmierte den Rest des Exkrements unter ihre Bettdecke. Dann verwischte der Altewesten sorgfältig seine eigenen Spuren, duschte und legte sich hin.

»Glaubst du wirklich?«, fragte Marie-France völlig verstört.
»Wer soll's denn sonst gewesen sein außer diesem Schwachkopf?«

20. Wohlhabende Freunde. Läuft das Leben nicht auf eine ganz natürliche Segregation hinaus?

»Ah nee. Hab ich völlig vergessen.«
Frantz wollte etwas sagen, kam aber nicht dazu. Shandor ließ ihm dazu keine Zeit.
»Ja du, morgen Mittag hab ich meine Tochter, allein, eine Stunde, weil die Kinderfrau einkaufen geht. Dann bin ich bei Adnan, am Nachmittag hab ich Sport, und am Abend bin ich mit meiner Frau zur Hochzeit hier in der Nachbarschaft eingeladen. Die Sasa. Mann, das ist ein Teil, kann ich dir sagen. Beine bis zum Hals, die Frau. Fährt mit Stöckelschuhen im Cherokee Overland zum Einkaufen. Sehr geil. In Zehlendorf muss man ja unbedingt einen Cherokee haben, da kommst du ohne Allradantrieb mit 280 PS nicht weit. Aber was soll's. Diese Beine, sag ich dir. Entschädigt den Mann für alles. Selbst für ihre Platinum Master Card.«
Shandor lachte. Es war ein kurzes, dreckiges Lachen am anderen Ende der Leitung, das Frantz seit der neunten Klasse kannte.
»Aber lass mal sehen. Mann, der Kalender ist echt voll. Hängt hier in der Küche, weißt du? Unser Gesellschaftskalender. Also nächste Woche kann ich gar nicht. Da bin ich jeden Abend ausgebucht. Dienstag sind wir bei Björn und Lisa, da gibt's guten Champagner und Lachs in der Salzkruste, richtig lecker. Mittwoch hab ich Stammtisch. Donnerstag Mittagstisch, da läuten wir das Wochenende ein, und das geht meistens bis abends. Dann hat meine

Frau Girlie-Treffen. Wochenende ist sowieso verplant. Samstag Jack und Paula, Sonntag dieser blöde Rechtsanwalt mit seiner Frau, das ist vielleicht ein Arsch. Der liegt dann mit weißen Socken in meiner Le-Corbusier-Liege und erzählt mir, was er fürn toller Hecht ist mit seiner blöden Yacht. Weiß ich jetzt schon. Mit weißen Socken? Das halt ich nicht aus. Da hau ich ab ins Roseneck und zieh mir was rauf. Und wenn ich wiederkomm und er dann noch da ist, hau ich ihm auf die Fresse. Die Woche drauf ist auch schlecht. Hier aber. Dienstag. Also nicht der kommende, auch nicht der danach, Dienstag in drei Wochen. Am Mittwoch fliegen wir nämlich in Urlaub. Türkei. Super Apartment direkt am Marmarameer. Warn wir schon mal mit Jack und Paula. Lass ich mir jeden Abend 'ne Dorade auf'n Grill legen, zwei Pullen eisgekühlter Gavi di Gavi dazu, und alles wird gut.«

Shandor lachte.

»Also, Dienstag? Dann wie gehabt zu Mittag im Weihenstephaner? Mann, hatt ich echt nicht mehr auf'm Schirm, unsere Verabredung.«

Shandor hängte ein.

Im Grunde war er ihm nicht einmal böse. Thomas Frantz konnte das abklingende Interesse an seiner Person durchaus verstehen. Wer unter seinen alten wohlhabenden Freunden wollte schon mit einem zunehmend verarmenden Menschen zu tun haben? Es sei denn, er wollte ihn zum Essen einladen, um sich gütig und überlegen zu fühlen? Aber wer mochte sich schon einem Freund gegenüber gütig fühlen? Würde man für diesen situativen Hochgenuss nicht lieber einen Unbekannten, einen Da-

hergespülten erwählen, den man wieder vergessen konnte? Und wer, bitte, mochte in diesen Zeiten überhaupt noch geben, und sei es nur ein Essen?
Quer gedacht: Würden sich seine erfolgreichen Freunde weiterhin wie früher, zu seligeren Zeiten, mit ihm treffen, essen, lachen, trinken, reden, Karten spielen – wer könnte es ihnen verdenken, Unbehagen dabei zu empfinden?
Nein, Thomas Frantz hatte Verständnis für ihre Lage. Sie hatten zu tun. Sie waren beschäftigt. Cordula und Dietmar (Werbung), Brigitte und Gerhard (Kanzlei) wie Rochus und Sabina (Architektur), sie waren ja alle eine GmbH und trugen Verantwortung. Sie mussten sich ihre gesellschaftliche Zeit genau einteilen. Er dagegen, die kreative Ich-AG, hatte ja immer Zeit. Er schrieb sich diesen misslichen Umstand vielmehr selbst zu, ganz wie das Kind die Welt auf sich bezieht, weil es keinen anderen Maßstab kennt als das eigene Unvermögen. Mama trinkt, weil ich böse bin. Papa gibt mich zur Adoption frei, weil er mich nicht mag. So was. Thomas Frantz ist unattraktiv, weil er arm ist.
Daran trägt er allein.
Und die Sache würde sich ja schlagartig ändern, wenn er wieder zu Geld oder Ruhm käme, Freundschaft ist wie ein Gummiband, es dehnt sich und dehnt, aber mal zieht es sich auch wieder zusammen, und es reißt nicht.
So was.

Aber selbst Frantz war nicht so glücklich bei dem Gedanken, seine wohlhabenden Freunde zu treffen. Eigentlich empfand er keinen Neid. Er gönnte ihnen den Erfolg, den Wohlstand und die Wagen, die Häuser und den Urlaub. Er freute sich für sie. Aber im Angesicht des Erfolgs seiner wohlhabenden Freunde empfand er seinen eigenen Misserfolg, sein Scheitern umso schmerzlicher. Solange er sich unter besitzlosen Tagelöhnern befand, und die Stadt und die Kneipen waren ja voll davon, fiel es ihm nicht schwer, selbst ein besitzloser Tagelöhner zu sein. In diesem Kokon fühlte er sich sicher. Zumindest nicht unzufrieden. Aber wenn er vor Augen geführt bekam, was man alles erreichen konnte, wäre man ein anderer gewesen, hätte man nur anders gehandelt, einen anderen Beruf ergriffen, ernsthafter studiert, gearbeitet, sicherer, solider gedacht, gelebt, dann tat sich ein Abgrund auf. Wann war der Zeitpunkt, an dem er diese oder eine andere Weiche hätte anders stellen müssen? War dieser Zeitpunkt immer wieder da gewesen? Also jeden Tag? Und wenn er diese oder eine andere Entscheidung anders gefällt hätte, wohin hätte ihn dieser oder ein anderer Weg geführt, und welche neuen Weichen hätte er auf gar keinen Fall falsch oder anders stellen dürfen? Welches war der Zeitpunkt der ersten Weiche? Sein erster Rausch, als er im Alter von acht Jahren in einem Reitstall im Osthessischen eine halbvolle Flasche Schnaps auf dem Hackklotz entdeckte? Sie hatte dem Schmied gehört, er hatte sie vergessen, und sie stand herrenlos auf dem Hackklotz in der Scheune, wo der Schmied ein Pferd beschlagen hatte, Thomas Frantz und zwei Freunde, ein Mädchen und ein Junge, hatten ihn beobachtet und später beim Spielen in der Scheune die Flasche entdeckt, aber nur Frantz trank davon, er spülte das scharfe Zeug herunter in einem Zug, weil sich die anderen nicht getraut hatten, weil sie nur daran gerochen hatten. Was

wäre gewesen, wenn er wie die anderen nicht davon getrunken hätte? Oder war der Zeitpunkt der falschen Entscheidung erst viel später gewesen, als er erst mal Philosophie, also erst mal nichts studierte, anstatt Jura oder Psychologie zu belegen? Scheiße. Viel früher. Viel, viel früher. Vielleicht schon in der fünften Klasse, der vierten, dritten. Als sich Thomas Frantz dafür entschied, Fußball zu spielen an den Nachmittagen und zu raufen mit den Nachbarskindern, die ihn hänselten, weil er nicht aus ihrem Dorf im Osthessischen stammte und keine wirklichen Eltern hatte, anstatt zu Hause zu bleiben und die *Schatzinsel* und *Robinson Crusoe* und den *Grafen von Monte Christo* zu lesen. Vielleicht hätte er sich in der Grundschule mehr zusammengerissen und bereits an den Numerus clausus gedacht und wäre ein brauchbarer Medizinstudent geworden?
Noch früher?

Der Abgrund verschlingt ihn.
Es dauert manchmal Tage, bis er sich vom Reichtum erholt hat. Diese Reichtumskrankheit. Bis er sich wieder eingerichtet hat, in seiner Bude. Sollte er nicht lieber allein oder unter seinesgleichen bleiben? Lief das Leben nicht auf ganz natürliche Trennungen hinaus? War die Segregation, so hässlich das Wort ist, nicht eine ganz vernünftige, vollkommen normale Überlebensstrategie? Hatte nicht die Natur selbst die Segregation eingerichtet – zum Schutze der Spezies? Der Wohlhabenden wie der armen Schweine? Warum sich ihrer erwehren? Fühlten sich nicht alle wohler, sicherer, wenn sie ab einem gewissen Alter unter sich blieben? Wenn sie sich einmal als

Kinder beschnüffelt hatten, aber später verstanden, dass die Gerüche sie trennten? Dann war doch das Auseinanderdriften der Gesellschaft eine gesunde Sache. Warum lamentierten sie, die Soziologen und Theoretiker, über Räume der Sieger und Räume der Verlierer?

Thomas Frantz erinnerte sich an eine Geschichte, die Shandor einmal erzählt hatte. Frantz war an diesem Abend zusammen mit anderen alten Internatsfreunden in der Villa Shandor in Zehlendorf zum Kartenspielen eingeladen gewesen. Shandor war einer der wenigen Internatsfreunde, die wirklich reich waren, wenngleich Shandor den Begriff wohlhabend vorzog. Shandor war als Sohn eines in München ansässigen Fabrikanten aufgewachsen und hatte bereits ab der ersten Klasse das Eliteinternat Salem besucht, wo er sich früh an elegante Garderoben gewöhnte – er hatte auch in seiner Freizeit Jackett und Binder tragen müssen. Früh erlernte er den souveränen Umgang mit Subalternen. Was sich in seinem späteren Leben als ungemein nützlich erweisen sollte, wenn es etwa um die tägliche Sicherung eines adäquaten Restauranttisches ging; nicht zu zugig, nicht in der Mitte, nicht zu weit am Rand und auf gar keinen Fall in der Nähe der Küche oder der Toiletten.
Shandor hatte in seiner Kindheit zwar bei anderen Internatszöglingen mit dem Lamborghini Miura seines Vaters angeben können, aber darin keinen Platz gefunden, wenn seine Eltern ihn einmal besuchten. Das Fahrzeug besaß keine Rückbank. Als er älter wurde und ein eher gewöhnliches Internat des Zweckverbands bayerischer Landschulheime besuchte, auf dem auch Frantz seine Ju-

gend verbrachte – vielleicht, damit er nicht zu sehr abhob? –, besaß Shandor stets alles, was Frantz und die meisten anderen nicht ihr Eigen nennen konnten, war aber aufgrund seiner physischen Konstitution, schulischen Leistungen und der Art seines Auftretens in der Regel von der Protektion durch andere abhängig gewesen. Zitronengelbe Lacoste-Pullunder mit V-Ausschnitt, Kaschmirschals und Hirschlederhandschuhe zählten nicht zu den begehrten Accessoires, ein Walkman von Sony und das nötige Kleingeld für ein Uriah-Heep-Konzert in München aber schon. Shandor arrangierte sich dergestalt mit den anderen Schülern. So hatte auch seine Freundschaft zu Frantz damals ihren Anfang genommen, auch wenn Frantz gar nicht von ihm profitieren wollte, sondern in ihm einfach nur eine verwandte verletzte Seele sah. Nach dem Abitur trennten sich ihre Wege.

Shandor hatte, soweit es Frantz wusste, in München ein Studium der Rechtswissenschaften begonnen und eine beachtliche Drogenkarriere hingelegt. Er war stets in Münchner Cliquen organisiert gewesen, die sich um andere Söhne und Töchter wohlhabender Münchner Fabrikanten, Gastronomen, Rechtsanwälte und Zahnärzte gruppierten, und eines Tages war er nach Berlin gezogen.

An diesem Abend hatte Shandor ein Sakko von menstrualem Rosa zu einer Bundfaltenhose mit grünem Krokoleder getragen, ein wallendes weißes Hemd und einen blasslila Tüllschal, was der habichthaften Gestalt mit dem kahlen Kopf und einer monströsen Sonnenbrille etwas von einem überarbeiteten Hollywood-Regisseur verlieh. Er hatte Dünnbier, Champagner und abgezählte

Lammwürstchen vom Grill gereicht, und als es später wurde, echauffierte Shandor sich im Kreise seiner Freunde darüber, dass er seinen Lamborghini Diablo VT Roadster nicht mehr zu Mittag in der Nähe des Restaurants Adnan in Charlottenburg parken könne, wo sich um diese Zeit Menschen wie er aufhielten, weil er Angst haben müsse, dass der Lack zerkratzt werde. Dagegen sei in italienischen Dörfern schon mal spontan Beifall gegeben worden, wenn er im Urlaub dort angehalten hatte, um sich in einer Gelateria ein Eis zu holen.

Er riss sich die Sonnenbrille, auf deren Bügeln in breiten goldenen Buchstaben das Wort Gucci zu lesen war, vom Kopf und sagte: Mensch, ich hab's satt. Lasst uns doch Bonzen-City bauen. BC. Ich meine, wir haben hier alles. Kindergärten, Schulen, Einkaufszentren. Wir ziehen 'ne Mauer um Dahlem und Zehlendorf, ein paar Schlagbäume, und die Privatarmee zahlen wir aus der Portokasse. Jeder kriegt 'n Mikrochip implantiert, damit sich der Schlagbaum hebt, wenn ich doch mal rausmuss, und ihr kriegt von mir Besucherausweise. Die da draußen können von mir aus weiter von unsern Steuern leben, und wir haben hier unsere Ruhe. Was schert mich der asselige Rest der Welt? Man hatte viel gelacht, an diesem Abend.

Thomas Frantz fiel die alte Geschichte wieder ein, und er dachte: Ja, war es nicht besser so? Ändere, was du in dir selbst ändern kannst, und akzeptiere, was du nicht ändern kannst. Darin waren sich doch alle einig. Religionstiroler wie Positivdenker, Esoteriker und Anonyme Alkoholiker. So was. Thomas Frantz sah Shandor jetzt mit anderen Augen. Der Mann war ein Visionär.

Gehwegschäden

Durch die flächendeckende, geschwindigkeitsbegrenzte und gemeinnützige Begehung der Straßen seitens des Begehers soll gewährleistet sein, dass Gehwegschäden möglichst schnell erkannt werden. Es erfolgt auf jede Begehung, soweit noch nicht vorhanden, eine entsprechende Markierung, das heißt die Anbringung eines Hinweisschildes respektive Zusatzzeichens Gehwegschäden, Straßenschäden, Radwegschäden oder Geh- und Radwegschäden in Unterkante zwei Meter.

Die Route des Begehers ist festgelegt im Begehungsplan der Behörde. Die Beobachtungen und Auswertungen des Begehers werden handschriftlich festgehalten im Begehungsbuch. Die Begehungsbücher beinhalten genaue Protokolle der erfolgten Begehungen. Darin enthalten sind festgestellte, gesichtete und untersuchte Schäden sowie Berichte über etwaige und vorübergehende Sondernutzungen wie Baustellen, Kanal- oder Rohrarbeiten.

Das Begehungsbuch ist eine juristische Grundlage der Behörde. Es wird bei Rechtsstreiten vor Gericht genutzt. »Das Begehungsbuch ist«, wie es ein Mitarbeiter der Behörde formuliert, »die Nachweisbibel vor Gericht«, denn immer öfter versuchen Versicherer wie private und öffentliche Kassen, aber auch Anwälte die Kosten für gebrochene Schlüsselbeine, Beine, Arme, Ellen, Mittelhandknochen und Oberschenkelhälse sowie quasi am laufenden Meter gerissene Sehnen und Kreuzbänder von den Behörden der Bezirke einzutreiben.

FURCHT

21. Schachboxen ist Schmerz, der den Körper verlässt

»RA-RA-RA Y BAB! DAB DAB!«
In der Boxhalle unter der Stadt stehen die Schachboxer an langen schwarzen Klapptischen und spielen Schach. Männer und Frauen stehen in Reihen vom Schachschrank bis zum Ring vor den Brettern und konzentrieren sich. Wenn sie gezogen haben, schlagen sie auf die Uhren. Tack. Nicht das Schach bestimmt das Boxen, das Boxen bestimmt das Schach.
»Ra-ra-ra-ra! Y DAB DAB!«
Nur Jesus hat sich so elegant wie abwesend in einen Sandsack verbissen.
Sie schwitzen, sie keuchen, und Tack. Sie müssen sowohl zur Kräftigung der Oberschenkelmuskulatur als auch zum Zwecke der Überwindung eines anhaltend quälenden Stresszustandes in einer simulierten Sitzposition an den Tischen hocken, Knie im Winkel von 90 Grad. Und Tack. Sie stöhnen. Nicht das Denken bestimmt das Handeln. Und Tack. Das Handeln bestimmt das Denken.
Wer angreift, ist nicht immer im Vorteil.
Und Tack.
Wer gezogen hat, macht fünf Liegestütze.
Und Tack.
Wer fünf Liegestütze gemacht hat, kehrt zurück in die Hockposition und zieht.
Tack.
Jeder hat zwölf Minuten für die Summe seiner Züge.

Tack.
Thomas Frantz schmerzen die Beine. Sein Herz rast. Der Schmerz geht durch den ganzen Körper. Und Tack. Schmerz ist nur Schwäche, die den Körper verlässt, brüllt Anti-Terror-Frank. Tack. Wer jammert, hat noch vierzig Prozent.
»RA-RA-RA-RA!«
Das Rundenzeichen ertönt. Eine Minute Pause. Alle streifen ihre Handschuhe über und suchen sich einen Platz zum Sparren.
Eins zwei ping! – Gerade. Eins zwei pong! – Haken. Eins zwei pung! – Uppercut, lehrt der Kubaner. Aber locker bleiben. Immer locker und in Bewegung bleiben.
Das Rundenzeichen ertönt, und die Schachboxer trainieren im Wechsel, wie sie die Schläge vor dem Ziel abstoppen. Das ist eine Übung, um Verletzungen im Sparring vorzubeugen. Aggressionsmanagement nennt das Anti-Terror-Frank. Boxen ist Kontrolle, sagt der Kubaner. Frantz versucht, sein Gewicht entspannt von einem Fuß auf den anderen zu hieven und die Spannung nur im Moment des Angriffs wie der Verteidigung aufzubauen. Die Kontrolle liegt in den Beinen, nicht in die Händen, sagt Jesus. Die Faust trifft den Gegner federleicht. Frantz hat damit seine liebe, verkrampfte Mühe.
Ein Boxer ohne Kontrolle ist tot, schreit Jesus.

22. Am Markt. Hundert Gramm Baumschwamm kosten jetzt zwölf Euro, und es ist einem Elternpaar zu gleichen Teilen vollkommen egal, wie lang die Schlange noch werden würde

Am Bahnsteig Senefelder Platz hat die Polizei ein Subjekt aus der Menge gefischt. Einer der beiden Beamten telefoniert, das Subjekt sagt etwas, das Thomas Frantz nicht versteht, doch, ja, jeraucht, sagt der telefonierende Beamte, das Subjekt hat jeraucht, ein Bürger hat et janz jenau jesehn und die Tat jemeldet, das Subjekt schüttelt den Kopf und wird abgeführt.

Am Kollwitzplatz standen sie direkt vor ihm, ein Elternpaar, am türkischen Stand. Der türkische Stand des Marktes hatte 24 Sorten Käsecremes. Käsecreme mit Tomaten, Basilikum, Paprika, Aubergine, Honig, Mandeln, Fischrogen, grünem Pesto, rotem Pesto, schwarzen Oliven, grünen Oliven, Bärlauch, Ingwer, Chili, Safran, Rosmarin, Salbei, Petersilie, Koriander, Koriander mit Tomaten, Knoblauch mit Tomaten, Basilikum mit Tomaten, Zucchini mit Tomaten und Holunderblüte. Beide Elternteile standen sich gegenüber, direkt vor Frantz, das Neugeborene im Kinderwagen zwischen ihnen und Frantz. Sie probierten alle 24 Sorten Käsecremes aus. Beide Elternteile zelebrierten das, scherzten mit dem türkischen Verkäufer, der reichte dem jeweils bestellenden oder auf einen der hölzernen Bottiche deutenden Elternteil ein kleines Stück Weißbrot, das er mit eben dieser Käsecremesorte bestrichen hatte. Darauf stopfte der Elternteil das Brotstück in den Mund, kaute, unterzog die Käsecremesorte einer ausführlichen Prüfung, zeigte eine angenehme Erregung, quittierte das positive Geschmackserlebnis mit einem wohligen Hmmm-Laut und sagte: Ja, davon hätte ich gern ein Schälchen. Der türkische Verkäufer strich die Käsecremesorten aus den jeweiligen Holzbottichen in der gläsernen Auslage mit einem Schaber in ein Schälchen, wog je 100 Gramm ab und türmte dann die Schälchen zuerst übereinander, dann neben- und übereinander. Es war beiden Eltern zu gleichen Teilen vollkommen egal, wie viel Zeit diese Prozedur in Anspruch nehmen würde und wie weit die Schlange hinter ihnen in die Gasse des dicht gedrängten Marktes am Kollwitzplatz schon hineinreichen mochte. Frantz wäre natürlich längst zu einem anderen Olivenstand gegangen, wenn ihn diese Unverschämtheit nicht fasziniert hätte. Zunächst hatte es den Anschein gehabt, als sei der weibliche Elternteil die treibende Kraft in diesem ostentativen Ritual gewesen. Doch etwa nach der siebten oder achten Käsecremesorte holte der männliche Elternteil gewaltig auf. Er probierte, bestellte, scherzte und kommentierte, er schmatzte und befahl einen neuen Schälchengang nach dem anderen, als fräße er sich in einen religiösen Rausch hinein. Da wiederum schien der weibliche Elternteil unter zu wenig Beachtung zu leiden und bestellte in rascher Folge vier Sorten, wobei er süße Zutaten wie Mandeln und Honig bevorzugte. Gibt es auch was Süßliches?, fragte der weibliche Elternteil. Honig, sagte der türkische Verkäufer. Ist nicht nur süßlich, ist zuckersüß. Der türkische Verkäufer lächelte, und der weibliche Teil legte sofort eine Order Käsecreme mit zerhackten Mandeln nach, woraufhin der männliche Elter mit Käsecreme mit zerstoßenem Chili und Käsecreme mit Salbei konterte, bis ein regelrechter Wettstreit unter den Teilerzeugern entbrannt war, der in einer gemeinsamen Verkostung der hellgrünen Bärlauchkäsecreme sein Crescendo fand. Die beiden Elternteile nahmen noch Zopfkäse, eingelegten Schafskäse, zwei verschiedene Sorten Oliven, Olivensalat mit Petersilie und Zitronenstückchen, jeweils eine Schale Meeresfrüchtesalat, Surimi und Käsecreme in Teufelsschoten. Als sie endlich fertig waren, packte der türkische Verkäufer noch ein Schälchen Tabouleh drauf, ein Petersilie-Couscous-Gemisch, das den Elternteilen offenbar entgangen war. Er lächelte und rechnete alles zusammen.

Frantz zwängte sich weiter durch den übervölkerten Gang. Es roch nach gebratenen Riesengarnelen in Knoblauch, Zwetschgendatschi und Brühen mit Presskäseklößen dazu. An den Ständen warteten lange Schlangen auf Currywurst mit Champagner, Sylter Fischsuppe und Austern. Es war eng, man drückte sich aneinander vorbei, behäbig und gehetzt. Kaum ein Meter Platz zum Atmen. Kinderwagen, bewehrt wie römische Kampfwagen, eckten sich ihre Bahnen durch die Arena, Hauen, Husten, Stechen, alles platzte aus den Nähten, platzte vor guter Laune, graumeliertes, rotbackiges Volk ohne Raum. Prost Alter. Kleinstkinder stolperten lallend, brüllend herum, nonne Runde Prosecco, vorn gibt's 'n Schlach Erbse mit Speck aus der Feldkanone, Grundlage Alter, Grundlage, original NVA, oh Mann, da kommt doch der, nee, langweilig wird's nie, und die, ein Ding jagt jetzt das andere, heut Ahmt Lammlachse im Kräutermantel an

Rotwein-Vanille-Sauce mit Gemüsecouscous, Romanesco und Wildreis, is ja 'n Ding.
Frantz hielt an einem Biostand.
Austernpilze, 12 Euro.
Frantz sagte, er wolle 200 Gramm Austernpilze. Die junge Frau wog die Pilze ab.
»24,40 Euro.«
»Wie bitte?«
»24,40 Euro.«
»Was sollen diese Pilze kosten?«
»Na 12 Euro.«
»Entschuldigung, Sie meinen doch wohl das Kilo.«
»Nein, 100 Gramm. 200 Gramm macht 24 Euro.«
Jetzt wurde es Frantz zu bunt.
»Also wissen Sie, was das ist? Ein Austernpilz?«
Die junge Frau sah Frantz mit großen Augen an.
»Ein Austernpilz ist ein Baumschwamm. Der heißt nur so. Es ist ein absolut minderwertiger Pilz, der in jedem Wald an jeder Tanne wuchert. Und das wollen Sie mir für 12 Euro pro 100 Gramm verkaufen? Sie meinen wohl doch das Kilo!«
Die junge Frau blickte auf die Pilze und dann in Frantzens Gesicht. Sie drehte sich um und besprach etwas mit ihrem Kollegen, einem älteren Mann, der mit einer Kundin beschäftigt war. Als sie zurückkam, deutete sie auf das Preisschild.
»Nein, das stimmt. 100 Gramm 12 Euro.«
»Für einen Baumschwamm?«
Frantz wurde laut, so dass die hinter ihm stehenden Kunden es hören mussten. Das Mädchen zuckte mit den Schultern.

»Wollen Sie die Pilze oder nicht?«
»Nein! Natürlich nicht!«
Frantz war wütend und verließ den Markt.
An einer Tramhaltestelle setzte er sich und rauchte zur Beruhigung eine Zigarette. Dort stand ein junger Altvater, Frantz schätze ihn auf Mitte fünfzig, mit seinem Kind. Das Kind verhielt sich völlig ruhig. Es machte auch sonst den Anschein, als sei es mit sich selbst recht zufrieden. Da packte der junge Altvater das Kind, riss es hoch, warf es mit einem Schwung über den Kopf und setzte es auf seine Schultern. Dann fing er an zu traben. Von einem Ende der Haltestelle trabte er zum anderen, kehrte um und trabte zurück. Er wurde immer schneller. Er imitierte dabei ein Pferdewiehern, er lachte und hüpfte und trabte an den wartenden Menschen vorüber, wobei er das Kind dazu animierte, mit seinen Händchen jedes Mal das Haltestellenschild abzuklatschen, bis das Kind völlig aufgedreht war. »Haha, das macht Spaß«, rief der Vater Thomas Frantz zu, der die Szene wie fast alle Wartenden mit ansah.
Frantz dachte an den Sandkasten am Teutoburger Platz in seinem Viertel, an dem er sich zuweilen niederließ und die Kinder mit ihren Eltern beobachtete. Zwanzig Jahre trieben sie ab wie am Fließband. Jetzt haben sie künstliche Kinder. Kein Schritt bleibt unbeobachtet. Jeder Vater ein Kokon über seinem teuren Produkt im Sand. Invitromütter auf den Bänken: Austausch unter Hundebesitzern. Frantz erinnerte sich dagegen, wie verwahrloste, wilde Kinder in Marzahn miteinander spielten. Sein alter Büroleiter hatte ihm damals einen Auftrag für eine Hochglanzbroschüre zugeschanzt. Die in dieser Traban-

tenstadt dominante Wohnungsbaugesellschaft suchte einen Journalisten, der Texte über ihre Kinderbetreuungs-Initiative für diese Werbebroschüre verfassen sollte. Frantz hatte mit einigem Bauchgrimmen angenommen, die Sache war gut bezahlt. Die Initiative der Gesellschaft bestand darin, leerstehende, lattenumzäunte Kellerräume in den Plattenbauten zur Verfügung zu stellen, in denen sich die Kinder aufhalten konnten. Das kostete die Gesellschaft nichts, und die Organisation alter Sofas und ausrangierter Computer übernahmen herbeigerufene Sozialarbeiter der Stadt. Die Wohnungsbaugesellschaft investierte umso mehr Geld und Enthusiasmus in die Broschüre. Frantz sprach mit den Kindern in ihren Kellern, und er verstand: Sie sind mit fünf Jahren völlig selbstständig. Sie schauen Pornos mit acht, saufen mit neun, kiffen mit zehn, bumsen mit elf, sind lesbisch mit zwölf. Im Alter von vierzehn und fünfzehn werden sie Väter und Mütter. So ist das. Das wird mal spannend, dachte Frantz. Wenn die Wilden auf die Künstlichen treffen. Menschheit I und Menschheit II, diese Houellebecq'schen Zukunftsbegriffe, fielen ihm ein. Als die Tram in die Haltestelle einfuhr, stellte der Vater das Kind auf die Füße. Er kitzelte es am Bauch, bis es weinte.

23. Leute vom Teute. Ein türkischer Sozialarbeiter erzählt Frantz eine Geschichte vom Teutoburger Platz

Der Teutoburger Platz ist ein kleiner quadratischer Park. Er wird begrenzt durch die Zionskirch-, Christinen-, Fehrbelliner und Templiner Straße am Prenzlauer Berg, einem der am dichtest besiedelten Gebiete der Stadt, und er ist so etwas wie eine bereits in Prenzlauer Berg-Pankow liegende karreeförmige Grenzgemarkung zu Mitte-Wedding. Der Teutoburger Platz ist ein schöner kleiner Park. Die Anwohner nutzen und pflegen ihn. Es gibt einen Spielplatz, geräumige, römisch überdachte Buchten mit Holzbänken und einem Tisch darin, ein Platzhaus mit Walmdach, eine steinerne Tischtennisplatte und einen Walfisch aus Holz. In der Mitte des Platzes die dreiteilige plastische Sandsteingruppe »Froschkönig«, ein Tröpfelbrunnen bestehend aus Sockel mit Wasseraustritt, auf dem ein Frosch sitzt, Wasserauffangbecken und hockendem Mädchen.
Thomas Frantz ging oft auf den Teutoburger Platz. Er setzte sich auf eine der Bänke entlang der beiden Wege, die den Park durchkreuzten, und genoss die Bäume, das Leben und die Sträucher. Er sah den Kindern gern beim Spielen zu.
Am Abend joggte er dort manchmal. Er ist nicht groß, dieser Park. Jede äußere Trottoirbegrenzung misst auf dem Maßstabsplan 77,50 Meter. Frantz lief immer darum herum und ein paarmal quer durch. Die Anwohner haben das Platzhaus liebevoll renoviert und bunt angemalt. Sie nennen ihren Platz Teute.

Thomas Frantz bekam einen Anruf. Ein Sozialarbeiterverein wurde 25 Jahre alt und wollte eine Festschrift herausgeben. Frantz hatte in früherer Zeit einmal eine Geschichte über diesen Verein in einer Zeitung veröffentlicht. Jetzt möchte der Verein, dass er einen Beitrag verfasst, der in einem kleinen Buch erscheinen sollte. Jeder Sozialarbeiter des Vereins muss eine Geschichte beitragen. Frantz würde als Ghostwriter die Geschichte eines türkischen Sozialarbeiters aufschreiben, der diese nicht selbst schreiben wollte. 500 Euro. Das war in Ordnung. Mehr, als er für eine Story der gleichen Länge in einer Tageszeitung bekäme.
»Na ja, es ist, wie soll ich sagen, eine etwas heikle Geschichte«, begann der Mann vom Sozialverein, Selcuk, Frantz konnte sich an ihn erinnern.
»Heikel? Inwiefern?«
Selcuk druckste herum. »Das wirst du schon sehen. Deswegen haben wir dich ausgesucht. Ich glaube, wir brauchen da jemand mit Erfahrung.«
Der Sozialarbeiter, um den es ging, hieß Seko. Er stammte aus Kreuzberg und arbeitete für den Verein am Teutoburger Platz.
»Seko wohnt aber in Niederschönhausen. Du wirst ihn dort treffen müssen.«
»Prima. Den Teutoburger Platz kenne ich gut. Ich wohne gleich um die Ecke.«

Es ist nicht groß, dieses Biotop am Prenzlauer Berg, viermal 77,50 Meter Robinien, Birken, Ebereschen. Zur Fehrbelliner Straße hin vermittelt ein gartenarchitektonisch geschickt gestaltetes Ensemble aus Steinen, Pfaden und

Erhebungen den Eindruck einer kleinen Hügellandschaft. Viermal 77,50 Meter Photosynthese, Chlorophyll, Zitronensäurezyklus, vorherrschende Gattung neben Eltern und Kind ist der Hund, insbesondere der Rassen Weimaraner und Golden Retriever. Am Fuße des Platzes befindet sich das Stadtteilzentrum, ein fünfstöckiger Altbau. Neben dem Eingang des Stadtteilzentrums steht ein Schaukasten zum Zwecke des Papieraushangs und der Platzierung kleiner Dekorationsobjekte. Es ist ein weißer Flachschaukasten »Typ Intro« mit Sicherheitsglas, Schiebetür und magnethaftender Rückwand. Der Kasten ist das Schaufenster des Stadtteils. Wer davor stehen bleibt und darin liest, sieht in den Stadtteil hinein wie durch die Sammellinse eines Guckkastens.

Frantz fuhr mehr als eine Stunde mit dem Fahrrad. Seko wohnte in einer Reihenhaushälfte weit am Rande von Niederschönhausen. Als Frantz klingelte, hörte er ein Kind schreien. Die Tür öffnete sich, und Frantz sah auf ein Paar breiter, behaarter Füße hinab. Der Mann war groß und sehr dick. Er hatte lange Haare, die er zu einem Pferdeschwanz gebunden hatte, und einen Wochenbart. Er trug Jeans und ein schwarzes, ärmelloses T-Shirt. In seinen fleischigen Armen hielt er ein kleines Mädchen, es schmiegte sich an seine Brust und schien sich zu beruhigen. Seko führte Frantz durch einen schmalen Flur. Spielzeug lag auf dem Laminat. Seko erzeugte beim Gehen ein matt klatschendes Geräusch. Das Wohnzimmer wurde beherrscht von einer schwarzen Stoffcouchgarnitur, wie man sie aus Einrichtungshäusern in überwiegend von Türken bewohnten Hauptstraßen Kreuzbergs kennt.

Der Raum war karg eingerichtet. Eine Saz lehnte an der Wand. Eine Wasserpfeife stand auf einer schweren, mit Nieten besetzten Kiste. Das waren die einzigen Dinge, die an Sekos Türkentum erinnerten. Seko führte Frantz in den Garten. Er bestand aus einem Rasenstück von der Größe eines Behindertenparkplatzes und einem mit sandfarbenen Steinplatten belegten, gleich großen Terrassenteil. Der Garten wurde durch einen halbhohen Holzzaun zum Nachbargarten der Zwillingshaushälfte begrenzt. Man konnte von Sekos Garten aus alle anderen Gärten der Siedlung einsehen. Sie lagen einander gegenüber wie ein sandsteingelbes und rasengrünes Schachbrett. Selbst die Länge des Rasens schien in allen Gärten die gleiche zu sein. Sekos mit sandfarbenen Steinplatten ausgelegter Teil des Gartens wurde dominiert von einer schwarzen Loungemöbelgarnitur aus Polyrattan. Die Modulgruppe bestehend aus Ecksofa, Tisch und Ottomanenhockelement war bestückt mit cremefarben und weinrot gestreiften Schaumstoffsitzkissen aus witterungsbeständigem Polyester. Zum Rasenteil hin wurde der Garten räumlich getrennt durch eine monströse Hollywoodschaukel.

Seko brachte türkischen Kaffee.

Er setzte sich in die Hollywoodschaukel und drehte sich eine Zigarette.

»Willst du Zucker?«

Der Mann hatte eine Fistelstimme.

Der Schaukasten ist ein Kommunikationsmittel. Die Herausforderung der Schaukastenarbeit beginnt mit der Auswahl des richtigen Kastens und dem passenden

Standort. In der Flüchtigkeit des Augenblicks soll der Passant die Botschaften verstehen und aufnehmen. Der weiße Flachschaukasten mit 50 Millimeter Bautiefe und matt verchromten Druckguss-Eckverbindern hängt in durchschnittlicher Augenhöhe an der Hauswand des Stadtteilzentrums am Teutoburger Platz. Er ist gut einzusehen und kreativ gestaltet. Papiere und Fotokopien sind nach farblichen sowie inhaltlichen Kriterien angeordnet. Sie enthalten Angebote von Arbeitskreisen des Stadtteilzentrums, Veranstaltungshinweise sowie meist in Briefform gehaltene Nachrichten und Geschichten von Anwohnern für Anwohner des Teutoburger Platzes. Diese Rubrik heißt »Leute vom Teute«. Thomas Frantz war des Öfteren vor diesem Schaukasten stehen geblieben und hatte interessiert darin gelesen.
Liebe Leute vom Teute: Am Sonntagmorgen gegen 9.30 Uhr hat ein Jugendlicher am Platzhaus im Park randaliert und sich an Gegenständen an der Frontseite des Hauses zu schaffen gemacht, sagt der Guckkasten am Teutoburger Platz. Er hat den Briefkasten eingetreten, die Zettelhalterung abgerissen, Blumenkästen zerkloppt und versucht, die Außenleuchten abzuschlagen. Er sah betrunken aus. Er hatte eine Weinflasche in der Hand, und ich konnte nicht erkennen, sagt der Guckkasten, welcher Frust ihn an diesem Ort dazu gebracht haben mochte, diese sinnlosen Zerstörungen vorzunehmen. Ich habe den jungen Mann angesprochen, ihn aufgefordert, von seinem Tun abzulassen und die Randale einzustellen. Ich bin nicht voll ins Risiko gegangen, sagt der Kasten. Ich befürchtete, er könne auch an mir seine Wut auslassen. Er hat sich dann wieder verzogen, sagt der

Guckkasten. Die Beschädigungen sind leicht hinzubiegen.

Seko sitzt in der Hollywoodschaukel und nimmt seine Tochter auf den Arm. Frantz hat sich auf dem Ottomanenhockelement in einer unbequemen Haltung eingerichtet. Das Kind mochte zwischen ein und zwei Jahren alt sein. Frantz zieht sein kleines Karoheft aus seinem Rucksack und legt es auf die Glasplatte des Rattanmodultisches. Er weiß nicht recht, welche Geschichte er eigentlich für die Festschrift des Sozialarbeitervereins erzählen soll. Also will er erst mal von vorne anfangen. Chronologisch.
»Dann fang mal von vorne an. Chronologisch.«
Seko sieht ihn etwas ratlos an.
»Also, ich habe mit neunzehn angefangen, da gab es ...«
»Nein, ich meine ganz von vorne«, unterbricht ihn Frantz. »Deine Geschichte. Ich will ja deine Geschichte erzählen. Wo bist du geboren, wann? Wie bist du hergekommen?«
Seko zieht an seiner Zigarette und überlegt.
»Ich will aber eine andere Geschichte erzählen. Warum ich nicht Sozialarbeiter werden wollte, und dann doch ...«
»Gleich. Fang doch erst mal von vorne an.«
Seko überlegt.
»Gut. Ich bin in der Provinz Malatya geboren. Dort bin ich aber nur geboren. Meine Mutter war hochschwanger schon in Berlin, und sie hat mich in der Türkei nur geboren. Früher war das so. Dass man Kinder in der Familie zur Welt brachte. Die ältere Schwester musste das machen oder die Oma. Wir wohnten in Kreuzberg. Mein Vater arbeitete bei Osram. Meine Mutter war Hausfrau.

Sie waren Ende der Sechziger nach Deutschland gekommen. Ich bin 1978 geboren. Am ersten Januar, aber das stimmt nicht. Man musste ja in die Stadt gehen, um die Geburt zu melden. Das tat man nur, wenn man gleich drei Geburten zu melden hatte, und meistens gaben sie den ersten Januar an.«
Sekos Tochter brabbelt, Seko versucht, sie durch einiges Auf-und-ab-Wippen ruhigzustellen, Frantz schreibt mit der Rechten und rührt mit der Linken Zucker in den Kaffee.
»Ihr habt alle getürkte Geburtsdaten?«
Frantz beißt sich auf die Lippen wegen des unfreiwilligen Wortspiels. Seko scheint es gar nicht bemerkt zu haben.
»Viele. Bis zur sechsten Klasse steht bei mir im Zeugnis als Geburtsdatum 0.0.1978. Keine Sau hat das interessiert. Erst auf dem Gymnasium sagte eine Lehrerin, der braucht ein Geburtsdatum. Da hat mein Vater den ersten Januar genommen. Das Jahr stimmt ungefähr.«
Das Kind brabbelt. Seko steht auf, platziert das Kind auf dem Wohnzimmerlaminat, schließt die Terrassentür und setzt sich wieder. Frantz rührt in seinem Kaffee und merkt, dass er so den Satz wieder aufwühlt. Das Kind guckt ein wenig debil durch das Glas der Terrassentür.
»Mein Radius erstreckte sich vom Schlesischen Tor bis zum Görlitzer Bahnhof. Wir wohnten in der Görlitzer Straße. Wir sind fünf Jungs und ein Mädchen, ich war der Letzte. Damals in Kreuzberg war jeder froh, wenn er nicht in Kreuzberg wohnte. Wir wohnten in einer Eineinhalbzimmerwohnung. Mit einer Toilette draußen im Treppenhaus. Wir schliefen zu siebt in einem halben Zimmer. Mit zwei großen Hunden. Ansonsten trafen wir

uns im Hof. Damals haben wir Migranten ja in den Hofbereichen gewohnt, jedenfalls im Sommer. Ich glaube, sie haben dort Türkei gespielt. Die Koffer waren ja immer gepackt über dem Schrank.«
Frantz sieht von seinen Notizen auf.
»Weil es hieß, irgendwann gehen wir zurück und kaufen uns ein Häuschen?«
»Richtig. Deshalb spielte auch Schule und Bildung und so weiter keine Rolle.«
Frantz notiert das. Bildung keine Rolle.
»Aber ihr seid in die Schule gegangen?«
»Ja. In die Ausländerregelklasse. Ich bekam als Einziger die Gymnasialempfehlung. Ich war der Beste gewesen, hatte aber auf dem Gymnasium keine Chance.«
Seko schüttelt den Kopf. Das Kind sitzt vor der geschlossenen Terrassentür, sieht hinaus und fängt an zu quengeln.
Frantz fragt, wie das Kind heißt.
»Amina. Das bedeutet auf Türkisch Vertrauen. Bei meiner ersten Drei minus fing ich an zu weinen. Die deutschen Kinder hatten schon Englisch, Pythagoras und Hölderlin, keine Chance. Ich wurde ein mittelmäßiger Schüler, da musste ich mich mit abfinden. Ich hab ungefähr mit neunzehn Abitur gemacht.«
Frantz hustet.
»Okay. Und wie bist du dann Sozialarbeiter geworden?«
»Ich sollte Rechtsanwalt werden. Oder Arzt. Mein Vater kam ein einziges Mal zu meiner Schule, an dem Tag, an dem ich mein Abizeugnis bekam. Er fragte mich: Was bist du denn jetzt? Arzt oder Rechtsanwalt? Er war dann entsetzt, dass ich noch sechs Jahre hätte studieren müs-

sen. Ich hatte aber nur einen Schnitt von 3,4 und wollte auch gar nicht studieren. Ich hab im Penny-Markt gejobbt. Ziemlich lang. Irgendwann hab ich gemerkt: Ich öffnete den Laden, es war dunkel, ich schloss den Laden, es war dunkel. Dann ging ich da raus. Ich wollte alles werden, aber bloß kein Sozialarbeiter. Da verdient man kein Geld.«

Frantz klickt gedankenverloren an seinem Kugelschreiber herum.

»Wann war das ungefähr?«

»So vor zwei, drei Jahren. Ich hab sogar überlegt, als Krankenpfleger zu arbeiten. Beim Arbeitsamt kam bei meinen Eigenschaften aber immer Sozialarbeiter raus. Gut. Habe ich eben Soziologie als NC-freies Nebenfach belegt und Bafög beantragt, weil ich das zu Hause abgeben konnte. Da stand dann am Schwarzen Brett: Ein Sozialarbeiterverein suchte Honorarkräfte. Da bin ich hin. Der Stundenlohn war zwanzig Euro. Ich hab gesagt: Seid ihr gesund? Zwanzig Euro? Ich sah schon Dollarzeichen vor meinen Augen.«

Sekos Handy klingelt. Seko sagt etwas auf Türkisch, legt wieder auf.

»Ich nahm mit den Jugendlichen dort Kontakt auf. Die Jugendlichen hatten keinen guten Draht zu den Sozialarbeitern, das waren alles Deutsche. Aber auf mich hörten sie irgendwie. Das andere war: Meine Brüder waren ja auch in einer Gangstruktur, ich kannte das. Und die kannten mich, weil sie meine Brüder kannten. Aus den Kiezen. Die movten alle immer hin und her zwischen den Kiezen.«

»Moment«, unterbricht Frantz. »Wo sind wir jetzt bitte?«

»Am Teutoburger Platz.«

»Am Teutoburger Platz. Das ist jetzt die Geschichte, die du erzählen willst? Warum du Sozialarbeiter werden wolltest?«
»Ja. Nein. Warum ich gleich wieder aufhören wollte.«
Frantz macht einen Kringel um ein Wort.
»Jetzt will ich aber die Geschichte erzählen, okay?«
Seko kräuselt seine dichten Augenbrauen. Er lehnt sich zurück. Die Hollywoodschaukel quietscht.
»Also das Projekt lief aus, nach zwei Monaten. Mein Job. Es fehlten die Gelder. Aber die Jugendlichen fragten nach mir. Und der Kollege holte irgendwo zusätzliche Gelder. Die sagten: Du kriegst festen Lohn. Ohne Studium? Ja, ohne Studium. Da es ein Sonderprojekt war, setzten die mich durch. Das war mein Einstieg.«
Sekos Tochter weint. Seko steht auf, öffnet die Terrassentür, hebt seine Tochter hoch, setzt sich in die Hollywoodschaukel und nimmt das Kind auf den Schoß.
»Ich will jetzt diese Geschichte erzählen, die sowohl mein Einstieg war als auch beinahe mein Ausstieg und die mich jahrelang gequält hat.«
»Diese Geschichte spielt also am Teutoburger Platz?«
»Richtig.«
»So vor zwei, drei Jahren?«
»Richtig. Geht aber bis jetzt.«
»Dann fang an.«

Liebe Leute vom Teute: Wir lassen uns nicht beeindrucken, sagt der Guckkasten am Teutoburger Platz. Als wir uns mit unserem Antrag »Mehr Sicherheit im Verkehr am Teutoburger Platz« für geschwindigkeitssenkende Maßnahmen einsetzten, wurden in der Fehrbelliner

Straße Geschwindigkeitsmessungen der Polizei durchgeführt. Die Polizei stellte aber keine Geschwindigkeitsüberschreitungen fest. Davon habe ich mich nicht beeindrucken lassen und selbst Geschwindigkeitsmessungen am Teutoburger Platz vorgenommen, sagt der Guckkasten. Ich kam zu dem Ergebnis, dass die polizeilichen Geschwindigkeitsmessungen kein realistisches Bild zeichnen. Sogar die durch überhöhte Geschwindigkeit verursachten Unfälle werden in den Statistiken der Polizei erheblich unterschätzt, sagt der Guckkasten. Ausführlich nachzulesen in meinem Beitrag: »Doch schneller als die Polizei behauptet? Über die Aussagekraft der polizeilichen Messungen am Teutoburger Platz«, erschienen in: AKL (Fachzeitschrift für Alternative Kommunalpolitische Lösungsvorschläge), 12, S. 18–43.

Seko lehnt sich zurück. Die Hollywoodschaukel quietscht. »Die Zielgruppe ist vielleicht wichtig. Es handelt sich um Jugendliche, insgesamt vielleicht zwischen vierzig und sechzig – jetzt musst du aber ruhig sein, Amina –, die sich in diesem Gebiet aufhielten, aber alle bei ihren Eltern in verschiedenen Kiezen lebten. In Wedding und Kreuzberg. Es waren teilweise Kinder aus Balkanländern, Bosnier, Kosovo-Albaner, Kurden. Aber auch Araber, Bulgaren, Rumänen, Polen, Afrikaner. Manche lebten mit der Familie in Asylbewerberheimen. Sie hielten sich aber alle dort auf, weil ihnen der Teutoburger Platz irgendwie gefiel und weil er zwischen Kreuzberg und Wedding lag. Auch Mädchen. Die waren schon präsent, auffällig, meine ich. Eine Gang, die auch Leute abgezogen hat. Stress gemacht hat. Die durchaus auch, wie soll ich sagen, eben auffallend waren, so nennen wir das. Schwer integrierbar in soziale Einrichtungen. Sie haben Sachen zerstört, Wände beschmiert.«

Frantz schmerzt der Rücken. Er erinnert sich, dass er gelegentlich hier oder da ein Trüppchen Jugendlicher auf dem Teutoburger Platz wahrgenommen, ihnen aber keine weitere Beachtung geschenkt hatte. Sie fläzten meist um die Holztische in den römisch überdachten Buchten, tranken Bier, kifften und hörten Musik. An sich nichts Ungewöhnliches in einem Parkbild. Manchmal hockten einige im Bauch des hölzernen Walfischs. Er war zu einer Seite hin offen, ein nur angedachter Walfisch, und Frantz hatte sie dort kauern und rauchen sehen. Frantz rutscht auf dem cremefarbenweinroten Sitzwendekissen weiter nach vorn und nimmt einen Schluck Kaffee. Er ist furchtbar stark.

»Komisch. Ich hab da nie was gehört. Gibt es nicht Ärger mit den Anwohnern? Ich kenne die Gegend gut, ich wohne da, und die ist irrsinnig familienlastig. Da hast du meist ältere Paare mit ganz kleinen Kindern, typische Prenzlauerberger Wessis, die mit vierzig, fünfzig oder sechzig ihre ersten Kinder kriegen und wahnsinnig auf heile Welt machen. Da gibt's so ein Platzhaus und ein Stadtteilzentrum, in denen sie sich immer treffen und austauschen ...«

Seko nickt.

»Die machten totalen Stress. Ständig gab es Anzeigen, ständig war die Polizei da. Wegen Lärmbelästigung, sonst was. Deswegen hat man uns dort hingeschickt. Die Kids waren zwischen elf und achtzehn Jahre alt. Einige kamen noch aus irgendwelchen Kriegen. Es waren überwiegend Moslems, auch Roma und Sinti. Eine total bunte Mischung, voller Energie. Sehr konsumorientiert. Sie wollten alle so schnell wie möglich ein Auto, Geld haben, eine Freundin. Am besten gleich wie Puff Daddy und Tupac sein. Vom Bildungsniveau her alle sehr niedrig. Keine Hoffnung. Bis auf zwei vielleicht. Die Mädels haben durchaus ihre gymnasiale Empfehlung bekommen, die Jungs alle abgegangen. Aber durchaus sehr präsent und in den Kiezen ziemlich angesagt.«

Frantz nickt.

»Jetzt kommen wir vielleicht zu dem Bereich, wo ich meine Grenzen gesehen habe. Man schafft ja über die Zeit so eine bestimmte emotionale Bindung zu den Jugendlichen. Für mich war es aber so ein Rätsel, es war da noch eine Kollegin, die war eine Frau, und die wusste das eigentlich auch nicht, und dann hat sich einer ihr gegenüber mal geoutet.«

Frantz sieht von seinen Notizen auf.

»Geoutet? Rätsel? Das verstehe ich jetzt nicht.«

»Ich habe mir immer die Frage gestellt, woher haben die das Geld? Irgendwie, wenn sie ihren Freundinnen Geschenke machten. Sie kauften ihnen immer teure Ketten, so für tausend Euro, und hin und her. Ich dachte, okay, die haben ein bisschen abgezogen, was geklaut, aber komisch. An einem Tag hatten sie Geld, dann wieder keins. Abends hatten sie keins, am Morgen hatten sie wieder welches. Ich dachte, die waren in der Nacht was klauen oder verkaufen, und das werde ich irgendwann mal mitkriegen. Bis wir uns auseinandergesetzt haben unter den Kollegen, und mir die Kollegin sagte, ja, weil die Jungs anschaffen gehen.«

Seko sitzt plötzlich da wie erstarrt. Er sieht Frantz an, als wolle er im nächsten Moment tot umfallen.

»Das war dann so für mich – anschaffen? Ich konnte mit dem Begriff zunächst gar nichts anfangen. Ich war ja erst neunzehn. Wie, anschaffen? Na ja, sagten die Kollegen, es gibt so Leute, wenn die Jungs wollen, dann suchen die sich Jungs, die anschaffen gehen. Wie Prostituierte. Was? Wie Prostituierte? Aber das geht doch gar nicht! Wie soll das gehen?«

Seko sitzt stocksteif auf der Hollywoodschaukel. Frantz, der auf seinem Hockelement ein wenig gekrümmt ist, sieht zu ihm auf. Seko schüttelt den Kopf.

»Ich weiß nicht. Ich hab zuerst noch am Anfang gedacht, vielleicht der Pole ist es. Nee, nee, sagten die Kollegen, es ist auch der große Araber. Der Bosnier, der Bulgare. Was?«

Seko sieht Frantz entsetzt an und atmet lange aus. Die Hollywoodschaukel quietscht. Frantz hat völlig vergessen, etwas zu notieren. Seko atmet wieder ein.

»Äh, das war dann so, wo ich zuerst mal schlucken musste: Sag mal, wie weit geht die Sozialarbeit? Wo sind eigentlich die Grenzen für mich? Und wo gibt es für mich jetzt so Phasen zu sagen: Junge, das geht nun überhaupt gar nicht? Will ich das unterstützen?«

Frantz versteht nicht.

»Was heißt unterstützen? Wie meinst du das?«

Seko hält seiner Tochter die Ohren zu und spricht leiser.

»Mit unterstützen meine ich, die Jungs haben mir ja was bedeutet. Ich wollte ihnen helfen. Auch mein Bild damals war in dem Alter, ich war ja nicht viel älter als die Älteren unter den Jugendlichen, so, ja, Mann zu sein bedeutet, cool zu sein, ja, und schwul geht gar nicht. Das geht gar nicht. Und dann auch noch Geld dafür kriegen? Das geht überhaupt nicht. Und wenn ich dann sage, ich arbeite für die, dann heißt das ja, dass ich das auch noch unterstütze.«

Frantz hat seinen Kugelschreiber beiseite- und sein Kinn in die Hand gelegt, wie es Psychologen in einer therapeutischen Gesprächssituation manchmal tun.

»Du hättest versuchen können, mit ihnen zu reden«, sagt Frantz mit weicher Stimme.

»So. Das ist der zweite Weg. Das geht aber auch nicht. Das war so – man spricht darüber nicht. Deswegen habe ich mich sehr viel auseinandergesetzt. Ich hab gesagt: Ich glaub's nicht. Und dann dachte ich: Okay, du gehst da mal hin, in eine Sitzung. Da gibt es am Nollendorfplatz so einen selbsternannten Sozialverein, die kümmern sich um Jugendliche, die anschaffen gehen. Da bin ich hin. Da kam ein aufgeplusterter Sozialarbeiter, auch so 'n Schwuler, ähm, zu dem ich am Anfang überhaupt keine Sympathien aufbauen konnte. Der auch wirklich sehr komisch war.«

In diesem Moment klingelt Sekos Handy. Seko spricht Türkisch, es klingt, als würge er das Gespräch ab. Frantz schmerzt der Ellenbogen. Er nimmt ihn von der Lehne und bemerkt, dass sich die Struktur des Polyrattan in die Haut gezeichnet hat. Seko legt das Handy weg. Er bringt seine Tochter ins Wohnzimmer und setzt sich. Die Hollywoodschaukel quietscht.

»Und dann war's halt so, dass ich an Sitzungen teilgenommen und gesagt habe, so, jetzt sagt mir mal ganz genau, wer kommt denn alles hierher? Doch nicht meine

Jugendlichen? Oder? Dann haben sie mir so ein paar Namen genannt. Was? Der? Und der auch? Was, und der? Und die Sudanesen auch? Und der kleine Mazedonier? Und dann war ich irgendwie am Boden. Weil ich gedacht habe: Es sind nur ein paar. Aber da habe ich gesehen: Es ist fast die gesamte Gang.«
Seko fasst sich mit beiden Händen an den Kopf.

Liebe Leute vom Teute: Reißen Sie sich auch die Haare aus? Kratzen Sie sich unentwegt? Müssen Sie sich ständig die Hände waschen?, fragt der Guckkasten am Teutoburger Platz. Das passiert vielen! Haben Sie keine Scheu! Kommen Sie zu mir. Angeleitete Arbeitsgruppe Zwangsstörung jeden Dienstag 20.00–21.30 Uhr im Besprechungsraum, Dieter, sagt der Guckkasten am Teutoburger Platz. Burn Out? Perspektivlosigkeit? Beziehungsmüde? Kommen Sie zu uns: Heide und Michael, Tiefenpsychologin und Personal Coach, sind ein eingespieltes Team. Jeden Mittwoch 21.00 Uhr. Für alle, die gern hüpfen: Gruppe ethnischer Volkstanz Latein- und Mittelamerikas, Mittwoch 18.30 Uhr. Zur Trauergruppe: Montag 18.00 Uhr, Besprechungsraum. Treffen Mehrlings- und Invitroeltern aufgrund starker Nachfrage jetzt auch Montag 21.00 Uhr (regulär Freitag 21.00 Uhr). African Drumming, Dienstag 18.00 Uhr, Robert Mbwale und DJ Baba, sagt der Guckkasten.

Frantz reibt sich den Ellenbogen. Seko holt Luft und streicht sich übers Haar.
»Und das war vielleicht der Punkt, wieso ich nicht aufgehört habe. Ich hatte viel Hoffnung in diesen sozialen

Träger am Nollendorfplatz gesetzt. Dass die meine Jugendlichen schützen und sie da rausholen. Ich meine, da gibt es welche, die sind noch kriegstraumatisiert. Andere sind mit ihren Eltern aus Afrika gekommen. Richtige Schiffsflüchtlinge, die haben gehungert und sind beinahe ersoffen, ihre Brüder und Großeltern sind unterwegs gestorben, und dann so was?«
Thomas ist erstaunt. Seit Jahr und Tag geht er zu diesem Platz, sitzt dort in der Sonne oder joggt darum herum, und er hat diese Jugendlichen gar nicht wahrgenommen? Ist er denn nie mit wachen Augen durch sein Viertel gelaufen? Da lebte er an einer direkten Schnittstelle zur Dritten Welt, praktisch an einem Sternentor nach Afrika und Sarajevo, er hätte sozusagen nur seinen Fuß da hineingesetzt und wäre eine Millisekunde später in Darfour gewesen, und er hat das gar nicht gewusst?
Seko schüttelt den Kopf.
»Die Jugendlichen haben ihre privaten Freier, und das ist nicht kontrollierbar, ob sie mit Gummi oder ohne. Das war den Sozialarbeitern da am wichtigsten, dass sie mit Gummi. Dass sie's mit Gummi halten. Und bei mir war's halt: dass sie gar nichts halten. Dass man sie ganz rausholt. Ich meine, die gaben ihnen nur so Täschchen. Die waren klein und rosa, man konnte sie am Gürtel festmachen. Darin waren Kondome. Und Salbe.«
Frantz sieht auf.
»Salbe?«
»So Creme.«
»Du meinst Gleitcreme?«
»Ja. Und irgendwelche Telefonnummern. Es gibt 'ne Tasse Kaffee, es gibt 'ne Currywurst und diese rosa Täschchen.

Das kann's doch nicht sein? Und dann habe ich für mich gesagt: Seko, das geht so nicht. Du musst sie jetzt da rausholen. Oder zumindest, wenn sie da drin sind, musst du sie auf dem Weg begleiten.«

Seko schweigt.

Frantz schweigt.

Es ist eine bedrückende Stille.

»Zuerst war's bei mir Hass.«

Seko sieht Frantz an.

»Und dann war's Mitleid. Ja? Weil du ja solche Sachen gar nicht erwartet hast. So was gibt's nicht. Das geht nicht. Das ist tabu. Stell dir mal vor, meine Brüder, das waren Jungs, Führungspersonen, so wie die Jugendlichen am Teutoburger Platz, echte Gangkerle, Chefs. Wie können Führungspersonen, vor denen alle Kieze zittern, anschaffen gehen? Du kannst doch nicht Respekt erwarten, und dann gehen diese Leute anschaffen? Das waren so die Grenzen.«

»Was meinst du mit Grenzen?«

»Bei mir ist das Problem, ich sag's dir mal im Ernst. Es hat mich geekelt. Man muss das in Relation zu neunzehn sehen. Erst nach einer Weile hab ich gemerkt, das ist die Armut. Nicht da rauskommen können. So was.«

Frantz schweigt. Vor seinem geistigen Auge sieht er die Eltern, die an den Sommerabenden mit ihren Panamahüten und luftigen Sommerkleidern vor dem Platzhaus saßen, Wein tranken, ein wenig Charcuterie dazu, und Boule spielten. Er hatte das immer als ein wahnsinnig friedliches Bild empfunden und sich manchmal sogar gewünscht, er könne sich dazusetzen, in dieses Bild hineingehören. Frantz nippt verlegen einen Schluck Kaffee.

Er schmeckt grauenhaft. Seko sieht auf den sandfarbenen Boden. Frantz steckt sich eine Zigarette an.
»Oder ihr hoher Drogenkonsum. Wieso haben sie jetzt am Wochenende so einen hohen Drogenkonsum? Von Haschisch bis hin zu Kokain. Plötzlich ist mir klar geworden: wahrscheinlich, um abzuschalten. Als Schmerzmittel, dass sie nichts empfinden. Speed, Ecstasy. Ich weiß genau, sie haben's als Schmerzmittel genommen.«
Seko macht eine Pause. Er wartet, bis Frantz aufsieht.
»Gut. Weiter?«
»Dann entwickelte sich das professionell. Ich nahm an diesen Fortbildungen teil, entwickelte mich und hatte einen anderen Blick auf diese Thematik. Auf die Thematik Anschaffen und auch auf die Thematik Sozialarbeit. Und für mich ist eigentlich auch im Nachhinein immer noch das Ding, wenn du Hunger hast, das ist ein Ding, und Kriege und die Armut in Afrika, das ist ein anderes. Aber die Prostitution ist das Äußerste, glaube ich.«
»Haben sich die Mädchen auch prostituiert?«
»Nein.«
Seko rührt im Rest seines türkischen Kaffees und isst einen Löffel Bodensatz.

Liebe Leute vom Teute: Steckt Ihnen das schreckliche Erlebnis noch in den Knochen? Angst? Panik? Schweißausbrüche? Lernen Sie U-Bahn fahren!, sagt der Guckkasten am Teutoburger Platz. Wenn Sie sich Sorgen um eine Panikattacke in der U-Bahn, der Straßenbahn, einem Schnellzug machen, haben Sie wahrscheinlich schon einige schlimme Erlebnisse hinter sich. Die schreckliche

Erinnerung daran mit intensiven Paniksymptomen und körperlichen Reaktionen steckt Ihnen noch in den Knochen! Tatsächlich wurde bei der ersten Panikattacke, sagt der Guckkasten, in der U-Bahn eine starke Verknüpfung im Gehirn angelegt, bei der die Situation U-Bahn / Bahn unmittelbar mit Angst verknüpft ist. Das bedeutet, sagt der Guckkasten, dass es schon ausreicht, an die U-Bahn / Bahn zu denken, um Angst vor einer erneuten U-Bahn- / Bahn-Fahrt und dem Aufenthalt in U-Bahn-Stationen oder auf Bahnhöfen zu bekommen. Begibt man sich tatsächlich in die U-Bahn oder in eine U-Bahn-Station / Bahnhof-Situation, schleicht sich die Angst bereits an, wird überwältigend, und Panik ergreift schließlich von Ihnen Besitz! Verlassen Sie die U-Bahn / Bahn oder die Haltestelle wieder, sagt der Guckkasten, lernt Ihr Gehirn noch etwas anderes: Ich habe keine Angst mehr, wenn ich die U-Bahn / Bahn oder die U-Bahn-Station / den Bahnhof wieder verlasse. Das ist natürlich kontraproduktiv. Weil man sich gar nicht mehr traut, in die U-Bahn einzusteigen. Ein schrecklicher Teufelskreis, sagt der Guckkasten am Teutoburger Platz. Kommen Sie zu uns! Die Angstgruppe am Teute mit Dipl.-Psych. Hermann Neidert und Dipl.-Psych. Katrin Neidert-Kulmbach. Dienstag 17.00 Uhr. Expositions- und Außentermine nach Vereinbarung, Anmeldung auch online: www.leute-vom-teute-angst-vor-der-ubahn, sagt der Guckkasten am Teutoburger Platz.

»Man müsste mal die Kollegen vom Nollendorfplatz fragen, wie hoch die Dunkelziffer ist. Weil es um große Summen geht, die dort verdient werden.«

»Wieso hohe Summen? Was kriegt ein Strichjunge? Fünfzig, hundert Euro?«
Seko richtet sich auf. Er sieht nach rechts, dann nach links und beugt sich konspirativ über den Polyrattantisch.
»Wir hören ja immer, wenn du dich an diese Mooshammer-Geschichte erinnerst, so ähnliche Fälle gibt es hier auch. Wo sie die Schwulen abziehen. Früher hätte ich gesagt: Wie könnt ihr jemand ausrauben? Und dann hab ich überlegt: Woher kommt denn so was? Ich habe dieser Szene gegenüber jetzt eine differenzierte Haltung. Da frag ich doch auch mal den ein oder anderen Schwulen: Wie kommt denn der Junge zu dir nach Hause, nimmt deine EC-Karte und fesselt dich? Was sucht er denn da? Du hast ihn doch angelockt ...«
Seko rückt noch näher an Frantz heran.
»Ich habe gehört«, flüstert Seko, »dass es eine Steigerung gibt. Man denkt immer, da sind nur fünfzig Euro drin. Das stimmt nicht. Es ist nicht so, dass sie gleich Geschlechtsverkehr haben. Viele sind ja voyeurmäßig unterwegs und beobachten die Jungs auf der Straße. Zuerst wollen sie ihnen was Gutes tun. Was zu essen kaufen. Eine Flasche Wodka. Dann gibt es einen Preis und eine Preissteigerung. Zum Beispiel ist es anders, wenn der Schwule dem Jungen einen bläst oder wenn der Junge dem Schwulen einen bläst. Dann sind die Preise natürlich unterschiedlich.«
»Klar«, flüstert Frantz.
»Da sagt sich der Junge noch, wenn ihm der Schwule einen bläst, okay, ich mach die Augen zu und stell mir vor, das wär ein Mädchen. Weißt du? Und ich bin auch

bekifft, und irgendwann ist es vorbei. Aber dann sagt der Freier: Du, jetzt will ich was anderes. Dann muss er mehr zahlen. Ich habe von Summen wie vier-, fünfhundert Euro gehört.«
Frantz ist erstaunt. Sein Rücken schmerzt. Es ist ihm warm, und langsam will er eigentlich aufstehen.
»Okay ...«
Seko hebt den Zeigefinger.

Liebe Leute vom Teute: Unterstützt unser Bürgerbegehren »Begonien in Waschbeton«, sagt der Guckkasten am Teutoburger Platz. Wir wollen Blumen und Sträucher statt Platanen. Rund um den Teutoburger Platz sollen Platanen auf den Gehwegen gepflanzt werden. Dagegen wehren sich bereits über hundert Anwohner: Sie befürchten, die Bäume könnten Schatten erzeugen und ihre Wohnqualität mildern. Sie fordern: Grün ja, aber nur Blumenbeete und Sträucher bis Augenhöhe. Ein Bürgerbegehren ist eingeleitet. Der dreitausendste Unterzeichner ist gerade gefeiert worden, sagt der Guckkasten. Leute helft! Sensibilisiert Nachbarn, organisiert, wehrt euch!, sagt der Guckkasten am Teutoburger Platz.

»Du hast das noch nicht richtig verstanden! Diese Jugendlichen sind alle unter achtzehn. Manche zwölf, elf. Also alle minderjährig. Im Nachhinein halte ich es für sehr wichtig, dass ich diese Leute ein bisschen sensibel dafür gemacht habe, was passieren würde, wenn das jemand rauskriegt. Oder wenn die Familie des Jungen rauskriegt, was sie mit ihm da anstellen ...«
»Du hast Kontakt zu den Freiern gehabt?«

»Ja. Wir spinnen mal jetzt. Stell dir vor, von einer serbischen Großfamilie geht einer anschaffen. Die Familie kriegt das raus. Erstens ist das für ihn, den Jungen, lebensbedrohlich. Er ist unten durch oder tot. Und vielleicht auch die Leute, die dazu beigetragen haben. Also die Freier. Diese Sensibilität habe ich versucht zu wecken. Ich kann mir gut vorstellen, dass die Familie den Schwulen und den halben Nollendorfplatz plattmachen würde.«
Amina weint. Frantz schreibt und redet gleichzeitig.
»Deswegen hast du es nicht thematisiert, damit die Familien das nicht mitkriegen ...«
»Es gibt Problematiken, die spricht man an. Wenn es um die Ehre der Schwester geht. Und dann gibt es Themen, die spricht man nicht an. Weil es Tote geben kann. Wir haben es geschafft, die Sache so flach zu halten, dass wir darüber reden konnten unter den Kollegen und arbeiten. Das hat mich dann fasziniert und mir Freude bereitet.«
»Und das hat dich dazu bewogen ...«
Seko greift den Satz auf: »... zu sagen, das ist meine Lebenseinstellung, und Geld spielt da keine Rolle mehr. Ein Sozialarbeiter kann von mir aus 500 Euro verdienen. Man macht das nicht fürs Geld. Sondern als Lebensmotto, oder so. Du kannst ja Arzt sein und sagen, okay, weil ich so ein Profi bin fürs Gehirn, bekomme ich 100 000 Euro für deine Operation. Aber nur wenige würden sagen, ich rette dir das Leben, und dafür ist es mir egal, ob ich bezahlt werde oder nicht. Ich glaube, das gibt es in anderen Berufen nicht. Ich würde auch weniger verdienen. Hauptsache, ich habe die Freude ...«
Frantz führt den Satz zu Ende: »... helfen zu können.«

»Ja.« Seko lehnt sich zurück. Die Hollywoodschaukel quietscht. Amina quengelt. Seko fährt sich mit beiden Händen unter das ärmellose T-Shirt und kratzt sich am Bauch. Frantz klickt an seinem Kugelschreiber herum.
»Was ist aus den Jugendlichen geworden?«
»Die sind weitergewandert. Das Problem hat sich von alleine gelöst.«
»Weitergewandert?«
»Einige der Eltern haben die grüne Karte bekommen und sind nach Amerika gegangen. Das waren die Balkanjugendlichen. Ich glaube, die Väter haben gemerkt, dass das hier schwierig war. Es gab eine Welle vom Arbeitsamt, dass sie hier grüne Karten bekommen haben. Einige Weißrussen sind nach Australien gegangen. Es gab so Abschiedsszenen. Wir waren alle am Ostbahnhof.«
»Und die anderen?«
»Die Gruppe wurde immer kleiner. Bis sie zu einem kleinen Häufchen geschrumpft ist. Die Mädels haben geheiratet. Einige durften studieren. Ich sehe einige von den Arabern, manchmal. Ein paar haben's geschafft. Zu den Obstläden. Dönerbuden. Andere haben das gemacht, wo man sagen würde, no future. Es ist aber eher so, dass es ruhig geworden ist am Teutoburger Platz.«
»Ruhig? Sind denn jetzt keine mehr auf dem Platz?«
»Doch. Aber die sind nicht mehr auffällig. Die Stadt bezahlt den Träger, das sind wir, damit der Brandherd gelöscht wird und niemand mehr auffällig ist. Das ist wie am Alex. Solange es dort Punks gibt, die auffällig sind, gibt es Sozialarbeiter, die versuchen, das Problem zu lösen. Sobald es ruhig wird und die Bürger und Touristen sich nicht mehr belästigt fühlen, hört das Projekt auf.«

Frantz ist schlecht. Er drückt die Zigarette aus und wischt Asche von dem mit Acrylanteilen angereicherten Polyesterstoff.
»Womit du gerade dein Schlusswort gesagt hast«, sagt er nach einer Weile.

Thomas Frantz verabschiedet sich von Seko. Er gibt ihm die Hand, Seko begleitet ihn durch den schmalen Sandsteingang zwischen Zaun und Zwillingshauswand zur Straße. Seko hebt die Hand, Frantz läuft zu seinem Fahrrad, er schließt die Kette auf, fährt los, fährt ein paar Blocks, ganz mechanisch, und hält an. Er hat das Gefühl, kotzen zu müssen, vielleicht wegen des türkischen Kaffees und zu viel Zigaretten, würgt aber, mit beiden Händen an eine Hauswand gelehnt, nichts als Säure herauf.

24. Das Wir-Gefühl der Eingeweide

Am Tag, an dem Deutschland die Lüge wählte, erwachte Thomas Frantz spät. Er fühlte sich nicht wohl. Stand auf, duschte, rasierte sich und fuhr mit dem Fahrrad ins Wahllokal. Später, obwohl es noch zu früh war, kam es ihm vor, als hielte Dämmerung Einzug. Frantz ging zur Bank, dann in den Tabakladen. Immerhin, dachte Frantz. Er hatte noch ein Guthaben von sieben Euro. Er kaufte eine Packung Zigaretten, und als er zahlte, blickte er sich um. Hinter ihm lief ein Fernseher. Die ersten Hochrechnungen. Es reicht nicht, murmelte Frantz nach dem ersten flüchtigen Blick auf die Zahlen, mehr in Gedanken. »Doch, doch«, sagte der Chinese oder Taiwanese, der Frantz die Zigaretten verkauft hatte, »es reicht. Wegen der Überhangmandate.«

Frantz ging hinaus auf die Straße. Er schloss die Fahrradkette auf, dann überkam es ihn.

Thomas Frantz weinte.

Dieser große, starke Mann heulte.

Er wusste nicht, warum. Er konnte sich darauf keinen Reim machen. Er spürte eine Traurigkeit, eine Verbitterung, die ihm zuerst im Halse stecken blieb, und dann überfiel ihn der Heulkrampf wie ein Straßenräuber und schüttelte ihn vollkommen durch. Er konnte sich nicht wehren. Bitter flennend bestieg er sein Rad, niemand nahm von ihm Notiz.

Marie-France war in Belgrad. Sie war zu einem Dokumentarfilmfestival eingeladen und hielt dort ein Schnittseminar. Frantz hatte nur einen Gedanken: Fred. Fred war der Einzige, der ihm noch helfen konnte.

Fred saß in der Galerie am Schreibtisch seines Galeristen. Als er Frantz sah, ein Haufen Elend dort in der Tür, humpelte er, so schnell er konnte, er humpelte, weil in der Nacht zuvor ein gemeiner Bordstein in seinen Nachhauseweg gesprungen war, humpelte auf ihn zu und sah, dass Frantz weinte.
»Was isn los? Is deine Ziehmutter gestorben?«
»Die Wahl ...«, stammelte Frantz. »Die haben gewonnen. Diese Dreckschweine haben auch noch gewonnen!«
»Was? Komm, wir gehn eine rauchen.«
Fred nahm Frantz in den Arm und humpelte mit ihm hinaus in den Innenhof. Sie setzten sich auf die kleine Bank vor der Gartenhauswohnung des gerade schwangeren älteren schwäbischen Galeristenpärchens. Frantz beruhigte sich ein bisschen.
»Was macht dich denn so fertig?«, fragte Fred. »Is doch egal, wer regiert, ich mein, spielt doch keine Rolle? Was hastn?«

Frantz ist mürbe, vom Alkohol. Mürbe von Zwangsvollstreckungen.
»Tag für Tag. Es wird schon bessergehen. Als würdest du dir ständig einreden: Nein, diese eine Stunde trinke ich nicht. Vielleicht in der nächsten Stunde. Aber diese Stunde nicht. Stunde um Stunde.«
Dieser Berg von einem Mann ist anfällig geworden. Mit der Müdigkeit stellen sich Symptome ein. Magen, Darm,

Husten, nervöser Schnupfen. Heiserkeit, eine latent leicht erhöhte Temperatur. Und vielleicht fühlt Thomas Frantz, und sei es nur in diesem Moment, noch etwas anderes, das sein körperliches Chaos noch steigert. Eine Ohnmacht, ein Wir-Gefühl in seinen Eingeweiden?

Fred zog ein zerknülltes Taschentuch aus seiner Hose und reichte es Frantz. Frantz schnäuzte.

»Fred, die ärmste Sau, die ich kenne, bist du. Aber mir zerfrisst die Armut den Magen.«

»Ach, Berlin isch voller armer Schweine. Die leben alle. Du verhungerst schon ned.«

»Die Leber verlangt nach Mindestlohn. Die Därme sind keine Leistungsträger mehr. Als würde es gären in meinen Eingeweiden.«

»Vielleicht kriegsch ja 'ne Abwrackprämie dafür? Tha!«

»Und die Leute, die uns allen Dreck zu fressen geben, werden dafür auch noch gewählt. Die Glatten. Die Aale. Die Giftschlangen. Diese Schmallippen und Anpasser, all die Wasserträger. Wann gab es in diesem Politzirkus überhaupt den letzten Menschen? Frag ich dich. Willy Brandt? Hä? Und sogar Strauß, den haben wir wenigstens gehasst.«

»Mir ham'en gliebt.«

»Und sie haben gewonnen, weil sie die Karriere zur Staatsräson erhoben haben und das Prinzip Lügen-Anpassen-Abgreifen zur Religion. Weil sie den Markt zum Götzen machen. Das alles triumphiert in dieser abschlachtungswürdigen Person. In diesem hundertprozent humorfreien Möchtegernaußenminister, diesem, diesem gefrorenen Smiley, diesem eiskalten Dreckschwein, diesem Möllemann-auf-dem-Gewissen-Haber, ein großes

Loch in der Erde hat er da zurückgelassen, aber ein Schwein musste ja gekillt werden nach der verpatzten Wahl mit Edi, wo's doch der Junior war, der's vergeigt und abgekackt hat, aber da ist kein Loch in dem geblieben, weil's nicht gereicht hat und der Möllemann doch die Schlachtsau war und seinen Einzelstern gesprungen ist.«

»Willsch 'n Bier?«

Fred stand auf, humpelte und holte das letzte Bier aus dem Kasten unter seinem Schreibtisch. Frantz rauchte. Etwas stach plötzlich in seinem Bauch.

»Wir sind wie eine Telefongesellschaft. Wir sind nur noch Betrüger. Hauptsache, irgendwo noch ein paar Cents herauspressen. Wenn du keine Eigentumswohnung hast, schlägst du dich mit manipulierten Nebenkosten herum. In den Parks machen sie Jagd auf Hundehalter, die ihr Vieh nicht an der Leine führen. Fünfzig Euro. So geht das. Parkraumbewirtschaftung ist auch so ein Wort. Synonym für Knochenmarkpresse. Wer schreibt denn schon in seinen Kalender: nächstes Jahr zwischen erstem und vierzehntem Mai Bahncard kündigen? Hä? Sonst erneuert sie sich nämlich. So geht das. Und wenn du dich beschweren willst, hängst du ein Leben lang in der Warteschleife und zahlst dafür. So ist das. Das ganze Land wird doch abgewrackt.«

Fred öffnete sein letztes Bier mit dem Feuerzeug und nahm einen Schluck. Frantz krümmte sich und fasste an seinen Bauch.

»Das ist, als würde deine Milz die Leber überfallen, die Lunge das Gehirn erpressen und die Nieren den Magen ausrauben. Hands up!«

»Hasch aber die Rechnung ohne Bauchspeicheldrüse gemacht, die linke Bazille! Tha! Prosch!«
Frantz lachte. Fred gab ihm die Flasche.
»Stunde um Stunde.«
Frantz trank.
»Gegen die Heiserkeit.«
»Ach, was willsch?«
»Ja was soll's. Wir haben ja noch die Werbung. Intelligente Werbung macht aus der betrügerischen Telefongesellschaft wieder das beliebteste Unternehmen des Landes. So geht das.«
»Scheiß auf die Telefongesellschaft. Die kündige mer einfach.«
»Scheiß drauf.«
Thomas Frantz summte die kurze Melodie der Telefongesellschaft. Fred fischte sich eine Kippe aus Frantzens Schachtel. Frantz spürte wieder ein Stechen.
»Au!«
»Was?«
»Nix. Aber weißt du was?«
»Was?«
»Weißt du noch, wo wir mal hergekommen sind? Als mein Ziehvater gestorben ist, der war einfacher Kraftfahrer, so ein Knochen, der fuhr Eisenmatten, Stahl, Rohre und so zu den Baustellen auf die Dörfer raus, da kam jede Weihnachten ein Mann von der Firma und brachte einen Fresskorb. Nix Großes. Du weißt schon. Kaffee, Schinken, 'ne Schachtel Pralinen. War auch mal ein schönes Radio dabei. Fünfzehn Jahre lang. Nachdem er gestorben war, bekamen wir von ihm noch fünfzehn Jahre ein Weihnachtsgeschenk! So anständig waren die Firmen einmal!«

»Jop. Kann mich erinnern.«
»Und weißt du noch was?«
»Was?«
»Wenn du vor zwanzig Jahren in eine Kreuzberger Kneipe gingst und sagtest, du bist ein Sozialarbeiter, warst du ein Held. Wenn du in dieselbe Kneipe gingst und sagtest, du bist ein Werber, warst du ein Arschloch.«
»Stimmt.«
»Gehst du heute in die Kneipe, ist der Werber der große Zampano und der Sozialarbeiter ein Idiot. Weil er sich um andere kümmert und dafür auch noch wenig Geld kriegt.«
»Stimmt auch.«
»Und was ist der Job heute? Aufräumen. Den Müll wegschaffen. So ist das. Es geht nicht mehr darum, Leute von der Straße wegzubringen, nein, es geht darum, sie woanders hinzubringen. Dorthin, wo sie nicht weiter auffällig sind. Die Sozialarbeiter sorgen jetzt dafür, dass die sauberen Viertel auch sauber bleiben. Dazu werden sie gezielt eingesetzt. So geht das.«
»Hmm?«
Fred zog an der Zigarette und zuckte mit den Schultern. Frantz nahm noch einen Schluck und reichte Fred die Flasche.

Eine Weile schwiegen sie.
Fred legte den Arm um Frantzens Schulter.
»Hei, 's isch, wie's isch.«
Frantz warf seine Kippe in die Tiefgarage.

Der Fred, das ist doch noch ein Mensch, dachte Frantz, der Fred, das ist noch ein Mensch.

»Weißt du was?«
»Was?«
»Wenn du glaubst, du musst irgendwas sein im Leben, sei ein Mensch.«
»Ischja gud«, sagte Fred.

25. Cynthia muss immer zwei Strich links daneben halten

Thomas Frantz hat sofort das Büro verlassen, nachdem Cynthia ihn angerufen hatte. Sie seien überfallen worden. In der Nacht, mitten in Berlin. Doch, doch, alle beide, aber den Fred habe es übel erwischt. Sie sei wohlauf, versicherte sie Frantz, völlig unversehrt, er konnte sich das alles gar nicht vorstellen, zog sofort die Jacke über und machte sich auf den Weg.

Fred sitzt auf der Couch und hat nur ein Auge. Das andere ist völlig bandagiert. Darüber die lädierte Brille. Sein rechter Arm hängt in einer Schlinge. Er sieht furchtbar zerhaut aus, als hätte ihn ein Bus überfahren. Auf dem Gips prangt ein rotes Herz.
»Moin, moin. Bisch extra herkomme?«
Frantz ist noch außer Atem. Fred winkt ab, mit der Linken.
»Ach, 's geht schon wieder.«
Er führt das Bierglas zum Mund.
»Prosch!«

Im Flur türmen sich leere Getränkekästen. Er wird beherrscht von einem breitbeinigen Kellerregal aus schwarzem PVC, Akten, Kartons. In Freds Arbeitszimmer blickt man auf die Nikolaikirche, Bildschirme und Bierflaschen. Über dem Stuhl hängt eine Schandgeige in rustikal hölzerner Ausfertigung. Cynthia sieht gut aus. Sie ist weib-

licher geworden, erscheint es Frantz. Die zusätzliche Beule auf ihrem Kopf ist verschwunden. Sie wirkt frisch und aufgeräumt, voller Elan rollt sie durch den Flur.
»Freed! Wo isn mein rotes Haarband? Ich kann doch so nich rumlaufen, wenn Besuch da ist!«
»Du kannsch überhaupt nicht laufen!«
Das Badezimmer, die Tür steht halboffen, gleicht einem durchwühlten Lager für kosmetische Produkte. Aus der Küche dringt der Duft eines kalten Auflaufs. Das Wohnzimmer ist klein. Blaues Sofa, Glastisch, blauer Sessel. Anzahl und Art der Gegenstände in den Wandregalen sowie auf dem Fußboden vermitteln den Eindruck, hier lebe eine Familie mit Kleinkindern. Fred stellt das Bier auf den Tisch. Dort steht eine kleine geöffnete Flasche Prosecco und ein halbleeres Sektglas.
»Fred!«
»Ischja gut. Ich weiß nicht, wo dein rotes Haarband is. Vielleicht hasch es in der Küche liegen gelassen?«

Es waren vier. Sie seien aus dem Dunkel wie aus dem Nichts gekommen. Mit Fahrrädern, Jugendliche offenbar. Fred und Cynthia waren auf dem Nachhauseweg gewesen, gegen zwei Uhr morgens. Sie kamen aus dem Anna Koschke, und Fred hatte Cynthia im Sixties noch zum Hamburger eingeladen, eine Gelegenheit, bei der Fred einmal feste Nahrung zu sich genommen hatte, sie gingen zu Fuß. Cynthias roten Golf ließen sie in der Großen Hamburger stehen. Sie durchquerten den Park und bogen gerade ins Nikolaiviertel, als sie auftauchten. Sie umringten Fred und Cynthia mit ihren Fahrrädern, hielten an und stiegen ab. Mindestens zwei seien groß und kräftig gewesen, im Laternenlicht habe Fred das gar nicht so genau erkennen können. Der Anführer der Bande, Cynthia nennt ihn so, schlug sofort zu. Er erwischte Fred am Wangenknochen. Wie ’n Boxer, sagt Cynthia. Seine ohnehin lädierte Brille knackste, und er habe sofort Sterne gesehen, sagt Fred. Ein Zweiter rammte ihn ziemlich zeitgleich in den Rücken. Wie ein Footballspieler. Er habe noch einen kurzen Moment an Maggie, die Footballtranse, gedacht, da ging er schon zu Boden. Im Fallen habe er versucht, den Aufprall mit der Rechten abzufedern, wobei er sich einen feinen, aber schmerzhaften Riss im Oberarmköpfchen des Ellenbogens zugezogen habe. Um Cynthia kümmerten sich die Angreifer gar nicht.

Das war ein Fehler.

Gerade als sich der Rammbock über Fred beugte, ihm den Rest zu geben und nach der Geldbörse an seinem Gesäß zu greifen, traf den Boxer ein Geschoss mit derart durchschlagender Wucht und Präzision am Kopf, dass er augenblicklich und der Länge nach umfiel. Vermutlich, sagt Fred, sei er bereits bewusstlos auf dem Pflaster eingetroffen.

»Den Rest der Bande hat se mit der Handtasche in die Flucht geschlagen. Die waren so baff, dass se sofort abgehauen sind. Die Cynthia hat geschrien und gekeift, als würde se …«

»Ach, ’n bisschen laut sein reicht doch schon.«

Cynthia lächelt. Sie wird ein wenig rot.

»Ich hab immer alles mit meiner Stimme gemacht. Meine Stimme ist das Einzige, das bei mir wirklich stark ausgeprägt ist. Ich bin ja sonst so klein. Wenn ich etwas wirklich gut kann, dann isses keifen.«

»Stimmt. Kann ich bestätigen. Aber dass du auch so gut werfen kannst, hab ich nicht gewusst. Ich hab's nur noch so schemenhaft aus'm Augenwinkel gesehen, die Brille war ja schon kaputt.«

»Was hast du denn geworfen?«, fragt Thomas Frantz.

»Na Freds Bierflasche! Die, die er immer hinten in meinem Rücken hat. In dem Getränkehalter, den er da drangebaut hat. Ich glaube, sie war noch fast voll.«

»Kann ich auch bestätigen.«

Cynthia demonstriert einen Wurf.

»Rechts gezielt, links geworfen. Is schon ziemlich geil. Genau auf die Zwölf. Das hammer immer geübt beim Volksfest auf'm Alex«, sagt Fred.

»Rechts gezielt und links geworfen?«

Frantz versteht nicht ganz.

»Wegen dem Neglect.«

»Was für ein Neglect?«

»Ach, das weisch gar nicht?«

»Ich weiß, dass ich immer zwei Strich links neben mein Ziel halten muss.«

Cynthia lacht.

»Aber das Beschte kommt noch: Als die anderen weg waren, is der Kerl wieder aufgewacht. Die Cynthia is zu ihm hin und hat'n einfach an der Hand gehalten. Bis die Polizei kam. Der war so verdattert, dass er einfach stehen geblieben ist. Wär er weggelaufen, der Depp, wär ihm gar nix passiert. So hamsen natürlich mitgenommen. Tha!«

»Er hat die ganze Zeit gezittert. Erst wollt ich ihm 'ne Ohrfeige hauen, so wütend war ich, aber da wär ich nich hingekommen, an sein Kinn. Dann hat er mir fast leidgetan. Es passiert ihm sowieso nich viel. Der war ja noch keine sechzehn.«

»Der war achtzehn!«

»Woher weißt'n das?«

»Von der Polizei.«

»Ach du Schreck!«

Thomas Frantz fasst sich an den Kopf. Absurd, das Ganze. Fred prostet Cynthia zu. Frantz nippt, noch immer bestürzt, an seinem Bier. Dann setzt er ab, und sie stoßen beide auf Cynthia an. Cynthia lächelt.

»Was bitte ist ein Neglect?«

»Die Folge einer Gehirnblutung. Teile der linken Gehirnhälfte sind eben futsch«, sagt Fred. »Danach muss die rechte Hälfte neue Verbindungen knüpfen und die Aufgaben der anderen Seite mit übernehmen. Ich meine, sie hatte ja schon immer Wahrnehmungsstörungen, aber jetzt halt richtige. Seither liest se zum Beispiel ein Wort wie Autobiographie nur ab der Hälfte, wenn's am Zeilenanfang steht.«

»Ich les dann iographie, hab aber gelernt, mir den Rest dazuzureimen«, sagt Cynthia.

»Wenn se allein über die Straße geht, denkt se, es sei alles richtig, vergisst aber, dass se links alles übersieht. Das ist superinteressant. Diese Leute leben in einer anderen Welt. Eigentlich ein Romanstoff. Grauenvoll. Eine Ausblendung der linksseitigen Welt. Absolut genial, was die Cynthia da macht. So, wie sie jetzt die Welt begreift, funktioniert sie, aber sie findet alles 'n bisschen komisch.«

Thomas Frantz ist erschrocken.

»Irgendwann heilt's wohl vollständig wieder aus. Also zu

96 Prozent. Lesen kann se aber immer noch nicht richtig. Weil se immer nur 'ne halbe Zeile liest und darunter wieder 'ne halbe Zeile, was dann keinen Sinn ergibt.«
»Man kann mit Tricks arbeiten. Indem man ein paar Zentimeter hinter das Zeilenende 'ne Linie zieht.«
Cynthia sieht auf die Uhr.
»Die heilige Stunde? Isch's schon so weit?«
»Was, ›Sturm der Liebe‹?«, fragt Frantz.
»Gleich. Ich kann nich mehr ohne.«
Cynthia lacht.
»Geht mir genauso«, sagt Fred.
»Heute sag ich immer, ich sehe mich jetzt als behindert an. Meine sichtbare Behinderung hab ich nie als Behinderung empfunden. Aber dass ich nich mehr richtig schauen kann, empfinde ich als Behinderung. Ich bin auch immer noch vergesslich, und manchmal such ich ein Wort oder ich verwechsle Wörter, zum Beispiel Anamnese und Amnesie. Ich habe mich verändert. Ich sag jetzt: mein neues und mein früheres Leben. Die alte Cynthia gibt's nich mehr. Früher war ich sehr nach außen gewandt. Jetzt bin ich bei mir selbst.«
Cynthia stützt ihren Kopf in die linke Hand.
»Äh ... und wenn du da auch mal, wenigstens eine Stunde, bleiben würdest? Wo sind meine Socken? Hasch meinen Stift gesehen? Wo isn die grüne Bluse ...«
»Ich vergess halt manchmal was.«
»Und dann rufsch mich im Büro an, und ich soll dir sagen, wo dein Bleistift ist?«
»Ich muss immer noch viel lesen, viel üben. 'ne Therapie krieg ich keine mehr. Zahlt die Kasse nich.«
Thomas Frantz ist in sich zusammengesackt.

»Wann war denn das?«
»Och, das ist jetzt vier Jahre her. Zwei Wochen saß er damals neben meinem Bett. In der Charité. Er hat immer meine Hand gehalten. Tag und Nacht. Nich ma Bier holen war er.«
Fred wird rot. Cynthia tastet nach seiner Hand.
»Und ich hab die meiste Zeit geschlafen.«
»Das könn mer ja jetzt nachholen. Prosch!«
»Ich kann mir was Bessres vorstellen im Leben, als Alkoholikerin zu sein.«
»Ich nicht.«
Fred grinst.

Thomas Frantz schüttelt sich, innerlich. Er hat völlig vergessen zu rauchen. Er steckt sich eine an. Langsam entspannt er sich. Sie streichelt Freds Hand. Fred sieht an die Decke. Frantz wundert sich. Ihre blauen Augen stehen eine Nuance auseinander. Das war ihm noch gar nicht aufgefallen.
Frantz macht ihr ein Kompliment.
Cynthia fasst sich an den Hals.
»Wo isn mein Schal?«
Wortlos steht Fred auf, verschwindet im Flur, kommt nach einer Weile mit zwei Bier und einem Schal zurück, den er um ihren Hals bindet.
»Ich muss immer warm haben.«
Sie lächelt. Zuckersüß. Freds Wort fällt Frantz plötzlich ein. Es ist, als zaubere ihr Anblick mit einem Mal in sein eigenes Gesicht ein Lächeln, dessen Zwang er sich nicht erwehren kann.
»Mensch, pass doch auf! Du erwürgst mich ja!«

Fred sinkt in sein Sofa. Er macht, allen Blessuren und der doppelt verbogenen Brille zum Trotz, einen zufriedenen Eindruck. Cynthia stellt den Fernseher an. Frantz nimmt im Sessel eine bequemere Haltung ein. Die Serie beginnt mit einem Überblick über die vorangegangen Ereignisse: Debbie will in Italien studieren. Michael will das Studium dort nicht finanzieren. Debbie und Jacob versuchen, sich mit der Idee einer Fernbeziehung anzufreunden. Frantz stellt die Frage nach Cynthias Einkommen. Sie gehe keiner beruflichen Tätigkeit mehr nach, weil sie sich nicht mehr um einen Job bemühe, sagt Cynthia. Debbie weint. Einen Job bekomme sie nicht, weil sie nicht richtig lesen könne, sagt Cynthia. Würde sie das zugeben, nähme man ihr das Auto weg.

»Also stellt sich für mich die Frage: Job oder Mobilität? Ganz einfach.«

Frantz schüttelt den Kopf. Fred zuckt mit den Schultern. Jetzt wird es kniffelig: Werner glaubt, Moritz im Hotelpark gesehen zu haben. Es war aber Moritz' Zwillingsbruder Konstantin. Dieser hat eine weitere Begegnung als »Moritz« im Alten Wirt: Michael schüttet ihm sein Herz aus und lässt ihm keine Gelegenheit, die Verwechslung aufzuklären. Fred stöhnt. Cynthia ist entzückt.

»Endlich sieht man mal Bilder vom neuen Hotel. Ich finde den Fürstenhof jetzt irgendwie viel schöner.«

Kurz darauf trifft Theresa auf Konstantin. Überrascht, »Moritz« zu sehen, fällt sie ihm küssend um den Hals.

Xaver rechnet sich unterdes mit Gitti beim Laiendarstellerwettbewerb gute Chancen aus.

»Eigentlich darf's keiner wissen. Auch die Ärzte foppt se immer. Sonst dürft se nicht Auto fahren. 's isch, wie's isch. Fährsch lieber Auto, auch wenn se am Anfang alle Leute, die links liefen, gnadenlos umgemäht hätte, wenn ich nicht dabei gewesen wär«, sagt Fred.
»Na ja, manchmal seh ich eben nur die Hälfte. Ich ahne aber immer, wo's langgeht.«

Fred, Frantz und Cynthia lachen. Das Lachen hat für Frantz etwas Befreiendes. In der neuen Folge suggeriert Michael Debbie, dass ein Leben mit Jacob in Italien schwere Arbeit als Bäuerin bedeute. Debbie will jedoch bei Jacob bleiben. Michael ist außer sich: Debbie will ihr Studium jetzt hinwerfen. Cynthia runzelt die Stirn. Jacob ist verzweifelt: Debbie zeichnet weitere Pläne für den Umbau des Hofes, und er erkennt, dass sie von ganzem Herzen Architektin und nicht Bäuerin ist. Fred öffnet ein Bier. Es Letschte, wie er seufzt. Da wirft der Sommernachtstraumlaiendarstellerwettbewerb seine Schatten voraus: Gitti ist von Xaver genervt. Sie nimmt eine Beruhigungstablette.

»Also kriegst du Hartz IV?«
»Ich kriege Hartz fünf.«
Frantz versteht nicht.
»Worüber regt sich Michael auf? Debbie ist erwachsen! Außerdem gibt es auch in Italien Unis!«
Cynthia echauffiert sich.

»Jep!«, sagt Fred. »Ihre Bezüge sind um 73 Euro vom Regelsatz gekürzt worden. Behinderte erhalten nur noch 291 Euro monatlich, wenn sie das 25. Lebensjahr überschritten haben und mit anderen Erwachsenen in einem Haushalt leben. So heisch's. Krüppel sind Schmarotzer zweiter Klasse.«

»Warum, weiß ich nich.«

Fred justiert seine Brille auf der Nase.

»Sicher gibt's in Italien Unis, aber kein Stipendium. Und Papa will ja nich mehr zahlen.«

Fred grunzt.

»'n Mietzuschuss kriegt se auch nicht, solang ich selbst nicht auf Hartz IV bin. Aber wenn ich mir so meine letzten Umsätze anschau, ähem, wir sind jetzt mit vier Mieten im Verzug. Immer wenn ich was reinkrieg, zahl ich halt wieder was. Uns steht's Wasser bis zum Hals. Aber so schnell kriegen die uns nicht raus. Stell dir bloß mal vor: Auf der einen Seite der gierige Anwalt der Hausverwaltung, auf der anderen Seite rollt eine tränenüberströmte Cynthia in den Gerichtssaal. Und dann hasch 'ne Richterin ... Tha!«

»Das versteh wieder, wer will. Seit der Renovierung wirkt der Fürstenhof allerdings wie 'ne Klinik und nich mehr wie das Wohlfühlhotel vorher. Vielleicht bin ich die Einzige, aber die Wärme und Herzlichkeit fehlen mir ...«

»Ich muss mich auch erst dran gewöhnen. Wahrscheinlich liegt's daran, dass es sich beim Fürstenhof jetzt nicht mehr um ein Land-, sondern um ein Romantikhotel handelt, gell?«

»Ich bin leider Gott sei Dank der Meinung, dass Romantik und Wärme zusammengehören.«

»Wobei ich sagen muss, die Holzvertäfelung in der Lobby in diesem Honigton macht's irgendwie gemütlicher. Isch halt Geschmacksache.«

Die Ereignisse überschlagen sich: Das erste Zerwürfnis der jungen Liebe wirft Theresa und Moritz aus der Bahn. Tanja weigert sich, Debbie mit Hilfe der Karten eine offenbar düstere Beziehungszukunft zu prognostizieren. Cynthia rutscht auf dem Rollstuhl hin und her. Frantz überlegt, wie er Fred diskret einen Zwanziger zustecken kann. Michael brüllt Debbie an. Debbie verlässt, wutentbrannt, den Fürstenhof. Frantz geht auf die Toilette. Cynthia rückt näher an den Apparat. Debbie dreht durch: Sie macht mit Jacob Schluss und droht, in die kanadische Wildnis zu ziehen. Frantz will Fred hinter Cynthias Rücken den Zwanziger zuschieben. Fred wehrt ab. Als Tanja erfährt, dass Nils keine Psychopharmaka nehmen will, um sein Trauma zu therapieren, ahnt sie, wer ihr das eingebrockt hat: Gitti. Frantz schämt sich. Die Schocksituation ist unterlegt von dramatischer Musik. Cynthia greift blind nach ihrem Glas. Gerade als Frantz seine Hand zurückziehen will, beginnt der neue Vorspann, und Fred schnappt grinsend nach dem Schein.
»Ich werde gezwungen.«
»Wieso is Rosalie jetzt im neuen Vorspann?«, fragt Cynthia.
Frantz schwitzt.
»Kommt die wieder? Und wieso sieht man das Gesicht des Mannes nich am Ende des Vorspanns?«
Fred stopft den Schein mit der Linken in die rechte Ta-

sche. Cynthia wendet den Kopf. Sie sieht Fred fragend an.

»Was fragsch mich? Das Gesicht des Mannes sieht man nicht, weil sich Theresa ja entscheiden muss: Konstantin oder Moritz. Das wär sonst nicht mehr spannend. Obwohl's derselbe Schauspieler ist, eigentlich unlogisch. Überhaupt. Langsam reicht's. Vielleicht sollte man einfach die Sendung bei 1396 absetzen und mit einer Wiederholung ab Folge 1 beginnen. Mehr passiert jetzt auch nicht mehr. Doppelgänger und Zwillingsbrüder, jede Menge uneheliche Kinder, und wahrscheinlich taucht Barbara auch bald wieder auf und wird beim Morden unzähliger Personen im Fürstenhof nie erwischt. Gääääähhhn!«

»Eben deshalb bleib ich ja dran. Ich will wissen, ob sich tatsächlich alles wiederholt.«

»Ach ja, Barbara hat auch noch 'ne Zwillingsschwester!«

»Du bist unromantisch. Ich hau dir gleich auf dein' kaputten Arm.«

»Tha!«

26. Kombinatorik. Das Glück liegt in Neukölln auf der Straße. Man muss es aber aufheben

Sie stehen vor Bei Heinz und Inge in der Münzstraße. Sie stehen dort sehr augenscheinlich, lässig, sie lehnen in Biertrinkerhaltung an einem Stromverteilerkasten auf dem Trottoir direkt vor dem Ladenfenster von Bei Heinz und Inge, weil Bei Heinz und Inge die Halbe jetzt 4,70 Euro kostet und Bei Heinz und Inge seit geraumer Zeit von einem Team junger Gastrounternehmer geführt wird, was die seelische Mitte des Schweizers irgendwie beeinträchtigte, und hinzu kommt, dass dem Schweizer seitens der jungen Gastrounternehmergruppe auch noch eine nach Meinung des Schweizers bereits zu faulen beginnende saure Gurke zur Bockwurst gereicht worden war, worauf sich der Schweizer ganz entgegen seiner Natur aufgeregt hatte und ihm durch das junge Gastrounternehmertum Hausverbot erteilt worden war.
Seither stehen Thomas Frantz, Fred und der Schweizer vor Bei Heinz und Inge auf der Münzstraße. Seit Wochen schon.
Der Stromverteilerkasten, der Frantz, Fred und dem Schweizer dabei als Tresenersatz dient, befindet sich unmittelbar vor dem Schaufenster von Bei Heinz und Inge, in Sichtweite des Tresens. Das Bier holen sie sich vom Kiosk gegenüber zu 1,20 Euro (0,5 Liter) und die Speisen vom Asia-Imbiss neben dem Kiosk, sechs Frühlingsrollen (1,80 Euro), Chicken Chop Suey (3,50 Euro), chin. Nudeln gebraten (2,80 Euro). Schließt der Kiosk gegen Mit-

ternacht, kaufen sie das Bier (1,80 Euro) im Asia-Imbiss. Dieser hat deshalb länger auf. Das ist ein wunderbarer Flecken Berlin. Der Stromverteilerkastentresen steht nicht nur direkt vor Bei Heinz und Inge, sondern auch gleich an der Ecke Münzstraße / Alte Schönhauser Straße, wo ab Mitternacht die buntesten Vögel der Stadt auf und ab flanieren und nach dem berühmten Münzsalon suchen, der sich jetzt, zu einem großen Gesellschaftssalon gemausert, in einer oberen Etage des Gebäudes von Bei Heinz Inge befinden soll, was aber nur Eingeweihten bekannt ist, weshalb die Suche meist vergeblich verläuft.

Es ist einer dieser friedlichen, herrlich sinnfreien Abende bei mittlerer Temperatur, man steht in dünner Jacke, leichtem Schal am Stromverteilerkasten vor Bei Heinz und Inge, und die Nacht ist jung. Es werden politische Themen und Tiergeschichten angeschnitten, Historisches, Anatomisches. Der Hochlandgorilla, erklärt gerade Fred, frisst den ganzen Tag Blätter und Wurzelwerk und danach seine eigene Scheiße. Er holt sich die grüne Wurst direkt vom After und beißt herzhaft hinein.

»Ich meine, da regt man sich heute darüber auf, dass der CO_2-Ausstoß von Kühen das Treibgas befeuert und die globale Erwärmung antreibt. Und die Dinosaurier?«

Der Schweizer greift den Gedanken auf.

»Wenn ein Tyrannosaurus Rex einen einzigen Furz gelassen hat, dann hat er doch den gesamten Kuh-CO_2-Ausstoß Graubündens praktisch weggeblasen. Da müsste man ja einen Weizentrinker wie den Frantz einsperren. Einsperren und auf Abstinenz setzen«, sagt der Schweizer.

Thomas Frantz enthält sich eines Kommentars.

»Ach, auf den Schweineseiten daddeln im Büro. Das entspannt, das entschlackt. Die halbe Welt tut das.« Fred hebt vergnügt den Kopf und seufzt.

Eine Weile schauen alle drei durch die Ladenscheibe auf den Tresen von Bei Heinz und Inge. Das Lokal ist gut besucht. Seit das junge Gastrounternehmerteam die Pacht übernommen hat, wird, durchaus mit Geschick, der Ruf einer originären Ostberliner Künstlerkneipe verbreitet.

»Künstler«, ruft der Schweizer, »sind immer Angestellte!«

Er blickt in die Runde und fährt fort.

»Wenn du wissen willst, wer die Welt regiert, musst du schauen, wer die Künstler bezahlt. Das waren früher die Päpste und Könige, heute sind es die Konzerne. Aber wie früher dürfen die Künstler ja natürlich nicht auf Augenhöhe mit den Konzernbossen stehen, das ist ja klar. Und natürlich dürfen sie nicht ihre eigentliche Aufgabe wahrnehmen, nämlich die Probleme der Menschheit aufzuzeigen. Denn dann müssten ihre Auftraggeber ja ein Teil dieser Kunst werden. Das geht aber nicht. Weil jene Herren die Kunst ja im Sack haben und selbst ein Teil der Probleme der Menschheit sind.« Der Schweizer grinst.

Vor Bei Heinz und Inge erscheint ein junges Pärchen. Offenbar auf der Suche nach dem Münzsalon.

»Antigentrifizierungsgesinnung und Modebewusstsein müssen einander nicht ausschließen«, sagt Thomas Frantz. »Dieser Dressman da im postmodernen Autonomenlook kombiniert die klassische Motorrad-Lederjacke mit hochwertiger Knitwear.«

»Das geht mir jetzt irgendwie total am Arsch vorbei.«

Der Schweizer schmollt ein wenig, weil Kunst sein Lieblingsthema ist und niemand darauf eingeht.
»Hm, als Trendscout würd ich sagen: geht so.« Fred hebt sein mitgebrachtes Bierglas an. Das Pärchen bleibt im Hauseingang neben Bei Heinz und Inge stehen und liest die Namen auf der Klingelleiste. Es scheint ziemlich ratlos.
»Die Dame: Hose extrakurz, die Fransen extralang, dazu Pyramidennieten und Punkerhalsband – ein Déjà-vu aus dem Jahre 1979, made by Diesel, würd ich sagen«, sagt Thomas Frantz.
»Könnt hinkommen.« Fred nimmt einen tiefen Schluck.
Thomas Frantz streichelt seine Bierflasche und stöhnt.
»Ich warte auf die Renaissance des Klosters.«
Der Schweizer ist noch ein wenig beleidigt.
Frantz lächelt in sich hinein. Er kennt das empfindsame Wesen des Berners. Das Pärchen vor Bei Heinz und Inge schaut durch die Scheibe in das originäre Künstlerlokal hinein. Es verstrickt sich in eine heftige pärcheninterne Diskussion. Da schiebt der Mistkäfer seine Kugel um die Ecke.

»Krisenticker! Krisenticker! Leute, lest den Krisenticker! China: Sensationelle Selbstmordserie unter geknechteten Arbeitern bei iPhone-Hersteller – Firma erwägt Einsatz von einer Million Robotern. London: Tausende stürmen Bank of England, Polizei hat alle Mühe, G20-Gegner in Schach zu halten. Frankfurt: Deutsche Kaufhauskette Woolworth vor dem Aus. 11 000 arbeitslos? Köln: Ermittler decken bei Razzia Stundenlöhne von 1,50 Euro bei Friseuren auf. Krisenticker, lesen Sie neueste Pleiten,

Bankrotte und Bonuszahlungen! Zehn Millionen Schwarzarbeiter, Manager im Geldregen, Unternehmer fordern Lohnverzicht, Parlamentarier und Reiche werden vor Schweinegrippe mit speziellem Impfstoff geschützt, Erbschaftsteuer sinkt. Krisenticker, lest den Krisenticker! Krisenticker, lest ...«

»Jetzt kommt der auch noch.«

Der Schweizer grinst wieder, Fred und Frantz winken heftig, Ansgar grüßt seine Kumpels, lädt die Zeitungstasche vor dem Stromverteilerkasten ab und holt sich beim Asiaten ein Bier. Das Pärchen vor Bei Heinz und Inge ist in einen handfesten Streit geraten.

»Und mein persönlicher Tagestipp?«

»Heute hab ich keinen. Ich mach jetzt Feierabend«, sagt Ansgar und prostet Frantz zu.

Es ist einer dieser friedlichen, herrlich sinnfreien Abende vor Bei Heinz und Inge bei mittlerer Temperatur, an dem Fred plötzlich einsilbig wird, lange Zeit in sein mitgebrachtes Bierglas starrt und dann den Zeigefinger hebt:

»Kombinatorik.«

Thomas Frantz und der Schweizer starren ihn fragend an.

»Kombinatorik.«

Thomas Frantz und der Schweizer blicken sich wissend in die Augen.

»Wenn ich's euch doch sag: Kombinatorik! Damit könn mer Geld verdienen. Viel Geld. Ich hab's alles schon durchgerechnet am PC. Mit ganz kleinen Einsätzen, zunächst, kommen wir da schon ganz schön weit. Dann

stellen wir um auf hohe Beträge und sprengen das System.« Fred zündet eine Zigarette an.
Seine Brillengläser leuchten.

Sie standen schon am Mittag vor der Tür und rauchten. Sie rauchten in der Kälte. Eine halbe Stunde später war Albers' Wettbüro brechend voll. Alle rauchten. Um zwei liefen die Traber in Dinslaken. Um vier die Hunde in England. Andere warteten, tranken Kaffee aus Pappbechern und rauchten. Sie warteten auf die Champions League am Abend. Auf irgendwas.

Frantz und Fred hatten sich die Hermannstraße ausgeguckt. Zwischen Friedhof, Café Istanbul und U-Bahnhof Boddinstraße in Neukölln lag das Glück auf der Straße. Die Hermannstraße war eine ehrliche Straße, wie Thomas Frantz meinte, weil sie nicht vorgab, etwas anderes zu sein, als sie ist. Man erkannte das an ihren Geschäften. Wettbüros reihten sich an Läden wie McGeiz, Pennyland und 99 Cents, an Kung-Fu-Schulen und Schnapsdiscounter. Das Glück tauchte immer dort auf, wo die Not am größten war. Man musste sich nur bücken. Es aufheben. Es umarmen. In der Hermannstraße lagen die Wettbüros einander gegenüber, so dass sie die Form eines vierblättrigen Kleeblatts bildeten. Wie ein Maikäfer auf einem Blatt saß eine kleine Ladenwohnung auf dem Glück und nährte sich davon. In der Casa de Oxum der Madame Dalva gab es Talismänner und Kräuter aus dem Regenwald zu kaufen. »Gegen Geldmangel« oder »Für Geld in Hülle und Fülle« stand im Schaufenster geschrieben. Madame Dalva stammte aus Brasilien. Das konnte man einer dort aufgestellten Tafel entnehmen. Sie füllte auch Wettscheine aus, erfuhr Thomas Frantz bald, das hatte sich bei Albers herumgesprochen, seit ein Anfänger mit ihren blinden Strichlein aus zwei Euro 4000 gemacht haben soll. Das hatte Frantz überzeugt.

Es herrschte eine gewisse territoriale Aufteilung in Albers' Wettbüro. Auf der Insel, einem Podest, auf dem drei mit grünem Resopal bespannte Tische standen, saßen die Traber. Im hinteren Raum bildeten sich Gruppen von Afrikanern, Arabern. Die Türken hielten sich in der Nähe des Ausschanks auf. In der Mitte des Raums befanden sich die Wettschalter. Es waren kleine, mit Glasscheiben abgetrennte Buden, in denen die Buchmacher saßen. Die Wände waren verkleidet mit grünem Resopal. Die Barhocker und Lampen waren aus grünem Resopal. Es gab in diesem Raum nichts Überflüssiges. Keine Pflanzen, keine Bierdeckel, Servietten, Bilder. Es gab Kaffee im Pappbecher und Bier aus Flaschen. An den Wänden reihten sich Bildschirme neben Spielautomaten. Bald wateten alle knöcheltief in Fotokopien und Wettslips. Frantz, Fred, Ansgar und der Schweizer saßen an Mirkos Tisch, und Mirko kannte sich aus in Kombinatorik.

Mirko, der Literat. Multivitaminsaft und Chantré. Trockenbauer und Heizungsmonteur. Hilfskellner und Universalschleifer. Sarajevo, München, Berlin. Koch im Restaurant mit Kegelbahn und Aushilfskellner Trabrennbahn Mariendorf. Ich habe schweres Leben gehabt. Steht alles schon bei Jack London. König Alkohol. Ich sag euch was: Der Spieler setzt zwei Euro, das Minimum.

Der Zocker setzt zwanzig und zweihundert. Daran erkennt man sie. Der Mensch ist ein Tier ohne Grenzen. Eine unersättliche Bestie. Der Schwache wird von den Starken getötet.

Mirko kniff seine Augen zusammen, verzog sein altes, kantiges Gesicht und trank einen Schluck Cognac. Er kramte seine Geldbörse hervor, zog einen Wettschein heraus, einen großen Gewinner, betrachtete ihn und küsste dann das Foto seines Enkels. Hat einer alles verzockt und kein Geld mehr, ist er mause gegangen, erklärte Mirko. Hat er sich welches beschafft, geliehen oder gestohlen, ist er wieder modern. Handicap Null heißt, eine Mannschaft bekommt zwei Tore Vorsprung und Handicap Eins drei Tore. Frantz hing an seinen Lippen. In keinem Bankhaus der Welt wurde konzentrierter an Zahlen gearbeitet als bei Albers. Alle sprachen in Kürzeln und Codes, kauften und verkauften Kombiwetten wie Aktien und sicherten sie mit Zusatzwetten ab, wenn ein Faktor wackelte. Jeder Golfball von Los Angeles bis Tokio konnte hier gehandelt werden. Hongkong lag an der Hermannstraße, solange der Buchmacher die Wette annahm. Spielen ist wie Sex, sagte Mirko. Nur besser. Das Gehirn ist völlig ausgeschaltet. Das leuchtete Frantz ein.
Mirko wettete auf Pferde und Fußball. Hertha und Bayern. Köln, wegen Daum. Griechenland, wegen Rehagel. Mirko war der Einzige bei Albers, der seinerzeit vorausgesagt hatte, dass die Griechen Europameister werden. Das hatte bei Albers niemand vergessen. Er saß da, trank, rauchte und sah die Leute an.
»So viele junge Menschen träumen von große Geld«, sagte

Mirko. »Sie denken, sie finden es hier. Steht schon bei den Griechen. Panta rhei. Alles fließt.«
Mirko trank Cognac.
»Ist komisch. Wenn man hoch steigt, springt man wieder runter. Und freust dich über eigene Niederlage.«

Der Buchmacher, Maarten, schwarzer Kaffee, Schwarzer Krauser. Holländer, gelbe Zähne, Mathe längst abgebrochen. Albers in der Bülowstraße. Albers in Kreuzberg. Albers in Neukölln, zwölf bis elf. Hier wird auf alles gewettet. Was zwei, drei und vier Beine hat. Basketball, Eishockey, Hunde. Das ist ein Witz, der normalerweise ankommt. Ich kenne sie alle. In der Regel wetten sie über ihre Verhältnisse und auf ihre Vereine. Schalke zum Beispiel. Des Buchmachers Liebling. Sicherer Verlierer. War 'n Witz.

Maarten hockte sich mit seinem Kaffee dazu, Mirko lehrte Kombinatorik, Maarten grinste und rauchte. Noch im letzten Jahr hatte Mirko mit einem Schlag zwölftausend gemacht. Mit einer Kombiwette aus zwölf Spielen und 7,50 Euro Einsatz. Maarten nickte. Mirko trug den Wettschein in seiner Geldbörse. Jeder bei Albers trug seine Gewinner immer am Mann. Wenn man fest damit rechnet, sagte Mirko, dass man gewinnt, ist man schon krank. Fred nickte. Maarten ging wieder hinter seinen Schalter. Frantz holte Bier und für Mirko eine kleine Flasche Chantré vom Kiosk nebenan. Das erste Rennen in Dinslaken startete. Das fünfte in England, das siebte in Vincennes. Mirko setzte auf Schalke, Valencia, Bayern, Cottbus und einen Frantz nicht bekannten Verein der League

Two in England. Thomas Frantz verteilte seine Kreuzchen auf dem Wettschein. Als würde man in einer Kneipe in Manchester sitzen und auf das Vorbereitungsspiel ZSW Meuselwitz gegen den SV Fortuna Dingelstedt in der Oberliga Vorharz setzen. Die Mischung macht's, sagte Fred. Kann gar nicht wild genug sein, das isch ja der Trick. Da legte ein Mann einen Wettschein auf den Tisch. Hinter seinem Rücken hätte sich selbst Frantz mühelos verstecken können.

Josef, Papyrossi und Wodka. Groß wie breit. Hände wie Schaufelraddampfer. Weißkopfadler nennen sie den kroatischen Riesen. Dreher, Isolierer, verlorene Lesebrille im slawischen Gesicht. Auf der Baustelle war Freiheit. War Lotto und Glücksspirale. Jetzt sind Arme und Hände kaputt. Manchmal setz ich Hertha. Mein Herzensmannschaft.

Frantz betrachtete Albers' Wettbüro mit einer beinahe ethnologischen Neugier. Glücksspieler machten vor keiner Grenze, keiner Sprache, keinem Handicap halt. Wetten war die Globalisierung des kleinen Mannes. Sie scherte sich einen Dreck um Gesetze, und sie ließ sich nicht aufhalten. Dann und wann stand Frantz auf, lief hinüber zum Kiosk, kaufte Bier und einen Flachmann für Mirko. Fred, Ansgar und der Schweizer gingen mit ihren Slips zum Schalter. Der Mensch ist ein Tier, aber Intelligenz ist seine stärkste Waffe, sagte Mirko. Thomas Frantz und der alte Bosnier studierten die Traberzeitungen und Fußballmagazine. Das Glück lag auf den grünen Resopaltischen, er musste es nur in die Hand neh-

men und zum Schalter tragen. Das stellt das Gehirn zufrieden, sagte der alte Bosnier.
»Gomm die swölf, gomm die swölf!«, schrie ein Afrikaner durch den Raum. Er blickte auf die Bahn in Daglfing.
»Isse voll scheiße«, entgegnete ihm ein Araber.
Die Börsensprache war Deutsch. Immerhin, hier hatte die Integration funktioniert. Auch der Balkankrieg fand in der Hermannstraße statt, erfuhr Frantz von Mirko, inzwischen saßen sie alle wieder beisammen.

Der Traber. Dirk, Coca Cola, Schnupftabak. Groß, schlank, Zopf. Den wohlklingenden Nachnamen DeVascanzellos verdankt er einem portugiesischen Wanderarbeiter. Gelernter Pferdewirt und ehemaliger Trabrennfahrer. Kennt die Turfs vom Emsland bis Baden-Baden. Ich setze klein bis mittel. Maximal 30 Euro, dann ist Schluss. Dann muss man sich den Mund abwischen.

Dirk war einer der wenigen bei Albers, der eine Freundin hatte. Und der Einzige, der nicht rauchte. Er setzte nur auf Pferde, die er kannte, persönlich. Er hielt Kontakt zu Fahrern, Ställen und Besitzern. Kleiner und großer Einlauf, Kombi. Er suchte sich zwei oder drei Rennen aus. Wenn da noch ein Krummer mit drin war, konnte die Quote durch die Decke gehen. Seine Expertise stand bei Albers hoch im Kurs. Trotzdem ist das so eine Sache, lehrte er Frantz. Ist der Boden weich oder hart? Sandig oder nass? Welche Distanz? Jedes Gramm Gewicht zählt, und es kann jeder jederzeit Galopp gehen. Seine persönliche Trefferquote sah Dirk bei 60 zu 40. Das hieß:

60 Prozent verloren, 40 gewonnen. Ich bin ein Glückspilz, sagte Dirk. Wer in der Hermannstraße die Hunde im dritten Rennen in Dublin kannte, wer wie Dirk mit den Gäulen per Du war, wer wie Mirko wusste, wer bei Trondheim auf der Bank blieb und wer bei Lazio pfiff, der war jemand. Zocken ist wie theoretische Physik. Nur ein Spatzengehirn würde vor einem Wettschein mit zwölf Unbekannten zurückschrecken, sagte Fred und holte Bier.
Dinslaken, drittes Rennen, 7-6-4. Fiona Kö, Shoguns Crown und Wesley Rich bei Quote 7,6, lautete die Durchsage. Century Break von Ronnie O'Sullivan am Snooker-Tisch der Welsh Open mit 15 x (1 + 7) = 120. Frantz schwirrte der Kopf. Kurz vor dem nächsten Start hastete alles zum Schalter. Wall Street, meinte Frantz. Das ist doch im Menschen drin, sagte Mirko. Dass jeder sein Glück sucht. Aber das Glück hat Regeln.
»Nein! Glück ist, wenn ich gewinne«, sagte ein Araber am Nachbartisch.
»Blödsinn! Et is doch nicht det Jeld. Et is die Bestätijung meines Wissens: Ha ick's nich jesacht?«
Peter haute mit der Faust auf einen der beiden Rollkoffer, die stets neben seinem Stuhl standen.

Postpeter. Pall Mall, kleiner Kobold. Kleine, flinke Augen, langes graues Haar zum Zopf gebunden. Postangestellter in Ostberlin. Kellner im Restaurant Prag. Jeden Tag umrubeln. Danach Roulette in der Spielbank, Hotel Forum am Alex. Karlshorst und Hoppegarten. Seven Eleven und Baccara im Wohnzimmer. Wir Spieler im Osten kannten uns. Am Ende hockten wir auf Kartons. Ick hab bestimmt 'ne Million verzockt. Jetzt verkauf ick Jebrauchswaren. Zigaretten, Shampoo, Würstchen in Dosen. An Taxifahrer. Die stehen am Stand und haben fürs Einkaufen keine Zeit. Ick habe mein Jeschäft immer dabei. In zwei Rollkoffern. Jeh ick mause, zieh ick mit de Rollkoffer los und mach mir wieder schick.

Postpeter hatte zehn Mannschaften für morgen. England, Italien, Holland. 2027 Euro Gewinn bei 30 Euro Einsatz. Fred und der Mistkäfer beteiligten sich. Der Schweizer zögerte noch. Wir müssen uns doch jejenseitich aus der Scheiße helfen, sagte Peter. Frantz legte einen Zehner drauf. Peter lief zum Schalter. Am Schalter lagen Broschüren. Wenn das Glück einmal nachlässt. Darin ein Fragebogen und die Adresse einer Suchtberatungsstelle. Frantz setzte noch 30 auf eine Zwölfer-Kombiwette von Mirko bei einer Quote von 18. Das ist hier die Hölle, sagte Mirko. Daher kommt das Wort: Spielhölle. Er trank einen Schluck Cognac. Frantz trug das Geld zum Schalter. Maarten grinste.
»Du bist noch neu. Ich sag dir jetzt was: Gute Wetter sind Leute, die übers Jahr mit null hier rauskommen.«
Maarten zählte das Geld. Der Slip flutschte aus einer Maschine. Maarten riss ihn ab und legte ihn auf die Drehscheibe.

Am späten Nachmittag saßen sie auf der Bank vor dem Kiosk neben Albers. Mirko, Frantz, Fred, Ansgar, Josef, Peter und der Schweizer. Sie tranken und rauchten. Die Lage war ernst. Fred saß der Gerichtsvollzieher im Nacken. Der Schweizer jammerte, weil sein letztes von der

Pro Helvetia gesponsertes Projekt auslief und damit die Nutzung seines Berliner Sekretariats. Fred konnte seinen Schuldenberg nur noch mit Hilfe von Anwälten umschichten. Obwohl er jede Nacht an seinem Supercomputer saß, verbrachte er einen Großteil seiner Zeit damit, Zahlungsbefehle abzuwenden, auf Verfahrensfehler und verstrichene Fristen zu lauern sowie aufgelaufene Zinsen, Inkassogebühren und Gerichtskosten abzutragen. Er wirkte völlig ausgelutscht. Der Schweizer wälzte wieder den Gedanken, einen Imbiss für Raclette mit Gschwellti aufzumachen. Hypothetisch. Sein Anzug war an den Ärmeln ausgefranst. Nur der Mistkäfer hatte noch Reserven. Eine Einzimmerwohnung irgendwo in Cottbus, die ihm ein bayerischer Anlageberater seinerzeit aufgeschwatzt hatte.

Thomas Frantz hatte noch ungefähr 70 Euro auf dem Konto. Er besaß keine Kreditkarte mehr. Er führte ein Guthabenkonto. Im Grunde war er froh darüber. In den Zeiten, in denen er noch Reportagen von den Brennpunkten dieser Welt schrieb und ihm die Verlage zu Weihnachten ganze Kisten Cuvée aus dem eigenen Weingut schickten, hatte er am Rande des Dispos gelebt und sein Geld oft verschenkt. Bis ihn die Verlage fallenließen und die Bank ihn am Würgehalsband hielt; drei gezahlt, zwei wieder draufgelegt. Liebend gern hätte er das damals alles in einen günstigeren Ratenkredit umgewandelt und abgestottert. Einen Ratenkredit könne man ihm, dem Freiberufler, leider nicht gewähren, bedauerte die Bank. Drei weg, zwei drauf. Bis er den Würger los war. Jetzt schickten die Verlage die jämmerlichen 150 Euro Honorar, die er als Freier noch für eine Geschichte bekam, via Washington, Tel Aviv und die Cayman Islands auf sein Konto. Zuletzt hatte er sich für eine Position als freier Tankstellenreporter beworben. Ein Tankstellenmagazin suchte auf newsroom.de jemanden, der Raststätten auf Autobahnen und Bundesstraßen abfahren und darüber schreiben sollte. Keine kritischen Berichte natürlich, vielmehr schöne PR-Storys. Frantz schickte einen Lebenslauf und seine besten Geschichten. Einen Kriegsbericht aus dem Kosovo. Eine Reportage über einen Mann, der vor der kubanischen Küste auf einem Autoreifen treibend Schwertfische mit einer bloßen Schnur in der Faust fischte. Ein trauriges Stück über ein Nachtasyl in Sankt Petersburg, für das er einmal einen Preis bekommen hatte. Das Tankstellenmagazin zahlte 40 Euro pro gedruckte Seite. Die Fotos musste man selbst schießen. Benzinkosten wurden nicht übernommen. Man lehnte ihn ab.

»Steht doch schon in der Bibel. Wer da hat, dem wird gegeben.«

Mirko nahm einen Schluck Chantré.

Auch dieser Kassensturz brachte nichts Neues. Seit Fred und der Schweizer einmal 423 Euro mit einer Sechserwette gewonnen hatten, hatte sie das Glück verlassen. Aller Computerkombinatorik von Fred, allem Wissen von Dirk und Mirko zum Trotz. Fred, der mit dem Rücken zur Straße saß, hob gerade sein mitgebrachtes Bierglas an die Lippen, als hinter ihm ein paar Reifen quietschten.

»FREED!«

Fred fuhr hoch, schüttete sich Bier ins Gesicht und tat einen Atemzug, als hätte ihn eine Kugel erwischt.

Cynthia.

Fred war nass und weiß wie die Wand. Er stand da mit leerem Bierglas in der Hand und sah sich um. Cynthia saß am Steuer ihres kleinen roten Wagens, spuckte Gift und Galle aus dem offenen Fenster und verursachte einen Stau. Frantz und der Schweizer lachten. Am Abend war Peters Zehnerwette futsch. Auch Mirko hatte vergeigt. Er musste zwei Türken Rede und Antwort stehen, die er beraten hatte, beide mause. Steht doch schon bei Dostojewski. Um Geld zu verlieren, muss man welches haben. Postpeter und der Schweizer waren außer sich. Acht italienische Mannschaften hatten unentschieden gespielt. Am Schalter hing ein Zettel. Der Gewinner der Woche. Bei Albers in Steglitz hatte jemand aus zwei Euro 24.499,55 gemacht. Acht Spiele standen auf dem Slip. Die Besonderheit: Der Mann hatte konsequent alle Begegnungen unentschieden getippt.

»Det is doch 'ne Idiotenwette. So wat kommt seltener vor als 'n Sechser im Lotto«, fluchte Peter.

»Das ist doch abgesprochen. Abgesprochen. Das kannst du mir nicht erzählen. Nur Betrüger und Deserteure, diese Italiener. Der Garibaldi war auch so ein Räuber. Ab jetzt gibt's Hörnli statt Spaghetti. Und wenn ich daran ersticke.« Der Schweizer sah Fred wütend an.

»Hanoi. Lieber Spätzle.«

»Neies Spiel, neies Glick«, zuckte der Weißkopfadler seine riesigen Schultern.

»Morgen komm ich nicht. Samstag muss ich mit Cynthia ins Kino«, sagte Fred.

Wir bitten die Herren zu gehen, rief Maarten. Gesittet wie die Engländer brachen sie auf. Türken, Afrikaner,

Bosnier, Araber, Mirko, Fred, Ansgar, Frantz und der Schweizer. Alle mause. Alle fuhren sie dahin mit der U6.

Am Samstag waren sie wieder da. Peter, Josef, Dirk, Frantz, Mirko und auch Fred.
»Kino is ausgefallen. Cynthia war schlecht.«
Fiona Kö im Dritten. Hertha mit Handicap.
Todsicher.

Es war einer dieser friedlichen, herrlich sinnfreien Abende vor Bei Heinz und Inge bei mittlerer Temperatur, an dem der Schweizer schmollte, Fred lange Zeit in sein mitgebrachtes Bierglas starrte, dann lachte und vom Alexanderplatz her eine Glocke läutete. Thomas Frantz lehnte, das Spielbein schlenzend, mit dem Ellenbogen auf dem Stromverteilerkasten und hob seine Bierflasche zum Mund.
Er sah auf die Münzstraße, sah die bunt gekleideten Menschen auf ihrer Suche nach dem verborgenen, geheimnisvollen Münzsalon, hörte die Glocke in der Ferne und erinnerte sich an eine Geschichte. Er erinnerte sich an ein Buch, in dem ein Mann, der den ganzen jämmerlichen Fetzen lang darüber gezetert hatte, wie scheiße das Leben ist, am Vorabend irgendeines Krieges in der Ferne eine Glocke hörte und plötzlich rührselig begriff, dass er die ganze verdammte Zeit glücklich gewesen war.

27. Machen Sie mal so, sagt der Professor, die Studenten gucken, und zum Sterben kommt der Oberarzt

Der Typ gegenüber, der Mann mit den langen Haaren und den Tätowierungen, die sind so klein und geschrumpft wie sein ganzer Körper, so klein wie Kinderkritzeleien. Er hat einen Laptop vor sich auf dem Bett liegen, er sieht einen Film an, mit Kopfhörern. Es ist ein amerikanischer Film, ein Actionfilm. Das kann Thomas Frantz sehen. Ich will sterben. Das kann Frantz hören. Leise, gelangweilt. Der Mann starrt auf den Bildschirm, der Mann ist so klein, so geschrumpft von seiner Sucht, leise, gelangweilt, er ist schmerzfrei, wie alle auf der Intensivstation. Frantz kennt den Film. Ein berühmter Autodieb in Los Angeles möchte aussteigen, doch er muss innerhalb von 24 Stunden noch einmal 60 ganz besonders wertvolle Autos stehlen, weil Gangster seinen Bruder gefangen genommen haben und drohen, ihn sonst umzubringen.

Dann wird der Raum neben Frantzens Bett durch einen Vorhang geteilt. Es ist ein eisernes Gestell mit einem Vorhang auf Rollen, irgendwie schäbig das, der Paravent, so katholisch und alt wie das Backsteingebäude mit seinen Ordensschwestern und gotischen Gängen, der Stoff muss ja einmal weiß gewesen sein und hat nun die Farbe einer Eierschale. Dahinter schieben sie eine ältere Frau hinein. Frantz sieht, dass es eine Frau ist, außerdem würden sie sonst den Vorhang nicht hineinschieben. Sie ist dickleibig. So alt ist sie gar nicht, vielleicht Mitte vierzig.

Sie stöhnt. Sie sagt etwas, vielleicht Russin. Ja, ganz sicher. Oder Ukraine?
Frantz döst weg. Er simmert vor sich hin, über dünne Schläuche tropfen Flüssigkeiten in seine Brust. Dann wacht er auf, und er schläft wieder ein. Die schlimmen Schmerzen im Bauch sind weg. Es ist nur noch ein Zwicken da. Ein leichtes Zwicken wie eine Verstimmung. Verglichen mit den Schmerzen vorher nicht mehr als ein Unwohlsein. Er dämmert weg, wacht auf, es ist ihm, als habe er Marie-France' traurige Augen neben seinem Bett gesehen. Er hört Stimmen draußen, auf dem Flur. Er sieht hinüber, die Tür ist offen, immer, er sieht eine Gruppe von jungen Leuten in weißen Jeans, weißen Kitteln. Studenten. Der Professor hat eine Halbglatze. Ein grauer Bart umgibt sein Kinn. Er spricht. C2H5OH-Abusus. Er hebt seinen Zeigefinger. Frantz hört. Alkoholiker. Der Professor spricht. Bauchspeicheldrüse. Oft tödlich. Frantz döst weg, wacht auf. Der Professor spricht: Sie werden sehen. Fingertremor. Der Professor spricht: Sie werden sehen. Frantz sieht: Der Professor steht vor ihm. Er steht direkt an seinem Bett und trägt eine Nickelbrille, er sieht lustig aus. Frantz versteht: Der Professor hat von ihm gesprochen, er war gemeint, der Professor hat über seinen Fall gesprochen. Heben Sie mal die rechte Hand, sagt der Professor. Der Professor sieht ihn nicht an. Die Studenten stehen um den Professor herum. Frantz hebt die rechte Hand. Die Studenten sehen auf seine Hand. Machen Sie mal so der Professor hebt seine rechte Hand und streckt zwei Finger nach vorn. So! Frantz streckt zwei Finger nach vorn und macht so. Alle sehen auf seine Finger. Sie sind ganz ruhig. Der Professor

sieht ganz enttäuscht aus. Die Finger bleiben ruhig. Ach so. Das Narkotikum. Na klar, sagt der Professor. Das hatte ich ganz vergessen. Der Professor sieht verärgert aus. Die Finger zittern nicht. Ohne ein weiteres Wort wendet er sich ab. Der Professor sieht beleidigt aus. Er verlässt den Raum, die Studenten folgen ihm.
Einer sieht Frantz im Hinausgehen an, in die Augen.
Frantz döst weg.
Er wacht wieder auf.
Wie lange hat er geschlafen? Wie lange ist er schon hier? Zwei Tage? Drei?
Er wacht wieder auf, er hat Schmerzen. Schlimme Schmerzen. Es ist, als hätte ihm jemand ein Messer in den Bauch gestochen und würde es ständig herumdrehen. Statistisch gesehen ist das eine seltene Sache. Fünf von hunderttausend. Das ist Frantz gesagt worden. Der Schmerz lässt nicht nach. Nie lässt er nach. Selbst unter den härtesten Säufern befällt das nur zehn von hundert, ist Frantz gesagt worden. Einen Schmerz, der nachlässt und wiederkommt, kann man ertragen. Faktisch gesehen ist das eine miese Sache. Der Schmerz bleibt. Er ist immer da. Man kann sterben, daran, an einer schwitzenden Bauchspeicheldrüse. Drei von zehn. Ist gesagt worden. Frantz drückt auf den Knopf neben seinem Bett. Wenn die Bauchspeicheldrüse sich entzündet, schwitzt sie, gewissermaßen, jene Magensäure aus, die sie produziert, aber sie schüttet die Säure nach außen hinaus, statt sie in den Magen zu pumpen. Sofort kommt eine Schwester. Dann verdaut sich das Organ gewissermaßen selbst, ist gesagt worden. Ich habe Schmerzen, sagt Frantz. Gleich, sagt die Schwester. Das Organ frisst

sich auf, es zersetzt sich selbst, und dann könne man das zermatschte Gewebe mit dem Finger wegwischen wie einen Knäuel Staub, sozusagen, wenn man die Bauchdecke öffnete, gleich, der Oberarzt kommt gleich, sagt die Schwester.
Gleich.
Er döst weg, trotz der Schmerzen.
Gleich.
Er wacht auf.
Man kann sterben, daran, gleich.
Und wenn man stirbt, wie banal ist das?

Man liegt da und kriegt eine Morphiumspritze. Man spürt nichts. Keine Schmerzen mehr. Frantz fühlt sich fast wohl. So ist das. Ist müde. Irgendwie weg, und doch da, und dann ist man ganz weg. Kein Tunnel. Kein weißes Licht. Allein. Kein letzter Rausch wie eine Teenagernacht. Der Tod ist so banal, so banal wie das Leben ab fünfzig. Wir können noch mehr, sagt der Arzt und spritzt was nach. Das müssten Sie gleich spüren, im Kopf, sagt der Arzt. Es ist der Oberarzt. Müssten Sie spüren. Zum Sterben kommt der Oberarzt. Frantz sieht den Oberarzt an. Geht's jetzt ans Sterben? Der Oberarzt hat die Spritze noch in der Hand. Schneiden Sie jetzt? Die Spritze steckt in einem kurzen Schlauch des Zentralen Venenkatheters direkt über seinem Herzen. Das zermatschte Gewebe? Nein, sagt der Oberarzt. Die Spritze ist noch halbvoll. Warum? Weil wir nur im äußersten Notfall am Pankreas schneiden. Warum? Weil das oft letal verläuft, sagt der Oberarzt. Im Kopf. Müssten Sie spüren. Ein Holpern. Frantz spürt etwas. Ein Holpern. Da holpert doch was.

Sein Herz. Frantz spürt das, ganz genau. Er verspürt nicht Schmerz, er spürt das Holpern. Sein Herz. Es setzt aus. Dann springt es. Es hüpft, ein paarmal, setzt aus. Mein Herz, sagt Frantz. Was?, fragt der Oberarzt. Es schlägt ganz komisch, sagt Frantz. Der Arzt sagt etwas, ganz laut. Frantz versteht nicht, der Arzt sagt, fühlt seinen Puls, winkt, er hat die Spritze noch in der Hand, ganz laut. Schlägt nicht mehr, sagt Frantz, ganz stimmlos. Der Arzt sagt etwas ganz laut. Frantz ist ganz leise. Der Arzt winkt. Wie banal. Fühlt den Puls, da ist nichts mehr, winkt, ganz laut. Möchte er jetzt nicht älter werden? Winkt. Wie warm. Auf einmal. Alt werden? Wie still. Auch wenn er Angst hat vor dem Alter und der Leere? Ganz leise. Ja. Ruhig. Ja, er möchte älter werden, jetzt, ganz bestimmt. Wo ist er? Älter als jetzt. Der Oberarzt. Spritze noch in der Hand. Nur noch diese Spritze, und dann ist er weg, denkt Frantz, ganz weg, und auf einmal ist so ein Leben vorbei. Zu Ende. Aus. Einfach so. Man ist irgendwie weg, man wird noch in den Operationssaal geschoben, und dann ist man ganz weg. So geht das. Schlägt nicht mehr. Wacht nicht mehr auf. Fertig. So. Die Wohnung wird ausgeräumt. So. Die Möbel werden verkauft. So. Verteilt, die Bücher, seine Bücher. Wer will noch mal? Wer hat noch nicht? Und die Fotos? Bilder? Und die Geschichten, die er geschrieben hat, all die vergilbten Zeitungsausschnitte im Karton im Keller neben den mit Marie-France eingekochten Aprikosenmarmeladegläsern vom letzten Aprikosenbaum auf der Frankfurter Allee im letzten Sommer, all die Magazinseiten, die er gefüllt hat, die vielen Jahre, so viele Länder, all die Nächte, Gedanken. Ja, ich will!

Tagebücher, Gefühle, Schmerzen, Träume? Müll. Den Rest kriegt der Ramscher.
Ich will leben!
Komisch. Dabei will doch jeder, dass was von ihm bleibt? Spritze. Hand. Was bleibt? Nur noch. Übrig? Diese.

Später, um wie viel später?, er liegt schon auf der ganz normalen Station, es ist die Station der siechen Nieren- und Blasenpatienten, die Station der alten Männer, man hat ihn dort wohl hineingeschoben, weil die Intensivstation nur mit den dringendsten Fällen belegt und auf der Innerei kein Platz mehr gewesen ist, kommt ein Arzt im Praktischen Jahr, der PJler.
»Wow«, sagt der PJler.
»Sie haben ja einen ZVK! Das ist das erste Mal, dass ich einen ZVK sehe! Darf ich mal?«
Thomas Frantz ist aufgewacht.
Der PJler beugt sich über Frantz und begutachtet die Schläuche an seiner Brust. Die Nadel des Zentralen Venenkatheders ist lang und krumm. Sie führt von der Haut durch das Gewebe hindurch direkt in eine Herzarterie hinein. Es hängen drei kleine Schläuche an dieser Nadel. Durch einen der Schläuche tropft eine Nährsalzlösung, darin das Schmerzmittel, durch die zweite das Antibiotikum. Der dritte Schlauch ist jetzt ohne Verwendung. Darin steckte die Spritze des Oberarztes. Der PJler ist begeistert. Frantz ist glücklich. Sein Herz schlägt wieder. Er ist nicht gestorben. Er atmet. Ganz glücklich. Zu den Lebenden kommt der PJler.
Er sieht an die Decke, sie ist gelblich, er sieht in das Gesicht des PJlers. Es ist freundlich.

»Das würd ich zu gern mal machen, Mann. So ’n ZVK legen. Sieht ganz schön kompliziert aus«, sagt der PJler.
Der PJler lacht.
Thomas Frantz lacht, er wiehert, er brüllt fast vor Lachen, bis er sich beinah verschluckt, und es sticht in seinem Bauch wie ein Bienenschwarm.
Er atmet, er lacht, sie haben nicht geschnitten. Es ist noch mal gut gegangen. So weit. Aufs Erste.
Jedenfalls gut. Jedenfalls gut.
Jedenfalls gut.
Er lacht, er wird nie wieder trinken dürfen, das weiß er und lacht.
Das muss ihm keiner erst sagen. Nicht. Und wenn er noch Wochen hier bleiben muss, bei den katholischen Schwestern. Nie mehr, kein Tropfen.
Da kommt Marie-France.
Jedenfalls gut.

Gehwegschäden

In jüngster Zeit beklagen Begeher und andere Mitarbeiter der Behörde immer häufiger das Bekleben der Hinweis- respektive Zusatzschilder Gehwegschäden sowie Geh- und Radwegschäden durch Dritte. Diese Schäden werden von den Begehern im Begehungsbuch handprotokollarisch festgehalten.
»Durch das Bekleben und Beschmieren der Schilder haben diese oft nur noch eine Halbwertszeit von einer Woche. Dann sind sie gar nicht mehr lesbar und müssen ausgetauscht werden«, stellt ein Mitarbeiter der Behörde fest.
Das Verschmieren und Bekleben öffentlicher Verkehrs- respektive Zusatzzeichen durch Dritte etwa in Form von Mitteilungen, Obszönitäten und Verzierungen vermittels nicht abwaschbarer Filzstifte und kleiner Aufkleber, die in aller Regel Demo- und Partyhinweise enthalten, sei eine »Unzumutbarkeit und ein Phänomen der Zeit«, sagt der Mitarbeiter.
Man versuche noch leidlich, den »Ist-Zustand« zu halten, soweit das der um die Hälfte zurückgefahrene Etat sowie die bis zum Existenzminimum ausgedünnten Personalstände der Behörden überhaupt noch zulassen, bedauert der Mitarbeiter.
Hinzu kommen noch die zunehmende Belastung durch erhöhtes Verkehrsaufkommen und wachsenden Tourismus sowie die Schlampigkeit von Bauunternehmern, deren Subunternehmen und Bauarbeitern bei der Beseitigung von Kollateralschäden im Gehweg-, Radweg- und Fahrbahnbereich, »juckt doch hier kein' Arsch mehr, wie das aussieht hinterher, nach mir die Sintflut«, flucht der Mitarbeiter der Behörde.

ÜBERHEBLICHKEIT

28. Die Autisten. Thomas trinkt Kaffee bei den Prekarianern. Ein neuer Mensch will er sein, aber die Frage nach dem Herrn und seinem Knecht wird noch einmal geklärt werden müssen

Ein Wartezimmer wie alle.
Venedig-Fotos, am frühen Morgen, auch noch selbst geschossen und gerahmt, silber. Schwarze Freischwinger, christliche Zeitschrift Chrismon. Das Parkett im Berliner Zimmer verschlissen, Praxisgeflüster, bitte schön, danke schön, zehn Euro Gebühr. Einmal Platz nehmen zum großen Blutbild.
Der Doktor empfängt im dreiminütigen Takt.
Er ruft und weiß die Namen seiner Patienten, er ruft sie selbst, die Sprechstundenhilfe hat ihm die Namen mit Akte vorgelegt. Anstehen zum Bild, und dann kriegt der Herr Barmbeck noch EKG, gell Herr Barmbeck, sagt die Stundenhilfe, ein gebrechlicher Mann blickt auf. Gas geben, Gas geben, gell Herr Barmbeck, sagt die Hilfsstunde und haut die Faust zweimal in die flache Hand. Der Doktor empfängt Herr Blaschko bitte, Gas geben. Bewegung, Bewegung, das ist wie beim Boxen, immer in Bewegung bleiben. Der Nächste zum Blutbild, auf auf. Herr Blaschko, da nehmse doch ersma wieda Platz. Ein anderer alter Mann steht vor der Hilfe, er hat einen Zettel in der Hand. Herr Blaschko platzt. Blutbad, der Nächste. Hamse wat jegessen? Wat? Brötchen? Na denn kommse nächsten Dienstag wieda.
Thomas steht jetzt selbst vor der Hilfe, kommse Freitag. Thomas möchte aber Dienstag, und er möchte neben der Kontrolle seiner Lipase-Werte und der Ultraschallunter-

suchung seiner angeschlagenen Bauchspeicheldrüse auch ein EKG unter Belastung vornehmen lassen, eine Ultraschallmessung seines Herzens und eine 24-Stunden-Blutdruck-Messung, er ist ein mitdenkender Patient, man muss in diesen Zeiten der Minutentakte ein mitdenkender Patient sein, das weiß Thomas, er denkt mit und sagt, was er will. Ultra jeht nich. Der Doktor is zwar spezialisiert auf Herzkreislauf, aber det Jerät ham wer nich, sagt die Hilfe. Kommse ersma zum Blutbild. Nein, beharrt der mitdenkende Patient, er möchte wenigstens zugleich die 24-Stunden-Messung und das EKG unter Belastung, okee, det Jerät hamwerda, die Kardiologie sehnwerspäter. Wat is denn noch mit Sie, Herr Blaschko? Der alte Mann sieht bleich aus, er ringt nach Luft.

Der Doktor empfängt Herr Frantz, bitte.
Es ist ein Mann so alt wie Thomas, schlank, blondes Haar, weiße Jeans und schwarzes Hemd, Lesebrille auf der Nase. Er weist Thomas einen Platz an und verschwendet keine Zeit.
Ja was glauben Sie, was hier los ist? Was glauben Sie, was ich hier für Geschichten höre? Wissen Sie eigentlich, wo wir leben? Da stehen die Leute noch in der Tür, und ich seh schon, was los ist. Junge Männer, kaum fünfundzwanzig, reihenweise und schon runter auf der Bereifung. Weiß wie die Wand, fassen sich an die Brust, ich krieg 'n Herzkasper. Die haben nix, sind aber schon fertig nach nur drei Jahrn im Job. Werber, Banker, Regierungsbeamte, alle völlig ausgebrannt in dem Alter. Die Arbeitswelt, das is die Revolution, glaubense mir. Alle geknechtet, alle doppelt und dreifach ran, was sind Sie? Journalist? Die

auch. Na denn. Sie sehn ja noch gut aus für Ihr Alter. Was wollen Sie? Langzeit? Lohnt nicht. Dafür ham wer keine Zeit. War 'n Scherz. Lassense sich 'n Termin geben. Wiedersehn.
Thomas verlässt die Hilfe und möchte frühstücken.

Vor dem Lokal City Yildiz am Rosenthaler Platz hat sich ein Trupp Arbeiter niedergelassen. Pizza & Pasta, Döner Kebap. Es scheinen Kroaten zu sein. Vielleicht auch Serben oder Bosnier. Sie trinken Cola und essen Döner. Abriss, schätzt Thomas dem Kalk und weißen Staub auf den Blaumännern nach, vielleicht Trockenbau. Nach Unrat sehen sie nicht aus, das würde er riechen, sie rauchen, während sie essen. Zeitarbeit, schätzt Thomas. Gleich neben dem Internetshop befindet sich die Vermittlungszentrale. Thomas geht ins Café St. Oberholz gegenüber und bestellt Latte Macchiato und ein Croissant mit Butter, er darf das vom Tresen aus gleich mitnehmen nach erfolgter Bezahlung. Funktion.

Thomas hat überlebt. Er trainiert wieder. Er boxt, spielt Schach. Er arbeitet, so gut es geht, sucht nach der Balance. Er möchte jetzt ein neuer Mensch werden, unter neuen Menschen sein in einer neuen Stadt.

Das Café St. Oberholz ist der Tempel des neuen Berlin, ein Bethaus der stolzen Prekarianer. So wie Thomas einer ist, ein Ritter, ein Prätorianer, die Garde stirbt, aber sie ergibt sich nicht. Deshalb geht er hierher. Er nimmt sich vor, tagsüber in ein schönes, junges Café zu gehen statt abends in die Kneipe. Es ist ganz wunderbar, so neu; plötzlich sieht er die Stadt mit anderen Augen, ganz nüchtern. Er wusste gar nicht, wie schön das sein kann, aber hier nennen sie sich nicht Prekarianer. Hier nennen sie sich digitale Boheme. Hier sitzen sie an hohen Tischen auf einem Brett entlang der Wand vor ihren Laptops und konzentrieren sich. Sie sitzen in Sesseln und Sofas an Wohnzimmertischen, an ganz normalem Kaffeehausmobiliar und in einer orientalisch anmutenden Ecke mit bunten Kissen vor ihren Laptops und konzentrieren sich. Sie sitzen im ersten Stock an rustikalen Holztischen und einfachen Stühlen vor ihren Laptops und konzentrieren sich. Es sind Rotten von konzentrierten Einzelgängern. Manche Einzelgänger bilden kleine, konzentrierte Arbeitsgruppen. Sie sitzen vor weißen und schwarzen Notebooks, konzentrieren sich und konsumieren Latte Macchiatos, Tramezzini, Bruschette, Taormini, Kohlrabi-Creme-Suppe mit Curry und Holunder-Kiwi-Chili-Bionade wie am Fließband. Manchmal steht jemand auf, verlässt seine Konzentration und geht raus, eine rauchen.

Die Plätze unten mit Blick auf die Kreuzung und Übersicht in den Raum hinein sind die begehrtesten. Thomas stellt sich vor, wie sie vertieft sind in ein Projekt, einen Blog, ein Layout, eine Graphik oder eine Studienarbeit, wie sie kleine Essays schreiben, Kommentare und Grußbotschaften und das alles hinausschicken in die Welt. Wie sie twittern, gruscheln, sich durch die Straßen von New York und Paris klicken, sie befinden sich maustechnisch ja am Nabel der Welt, und Brosamen klauben für den Tag im virtuellen Viehmarkt; dazwischen hören sie mp3 und suchen nach witzigen Werbeclips. Ein Mann

mit Glatze sitzt vor roter halber Kuh an der Wand, eine hübsche Frau im Burgundersessel, ein handverlesenes jahrhundertealtes Waschbecken, vielleicht Paris, ziert die Herrentoilette und wohl ein Ebenbild auch die der Damen, das kann Thomas durch die Glastür erkennen.
Thomas gibt sich Mühe. Er packt seinen Toshiba aus. Er liest Nachrichten und versucht, vergnügt und geschäftig zu sein. Aber er mag sie nicht, diese Prekarianer. Es sind nicht seine. Sie sitzen da den ganzen Tag bei Macchiatos und Espressi, bei Tramezzini und Mate und Bruschette, auch wenn es auf der Karte heißt Molle vom Fass und Mumpen uff Flasche. Das kostet alles eine Schweinekohle. Es sind apanagierte Prekarianer. Bürolose Nomaden von der Ich-zuerst-Agentur, Hätschelkind-Trainees, von ratlosen Eltern des Wirtschaftswunders gesponserte Prekarianer. Ihnen steht das Wasser noch lange nicht bis zum Hals. Vielmehr eine lässige Zeitschriftenlangeweile im Gesicht. Sie tragen den Chic der Casting-Allee, secondhand mit einem Glanz von Dreck. Poliertes Lumpenprekariat. Die Glatze vertieft im iBook, ganz Ego wie er selbst, ein Mann trägt Kuchenschachteln zur Tür hinaus, die Glatze reibt sich den Kopf, das Mädchen im Burgundersessel ist weg, die Glatze mit Stern auf brauner Brust ist genervt, aber farblich korrekt vor der roten halben Kuh, und das muss man sich auch mal vergegenwärtigen, iBook heißt ja wörtlich übersetzt: Ich-Buch.
Das ist also der letzte Schrei der Republik. Thomas strengt sich an, aber es ist schwer, aus seiner Haut herauszukriechen. Sanftes Tastaturgeraschel, gedämpfte Blue-Tooth-Kommunikation. Da hat in den Cafés doch glatt die digitale Revolution Einzug gehalten. Das Leben

ist eine Lounge im myspace zwischen London, Berlin, Tokio und Tel Aviv, sinniert Thomas, ein Ritt auf dem Stick, ein Soloauftritt live und WLAN-verbunden aus den Schaumstoffkissen des apfelgrünen Sperrmüllmöbels direkt in die internationalen Märkte hinein ..., bravo.
Thomas holt sich einen weiteren Latte Macchiato und versucht Zeitung zu lesen, ersinnt aber nur Gemeinheiten. Ihnen schießt das Adrenalin noch nicht genug ins Hirn, diesen Schnöseln, die noch wie berauscht sind von der eigenen Wichtigkeit. Dabei merken sie nicht einmal, dass sie in ihrer schönen neuen Arbeitswelt eine Fragrance von Freigeist verbreiten, aber das Wesen der Knechtschaft atmen. Ihre Lässigkeit ist der Dresscode der Freiheit, das ist ihre Rüstung wie das Schachboxen für Thomas. Wie lange wird es dauern, bis ihren Alten die Puste ausgeht? Wie lange werden sie noch von ihren biodynamischen Triple-Decker-Clubsandwiches mit gegrillter Putenbrust, Sojakeimlingen und Pinienkernen abbeißen können? Und was würde passieren, wenn all diese drahtlos verbundenen Kaffeehausautisten einen Tag lang ihre Arbeit niederlegten? Wenn sie im ganzen Land ihre Laptops geschlossen hielten, ihre Handys ausschalteten und mit Trillerpfeifen auf die Straße gingen? Würde Deutschland im Chaos versinken? Würde das Netz zusammenbrechen? Würden virtuelle Züge zu spät kommen, digitale Förderbänder stillstehen, graphische Zechen geschlossen, imaginierte Warenkörbe und Briefkästen leer bleiben, würden irgendwelche World-Wide-Web-Runde-Tisch-Gespräche und Internet-Tarifverhandlungen in Gang gesetzt, die Volksseele in Aufruhr

versetzt? Vermutlich ginge das Café auf einen Schlag pleite. Thomas leert sein Glas, fühlt Müdigkeit gepaart mit einer angenehmen Leere im Kopf, setzt sich draußen auf die orangerote Plastikstuhlbank und raucht frische Luft. Als er dort das Handy anstellt, sieht er, dass Shandor bereits dreizehnmal angerufen hat.

Thomas erinnerte sich daran, dass er mit Shandor für diesen Abend verabredet war, zu einem Jazz-Konzert. Shandor hatte die Karten organisiert, er hatte sie umsonst bekommen, auch Cordula und Dietmar sollten kommen.

Immer wenn Shandor anrief, war er völlig genervt. Es wäre ihm nie in den Sinn gekommen, danach zu fragen, wie Thomas sich gerade fühlte oder was er machte. Shandor rief ihn an, im Tonfall Seiner Generalität gegenüber der Ordonnanz, und Shandor setzte dabei einen umfassenden Wissensstand um seine Person und stündliches Befinden voraus, was Thomas automatisch zum Nachfragen zwang.

Etwa weil die Kinderfrau einen halben Tag freihatte und Shandor sich seit dem frühen Morgen in der Zehlendorfer Villa mit der zweijährigen Tochter zu beschäftigen hatte, während seine Frau arbeitete. Damit war Shandor vollkommen überfordert, so wie seine Frau mit ihrer Arbeit vollkommen überfordert war, weil sie im Alter von neununddreißig Jahren aus einer gewissen Neugier heraus zum ersten Mal in ihrem Leben arbeitete, selbstverständlich an einem eigenen Modelabel, was sich in ihrer Laune widerspiegelte, was sich natürlich auf Shandors Stimmung übertrug. Es hatte einige Male gebraucht, bis

Thomas diese Nuancen in den kurzen, barschen Telefonsequenzen einordnen konnte, denn ein andermal war Shandor einfach nur übernächtigt und deshalb gereizt gewesen, oder er hatte Ärger mit seiner Frau bekommen, weil er bei der Übernächtigung gekokst hatte bis zum Umfallen. Dieses Mal musste es wieder die Kinderfrau sein, eine ältere polnische Dame, die in einer Art Leibeigenschaft in einem Zimmer der Zehlendorfer Villa Shandor lebte und 24 Stunden für Kind und Haus verantwortlich war, denn Thomas erinnerte sich daran, dass Shandor während des letzten Telefonats ganz außer sich gewesen war, weil ihr Mann in Polen einen Herzinfarkt erlitten hatte und die Kinderfrau Hals über Kopf abgereist war.
Shandor hatte also schon dreizehnmal angerufen, es musste wohl etwas Dringendes sein, von 9.02 Uhr bis 11.48 Uhr dreizehn Anrufe, Mannomann. Thomas rief ihn zurück.

Shandor grüßte nicht.
»Ich hab miese Laune.«
Ohne eine Antwort abzuwarten, fuhr er fort.
»Die Kinderfrau ist nicht da, und ich habe eine Frau, die mich um ein Uhr morgens anruft und verlangt, dass ich sofort nach Hause komme.«
»Das verstehe ich jetzt nicht ganz ...«, sagte Thomas.
»Ich war tanzen, klar? Tanzen!«
Shandor brüllte beinahe, und Thomas hielt das Handy etwas vom Ohr entfernt.
»Ja wenn ich nicht tanzen kann, sollst du auch nicht tanzen, und du kommst jetzt sofort nach Hause! Hallo? Ich

war tanzen! Ja? Nicht etwa im Puff oder wo, nein, tanzen.«
Thomas wollte etwas sagen, aber Shandor ließ ihm nicht die Zeit dazu.
»Ich war um fünf Uhr morgens zu Hause, okay? Hallo? Nicht um sieben oder um neun, nein, um fünf. Okay?«
Thomas wollte etwas fragen, den bevorstehenden Abend betreffend, aber Shandor ließ es nicht dazu kommen.
»Ich bin jetzt nicht in der Lage, zu telefonieren!«
Shandor hängte ein. Er war sehr wütend gewesen.
Die Verabredung hatte er wie üblich vergessen.

Auch so etwas nennt man Autismus, dachte Thomas. Wäre er an diesem schönen Mittag nicht so milde gestimmt gewesen, hätte er sich bestimmt geärgert. Aber es gab diese Menschen nun mal immer häufiger, Menschen, die wie Shandor Selbstgespräche führten, wenn sie mit anderen sprachen, und nicht einmal mehr die Grundbegriffe menschlicher Kommunikation wie Guten Tag und Auf Wiedersehen beachteten. Wir haben unsere gesellschaftlichen Gemeinplätze, falls es einmal so etwas wie common sense gab, doch längst verlassen. Eine Frage jedenfalls wird neu gestellt und erarbeitet werden müssen, dachte Thomas und sah auf die Kreuzung Rosenthaler Platz. Die Frage nach dem Herrn und seinem Knecht. Herrn Puntila und Matti. Hat der Herr einen anderen Gott als der Knecht? Diese Frage hatte einmal ein Irrer namens Pong erhoben. Die Frage bewegte ihn. Sah er sich nicht, beinah kokettierend, in der Rolle des Knechtes? Hatte er diese Rolle nicht, in fast betrügerischer Absicht, als seine natürliche Aufgabe betrachtet, obwohl er faktisch doch niemandes Knecht war, zumindest nicht eines bestimmten Herrn Knecht, sondern, wenn überhaupt, vieler Herren Aktionäre Knecht? War er irgendwo angestellt? Aß er eines Mannes Brot, des' Lied er hätte singen sollen? Nein. Thomas war sein eigener Herr.

War er das wirklich?

Die Frage des Herrn und des Knechtes kann man heute nicht mehr stellen, dachte Thomas. Es gibt keine klare Einteilung zwischen Herr und Knecht mehr. Das Zeitalter der Großgrundbesitzer hat mit Bertoluccis *1900* ein Gesicht bekommen. Die Herren von heute haben ja keine Gesichter mehr. Man kennt sie nicht, man erkennt sie nicht einmal, wenn sie einem begegnen, wenn sie über die Kreuzung Rosenthaler Platz spazieren und ein Café betreten, man weiß nicht, wie sie aussehen, wo sie wohnen, wer sie sind und was sie machen. Man sieht nur die Möchtegernherren, sieht sie vielleicht in dieser oder einer anderen Show, in einem Restaurant, der VIP-Lounge eines Nachtclubs, wo sie sich nur durch eine dünne Kordel von den anderen getrennt von deren gierigen Blicken bewundern lassen, aber ein großer Wagen, ein Kübel Champagner, das macht noch keinen Herrn. Man weiß jedoch, dass es sie gibt, dachte Thomas. Es sind womöglich viele. Man weiß ja gar nicht mehr, gegen wen oder was man sich wehren soll. Es ist alles so diffus geworden. Die Menschen, dachte Thomas, teilen sich jetzt unsichtbar in Herren und Knechte, und jeder, der ein Knecht ist, hat dieses Bewusstsein verinnerlicht, ohne sich vielleicht darüber im Klaren zu sein oder es jemals auszusprechen. Der Knecht, dachte Thomas, ist und bleibt in uns, auch in ihm. Und die Herren waren auch täglich um ihn herum. Es konnte dieser Gimpel da in seinem Nadelstreifenanzug sein oder auch der mit der lässigen Lederjacke dort an der Ampel oder die Frau, die gerade aus der Apotheke kommend ihren Pinscher aufhob und innig aufs Maul küsste. Selbst unter seinen Freunden waren sie, ja sogar unter den Frauen, die Thomas vorgab zu lieben.

Thomas machte sich selbst zum Knecht. Das wusste er. Es lag eine feine Unterwürfigkeit in seinen Gesten gegenüber manchen, die er als seine Freunde bezeichnete. Er spielte gern den Claqueur, hörte zu, applaudierte laut und bereitwillig, bewunderte und bejahte, nahm Anteil und lobte, und das schien seine Herrenfreunde für den Moment glücklich zu machen, was Thomas wiederum für den Moment glücklich machte. Es hatte Thomas dabei nicht im Geringsten gestört, dass sie nur von sich sprachen und sich immer seltener, mehr der Form halber, auch mal nach ihm erkundigten. Thomas schrieb das seiner Gutmütigkeit zu, von der seine Freunde schwärmten, auch wenn er sich der Dummheit, die darin lag, manchmal nicht ganz verschließen konnte. Dann schrieb er diesen Umstand wieder seiner Neugierde und seinem aufrichtigen Interesse zu, wodurch er, wie er dachte, tiefer in die Freunde hineinsehen konnte, denn wer bewundert wird, der öffnet sich. Er liebte es, durch die Bewunderung, die er zollte, schließlich selbst ein Stück Befriedigung zu bekommen, und darin liegt das Wesen der Knechtschaft.

Wann beginnt diese Einteilung? Ist sie ein Los, das in früher Kinderheit gezogen wird, vielleicht schon vor der Geburt? Die Frage des Herrn und des Knechtes war einmal eine Bestimmung, dachte Thomas, und diese hervorragende frühe Einordnung erwies sich in manchem späteren Berufsleben als äußerst vorteilhaft. Wer zuhört, anstatt zu reden, dem erschließt sich die Welt, das ist die Macht der Knechte, und ist der Knecht nicht also der geborene Journalist? Thomas treibt es gern auf die Spitze: Sind es nicht die Knechte gewesen, die die Städte gebaut und die Welten entdeckt hatten? Sind nicht sie es gewesen, die das Dekameron, die Ilias und das Buch Hiob geschrieben hatten? Was hatten die Herren dagegen schon geleistet, außer Maulaffen feilhalten und mit einer zweijährigen Tochter völlig überfordert zu sein? So ist das. Der Herr, der starke, ist immer stark. Der Knecht, der schwache, immer schwach. Aber der Schwache kann über sich selbst hinauswachsen, dachte Thomas, er war wie berauscht davon.

Das Telefon klingelte.

»Oh Mann«, stöhnte Shandor.
»Was denn?«
»Grad bin ich bei Adnan, Mittagessen, die haben da heute Carpaccio und Trüffelspaghetti im Angebot, und was seh ich da?«
»Ja was denn?«
»Flipflops.«
»Flipflops?«
»Ja Flipflops! Das halt ich nicht aus. Da laufen sie schon mit Flipflops auf der Straße rum. Ich halt's nicht aus. Ich meine, da warn wir in Siena in der Via Banchi di Sopra, das ist die exklusivste Einkaufsmeile da, und meine Frau

trägt Flipflops. Hallo? Flipflops? Ich meine, die Italienerinnen, alle total aufgebrezelt wie verrückt, und meine Alte hat Flipflops an den Füßen? Ich sag zu ihr: Du gehst jetzt zum Auto zurück und ziehst dir Schuhe an. Und wenn du keine Schuhe im Auto hast, dann gehst du da rüber in das Geschäft und kaufst dir Schuhe. Da hast du Geld. Da flennt die Alte auch noch. Also so was. Flipflops. Das macht mich fertig. Das geht gar nicht.«

»Aber sie hat doch jetzt gar keine Flipflops an, oder? Das waren doch andere Frauen, die du da gesehen hast, wenn ich dich richtig verstanden habe«, wandte Thomas ein.

»Die macht mich noch krank, die Alte.«

29. The medium is the message. Die Pecha-Kucha-Nacht

»Hi!«
Die junge Frau klopft ans Mikrofon.
»Ich dachte, ich spreche heute über 20 Orte, an denen ich Sex hatte. Und da kann's auch schon losgehen«, sagt die junge Frau auf der Bühne.
Auf einer Leinwand erscheint ein Bild. Darauf ein Etagenbett, aufgewühlt, Gitarre, Reiseführer, Turnschuhe auf dem Boden.
»Ja, da zum Beispiel, ein Hostel in Barcelona.«
Die junge Frau dreht dem Publikum den Rücken zu und sieht auf das Bild.
»Jeder kennt das, Las Ramblas, Reisefieber, Gemeinschaftsräume, äh, es geht dann irgendwann nur noch darum, wer oben oder unten liegt.«
Das Bild auf der Leinwand wechselt. Man sieht einen Küchentisch.
»Mein Küchentisch.« Das Mädchen tritt jetzt näher ans Mikrofon und wird lauter. Ihr Gesicht verrät keine Regung. »Geerbter Küchentisch von der Oma, Blumen aus'm Garten, morgens halb acht, noch halbnackt, Frühstück ... und man beißt noch mal an ...«
Gelächter.

Die junge Frau auf der Bühne hat einen frechen Bubikopf und große, wache Augen. Sie trägt einen dunklen Hosenanzug und Turnschuhe dazu. Das Bild hinter ihr

wechselt. Man sieht ein Stück Strand in schwarzer Nacht, Bierflasche, Strohhut, Handtasche, BH, das Blitzlicht der Kamera beleuchtet eine Kuhle im Sand.
»Ha! Hauptbahnhof, direkt dahinter, Sensation-Festival, kennt ihr vielleicht. Äh, ja, da in der Mitte ...«
Die Frau auf der Bühne grinst.
Großes Gelächter.

Es ist Berliner Pecha-Kucha-Nacht. Thomas ist an diesem Abend im Festsaal Kreuzberg, weil die Schachboxer Otto, Friederike, der dicke Daniel, Daniela, Murat, Samy the lawyer und noch ein gutes weiteres Dutzend da sind. Das ist ihre Szene. Sie verpassen keine Veranstaltung. Wenn Schachboxen die Sportart der Prekarianer ist, dann ist Pecha Kucha ihre Bühne. Dafür wird sogar das Training verschoben. Im Hof und an der Bar gibt es Getränke. Das Bild auf der Leinwand wechselt. Man sieht einen Fahrstuhl, von innen fotografiert. In einer Ecke des Fahrstuhls liegt ein kleiner roter zusammengeknüllter Slip.
»Oh ja der Fahrstuhl, ganz schlimme Sache. Irgendwo in der Nähe des Kurfürstendamms. Sechs Prozent aller deutschen Männer hatten schon mal Sex im Fahrstuhl. Lange Arbeitszeit, den ganzen Tag hat's schon so geknistert, und dann ist niemand mehr da außer *der* Typ und ich ...«

Es sind rund 500 Leute gekommen. Die Kreativen der Stadt und solche, die sich dazu zählen. Hierher kommen die, die am Tag in den Cafés vor ihren Laptops bei Latte Macchiatos und Panini und Tramezzini sitzen und sich konzentrieren. Die, die in den Intelligenzagenturen, den Gemeinschaftskanzleien und Patchworkshops hocken oder allein am Schreibtisch vor dem Fenster zur Kastanie im Hof. Thomas erkennt sie und die Zeitschriftenlangeweile in ihren Gesichtern und den gepflegten Secondhand-Look. Auch Elvira, seine Nachbarin, ist da. Die, die sich in kleinen, in Kopfhöhe abgesägten Würfeln, in schäbigen Kantinen, auf toten Fluren und Linoleum wie Pizzakotze der Einsamkeit ergeben und die, die in verglasten Palästen und endlosen Konferenzen ihr Leben hingeben. Thomas identifiziert sie anhand ihrer Business-Kostüme, Dreitagebärte und ihres bossigen Gehabes. An manchen Abenden sind es mehr als 1000. Die Treffen finden in Clubs statt und in Sälen, in Museen, einer verwaisten Fabrikhalle oder einem Supermarkt. Was immer sich findet und hip genug ist. Der Festsaal Kreuzberg in der Skalitzer Straße ist ein Ort, an dem sonst Rockkonzerte, Poetry Slams, Schachboxkämpfe oder ein Oktoberfest mit Jodeln und Hau den Lukas stattfinden. Wieder wechselt das Bild auf der Bühne. Man sieht eine Dampfsauna, einen kleinen Raum wie in einem Hamam.

»Ah! Freitagabend, Swinger-Club«, sagt die junge Frau. »Jeder von euch war schon mal im Swingerclub. Oder? Man geht rein, an der Kasse schon ’n Riesenbottich Kondome, man geht runter, Séparées, 2000 Quadratmeter, 400 Leute, man geht durch die Cruising Area, Darkrooms, an den Käfigen vorbei, überall Glory Holes, Menschen, die an Kreuzen hängen, irgendwann kommt man zu den Sprudelbecken und auch zur Sauna ...«

Raunen.

Pecha Kucha ist ein Vortragsabend. Das Wort kommt aus dem Japanischen und heißt so viel wie wirres Geplapper. Das ist es aber nicht. Es ist eine rasante Abfolge von PowerPoint-Präsentationen mit klaren Regeln. Pecha Kucha ist eine Weltbewegung. Die Globalisierung der Kreativität, erfunden von zwei Architekten in Tokio. Pecha Kucha gibt es in 534 Städten von Dawson City am Yukon bis nach Bangalore, Hyderabad und Honolulu. Man sieht einen Parkplatz, Gebüsch. Auto, ein Motorrad.

»Da im Gebüsch, man sieht da sogar noch was, in der Mitte, da, es riecht nach Schweiß, Dogging. Raststätte, zack, ran, man kann sich auf den Websites erkundigen, wo das stattfindet, die Männer fahren vor, man lässt sein Geschlechtsteil zum Fenster raushängen, Frauen haben da andere Zeichen ...«

Die junge Frau auf der Bühne lacht.

Das Publikum jubelt.

Die Regeln sind einfach. Du kannst über alles sprechen, solange es deine Leidenschaft ist. Du darfst jedes Thema präsentieren, deine Arbeit, dein Produkt, dich selbst, solange es nicht länger als sechs Minuten und vierzig Sekunden dauert. Nichts ist zu abwegig, zu pervers, zu unbedeutend, solange du den Rahmen nicht sprengst. Man sieht eine Toilette auf der Leinwand. Eine der Türen ist geöffnet, auf dem Boden wieder der rote Slip.

»Panorama Bar Berlin, Europacenter, links in der Nachbartoilette sind die Mädels am Koksen, in der Mitte wird abgefahren!«

Die junge Frau wischt sich Schweiß von der Stirn, Thomas trinkt Cola. Es wird ihm warm, der Saal kocht. Neben ihm sitzt Otto, der grinst über beide Backen, jemand stößt die Cola auf dem Boden um. Pecha Kucha ist eine neue Dimension. Nicht im Sinne von Raum. Im Sinne von Hyperraum. Es folgt die Aufnahme einer Matratze auf dem Boden eines WG-artigen Zimmers, ein verwüsteter Schreibtisch in einem Büro (bei der Arbeit gilt ja: networken, networken, networken, sagt die junge Frau), und plötzlich sieht man das Foto eines jungen Mannes mit Sektglas in der Hand.

»Da! Das ist er!«, ruft die junge Frau jetzt völlig hysterisch, »das ist der Mann, mit dem ich all diesen sagenhaften Sex hatte! Wessel Wubs. Da! Holländer, sieht klasse aus, steht hier auf 'ner Party, total charmant, leider homosexuell, hab ich erst dabei bemerkt«, bedauert die Frau auf der Bühne, ihre Stimme überschlägt sich jetzt fast, es folgt das Bild einer Gruppe junger Leute, die winken, in der Mitte der Gruppe steht die junge Frau selbst, »ja und das ist meine Crew, die haben die ganze Zeit dabei zugeschaut.« Sie lacht und lässt mit dem letzten Bild die Katze aus dem Sack: Es ist ein Werbebanner, der Schriftzug der neuen »GIB AIDS KEINE CHANCE«-Kampagne, die bald bundesweit plakatiert werde, sagt die junge Frau begeistert.

»Ja, macht alle mit, seid alle gut. Bitte schön, danke schön!« Die junge Frau knickst und schickt Küsse ins Publikum.

Tosender Applaus.

»Sag mal, Otto, wir haben hier Eintritt gezahlt, um Werbung zu sehen?«, fragt sich Thomas.

»Ist doch egal. War doch geil, oder?«
Otto grinst von einem Ohr zum andern und späht nach etwas sexuell Verwertbarem.

Der Rahmen ist ein Vortrag aus 20 Bildern à 20 Sekunden. Die Bilder bringst du mit, die Reihenfolge bestimmst du selbst. Jedes Bild wird auf eine Leinwand projiziert und bleibt dort exakt 20 Sekunden stehen. Dann wechselt das Bild, du hast keinen Einfluss darauf. Du erzählst etwas zu den Bildern oder du liest etwas vor, du sprichst mit dem Publikum oder mit dir selbst. Wie du willst. Du hast sechs Minuten vierzig. Auf deinen Vortrag folgt direkt der nächste. Der Vortragende heißt Speaker. An einem Abend sind es zwischen acht und vierzehn. Jeder kann ein Speaker sein, er muss sich nur anmelden. Dann wird er auf die Liste gesetzt. Eine andere junge Frau betritt die Bühne und sagt: Ich habe mich seit fünfzehn Jahren mit mir selbst beschäftigt und 2000 Fotos von mir gemacht. Sie zeigt zwanzigmal sich selbst, nackt, und ordnet diesen Bildern Drogenrausch und Depressionen zu. Otto ist völlig aus dem Häuschen. Er hat Kontakt zu seiner Nachbarin aufgenommen.
Der Nächste nimmt das Mikrofon und sagt: Ich bin ein koreanisches Projekt in Zusammenarbeit mit einer Telefongesellschaft. Man steckt vierundzwanzig junge Kreative zwölf Wochen in sechs Kammern einer Fabriketage in Seoul und lässt sie arbeiten, an was sie wollen, Pixel, Programme, quadratische Handys, und was kommt heraus bei dem Experiment?
»Julia.«
Julia ist auf dem letzten Bild schon fünf Monate alt.

Pecha Kucha ist eine Show. Nicht im Sinne von Comedy. Im Sinne von Reality. Jemand spricht über seine Erfahrungen als Wahlbeobachter im Kongo. Ein Arzt erklärt, wie man Beinprothesen herstellt. Ein Fotograf zeigt zwanzig Pudelportraits, und gleich darauf erzählt ein junger Deutsch-Iraner, wie sein Cousin bei einer Demonstration in Teheran verschwand – und die Familie nach 25 Tagen gegen Kaution seine Leiche zurückbekam. Pecha Kucha ist ein Spiel. Nicht im Sinne von Spaß. Im Sinne von todernst. Es geht um kybernetische Liebe, Hunger in Somalia und eine Kernseifensammlung. Eine Frau fährt seit dreizehn Jahren Motorrad und sucht einen Verlag und Sponsoren für die erste Motorradzeitschrift, die nicht an Technik orientiert ist: Look und Maschine müssen stimmen bis zum Stitching auf dem Sattel, sagt sie. Hier haben wir ein Cowgirl-Model von Dolce & Gabbana von der Mailänder Frühjahrsmesse, versucht mal, dazu die Ariel 350cc Replica von 1978 aufzutreiben, herrlich, dieser kurze Sattel. Pecha Kucha ist Unterhaltung. Nicht im Sinne von chatten. Im Sinne von zappen. Eine japanische Modemacherin zeigt 20 Modelle für eine Heißluftballonhochzeit. Ein holländischer Architekt präsentiert einen Lounge Chair für Gott und ein englischer Designer die Idee eines TV-Shopping-Kanals für Raubkopie-Uhren. Pecha Kucha ist das Internet. Nicht im Sinne von online. Im Sinne von live.

Die meisten Pecha-Kucha-Vorträge folgen dem amerikanischen Prinzip des Sales pitch. Der Sales pitch ist ein Vortrag zum Zwecke des Verkaufs eines Produkts, einer Idee oder Dienstleistung. Er dient dazu, das Produkt, die

Idee oder Dienstleistung einem Publikum vorzustellen, das noch keine Ahnung von der Idee, dem Produkt, der Dienstleistung hat, oder das Wissen um die Funktion und Vorteile bereits bekannter Produkte, Ideen, Dienstleistungen zu erweitern. Jemand geht auf die Bühne und sagt: Ich will euch was vom guten Kapitalismus erzählen. Ich will euch beibringen, wie man ein Unternehmen mit kleinen Mitteln gründet. Wie man eine Idee wie Fahrradpolo, das praktisch nichts kostet, erfolgreich vermarktet. Man sieht auf der Leinwand, wie eine Horde Jugendlicher auf Fahrrädern mit Poloschlägern in der Hand einem Tennisball nachjagt. Es geht darum, sagt der Typ auf der Bühne, dass unsere in der Geborgenheit der virtuellen Welt geborenen Ideen in der Piranha-Welt da draußen Bestand haben. Pecha Kucha ist ein Forum. Nicht im Sinne von Meinung. Im Sinne von Markt. Thomas ist völlig gebannt. Otto beugt sich weit über seine Stuhllehne und ist mit seiner Nachbarin in ein inniges Gespräch verkeilt.

Ein guter Sales pitch spricht den Kunden direkt an. Er duzt ihn, siezt ihn, er erzeugt ein Wir-Gefühl. Er spricht über *deine* Probleme, *unsere* schwierige Situation. Der Speaker wirft Fragen auf, die er sofort beantwortet. Er wirft Fragen auf, die der Zuhörer sofort beantwortet. Je öfter er das tut, desto besser. Jede Frage dient einem Erkenntnisgewinn und führt unweigerlich zum Produkt. Deine Ziele und die Ziele deiner Zuhörer sind eins. Das Thema ist zweitrangig. Auf dem Höhepunkt deines Vortrags solltest du dein wichtigstes Verkaufsargument anbringen, effektvoll und überzeugend. Das ist dein *Pitch*,

der *Wurf* des Balls. Darauf läuft der Vortrag hinaus. Der Sales pitch ist nicht die Verkaufspräsentation einer Zahnpasta, eines Küchengerätes, Reinigungsmittels oder Schmuckstücks auf einem Homeshopping-Sender. Der Sales pitch ist Bestandteil des Lebens. Werbung, Kunst, Marketing, Mode, Architektur, Film. Selbst der Redakteur einer Lokalzeitung muss täglich den leitenden Redakteur von der Wichtigkeit seiner nächsten Geschichte überzeugen. Das ist ein Sales pitch, und er tut gut daran, wenn er etwas davon versteht.
Dein Sales pitch kann dramatisch sein oder komisch. Wie du zu deinem Ziel gelangst, ist egal. Je größer der Lacher, je tiefer das Gruseln, desto länger bleibt dein Produkt, deine Idee, deine politische Botschaft in den Köpfen. Je öfter du einen Running Gag wiederholst, desto intelligenter wird er. Die besten Speaker beim Pecha Kucha produzieren Lacher wie ein Stand-up Comedian. Aber auch der schüchterne Speaker, der ängstlich und verschmitzt Auftretende, der verkauzte Wunderling und nervöse Versprecher, kalkuliert oder nicht, kann sein Publikum begeistern und seine Ziele erreichen. Pecha Kucha ist eine Existenzform. Nicht im Sinne von *der Mensch*. Im Sinne von *die Borg*.

In der Pause drängt alles an die Bar. Thomas und Otto stehen in der Schlange. Es wimmelt nur so von Agenten, Trendscouts und Marketingtypen. Thomas erkennt sie an ihren Trainings- und beklebten Motorradlederjacken, ihrem wilden Seeräuberlook. Thomas begreift: Hier holt die Industrie ihre digitalen Kinder ab. So ist das. Architekten, Eventmanager, Designer, Werber geben sich mit der Bierflasche in der Hand den Gestus des Künstlers und verbreiten den Odem des Speichelleckers. So geht das. Pecha Kucha ist ihre Verbindung. Nicht im Sinne von Nähe. Im Sinne von Netzwerk. Thomas weiß nicht recht, ob er angewidert sein soll oder traurig. Der neue Mensch ist also, glaubt Thomas zu verstehen, der vollendete Konsument. Er entwirft, bewirbt, vertreibt und kauft das Produkt gleichzeitig. Alles, was er dafür verlangt, ist ein bisschen Anerkennung. Thomas wird wütend.

Nach der Pause hat sich Ottos Nachbarin woanders hingesetzt. Ein Physiker und Manager eines Telefonkonzerns spricht über die Quantentheorie des Markenzeichens. Die Werbung im Netz wird immer kleiner, hat er beobachtet, bis hin zu winzigen Pixel-Bildchen auf Twitter-Nachrichten, die mit dem bloßen Auge kaum noch zu erkennen sind, aber gern aus Versehen angeklickt werden. Nanomarketing nennt er das. Ein schlaksiger Typ mit Pilzkopf, Bundfaltenhose und Trainingsjacke springt auf die Bühne und hält einen Vortrag mit dem Titel: Digitale Fallen. Der Typ sieht aus wie eine intelligente Version von Tom Cruise und macht keine langen Umschweife. Er gibt sich als Creative Director einer Amsterdamer Agentur zu erkennen, die Computerspiele entwickelt, und erzählt von seiner Arbeit. Er zeigt Cartoons von Mickey Mouse bis zu höllenartigen Endzeitzeichnungen und plötzlich das Foto eines Jungen vor dem Weihnachtsbaum.
»Ja, so hat's mal angefangen. Früher, einige hier im Auditorium werden sich erinnern, war Weihnachten anders.

So hab ich meine ersten Skizzen gemacht, mit Malstift und so, noch auf Papier.«
Das Bild wechselt, man sieht die Zeichnung eines total verkabelten Zombies, der an Schläuchen und Maschinen hängt.
»Und so sieht das Ganze heute aus.«
Gelächter.
»Kennt ihr vielleicht, es ist alles so monoton geworden, alles geht nur noch durch diesen Bildschirm wie durch ein Nadelöhr hindurch. Wir arbeiten ja nicht mehr mit Schere oder Papier oder solchen Sachen, die eigentlich einen schönen eigenen Look haben. Es ist im Prinzip immer alles gleich. Ich denke, in der Computerspielbranche sieht man ganz gut, was passiert, wenn man eine Sache ins Extrem treibt.«
Man sieht jetzt einen prallvollen Aschenbecher.
»Es kommt mir manchmal so vor, als wären wir Kettenraucher, die Industrie sagt uns ja, wir sollen mit Genuss rauchen, aber es gibt halt Leute, die das die ganze Zeit machen. Wir gehören genau zu denen«, sagt der Typ auf der Bühne, und es wird ziemlich still im Saal.
Der Typ spricht so geschliffen wie schnell, aber es liegt so etwas wie Wehmut in seiner Stimme. Er spricht von Ablenkungen und tausend Kreativprogrammen, die jeden Tag parallel auf seinem Bildschirm laufen und nach Aufmerksamkeit schreien, von sozialen Netzwerken, die gespeist werden wollen, und davon, dass gleichzeitig gar nichts mehr in seinem Leben passiert. Der Typ spricht schnell, und er spricht allen im Saal aus der Seele. Es ist Thomas, als säße er in einem Meeting der Anonymen Alkoholiker. Der Typ steht da oben und schluchzt schon fast.

»Worum geht's denn in Wirklichkeit? Ihr sollt nicht vergessen, warum wir überhaupt angefangen haben mit der ganzen Sache, nicht, weil wir gesagt haben, hey, ich möchte den ganzen Rest meines Lebens vorm Computerbildschirm sitzen, nein, sondern weil wir was erschaffen wollen und der Computer nur Mittel dazu ist. Und ich glaube, es tut ganz gut, auch mal 'nen Schritt zurück zu machen und zu sagen, äh ... ich mach das Ding jetzt einfach mal aus.«

Otto tuschelt jetzt mit einem anderen Mädchen, das vor ihm sitzt, und Thomas hat eigentlich genug für diesen Abend, aber er sitzt nun mal mittendrin, und für den Schluss wird noch ein echter Kracher angekündigt. Die Bühne betritt ein kleiner dicker Mann. Er hat einen Zwicker auf der Nase und trägt einen Dreiteiler im Retrolook. Er sei ein hochrangiger Vertreter der Österreich-Werbung, und er spricht über die Renaissance der Ansichtskarte in Zeiten der Krise, er hat eine Stimme wie Wiener Schrammelmusik, und er spricht ohne Punkt und Komma.

»Menschen werden die kostbarste Zeit des Jahres weiterhin auf Reisen verbringen, aber sie werden andere Ziele anstreben, in Zeiten der Krise wird eine Wertedebatte geführt«, sagt der Mann ohne Punkt und Komma, »und diese hat Einfluss auf die Urlaubsentscheidung, nicht mehr teure Flugreisen in exotische Gegenden, sondern die Besinnung auf wahre Urlaubserlebnisse, gelebte Gastfreundschaft, das gewachsene Weltkulturerleben und intakte Natur hautnah sozusagen am eigenen Körper er-

spüren, wir setzen in Österreich auf den stimmigen Dreiklang von Kulinarik, Begegnung und Natur, immer schon hat Österreich mit kulinarischen Hochgenüssen verführt, und wir laden Sie dazu ein, den Urlaub mit allen Sinnen zu erleben, erleben Sie also erlebte Geschichten, die in keinem Reiseführer stehen, Verführungen für eine Reise voller Erlebnisse, über die man viel erzählen möchte, Begegnungen mit echten Menschen, die nachhaltig wirken, Momente des Innehaltens, weil sie glücklich machen, und deshalb ...«
– in diesem Moment erscheint auf der Leinwand das Bild einer gigantischen Ansichtskarte mit einem Bergmotiv und dem Schriftzug »Erleben Sie Österreich mit allen Sinnen« darauf. Sie steht auf einem dreimannshohen Ständer vor einem Bahnhof und wirkt irgendwie wie in das Bild hineingeklebt –
»... und deshalb ist auch die gute alte Ansichtskarte zum Träger dieser unserer neuen Kampagne geworden, es ist dieses Symbol der Urlaubsfreude, aber überlebensgroß, ein sieben Meter hoher Ansichtskartenständer wird durch deutsche Großstädte touren, und alle Passanten sind angehalten, Österreich mit allen Sinnen neu zu erleben.«
Der kleine dicke Mann ohne Punkt und Komma holt kurz Luft.
»Im digitalen Zeitalter hat die Ansichtskarte ja als ein ganz einzigartiges und unverwechselbares Kommunikationsmedium starke Konkurrenz von den High-Speed-Medien wie E-Mail und SMS bekommen, auch ist es üblich geworden, via Handy vom Reiseziel, der temporär begrenzten Endstation unserer Urlaubssehnsucht, von

den Wundern der Ferne zu berichten, doch die neuen Medien sind allesamt von der Aura der Flüchtigkeit und des Ungreifbaren umwoben, digitale Erinnerungen verblassen und lagern vergessen auf anonymen Servern in den elektronischen Höhlensystemen moderner Notebooks, aber wer würde doch so herzlos sein, enthusiastisch-euphorische manifest gewordene Grüße und Mitteilungen, Ausdruck gewordene direkte Freude, auch Enttäuschung, einfach wegzuwerfen, diese konservierten Aufnahmen eines besonderen Momentes und verarbeiteter Wahrnehmungen unserer Sinne zu Gefühlen, zu Handschrift?«

Auf der Leinwand folgen Motive von Ansichtskarten wie Almwiesen, Kühe, Seen aufeinander. Der kleine dicke Mann würdigt sie keines Blickes. Er spricht ausschließlich dem Publikum zugewandt.

»Jedes geschriebene Wort auf jedweder Ansichtskarte besitzt für Sender und Empfänger synthetisierenden Charakter, der allein für diesen unverwechselbaren Fall zutrifft, ja, diese Form von Kommunikation ist Ausdruck von ganz individueller Vertrautheit schlechthin, obwohl alles sichtbar an der Oberfläche lesbar wird. Ganz besonders anzumerken ist ...«,

– der Mann auf der Bühne dreht sich zum ersten Mal um, und man sieht eine kleinere, vergilbte Postkarte mit gezackten Rändern und einem ähnlichen Alm- und Kuh-Motiv, nur eben in Schwarzweiß –

»... dass die Ansichtskarte und ihre nüchterne Vorläuferin, die Correspondenzkarte, eine österreichische Erfindung ist, 1869 vorgeschlagen von Professor für Nationalökonomie Emanuel Hermann in der Neuen Freien Presse,

die Idee einer Correspondenzkarte mit gedruckter Briefmarke, der Zweck dieser Karte die kostengünstige Produzierbarkeit und das Kuvert einsparend der breiten Bevölkerungsschicht die Möglichkeit schriftlichen Kommunikationsaustausches zu erschaffen, die Correspondenzkarte deshalb nur halb so teuer wie die Briefsendung mit auf maximal 20 Wörtern beschränkten Mitteilungen, eine Art historisches Pecha Kucha möchte man meinen, die Idee des Professors also, überdies ausgewiesener Modekenner, von der kaiserlich-königlichen Postdirektion begeistert angenommen, ein voller Erfolg, die ganze Monarchie verfiel in beredte, nie gekannte Mitteilsamkeit, der Siegeszug eines ganz spezifisch österreichischen Mediums, ohne das kein richtiger Urlaub überhaupt mehr denkbar ist.«
Der Mann rückt sich den Zwicker zurecht. Auf der Leinwand sieht man eine vergrößerte Handschrift offenbar auf der Rückseite einer Correspondenzkarte. Der Mann deutet mit dem Finger auf die Schrift und liest:
»Das ist ein Wald, und in diesem Wald kann man glücklich sein. Deshalb komme her! Das schrieb Franz Kafka aus dem Sanatorium Zuckmantel an seinen Freund Max Brod, 1906. Es ist gar nicht auszudenken«, sagt der kleine dicke Mann, »was mit dieser Grußbotschaft Kafkas geschehen wäre, hätte er sie als bloße E-Mail versandt. Sie wäre womöglich in einem Totalcrash der Brod'schen Festplatte zerfetzt worden und unwiederbringlich im Orkus des Vergessens gelandet. Wittgenstein war, ganz ähnlich wie Kafka, ein schwieriger, obwohl außergewöhnlicher Mensch und daher prägend für die Geistesgeschichte Österreichs, vor hus, also norwegisch: unser

Haus, und: Venlig hilsen, norwegisch: Freundliche Grüße, lesen wir da auf seiner Ansichtskarte«,
– man sieht eine Ansichtskarte und erkennt darauf einen Wald –
»die merkwürdig zu jener passt, fast könnte man sagen, dass man auf der Postkarte Wittgensteins dort aus dem Wald kommt, wo Kafka in diesem verschwunden ist, irgendwann zwischen 1885 und 1918, dem goldenen Zeitalter der Ansichtskarte.«
Der dicke Mann von der Österreich-Werbung zieht den Zwicker von der Nase und verneigt sich tief.
»The medium is the message, Verehrung und vielen Dank.«

Frenetischer Applaus.

30. Thomas richtet sich ein in seinem postmortalen Glück, da springt ihm Hurricane Katrina mit ihrem hübschen Hintern ins Gesicht

Er hatte sie gar nicht bemerkt, sie hatte sich unter die Schachboxer gemischt, bis sie nach der Aufwärmrunde plötzlich vor ihm stand und sich umdrehte: Kannst du mir mal den Handschuh zumachen? Es war ihre Stimme. Sandras Stimme. Sie klingt wie ein Sack lackierter Briketts, die ganze naive Brutalität. Das geht Thomas direkt in die Hose. Am Ende legte sie beim Stretchen noch einen Spagat drauf. In jede Richtung.
Das war's. In jeder Hinsicht.

Sandra fegte über die betuliche Tragik seines frischen Frühseniorendaseins hinweg wie Hurricane Katrina. Über den Wirbelsturm von New Orleans schrieb sie gerade ihre Doktorarbeit. Ihr Haar war hochgesteckt mit lauter Klämmerchen drin, wie kleine Krebse. Ihre Brille war rechteckig. Sandras Stimme brachte Thomas Frantz zu einer Art Schwingungsresonanz. Wie bei einer Riesenbrücke, die bricht, wenn ein Soldatenbataillon als Erregerfrequenz darübermarschiert und der Gleichschritt die Eigenschwingung der Brücke trifft und potenziert, physikstundenmäßig jedenfalls, ihre Augen sind grün.
Eines Tages war sie aufgetaucht, die Frau, die ihm doch noch ein Kind gebären konnte. Thomas traf sie jeden Dienstag und Freitag beim Schachboxen. Sie war groß und schlank. Sie hatte einen Knabenkörper. Auf einmal waren alle Karten neu gemischt. Wenn sie lachte, waren

ihre Wangen rund und süß wie eine Honigmelone. Alles wieder da. Die ganze Nummer. Oder alles wieder vergessen, die ganze Scheiße, wie man's nimmt.
Er hat den Tod gesehen. Er hat das Gelübde der Karenz abgelegt. Er hat die Freude des Exzesses hergeben müssen. Ganz egal, ob es eine falsche Freude war oder nicht. Etwas hergeben ist das Letzte. Auch, wenn er dafür andere Freuden empfangen hat, sie wiegen kann gegen den schrecklichen Verlust. Wiegen, wägen, Scheißdreck. Er ist nicht mehr zwanzig. Er ist nicht mehr dreißig. Genau genommen nicht mal mehr vierzig. Er hat kein Gramm Gottvertrauen. Er ist dabei, sich abzufinden. Und vielleicht gewinnt dieser Hüne gerade so etwas wie ein Vertrauen immerhin in sich selbst und einen Stand auf seinen merkwürdig zierlichen Füßen, da sichelt Sandra ihm die Beine weg. Hurricane Katrina. Sie springt ihn an mit ihrer Jugendlichkeit, ihrem unverblümten Brachialegoismus, sie hüpft ihm mit ihrem hübschen Hintern direkt ins Gesicht. Ausgerechnet in seiner Domäne. Ausgerechnet in seinem Intellectual Fight Club. Auf einmal ist alles wieder offen.

Sandra hatte ihre Arbeit über Hurricane Katrina gerade begonnen. Thomas verstand das. Heute promovierten ja alle, bevor sie Stewardessen, Optikergehilfen und Hausmeister wurden. Das half gegen die Angst, und es verlängerte die Party. Der Sturm des Jahres 2005 gilt als eine der finstersten Naturkatastrophen der Vereinigten Staaten. Er erreichte zeitweise Stufe 5 der Saffir-Simpson-Hurrikan-Skala. Thomas weiß, was ihn erwartet. Er ist jenseits der Hoffnung. Sein Leben liegt in einem feuchten Keller, geschichtet und gestapelt in klammen Kartons. Sozioökonomische und soziokulturelle Hintergründe der Nicht-Evakuierung New Orleans'. Was hält ihn verdammt noch mal davon ab, der sicheren Katastrophe zu entfliehen? Ihre Gelenkigkeit, wenn sie auf dem Boden die Beine spreizt und dehnt, als würde sie stricken? Angewandtes Katastrophenmanagement wird in historisch distanzierter Sicht bewertet, seziert, eingeordnet, evaluiert mit den Phasen Prävention, Intervention und Postvention. Ihre Unbekümmertheit, wenn sie beim Joggen den Oberkörper leicht vornüberbeugt, die Hände zu kleinen Fäustchen ballt, sie fast an ihren Hals presst, während sie plappert wie ein Wasserfall und Thomas nebenherläuft wie ein nagelnder Traktor und damit beschäftigt ist, sich nicht zu übergeben? Hierzu wird die sozio-demographische Struktur herangezogen. Die Bedeutung von Gewalt, Rassismus, Klassenbewusstsein. Hurricane-Kultur. Ihre entwaffnende Schlichtheit, wenn sie wieder in diesen fiesen fränkischen Dialekt zurückfällt, den sie sich so mühsam abzugewöhnen versucht? Warum blieben sie bloß hocken in ihren Hütten wie die Lemminge und starben wie die Fliegen? Er könnte reinbeißen in ihr Nürnberger Lebkuchengesicht. Warum nur wurde New Orleans nicht evakuiert? Ihre Augen verziehen sich zu Mandelschlitzen, wenn sie wütend ist, und dann sieht sie aus wie Dizzy Gillespie, der in seine Trompete bläst. Warum nimmt er bloß die Beine nicht in die Hand und rennt weg? Sie wird ihn schlagen. Weit weg? Er wird sie schlagen. Nur nicht bewegen. Dieses Mal nicht. Er will, dass sie ihn schlägt. Einfach in die Seile hängen und auf die Schläge warten. Wie der Robert de Niro in *Raging Bull*. Sie werden sich gegenseitig furchtbar wehtun. Anschließend wird die Rolle der politischen Akteure von der Regierung in Washington bis zur Stadtverwaltung untersucht. Wie immer.

Thomas war zu Hause, als Marie-France anrief. Sie wollte heute Abend mit ihm essen gehen, Thomas hat das vergessen, Couscous. Sie hatte da einen Laden ausgemacht, irgendwo in Schöneberg. Nollendorfplatz. Südfranzosen. Um sieben Uhr. Thomas wollte aber um acht, spätestens neun zum Boxen. Laienboxen im Festsaal Kreuzberg. Seine Schachboxkumpels würden alle kommen. Und vielleicht auch Sandra.

Er wollte allein dorthin. Er wollte Sandra treffen. Natürlich. Und was? Ja, und was! Da war es, das Wort, Dilemma. Zum Teufel. Zum ersten Mal. Thomas würde zum ersten Mal zum Betrüger werden. Zum ersten Mal seine Freundin in dieser Weise belügen. Da fing es an, das Wort Dilemma, und war schon im selben Moment zur Katastrophe geworden.

Thomas hat eine Moral. Er hatte nichts dagegen einzuwenden gehabt, am Ende einer desaströsen Nacht mit einer Frau, die er irgendwo kennengelernt hatte, mitzugehen. Das war kein Betrug. Denn er stand ja unter dem Einfluss von Alkohol. War also fremdbestimmt gewesen. Damit ist der Tatbestand des Betrugs nicht erfüllt. Eine betrunkene Nacht zählt nicht wirklich. Aber eine Affäre? Zum Vergnügen? Und nüchtern? Am Ende mit Leidenschaft? Und Vorsatz? Und Wiederholungscharakter? Das war Betrug. Sicher. Solange sich dieser Vorsatz nur in seinen Gedanken abspielte, war es noch ein halber Betrug.

Solange er mit Sandra flirtete, solange sie sich kleine Nachrichten schickten, sich einmal bei einer Lesung, ein andermal bei einer Universitätsveranstaltung trafen, war das wie Clinton. Wie Sex ohne Koitus. Alles ganz unverfänglich. Konnte auch ein ganz normales Treffen unter Fight-Club-Kumpels sein. Ganz unverbindlich. So wie Sandras kleine Nachrichten. Man konnte sie so lesen oder anders. Sie legte sich nie fest. Generation ganz unverbindlich nannte Thomas das. Du bist super, hatte sie ihm zu Silvester aufs Handy geschickt. Punkt null Uhr, zu seiner völligen Verblüffung. Die haben das total drauf. Er hatte nicht mal antworten können, so baff war er gewesen. Was zu sagen, was nichts sagt. Was aber voll sitzt. Diese Grünschnäbel. Das sah aber geil aus, sagte sie mal nach dem Boxen. Was denn? Der Blick. Wie der arme Junge da dreinschaute, jedes Mal, wenn du auf den Sack gehauen hast, den er festhalten musste, sagte sie. Thomas stand da wie angewurzelt. Hat auch gesessen. Konnte aber auch nur die Visage des armen Jungen gemeint haben. Thomas hätte gern was gesagt, setzte sich aber. Er saß auf der Schachbank und lächelte dämlich, wie er überhaupt nur dämlich lächeln konnte, jedes Mal, wenn sie etwas sagte, ohne was zu sagen. Sein Leben sackte in die Boxershorts.

Thomas liebte diese Sätze, die nichts sagten und saßen. Er hätte am liebsten auch endlos weiter nichts sagen wollen, beherrschte aber diese Kunst nicht, etwas nicht zu sagen, das sitzt, und war es gewohnt, was zu sagen, zu dem er stand. Und so hatte er den Fehler begangen, ihr Damengambit anzunehmen. Ihr in der Nacht zu sagen, vielmehr zu simsen, er hätte ihr an diesem Freitagabend

nicht zufällig am Schachbrett gegenübergesessen und Bauer d5-c4 gespielt, statt sich slawisch oder sonst wie zu verteidigen, selbst die Figuren hatte er eingangs schon falsch aufgestellt, Springer und Läufer vertauscht, Dame und König, so verwirrte ihn sein unmittelbares Gegenüber. Und dann hatte er in der Nacht doch mal wieder was gesoffen und simste ihr, trunken und trottelig, wie er war, liebe Sandra, simste er, das war kein Zufall. So was Blödes. Da hat er aber was gesimst, was was sagt. Und nicht mal saß. So was Idiotisches. Sie simste auch gar nicht zurück. Logisch. Da hätte sie ja was sagen müssen. Aber dann lächelte sie ihn am nächsten Dienstag wieder so mehrzielig an und sagte was, das er so oder so deuten konnte. Oder bildete er sich das ein? Konnte man nicht alles so oder so sagen?
Nein, nicht alles.
Wieder machte er einen Fehler. Ganz unzweifelhaft onepointed, plump und eindeutig. Nicht im Schach. Nicht im Training. Später, in der Nacht, am Schreibtisch, wiederholt ein Glas Wein in der Hand, wagte er sich an eine Mail. Kommunikationsstufe 2.

Liebe Sandra. Ich möchte mit dir schlafen.
Thomas

Enter.

Eine strategische Meisterleistung. Am nächsten Morgen geißelte er sich mit der Neunschwänzigen. War aber schlau genug, nicht auch noch eine Entschuldigung hinterherzujagen, um den Rest einer Würde zu bewahren.

Außerdem: Warum sollte er sich für die Wahrheit entschuldigen? Immerhin: Stilistisch war's sauber. Kein Wort zu viel. Sie begegnete ihm vor der Halle. Er war gerade dabei, sein Rad rechts der Treppe anzuketten, als er bemerkte, dass sie dabei war, das ihre links anzuketten.
»Na, Thomas?«
Es war ein langgezogenes, ein endloses Na. Ein tiefes Ewigkeits-Na, ein stimmgewaltiges in Herz und Hoden gleichzeitig treffendes Na, gefolgt vom kurz-schnippischen Thomas. Ihm fiel die Fahrradkette aus der Hand. Sie hatte wieder etwas gesagt, ohne was zu sagen. Thomas wurde schwindelig. Wollte was sagen, wusste aber nicht, was. In diesem Augenblick kam Otto um die Ecke.

Das blöde Kreuzberger Laienboxen. Thomas wollte allein dahin. Weil Sandra da sein konnte. Wusste aber nicht, wie er das anstellen sollte. Nix passiert, bis jetzt. Das Dilemma. Die Lüge. Der Betrug. Er stand da, das Handy in der Hand und Marie-France am anderen Ende, sein Herz klopfte, Schweiß bildete sich in seiner Handfläche, er stand da wie siebzehn und entschied sich für Couscous. Dieses Mal. Wen Gott nicht mag, den erhört er.

31. Der Rosenthaler Platz wird ganz bunt. Sandra will bei Thomas duschen, und die Revolution landet auf allen Laptops

»Okay. Social Sculpting. Das ist«, sagt Iepe, »glaube ich, die Suche vieler Künstler im 20. Jahrhundert, wie man Kunst und Leben verschmelzen kann. Das fing an mit Duchamps Pissoir. Ging über Warhol, Beuys und andere. Es ist aber noch nicht erreicht worden.«

Iepe ist der Erfinder des Schachboxens. Er streicht sich durch den Bart.

»Würdest du Christo und Jeanne-Claude dazu zählen?«

»Nein. Das ist noch eine klassische Skulpturform. Es sind immer noch Skulpturen zu erkennen. Und das verschwindet ja wieder aus der Gesellschaft. Ich traf mal diesen Typen, der hat einen Verein aufgebaut. Der war der Gründer der Panzerknacker AG in Deutschland. Das sind Leute, die täglich üben, Schlösser zu öffnen. Der hat diesen Verein aufgebaut, weil er daran glaubte, dass die Gesellschaft immer verschlossener wird. Wenn man Leuten beibringt, wie man Schlösser knackt, dann hat man Zugang zu verschlossenen Informationen und zu verschlossenen Orten. Das fand ich gut. Das ist Social Sculpting.«

Der holländische Aktionskünstler trägt seinen Bart derzeit etwas länger, also man kann schon sagen, es ist ein Vollbart. Thomas sitzt in einem ledernen Schwingstuhl, wippt und denkt einen kurzen Moment an beautiful hairy Josie Rall. Er sitzt Iepe in dessen Büro in der Schachboxwohnung in der Leipziger Straße gegenüber, die der Holländer angemietet und eingerichtet hat, um Veranstaltungen darin durchzuführen und ausländische Kämpfer zu beherbergen.

»Unter Social Sculpting kann ich mir also vorstellen, du nimmst die ganze Gesellschaft als eine Skulptur und beginnst, hier und da dran rumzumeißeln, sie zu verändern?«
»Ja. Du hast ’n Ansatz, ’ne Idee, und du fängst an, den Leuten diese Idee vorzustellen, und die machen was damit. Im Prinzip wie mit dem Schachboxen. Am Anfang haben mich die Leute immer gefragt: Spielt ihr Schach mit Boxhandschuhen? Am Anfang haben wir’s ja auch probiert. Ist aber zu schwierig.«
Iepe spielt mit seinem Handy. Es ist ein nagelneues iPhone. Er begeistert sich, Bilder darin aufzurufen und sie mit einer entschlossenen Bewegung des Daumens und des Zeigefingers zu vergrößern oder zu verkleinern.
»Als Künstler bin ich noch nicht zufrieden. Ich hab da eine These.«
Iepe legt das Handy auf seinen Schreibtisch. Er macht eine unnötig lange Kunstpause, in der er durch seinen Bart streicht. Er sieht Thomas an und fährt fort.
»Kunst kann alles sein und darf alles. Weißt du, es gibt doch diesen berühmten Skandal, als Mohammed Atta in das World Trade Center flog mit seinem Copiloten, und Stockhausen, der Komponist, sagte, das wäre das größte Kunstwerk, das er je gesehen hätte. Ein optisch atemberaubendes Kunstwerk. Und niemand hat das je für möglich gehalten. So etwas als Kunst zu sehen. Das ist höchst interessant. Das Ding ist natürlich, dass eigent-

lich viele Leute Social Sculpting machen, ohne sich als Künstler zu sehen. Nicht nur Mohammed Atta. Es gibt Leute, die Initiative ergreifen.«

Iepe räuspert sich. Er sieht hinunter in den Innenhof. Über seinem Schreibtisch hängt ein Bild von Cassius Clay.

»Okay, und jetzt die Geschichte am Rosenthaler Platz. Du hast so was Ähnliches ja schon mal in Tokio und am Hackeschen Markt gemacht. Damals hast du die Kreuzungen abgesperrt mit gelben Bändern wie bei einem amerikanischen Krimi, so wie eine Crime scene, und alle haben angehalten. Die Leute flippten da aus und jubelten und fanden das klasse, da stoppst du ja den Fluss, brichst etwas.«

»Im Prinzip hat die Arbeit drei Aspekte«, sagt Iepe.

Er nimmt die Brille ab und reinigt sie. Dabei kneift er ein Auge zu. Das andere folgt einem Lichtpunkt an der Wand, den er mit seiner Brille erzeugt. Er merkt, dass er sich dabei nicht konzentrieren kann, und setzt die Brille wieder auf.

»Also erstens: Man stoppt das tägliche Leben. Was ja großartig ist. Ein Erdbeben, Stromausfall. Alle Leute kommen raus auf die Straße und reden miteinander. Das ist ein Moment von Austausch. Wenn irgendwas anders ist als normal, wird kommuniziert. Zweitens setzen sich meine Arbeiten mit einem sozialen Problem vor Ort auseinander. Wenn der Hackesche Markt sehr schön geworden ist, es ist alles so hübsch, dann ist das Gentrifizierung. Großartig. König, das hast du toll gemacht. Die Aktionsgalerie ist weg, der Club KaDeWe ist weg, die ganze Subkultur futsch, die da entstanden war. Jetzt ist

es touristisch. Das war also auch ein Statement. In Tokio ist das ganz stark gelungen. Der Titel war: Es tut mir leid, sagte der Narr zum Kaiser, aber ist doch witzig, oder? Solche Scherze verstehen sie in Japan gar nicht. Dafür war die Strafe auch viel höher als am Hackeschen Markt. Eigentlich ist es so, dass alle Ansätze von Moderne von jungen Menschen in Japan eigentlich nur bis dreißig ausgelebt werden können, dann müssen sie in das Corporate Leben eintreten. Deswegen entwickelt sich die japanische Gesellschaft auch nicht besonders gesund. Ich stand am Anfang da mit einer Telefonliste von zehn Leuten. Nach acht Wochen waren es sechzig Leute, die mitmachten, und das hätte für sie schwerwiegende Konsequenzen haben können. Deshalb musste ich das Narrenkostüm anziehen, damit ich die Aufmerksamkeit der Polizei auf mich lenke.«
Iepe grinst. Seine Augen zucken. Er kräuselt die Nase, verzieht das Gesicht und niest laut.

Thomas erschrak. Allein die Vorstellung, Sandra könne in seiner Wohnung duschen, ihre nach Weingummi Waldmeister riechende flaumbestrichene Pfirsichhaut in *seiner* Badewanne mit Wasser aus *seinem* Duschkopf benetzen, machte ihn ziemlich kirre. Die Guerilla-Aktion am Rosenthaler Platz. Thomas war völlig von der Rolle, seit das Handy ihn geweckt hatte mit diesem einzigartigen Freudensummen wie das Erwachen einer Hornisse. Eine SMS. Sandra. Um neun Uhr morgens.
Thomas war aus dem Bett gesprungen, noch ehe Marie-France merkte, was vor sich ging. Sie hätte ihm eine Frage stellen können, die er nur ungern hätte beantworten mö-

gen. Warum er eine SMS bekommt, um neun Uhr morgens, zum Beispiel. Er, Thomas, der simsen hasste, weil er sich die Finger dabei brach, die Buchstabenfolge auf den winzigen Tasten einzugeben, der fluchte und sich ständig vertippte und dann die Löschtaste suchen musste, Thomas, der eine Excel-Datei nicht von einem Kreuzworträtsel unterscheiden konnte, Thomas, 110 Kilo schwerer Kriegsberichterstatter, der UMTS für eine Gewerkschaft und Wii für fernöstlichen Kampfsport hielt, bekam morgens um neun eine SMS, sprang von der Matratze am Boden auf und betätigte mit filigranem Zeigefingerdruck die Steuerungstaste seines Handys in der exakt für den Zweck des Lesens eines empfangenen Short Message Service erforderlichen Weise.

Muss noch 10 Kilometer in Köpenick laufen. Treffpunkt 12.00 Uhr Oberholz? Die haben hier anscheinend keine Duschen. Könnte ich notfalls bei dir? Sa.
Smiley.

Diese herrliche Generation. Diese wunderbare Welt der drahtlosen Kurzkommunikation. So leicht, so unbeschwert, so sexy konnte das Leben sein. Was sagen, ohne was zu sagen. Was aber voll sitzt. Thomas nahm das Handy, zog sich was an, lief in die Küche, kochte Kaffee, Eier, packte Brot in den Toaster. Das musste genau überlegt sein. Wenn Sandra um neun Uhr an einem Zehnkilometerlauf in Köpenick teilnahm, Luftlinie fünfundzwanzig Kilometer entfernt, würde sie frühestens 11.30 Uhr hier, das heißt in seiner Wohnung sein, das heißt vollkommen nackt unter seiner Dusche stehen. Thomas sollte

sich aber schon um 11.00 Uhr bei Platoon bereithalten. Bei illegalen Guerilla-Aktionen kam es ganz genau auf die minutiöse Einhaltung des Zeitplans an. Seine Order war: 11.00 Uhr Treffen auf dem Hof von Platoon. Dort würde das Material präpariert und die weitere Koordination ausgegeben. Thomas wusste nicht, welchen Part Sandra übernehmen sollte. War sie als Fahrradfahrerin eingeteilt? Würde sie ein Begleitfahrzeug fahren? Am Ende gar den Fluchtwagen? Es raschelte.
»Machst du Frühstück?«
»Ja. Willst du ein Ei?«
»Ja. Gerne.«
Marie-France klang, als würde sie sich wieder umdrehen. Sie musste sich verschätzt haben. Thomas war sicher, dass Sandra sich um eine Stunde verschätzt hatte. Große Unruhe ergriff ihn. Wenn er Iepe anrief, konnte er zur Not noch eine Dreiviertelstunde rausschinden. Selbst dann würde es knapp werden. Thomas gab in der Küche eine Buchstabenfolge in sein Handy ein.

Dachte um elf bei Platoon? Klar kannst du ...

Drei Punkte schrieb er am liebsten. Ziffern konnte er gar nicht.
Normalerweise ging Marie-France gleich nach dem Frühstück nach Hause. Ausgerechnet an diesem Sonntag verbreitete sie Sonntagsruhe. Sie stand auf und verschwand eine Ewigkeit im Bad. Sie frühstückte extrem langsam. Sie rauchte und räkelte sich. Sie wolle sich ein wenig sonnen auf dem Balkon, sagte Marie-France. Thomas sah hinaus. Die Sonne schien. Das war ihm gar nicht

aufgefallen. Er sah auf die Uhr. Da war es wieder. Das Dilemma. Der Betrug. Frauen spüren so was. Das machte sie absichtlich. Die riechen das. Thomas wollte was sagen, wusste aber nicht, was.

»Das geht heute aber nicht.«

»Was geht heute nicht ...« Marie-France schlug ihre wunderschönen hellbraunen Juliette-Gréco-Augen auf.

»Sonnen. Ich meine, auf dem Balkon.«

»Wieso nicht? Die Sonne scheint doch ...«

»Ja weil wegen der Kunstaktion«, stammelte Thomas.

»Ja und? Die fängt doch erst später an, ein Uhr hast du gesagt, da hab ich doch Zeit?«

Marie-France sah ihn fragend an.

»Ja aber es kann sein, dass hier vorher, ich meine, dass meine Wohnung vorher noch als eine Art Einsatzzentrale gebraucht wird. Ganz einfach, weil sie am nächsten dran liegt. Die haben sich schon gemeldet.«

Thomas war auf die Schnelle nichts Besseres eingefallen. Er sah, wie sich ihre großartigen haselnussfarbenen Juliette-Gréco-Augen südfranzösisch verfinsterten. Er begriff sofort, dass er etwas Saudummes gesagt hatte, wusste aber nicht, wie er da wieder rauskommen sollte. Marie-France explodierte ohne Verzug.

»Da will ich einmal, ein einziges Mal mich sonnen auf deinem Scheißbalkon, und das geht nicht? Wegen deinen dummen Schachboxern? Ich hab langsam die Schnauze voll! Immer deine dummen Scheißschachboxer! Was bin ich denn? Du willst nicht mit mir zusammenziehen, du willst nicht heiraten, nein, du schämst dich mit mir! Schämst du dich mit mir?«, schrie Marie-France und holte Luft. »Und ich kann mich nicht mal sonnen? Was bin

ich? Die Dumme? Ich bin immer die Dumme! Das war immer so! Mit allen Männern! Ich bin immer die Blöde!«, schrie Marie-France.
Ihre umbrafarbenen Juliette-Gréco-Augen funkelten ihn hasserfüllt an.
Thomas würde sich auf eine Grundsatzdiskussion einlassen müssen, an deren Ende er sie in den Arm nehmen und versprechen müsste, dieser Tag gehöre ausschließlich ihr. Selbst dann wäre eine zeitnahe Aussöhnung ungewiss. Thomas überlegte. Er sah auf die Uhr. Marie-France' tiefschwarze bambiwunde Juliette-Gréco-Augen brachen in Tränen aus. Sie stand auf, zog sich an und warf die Tür hinter sich zu. Thomas sah auf die Uhr.
10.12 Uhr.

Es ist eine wacklige Sache. 40 Liter Farbe müssen in einer Wanne aus organischem Polymer vor dem Lenker eines silbergrauen Mietfahrrads der Deutschen Bahn transportiert werden. Das ist nicht ganz einfach. Auf dem Hofgelände von Platoon, Urban communication & Political affairs, Platoon in real berlin & newBERLIN (eat shit & then die), werden die Räder vorbereitet. Otto, Werner, Kevin, Daniela, Murat, Samy the lawyer und die anderen Schachboxer stehen vor ihren DB-Rädern. Im Hof brummen Hochdruckreiniger. In den Wannen werden Wasser und Farbe mit Mixern gemischt. Säcke von Farbe stehen zwischen Ölfässern, Tonnen, Paletten, alten Sofas und Sesseln. Das sieht schon aus wie ein richtiger Kampfeinsatz. Der Hof ist zu beiden Straßen hin begrenzt durch jeweils drei übereinandergeschichtete olivgrüne Baucontainer mit der schwarzen Aufschrift Platoon. Darin sitzen an normalen Arbeitstagen in olivgrünen Kampfanzügen die Werber der Firma Platoon, Urban communication & Political affairs, Platoon in real berlin & newBERLIN (eat shit & then die). Zur anderen Seite hin ist die Freifläche begrenzt durch eine von Graffiti übersäte Brandmauer. Sie ist zu einem Teil überdacht von Wellblech und geteilt durch eine Bretterwand, an der sich eine Bar mit Bratwurststand befindet. Im überdachten Teil des Hofes steht ein blaues DIXI-Klo. An die olivgrünen Container mit der schwarzen Aufschrift Platoon schmiegt sich ein auf leere Bierkästen geschichtetes Brettablagesystem ähnlich einer Tribüne. In einiger Höhe durchtrennen Girlanden von Kabeln und Glühbirnen den Himmel über Berlin. Über der Tribüne hängen sieben exakt gleich große schwarzweiße Fotoarbeiten. Es sind Studioaufnahmen von unbekleideten Menschen. Sie wirken zugleich anziehend und verstörend, weil die unbekleideten Menschen auf den Fotoarbeiten, jeder für sich, einen eklatanten wie ekligen äußerlichen Mangel aufweisen. Sie sind ganz besonders fett oder abgemagert, ganz besonders runzelig oder auf eine grausame Weise verstümmelt. In anderen von der Außenwelt hermetisch abgeschirmten Höfen der globalen, weltumspannenden Werbeorganisation Platoon, Urban communication & Political affairs (eat shit & then die) wie zum Beispiel Seoul befindet sich ein nach oben hin offener und mit chlorhaltigem Wasser gefüllter olivgrüner Container mit der schwarzen Aufschrift Platoon, der als Swimming Pool genutzt wird. Hier nicht. In der Mitte des Hofes steht der Fluchtwagen. Es ist ein Sprinter von Europcar.

Ein Kind trägt einen weißen Cowboyhut. Otto erreicht den Hof.
Er ist völlig außer Atem.
»Hey Iepe, ich komm grad vom Rosenthaler Platz, die Straße ist gesperrt vom Möbelhaus bis zum Kopierladen. Weißt du das?«
Otto schnauft.
»Na klar. Wir sind die ganze Zeit auf dem Platz. Hast du den Spatz gesehen, der tot vom Dach gefallen ist?«
»Äh, nee ...«

Ein Rechenbeispiel. 45 Autos in der Minute, in vier Richtungen, dazu noch 12 Autos von den Schachboxern, macht 1536 Autos, macht 6144 Reifen in insgesamt acht Minuten, bis die Polizei kommt. Mit dem schnellstmöglichen Eintreffen von Polizei und Feuerwehr ist zu rechnen. Bei einem Testlauf mit 20 Liter Cyanblau kamen Feuerwehr und Polizei in acht Komma drei Minuten. Man fühlt sich sofort schuldig. Komisches Gefühl ist das. Dem Samy, der den Testlauf fuhr und das ausschütten sollte, diese lächerlichen 20 Literchen, ist die Wanne schon ein paar Meter vor der markierten Stelle umgekippt. Vor lauter komischem Schuldgefühl. Und dann dachte er: Oh Scheiße, bloß weg hier. Ein Erfahrungswert, der unbedingt einzuberechnen ist bei insgesamt 540 Litern cyanblauer, zitronengelber, rotoranger und violetter, hin und her schwappender Farbmasse.

»Eh, du, Fluchtauto, Friederike! Du bist 12.45 Uhr genau hier, an dieser Stelle«, sagt Iepe und zeigt auf eine Foto-

kopie. »Wo wir gestern Abend gewesen sind. Die Stelle. Klar?«
»Klar«, sagt Friederike.
»Mit deinen alten Klamotten, die du dreckig machen kannst. Klar?«
»Klar«, sagt Friederike.
»Super«, sagt Iepe.
»Super«, sagt Friederike.

Die Schachboxer üben, wie man die zunächst mit Wasser gefüllten Wannen auf den Fahrrädern balanciert. Es wird gefilmt und fotografiert auf dem Hof von Platoon, Urban communication & Political affairs, Platoon in real berlin & newBERLIN (eat shit & then die). Bei diesem ganzen modernen Schnickschnack kann Thomas gar nicht mehr unterscheiden, was eine Handykamera ist und was ein professionelles High-End-Gerät. Sogar Thomas wird gefilmt. Ein Hund schüttelt sich. Schwarzweißes Tier auf hellem Grund.
»Also kommt mal alle her. Lagebesprechung«, sagt Iepe.

Die Sache läuft so: Jeweils drei mit Sonnenbrillen, Schals und Basecaps unkenntlich gemachte Schachboxer fahren, 12.55 Uhr, aus allen vier Richtungen mit dem Fahrrad nebeneinanderher und auf die Kreuzung Rosenthaler Platz zu. Drei Begleitfahrzeuge fahren direkt hinter ihnen her und blockieren die jeweilige Straße, so dass andere Fahrzeuge nicht überholen können. An der Kreuzung Rosenthaler Platz stehen fünf Mann Schmiere. Die zwölf Fahrradfahrer rollen im Schritttempo in die Kreuzung hinein bis hinter den Fußgängerübergang. Der Fahrradanführer jeder Gruppe gibt, 13.00 Uhr, das Kommando auf Kommando von Karla, Aufnahmeleiterin, die an der Kreuzung steht und dank ihrer Körpergröße die Sache ohne Leiter voll überblickt, auf Kommando von Iepe, der sich am Fenster einer Wohnung im vierten Stock über dem Café St. Oberholz an der Kreuzung Rosenthaler Platz befindet, wo vier der sieben Kameras installiert sind. Die Kommunikation zwischen Karla und Iepe erfolgt über Handy und Walkie-Talkie. Die Kommunikation zwischen Karla und den Schachboxern erfolgt über Handzeichen und Brüllen. Alle Fahrer ziehen den Stift. Die Wannen kippen, das Zellophan auf den Wannen reißt, die Farben ergießen sich auf die Fahrbahn. Sofort ergreifen die Fahrradfahrer die Flucht. Die Begleitfahrzeuge blockieren einen Moment die Kreuzung. Ist die Ampel rot, bleiben sie sowieso stehen, bis die Ampel auf Grün schaltet. Sie fahren ganz langsam durch die Farbe hindurch, so, als wär nix gewesen, und signalisieren den Autofahrern hinter ihnen: Ey Leute, es ist okay, seht her, es ist nur Farbe, man kann da durchfahren. Der Fluchtweg der Fahrradfahrer führt von der Kreuzung Rosenthaler Platz den Weinbergweg hinauf bis zur Ecke Zehdenicker Straße. Das sind 200 Meter. Dort steht das Fluchtfahrzeug in einem anderen Hof. Alle Fahrräder werden in den Sprinter geladen. Der Sprinter fährt auf den Hof von Platoon. Dort werden die Räder sowie der Sprinter per Hochdruckreiniger gereinigt. Die Räder verschwinden vom Hof, der Sprinter auch. Alle Schachboxer treffen sich 13.30 Uhr im zweiten Stock des Cafés St. Oberholz am Rosenthaler Platz, wo zwei Tische reserviert sind.

Die Fahrradfahrer, Begleitfahrer und jene Schachboxer, die zum Dampfstrahlen, zur Ordonnanz, Organisation und Dokumentation eingeteilt sind, stehen im Hof von Platoon um den Holländer Iepe herum, auch Thomas. Die Aufnahmeleiterin überragt alle um Kopfeslängen.

»Und wenn ihr dann im Café seid, ist das wie bei Miss Marple: keine farbigen Finger, Schuhe und wie war's für dich, Schatz«, sagt Karla.

Gelächter.

»Und jetzt das Allerallerwichtigste: Für die ganz kleine Chance, dass plötzlich ein Bulle vor euch steht und sagt: hab ich dich – habt ihr alle euren Ausweis dabei?«

Die Aufnahmeleiterin nickt.

»Okay«, sagt Iepe. »Das ist der Moment, der ganz schwierig ist. Gebt höflich euren Ausweis ab und sagt nichts. Schnauze halten. Alles Weitere können die Bullen mit meinen Anwälten klären. Okay? In fünf, sechs Wochen stellen wir's ins Internet.«

Samy the lawyer meldet sich.

»Ist das nach sechs Wochen verjährt?«

Otto meldet sich.

»Muss man die Wanne nach dem Auskippen hochziehen und den Stift wieder reinstecken, damit man weiterfahren kann?«

»Äh, also probiert es noch mal, aber ich glaube, man kann auch so weiterfahren. Okay. Wir gehen mal die Liste durch. Team Rot: Mathias, Hieronimus, Daniel. Eure Begleitfahrzeuge fahren Eric, Sonja, Samy. Stimmt euch untereinander ab. Team Gelb ...«

Ein Kind weint. Der Hund schüttelt sich. Blaue Farbe auf

schwarzer Schnauze. Thomas spürt eine Vibration in seiner Hose. Eine SMS. Sandra.

Bin im Oberholz. Wo sind alle?
12.35 Uhr.

Sandra war auf den letzten Drücker auf den Hof gekommen. Sie trug einen Pferdeschwanz statt der vielen kleinen Klämmerchen im Haar, ein hübsches blaues T-Shirt, Jeans und darüber blaue Cowboystiefelchen. Sie lächelte, als sie Thomas sah, der auf sie zustürmte. Seine Knie zitterten. Stürmisch umarmten sie sich.
Sandra lächelte.
»Du bist ein Auto. Ich meine ein Begleitfahrzeug. Ich meine, du fährst ein Auto und hinter Hieronimus, Mathias und Daniel her. Team Rot«, sagte Thomas und zog einen Schlüssel aus der Tasche.
»Okay.«
»Also das Auto steht in der Schönhauser Allee, praktisch direkt vor meinem Haus«, sagte Thomas und zog einen weiteren Schlüssel aus der Tasche. »Wenn du es schaffst, kannst du ja noch schnell hochgehen und duschen. Hier sind die Schlüssel.«
Thomas versuchte zu lächeln.
»Okay.«
Sandra hauchte ihm ein Küsschen auf die Wange, nahm ihm alle Schlüssel weg und verschwand hopserlaufend im Gewirr der Schachboxer.
12.40 Uhr.

Über die Kreuzung Rosenthaler Platz fahren Autos, gehen Menschen. Vor City Yildiz sitzt eine Gruppe Arbeiter im Blaumann und isst etwas aus der Hand. Im Café St. Oberholz sitzen die Prekarianer vor ihren Laptops und konzentrieren sich. Draußen an der Eingangstür zu den Wohnungen über dem Café klebt eine Fotokopie: Fotoshooting, 4. Stock. Das ist eine ganz andere Szene da oben. Thomas sieht sich um in dieser Wohnung, die riesig ist, aber durch die konzentrierte Masse an Individuen irgendwie eng erscheint. Vernissagepublikum, gerührt, geschüttelt. Man trägt das kleine Schwarze. Grauer Flanell, Architektenhornbrille. Galeristen. Kuratoren. Designer. Wein und Knabbergebäcke werden gereicht von jungen Frauen. Filmleute. Schauspieler. Künstler. Sektfrühstücksatmosphäre, eine Dame trägt ein knallbuntes Libellentattoo direkt unterm Kinn und kaut ein Mettbrötchen. Es ist alles fein abgestimmt. Weißes Sofa, schwarzer Teppich. Weiße Wände, schwarzer Stuhl. Schwarzer Tisch, weißes Buch. Schwarzweiße Zeichnungen. Irgendwo läuft ein echter Museumsdirektor herum. Auf den Tischen liegen Flyer. St. Oberholz Apartments. Rent on a daily basis, exciting artwork, spectacular view. Im Raum stehen Studiolampen und Lichtreflektoren, die tatsächlich wie aufgespannte Regenschirme aussehen. Das ist die Tarnung. Kommen die Bullen, findet hier ein Fotoshooting für ein Magazin statt. Auf den beiden Balkons sowie vor den geöffneten Erkerfenstern zur Kreuzung hin sind Kameras installiert. Richtige Fernsehkameras. Professionelles Gerät. Erkennt man sofort.
»Das Ding ist, wenn wir mit dem Ding da was verdecken, ist die Aufnahme kaputt«, sagt der Kamera-Assi.

Der Kameramann nickt.
»Das is' ja das Ding.«
Sie schrauben an einer Halterung herum, die am Rahmen des Erkerfensters angebracht ist. Der Assi gestikuliert heftig.
»So verschwinden die Kabel nicht. Aber anders ist das nicht gesichert. Wenn die Kamera runterfällt.«
»Das ist das Ding.«
»Also Iepe will ...«
»Da kommt er ja!«

Der Holländer Iepe erscheint am Set. Er hat sich unterwegs keineswegs aufgebrezelt. Er trägt immer noch die Klamotten vom Morgen und seine silbernen Latschen.
»Schön, dass ihr alle gekommen seid. Ich würde euch ungern erzählen, was da draußen gleich passiert, weil's eigentlich durchaus Spaß macht, sich das einfach so anzuschaun. Es steht Technik hier, lasst die Leute arbeiten. Ganz wichtig ist: Benehmt euch wie beim Fotoshooting.«
Iepe guckt in die Runde. Er sieht in ratlose Gesichter.
»Wenn dann die Polizei kommt, dann haben wir hier den Herrn Mathias, der kommt von der Agentur Möbius-Varenne ...«
»Varent ...« Ein Mann in schwarzem Anzug hebt den Finger.
»Excusez-moi, Varent. Von der Agentur. Der wird mit der Polizei reden und sagen: Du, das ist hier 'n Fotoshooting. Haben wir eigentlich das Fotoshooting, haben wir Lampen aufgebaut?«
Iepe blickt sich um.

»Alles da«, sagt die absurd große Aufnahmeleiterin.
Der Herr Mathias sagt kurz etwas. Niemand hat ihn verstanden. Iepe stellt sich vor ihn.
»Also wenn die Polizei hier hochkommt, sieht, da is was los, ihr seid alle am Fenster, was sagt ihr dann?«
Alle sagen zugleich »nix, gar nix, nichts, nüscht« oder »überhaupt nichts«. Das klingt ein bisschen komisch, Iepe lässt sich aber nicht beirren und rettet die Kasperletheatersituation mit einem situativen Kalauer.
»Toll. Wird es einen Skandal geben?«, fragt jemand.
»Bisschen Geduld. Ach ja. Bitte keine Fotos. Nichts bloggen. Journalisten, Facebooker: ruhig bleiben! Wir versuchen, nicht aufzufliegen.«
Jemand meldet sich.
»Ja?«
»Can I post it in Japan?«

Iepe läuft von einem Raum zum anderen. Thomas läuft von einem Fenster zum nächsten und versucht, einen Platz zu bekommen. Er sieht, dass von der Küche aus noch ein dritter, schmaler Balkon abgeht, und schlägt sich dorthin durch. Alle blicken nach unten. Autos fahren über die Kreuzung Rosenthaler Platz. Menschen gehen über die Straße. Man hört das Krächzen eines Walkie-Talkies.
»No idea, what happens here.«
Da sieht Thomas unten Mathias, Hieronimus und Daniel. Sie sind völlig vermummt. Es ertönt ein Countdown. Sie rollen auf die Kreuzung zu, gefolgt von drei Fahrzeugen, Thomas erkennt Sandras Wagen. Der Countdown ist zu hören.

... seven, six, five ...
Alle im St. Oberholz Apartment for daily rent fallen in den Countdown ein
... three, two, one
– go!
Go!!
Go!!!!
»Now everybody go!!!«, schreit die sich jetzt auf der Kreuzung Rosenthaler Platz befindende Aufnahmeleiterin. Man kann sie von unten herauf und zugleich aus Iepes Walkie-Talkie brüllen hören.
Nichts passiert.
»Okaay!«, brüllt Karla.
»Okaay!«
Frantz sieht, wie Daniel ratlos auf der Kreuzung Rosenthaler Platz vom Rad gestiegen ist und zu Karla blickt. Diese gestikuliert heftig und brüllt.
»Okaay!«
Daniel steigt wieder auf.
»Na, die könn doch anfangen, macht schon ...« Iepe wird nervös.
»Okaay!«
»Kipp doch aus, auskippen, na los ...«
»Okaay!«
»Woooow!«

Ein irres Hupkonzert ertönt auf dem Rosenthaler Platz. Das Hupkonzert schwillt an. Menschen jubeln, schreien, pfeifen. Das Hupkonzert reißt nicht ab.
»Komm Otto, du bist der Letzte, na ... komm schon ... Ja!«

Iepe lacht.
»Und? Was jetzt, Otto? Weg jetzt ...«
Die Menschen auf dem Rosenthaler Platz sind völlig aus dem Häuschen. Pfiffe, Applaus, Jubelschreie. Es klingt wie in einem Stadion. Über die Kreuzung Rosenthaler Platz fahren Autos durch die Farbe und verteilen sie in alle Richtungen. In der Mitte der Kreuzung mischen sich die Farben. Es ist, als würde sich, Strich um Strich, ein Bild auf dieser Kreuzung selbst malen. An einer Fußgängerampel hüpft ein Kind mit beiden Beinen in eine blaue Pfütze. Dünnere Striche von Fahrradrädern durchkreuzen die Schwünge der Abbieger, blaue Farbe fließt wie Wasser auf den Asphalt, Hieronimus, Daniel, rot, Reifen fahren durch violette Farbe, gelbe Striche wandern quer durch das Bild, ein Bild, das sich weiter entwickelt, rote Streifen, blaue Striche, ein Synthesizerfluss aus bunten Reifen, die Bahnen ziehen und Bögen, es ist, als hätte jemand für einen Moment die Welt angehalten, den Regenbogen vom Himmel geholt und ihn auf die Straße gelegt.
Auf dem Platz herrscht Jubelstimmung.
»Karla für Iepe. Karla für Iepe.«
»Karla, ja?«
»Woooow!«
Auf Thomas' Balkon küsst sich ein Paar. Eine Tram rumpelt durchs Bild. Einander Wildfremde umarmen sich auf dem Bürgersteig. Es ist Thomas, als würden kleine Funken des Glücks von diesem Platz aufsteigen. Manche der Autofahrer scheinen im Farbreigen die Orientierung zu verlieren. Zwei Fahrzeuge bewegen sich aufeinander zu. Thomas will etwas wie »Vorsicht« schreien, da weichen

sie einander aus. Immer mehr Menschen säumen die Gehwege.
»Do they send in the army now, the Germans?«

Es erscheint ein Polizist halb links. Er wird begleitet von einer Polizistin, die ihm im Abstand von einem Meter folgt. Der Polizist steht vor City Yildiz, führt eine Hand zum Kopf in Stirnhöhe zum Schutz vor Sonnenlicht. Er blickt über die Kreuzung Rosenthaler Platz auf die Ansammlungen von Menschen. Die Polizistin hat einen Fotoapparat. Sie fotografiert die Kreuzung Rosenthaler Platz in alle Richtungen. Kurz darauf erscheint ein Fahrzeug der Feuerwehr. Es ist ein Ford Focus. Ein Feuerwehrmann verlässt das Fahrzeug, läuft zu den beiden Polizisten, stellt sich breitbeinig an die Bordsteinkante und stemmt beide Hände in die Hüften.
14.37 Uhr.
In diesem Moment taucht die Aufnahmeleiterin vor dem Café St. Oberholz auf. Sie trägt eine kittelartige Schürze und ein Kopftuch. Sie wirkt selbst von oben wie ein leibhaftiger Riese. In der rechten Hand hat sie einen Plastikeimer und in der linken einen Schrubber. Sie schüttet Wasser auf die Kreuzung Rosenthaler Platz, es ist der violette Teil, und beginnt, die Farbe vom Asphalt zu schrubben. Die Beamten und der Feuerwehrmann beobachten dies. Laut und deutlich sagt die Aufnahmeleiterin:
»Ach, das geht ja mit Wasser ganz leicht ab.«
Die Polizeibeamten und der Feuerwehrmann stehen eine Weile an der Kreuzung und beobachten die schrubbende Aufnahmeleiterin. Der Feuerwehrmann zuckt mit den Schultern und sagt etwas zu den Polizeibeamten. Er dreht

sich um und begibt sich zu seinem Fahrzeug. Da erscheint ein weiteres Einsatzfahrzeug der Polizei halb rechts. Es ist ein Ford Focus. Zwei Polizisten steigen aus, ein etwas älterer, untersetzter Mann und ein junger Mann. Sie zwängen sich durch die Menschenansammlung. Der ältere Mann hat etwas in der Hand, das aussieht wie ein Röhrchen. Beide stehen an der Ampel. Die Ampel schaltet auf Rot. Der ältere Mann läuft auf die Kreuzung Rosenthaler Platz, geht in die Hocke und taucht etwas, das aussieht wie ein Wattestäbchen, in eine Pfütze. Er führt das Wattestäbchen in das Röhrchen ein, schraubt dieses zu und begibt sich zum Fahrzeug. Das Fahrzeug verlässt die Kreuzung Rosenthaler Platz in Richtung Polizeiwache Brunnenstraße. Sie ist 200 Meter entfernt.
14.50 Uhr.

Thomas und Sandra treffen sich auf dem Hof von Platoon. Thomas' Knie zittern. In diesem Moment wird am Bratwurststand im Hof der umspannenden Weltwerbeorganisation eine Runde Schnaps verteilt. Im nächsten Moment läuft Thomas vom Hof und krümmt sich, er hat stechende Magenschmerzen. Entweder hat ihn sein unerhörtes Glück plattgemacht, oder seine Bauchspeicheldrüse verträgt keinen Schnaps mehr.

Im Café St. Oberholz herrscht Aufregung. Ausnahmslos alle Prekarianer sind von ihren Laptops aufgesprungen und auf die Straße gelaufen. Sie stehen an der Kreuzung Rosenthaler Platz, laufen hin und her, betrachten die Kreuzung in alle Richtungen, gestikulieren und freuen sich. Sie klatschen in die Hände, sie klatschen sich ab, sie pfeifen fröhlich und umarmen sich. Sie fotografieren und filmen die Kreuzung Rosenthaler Platz mit ihren Handys in alle Richtungen. Sie kehren zurück zu ihren Tischen, an ihre Laptops, speisen die soeben mit dem Handy fotografierte und gefilmte Kreuzung Rosenthaler Platz in alle möglichen Netzwerke ein und betrachten die Kreuzung Rosenthaler Platz auf den Bildschirmen ihrer Laptops aus allen Richtungen.

Im Hof der globalen Werbeweltmeister steht Thomas mit grünem Gesicht. Es ist ihm flau im Magen, er fühlt sich aber irgendwie von Sünde erlöst. Die Hochdruckreiniger machen einigen Lärm. Sandra sitzt auf dem mit Bierkisten gestützten Brettablagesystem zwischen den Schachboxern Otto, Kevin, Murat, Werner und Daniela. Am Bratwurststand werden Bratwürste gegrillt.

In einem Hof Zehdenicker Straße, Ecke Weinbergweg, steht ratlos ein junger Polizeibeamter. Er hat die roten, gelben, blauen und purpurvioletten Fahrradreifenspuren bis zu diesem Punkt verfolgt. Hier scheinen die Spuren zu verschwinden. Der ältere der beiden Polizeibeamten ist bereits auf dem Weg zurück zum Einsatzfahrzeug. 15.31 Uhr.

In der Wohnung im vierten Stock über dem Café St. Oberholz räumen junge Mädchen auf. Sektgläser, Knabbergebäckschälchen werden geordnet in die Spülmaschine gestellt, gebrauchte Papierservietten in Müllsäcke gestopft, leere Flaschen in Kästen gesteckt und Zigaretten-

stummel aus der Toilette gefischt. Die Aufnahmeleiterin sucht nach ihrem Handy.
15.37 Uhr.

Im Hof der Werbeweltglobalorganisation machen die Schachboxer Mathias, Hieronimus, Friederike und Samy the lawyer um den Holländer Iepe herum ein kleines Tamtam. Thomas setzt sich auf eine Bierkiste neben die Schachboxer Otto, Kevin, Murat, Werner, Daniela und Sandra. Er zündet sich eine Zigarette an und betrachtet Sandra von der Seite. Sie ist wunderschön. Sandra bemerkt seinen Blick auf ihrer nach Weingummi Waldmeister riechenden Pausbacke und sagt: »Schönes Wetter.«
www.urbanophil.de, 16.12 Uhr. Bekanntlich befindet sich am Rosenthaler Platz das Café St. Oberholz, ein Ort, an dem man sich über schnelle Verbreitung keine Sorgen zu machen braucht. Interessant daher eine Geschichte, die auf dem Blog The Ambassador erzählt wird: Der Autor postet ein Foto auf Twitter und einen kleinen Artikel über die Kunstaktion auf seinem Blog, bekommt innerhalb kürzester Zeit so viel Response wie in seinem ganzen Leben noch nicht und erleidet einen Kreislaufzusammenbruch. Für ihn (wie für uns) eine faszinierende Geschichte, wie schnell eine Revolution durch soziale Medien zu Zersetzung führt.
www.bz-berlin.de, 16.50 Uhr. Der Rosenthaler Platz sieht bunt. Ein »Künstler« hat sich dort verewigt, zum Ärger der Autofahrer. Mehrere unbekannte Radfahrer verschütteten am Sonntag gegen 13.00 Uhr eimerweise Farbe auf den Fahrbahnen am Rosenthaler Platz. Ist das

Vandalismus oder Kunst? Anarchie oder Unsinn? Die Autos fuhren durch die Farbe und verteilten sie dann auf der ganzen Kreuzung. Die Farbe ist abwaschbar, die Stadtreinigung will auf Regen warten.
www.nerdityourself.blogsport.de, 17.04 Uhr. Ich dachte zunächst, wie kindisch, Farbe auf den Boden schütten und das noch lustig finden. Das ist es tatsächlich: Die Farbspuren breiten sich zu Flächen über den gesamten Rosenthaler Platz aus. Sehr schick. I like it: cool color revolution at Rosenthaler Platz.
17.22 Uhr. Thomas' Handy klingelt.
Shandor.

»Also das ist doch nicht zu fassen! Geht's noch? Unerhört! So was!«
»Ach Shandor, ich kann jetzt nicht.«
»Weißt du, was die gemacht hat, diese Person?«
»Nein. Also gut. Wer? Deine Frau oder die Kinderfrau?«
»Die Kinderfrau ...«
»Und was?«
»Die hat gekündigt! Kannst du dir das vorstellen?!«
Thomas lacht.
»Wieso lachst du?«
»Ach nichts, weil's hier so lustig ist ... warum denn?«
»Was weiß ich? Ich glaub, ihr Alter macht's nicht mehr lang. Ich hab's grad von meiner Frau erfahren, irgendein Polack hat angerufen.«
»Na ja, das tut mir leid ...«, schmunzelt Thomas.
»Leid? Diese Unperson! Wo soll ich denn jetzt so schnell Ersatz herholen? Jetzt, wo wir gerade am Wochenende mit Jack und Paula das Haus am See in Mc Pom gemie-

tet haben? Seit drei Monaten versuche ich dieses Haus für ein beschissenes Wochenende zu kriegen! Und? Immer ausgebucht. Immer! Und dann so was? Nach allem, was wir für diese Frau getan haben? Ich meine, die kriegt viertausendachthundert Euro im Jahr?! Hallo? Viertausendachthundert! Freie Kost und Logis in einer Luxusvilla, in der mal der Außenminister der Weimarer Republik gewohnt hat. Hallo? Da kann man doch erwarten ...«
Thomas hängt ein. Es folgen mehrere Textnachrichten erbosten Inhalts, die Thomas löscht.

Iepe räuspert sich. Er blickt aus seinem Bürofenster auf die Mülltonnen im Hof, Thomas wippt auf dem ledernen Schwingstuhl auf und ab.
»Und wie viel Strafe hast du gekriegt, damals in Tokio?«
»Zehn Tage und 500 Euro. In Deutschland waren es 250 Euro für einen gemeinnützigen Zweck. So. Das ist das dritte Level. Die rechtliche Konsequenz. Dass man sich als Künstler mit dem Rechtssystem anlegt. In Westeuropa kommst du mit einer Spende davon, in Japan kommst du nur mit Hilfe der holländischen Botschaft wieder raus, und wenn du das in China machst, bist du erst mal ein Jahr im Knast.«
Iepe nimmt sein Telefon, tippt darauf herum und vergrößert irgendwelche Handybilder. Thomas muss einen kurzen Moment an beautiful hairy Josie Rall denken. Iepe spricht.
»Aber die Endstation von Social Sculpting kann nicht sein, dass ein Künstler etwas macht, damit das Publikum das annimmt, sondern der nächste Schritt – in zehn oder

zwanzig Jahren – ist, den Leuten beizubringen, etwas zu selbermachen. Sagt man so?«

Thomas nickt, schaut aber komisch.

»Ich wollte unbedingt diese soziale Skulptur bauen. Ernsthaft. Das waren viele Wochen Arbeit. Du denkst, scheiße, ich muss zur Kirche. Ich glaub, ich muss gleich weg.«

Thomas sieht auf die Uhr.

»Okay, ganz schnell noch ...«

32. Thomas ist glücklich. Seine Sandra schiebt ihre Bedenken beiseite und hat stark behaarte Brüste

sandraxyz@googlemail.com
Montag, 20:33:48 h
: *Liebe*

Ich würde lügen, wenn ich sagen würde, dass ich jetzt nicht Blut geleckt hätte. Hab deine Mail jetzt schon zum dritten Mal gelesen. Ist schon faszinierend. Die ungewöhnlichen und erstaunlich sinnmachenden Assoziationsketten und dein bestechender Sinn für Selbstironie, den ich schon immer bewundert habe. Abgesehen davon wurde natürlich auch jedes Mal mein Ego ganz fett gestreichelt. Kommt nicht oft vor und weiß noch nicht recht, wie ich damit umgehen soll.
Die Frau eines alten US-Professors von mir, Elaine Hatfield, ist Psychologieprofessorin mit dem Spezialgebiet »Liebe«. Sie unterscheidet zwischen Passionate love (sexuelle Anziehung und intensive Gefühle) und Compassionate love (gegenseitiger Respekt, Vertrauen und Zuneigung). Ersteres, die emotionale Achterbahn, ist neben dem Rausch- und Glücksgefühl auch verbunden mit Ängsten, Selbstzweifel, Wut und manchmal sogar Hass. Dementsprechend assoziiere ich mit der aufsteigenden Euphorie auch automatisch den unausweichlichen Fall und würde am liebsten gleich alles mit Kissen auslegen.
Aber vielleicht sollte ich einfach meine Bedenken beiseiteschieben und die von endogenen Opiaten vernebelten Komplimente eines talentierten Autors mit offenen Armen auf mich regnen lassen. Der Fairness halber möchte ich aber auch auf meine stark be-

haarten Brüste, meine Unfähigkeit zu kochen und meine Grobmotorik beim Schwimmen hinweisen.
Alles Liebe!
Sandra

Thomas wurde schwindelig. Ihre behaarten Brüste gingen ihm sofort in die Hose. Besser noch. Sie hatte ihn erhört. Sandra war dabei, ihre Bedenken über Bord zu werfen. Endlich. Mehr als ein halbes Jahr war vergangen, seit sie ihn mit ihrer Punkt-Null-Uhr-Nachricht zu Silvester total überrumpelt und überhaupt erst auf die Idee gebracht hatte, das hübsche Spagatmädel vom Schachboxen könne tatsächlich was von ihm wollen.
Du bist super.
Was für eine SMS. Was für eine Chuzpe. Diese punktgenaue Abstraktion bei größtmöglicher Unschärfe. Diese perfide Perfektion aller Zweideutigkeit, die Brechung banaler Wirklichkeit mittels brutaler Belanglosigkeit, persifliertes binäres System, Null, Eins, Chaos und Ordnung, Schwarz und Weiß, will sagen: was sagen, was nichts sagt. Was aber voll sitzt. Dieser Stil! Magic. Wie maßlos hatte er ihre heißblütige Kaltschnäuzigkeit bewundert. Großartige Generation das. Einfach Magic.
Inzwischen war seine Begeisterung für ihre indirekte Direktheit ein wenig abgekühlt. Hundertmal hatte er sie dienstags und freitags getroffen, acht bis neun Uhr dreißig, ihr am Schachbrett gegenübergesessen, Sandsäcke verdroschen und ihren Spagat bewundert. Sie waren Kaffee trinken gewesen, sie waren Bier trinken gewesen. Sie waren Glühwein trinken gewesen, und sie waren Limo trinken gewesen. Glühwein hieß auf Dänisch »Glück«.

Jedenfalls in etwa. Das hatte sie auf einem Spontanflug zu einer Spontanparty um die Weihnachtszeit herum nach Kopenhagen gelernt, wo sie spontan eine Freundin besuchte. Sie hatten sich zu einer spontanen Anti-Nazi-Demo am 1. Mai spontan auf ihrem WG-Balkon im 4. Stock über ihrer Straße Ecke Schönhauser Allee getroffen, wo 7000 Demonstranten versuchten, 34 angemeldet demonstrierende Neonazis einzukesseln und dabei von 15 000 Polizisten spontan weggetragen wurden (inklusive des stellvertretenden Bundestagspräsidenten, der dafür Ärger bekam). Spontan war ihr Lieblingswort. Sie waren laufen, Fahrrad fahren, Tennis spielen, sie haben sich *Gran Torino*, *Coco Chanel*, *Macbeth* und einen alten französischen Policier im Kino angesehen, sie waren beim Pecha Kucha, hatten Schach- und Boxvideos in der Schachboxwohnung angesehen und sich eine Menge zu sagen gehabt, was nichts sagt. Thomas war glücklich. Es hatte ihn nur anfänglich gestört, dass bei all diesen Treffen auch fast immer ihr gesamter oder in Einzelelementen auftretender Hofstaat bestehend aus den Schachboxern Otto, Guido, Eric, Murat, Marcel und Daniela dabei war. Er war sogar schon auf die Idee gekommen, der ein oder andere aus dieser permanenten Entourage könne ebenso in Sandra verliebt sein, so wie er, außer Daniela natürlich (aber wusste man's?), und ganz besonders Guido, der auf einmal so entsetzlich abgemagert war, einen grauen Stoppelbart trug und in letzter Zeit durch Stille wie Abwesenheit auffiel. Aber dann zwinkerte sie ihm wieder einmal so zu, nur ihm so zu, ganz allein so zu ihm, jeder Irrtum vollkommen unzweideutig ausgeschlossen, und lächelte ihn so gnadenlos vielsagend an, dass er alle Bedenken verwarf und sich seiner Verliebtheit wieder fest entschlossen stellte.

Thomas war glücklich gewesen in dieser Zeit, in der sich sein Herz Dienstag und Freitag acht bis neun Uhr dreißig überschlug. Glücklich in vieldeutiger Unverbundenheit und abstruser Unpräzision ihrer andeutungsweisen Undurchschaubarkeit. Nur einmal war sie bei all diesen Geselligkeitsgelegenheiten ihm gegenüber so etwas wie persönlich geworden. Sie hatte angedeutet, sie könne sich vorstellen, einmal nach Australien zu gehen. Thomas war völlig überrascht. Sie habe in letzter Zeit in merkwürdig massierter Häufigkeit Australier kennengelernt, was kein Zufall sein könne, und jetzt könne sie sich vorstellen, einmal nach Australien zu gehen. Sie sagte das im Brustton einer Thomas bisher unbekannten Überzeugung, auch noch mit dieser Brikettstimme, die Thomas unvermindert in den Unterleib hinabstieg, und das hatte ihn irgendwie verstört.
Aber nun endlich, nach allen Dienstagen und Freitagen, nach den unzähligen multipersonellen Unternehmungen, fadenscheinheilgen SMS-Nachrichten und maximalnebulösen E-Mails, wollte sie endlich ihre Bedenken beiseiteschieben. Und die von endogenen Opiaten vernebelten Komplimente eines talentierten Autors mit offenen Armen auf sich regnen lassen.
Stopp.
Da fiel es Thomas erst auf. Genau genommen bedeutete das ja nur, jedenfalls wörtlich gelesen, sie wolle ihre Bedenken beiseiteschieben, Komplimente auf sich regnen zu lassen. Und nicht etwa Bedenken bezüglich einer se-

xuellen Interaktion oder einer möglichen, daraus resultierenden und wie auch immer gearteten Beziehung. Grandios. Sensationell.
Wie immer, und das wusste Thomas natürlich, musste man aber auch den Gesamtwortlaut genau untersuchen, sezieren, in einen Zusammenhang stellen, bewerten, evaluieren und einordnen. Da waren ja noch die Hatfield'schen Abhandlungen über den Begriff Liebe sowie ihre Bedenken bezüglich der aufsteigenden Euphorie. Also ihrer bisher womöglich noch unterdrückten Liebe zu Thomas. Allein das Bild »Bedenken beiseiteschieben« – Thomas stellte sich da ein Strichmännchen vor, das ein großes Wort aus Stein wegschiebt, sich dagegen stemmt, dabei stöhnt, schwitzt und mit einer Mickey-Mouse-Stimme furchtbar flucht – mochte eine verborgene Symbolik enthalten. Dann waren da noch die Kissen, die sie gern auslegen würde, und die eindeutig sexuelle Anspielung und zutiefst intime Offenbarung der behaarten Brüste. Alles in allem eine Hammermail.
Thomas war so begeistert wie befeuert. Er machte sich umgehend einen Kaffee, um seine Ekstase zu steigern. Wieder und wieder las er ihre Zeilen. Er legte Zettel und Stift neben die Kaffeetasse und begann schon mal, den Entwurf einer Antwort grob zu skizzieren. So etwas will sauber überlegt sein. Mal sehen. Brüste? Am besten noch riesige Titten aus Stein, aus denen stacheliges Gestrüpp wie Schweinsborsten spross und die man erst beiseiteschieben musste – Thomas schüttelte den Kopf. Im Ernst. Liebe? Nein. Kissen? Kissen. Damit ließ sich was anfangen. Und eines war klar: Er musste ihr jetzt unbedingt ein Treffen unter vier Augen vorschlagen.

Es vergingen drei Tage, bis sie antwortete.
Thomas öffnete seinen virtuellen Briefkasten mit einem Mausklick auf das Briefkastensymbol, sah, dass sich darin eine Mail von Sandra befand, machte sich einen Kaffee, zündete sich eine Zigarette an und steigerte seine Vorfreude noch eine Weile.

sandraxyz@googlemail.com
Freitag, 11:12:21 h
Re: re: Liebe

Lieber Thomas

Nach langem Ignorieren komm ich wohl nicht drum rum jetzt Tacheles zu reden. Im Gegenteil, bisher habe ich anscheinend alles nur noch schlimmer gemacht.
Also wenn ich das, was du mir bisher geschrieben hast, als Frage formulieren würde, dann wäre meine Antwort Nein. Aber ich schulde dir offensichtlich eine Antwort. Zum Beispiel auf die Frage, warum ich nicht auf deine SMS, Mail und mündlichen Andeutungen/Einladungen reagiert habe. Auf die eindeutigen Nachrichten habe ich nicht reagiert, weil ich mir schon gedacht habe, dass neben dem Verfasser eine leere Rotweinflasche steht. Und ansonsten habe ich keine Zeichen gesehen, keine Signale bemerkt und keine Andeutungen erkannt, was wohl daran liegt, dass ich viel zu stumpf für sowas bin. Ich würde sagen, der liebe Gott hat sich einen Spaß erlaubt und willkürlich die Botenstoffe eines Erdenmenschen Amok laufen lassen, was zur Fixierung auf eine weitere Person führte, deren Dopaminausschüttung wiederum von der Laune des Herrgotts abhängt. Ich habe das ganze Thema falsch eingeordnet und das tut mir leid. Ich weiß auch

nicht, wie wir aus dieser Nummer ungeschoren wieder rauskommen.
Aber abgesehen davon wollte ich dir noch sagen, dass ich deine letzten E-Mails als großen Vertrauensbeweis empfinde, was ich sehr zu schätzen weiß. Und ich bewundere sehr, dass du trotz emotionaler Achterbahn versuchst mich zu verstehen.

Sandra

Thomas Frantz wurde schwindelig. Mit Mühe konnte er sich auf dem Stuhl halten, als würde er sich seiner gesamten Schwere schlagartig bewusst. Schließlich schaffte er es, aufzustehen, taumelte eine Weile durch seine Wohnung und vollführte eine Übersprungshandlung. Dann setzte er sich an den Toshiba. Er öffnete eine Datei und skizzierte eine geharnischte Antwort.

file: OVER 1

Liebe Sandra.

Da habe ich mich schon gefreut, von dir zu lesen, mir den Kaffee hingestellt, eine Zigarette angezündet und die Vorfreude noch ein bisschen verlängert.
Du triffst mich mitten ins Herz.
Man konnte deine Mails ja immer so oder so lesen. Die Teufelei unserer Zeit ist die Vagheit, hat neulich jemand gesagt. Nein, mach dir keine Sorgen. Ich fang mich schon wieder.
Ich habe mich auf ein gefährliches Spiel eingelassen, das weiß ich. Aber mir ist die Reduktion auf einen völlig willkürlichen Hormoncocktail zu einfach. Es gibt immer Gründe, gute und schlechte.

Zum Beispiel hat es etwas mit einer Entscheidung zu tun. Ich kann mich entscheiden, mich zu verlieben oder mich dagegen entscheiden. Bereit sein dafür, oder nicht. Offen darauf zugehen oder die Doppeldeckung hochziehen, und da fängt es ja erst an. In Watte packen geht nicht. Dann hab ich eben verloren. Aber man gewinnt auch immer etwas.
Der Fairness halber will ich noch sagen, dass es immer unfair ist, sich in ein anderes Leben einzumischen. Du hast sicher Gründe, die mich auch nichts angehen. Und natürlich kommst du aus der Nummer ungeschoren wieder raus. Tu einfach so, als wär nix gewesen.
Scheiße. Ich hätte dich gern kennengelernt. Ich geh heut Abend erst mal boxen. Und nicht trinken.
Liebe Grüße
Thomas

Aufstehen. Herumlaufen. Übersprungshandlung 2: Kaffeetasse abwaschen. Wieder an den Schreibtisch setzen.

file: OVER 2

Liebe Sandra.

Da habe ich mich schon gefreut, von dir zu lesen, mir den Kaffee hingestellt, eine Zigarette angezündet und die Vorfreude noch ein bisschen verlängert.
Trifft mitten ins Herz.
Es tut weh, aber ich habe es selbst forciert. Die Teufelei unserer Zeit ist die Vagheit. Mach dir keine Sorgen. Ich fang mich schon wieder. Ich geh heut Abend erst mal boxen. Man kann immer

die Doppeldeckung hochziehen. Der Fairness halber will ich noch sagen, dass es unfair ist, sich einzumischen. Du hast sicher Gründe, und natürlich kommst du da wieder raus. Tu einfach so, als wär nix gewesen. Wie immer.
Scheiße. Ich hätte dich gern kennengelernt.
Liebe Grüße
Thomas

Aufstehen. Herumlaufen. Übersprungshandlung 3: neuen Kaffee aufbrühen, einschenken, an den Tisch zurückkehren. Zigarette rauchen.

file: OVER 3

Liebe Sandra.

Hab mich schon gefreut, von dir zu lesen, mir den Kaffee hingestellt, eine Zigarette angezündet und die Vorfreude verlängert.
Trifft ins Herz.
Keine Sorge, es tut weh, aber ich fang mich wieder. Die Teufelei unserer Zeit ist die Vagina. Ich geh heut Abend boxen. Es ist einfach unfair, sich einzumischen. Du hast sicher Gründe.
Ich hätte dich gern kennengelernt. Scheiße.
Liebe Grüße
Thomas

Übersprungshandlung 4: aufstehen, Kaffee von der Warmhalteplatte nehmen, einschenken. An den Tisch zurückkehren.

file: OVER 4

Liebe Sandra.

Hab mich schon gefreut, von dir zu lesen, mir den Kaffee hingestellt, eine Zigarette angezündet und die Vorfreude verlängert.
Trifft ins Herz, keine Sorge. Ich geh heut Abend Boxen. Scheiße. Die Vagina ist unfair.
Ich freue mich, dass ich dich kennengelernt habe.
Liebe Grüße
Thomas

Übersprungshandlung 5: atk.hairy.com aufrufen. Stichworte eingeben: hairy legs, hairy breasts. Onanieren zu beautiful hairy Josie Rall. Sperma im Spülbecken beseitigen. An den Tisch zurückkehren. Draußen fängt es an zu regnen. Fette Tropfen platschen auf die schrägen Dachfenster. Es klingt wie grobe Bratwürstchen in der Pfanne.

file: OVER 5

Liebe Sandra.

Ich habe mich gefreut, von dir zu lesen, mir den Kaffee hingestellt, angezündet und die Vorfreude verlängert. Trifft, keine Sorge. Ich habe mich gefreut, dich kennenzulernen.
Es fängt an zu regnen.
Liebe Grüße
Thomas

Thomas Frantz ist sich noch unsicher, aber Feuer und Flamme und auf dem absolut richtigen Weg zu einer tragfähigen Essenz.

file: OVER 6

Liebe Sandra.
Es fängt an zu regnen.
Liebe Grüße
Thomas

Enter.

Gehwegschäden

In Moabit feierte eine Kindertagesstätte ein Frühlingsfest. Von einem Zirkus hatten die Erzieher einen Clown und einen kleinen Elefanten eingeladen. Der Clown brachte den kleinen Elefanten, und als der kleine Elefant über den Gehweg vor dem Kindergarten lief, brach er in den Asphalt des Gehwegs ein; er steckte mit beiden Vorderbeinen in dem Loch fest.
Der kleine Elefant war auf eine unterirdische Rattenburg getreten. Aus dem Loch sprangen die Ratten heraus, Dutzende huschten über den Gehweg und den Hof des Kindergartens und verschwanden durch Löcher und Ritzen wieder im Untergrund. Sie hatten, stellten herbeigerufene Mitarbeiter der Behörde für Umweltmedizin und Hygiene des Bezirksamts Tiergarten fest, ein weit verzweigtes System aus Gängen, Tunneln und Vorratskammern unter der Kindertagesstätte angelegt.
Rattenburgen sind eine häufige Ursache für Gehwegschäden. Nicht selten brechen Fahrzeuge der Berliner Stadtreinigung in die Nester ein, mitunter auch Fußgänger, Fahrradfahrer, Handkarren sowie Kinderwagen, weiß die Behörde.
Die in Berlin dominante Art ist die Wanderratte. Die Wanderratte ist ein Allesfresser. Sie schwimmt, taucht und klettert sehr gut. Sie ist ein soziales Tier, intelligent, anpassungsfähig, zeigt ein ausgeprägtes Lernverhalten und lebt in Gruppen. In der Gruppe werden Informationen über Nahrungsquellen und Gefahrenherde weitergegeben. Die Wanderrate ist als Überträger von Typhus, Cholera, Ruhr, Tuberkulose, Trichinose, Leptospirose, Maul- und Klauenseuche sowie Fadenwürmern festgestellt.

Die Wanderratte findet in der Ruhe und Abgeschiedenheit der Kanalisation ein ideales Habitat. Dort nimmt sie über den Luftzug Witterung von Nahrung auf, wandert durch das Rohrsystem und gelangt durch schadhafte Stellen an die Oberfläche. Ein Weibchen bringt in sechs bis acht Würfen rund 40 Junge zur Welt. Diese sind in sechs Wochen selbstständig.
Wird der Populationsdruck unter der Erde zu groß, tritt die Gruppe an die Oberfläche und nistet in Kellern, Zwischendecken und Hohlräumen von Gebäuden. Hier können die Mitarbeiter der Behörde anhand von Kot, Rattenfraß, Wander- und Schwanzschleifspuren Rückschlüsse auf die Populationen schließen.
Die Behörde schätzt vorsichtig, dass auf jeden Einwohner inzwischen drei bis vier Ratten kommen. Das entspricht einer Zahl zwischen zehn und vierzehn Millionen. Mehrfach im Jahr kommt es zu neuen Generationen. »Das ist ein schleichender Prozess, der bemerkt, aber ignoriert wird«, sagt eine Mitarbeiterin der Behörde.

UND ZORN

33. Bittere Wahrheit. Thomas liest Marie-France eine Geschichte vor und versteht nicht, warum sie die Geschichte nicht versteht

Thomas sitzt an seinem Schreibtisch. Vor ihm ein Stapel Bücher, sein Laptop, eine Mappe. Marie-France liegt schon im Bett. Es ist nicht weit vom Schreibtisch entfernt. Sie liest. Thomas hat seine Lesebrille auf und blättert im Schein der Schreibtischlampe in einem Buch. Er legt es beiseite.
»Ich möchte dir gern was vorlesen.«
»Was denn?«
»Es ist nicht lang. Hör einfach zu.«
»Okay.«
Marie-France richtet sich im Bett auf und lehnt sich an die Wand. Thomas liest langsam und laut:

»Ich glaube,
nein, sagt er.
Ja, aber ich glaube,
nein.
Ich glaube nicht mehr, ich weiß es. Ich habe die Wahrheit erkannt. Die bitterste von allen.
Ja, was denn?
Er: Unser Kind.
Sie: Unser Kind?
Ja.
Was ist mit unserem Kind?
Es ist nicht unser Kind.
Samuel?

Ja.
Nicht unser Kind? Samuel?
Ist nicht unser Sohn, versteh doch!
Nein, versteh ich nicht, wieso nicht unser Sohn?
Weil er nicht unser Sohn ist. Er wäre nicht unser Kind. Nicht meins, nicht deins, auch wenn wir uns es noch so gewünscht haben. Er ist nur ein weiteres Wesen, wie wir alle.
Was?
Ja! Nur ein weiteres Wesen. Und es nährt sich an deiner Brust und von meinem Geld.
Sie: Was?
Es nährt sich, es benutzt uns nur, es saugt uns aus, und ich müsste dafür auch noch mein Leben ändern.
Was? Was redest du da? Sag mal, vielleicht hättest du nicht mitkiffen sollen, jedenfalls nich so viel, warn bissel viel, verträgst es ja nich so ...
Aber versteh doch! Ich habe mein Leben geändert wegen ihm, wegen Samuel.
Ach, entspann dich ...
Aber er hat nichts geändert, wegen mir. Ich meine, das ist nicht fair. Er liebt uns nicht. Versteh doch! Ich spiele auch so gern mit ihm im Sandkasten am Platzhaus, aber er will uns nicht um unsrer selbst willen. Er nimmt uns nur, weil er nicht anders kann, weil er niemand anderes hat, der sich für ihn interessiert, als Säugling. Das ist auch logisch, aus seiner Sicht.
Was? Niemand anderes? Spinnst du?
Nein. Ich weiß es einfach. Jetzt. Plötzlich. Es ist doch völlig klar: Er ist nur ein weiteres Wesen, genau so eines, wie wir es sind, und es will nur sich und sein Bestes. Alles an-

dere ist ihm egal. Genau wie uns. Lass dich doch nicht täuschen von seinem Kindsein, seinem süßen Lächeln und dem lustigen Gebrabbel. Er ist wie wir.
Sag mal, spinnst du jetzt komplett?
Er ist wie wir, Hamlet, du zerreißt mir das Herz, Huhn, ich habe ihn auch so gern, aber der Himmel hat es so gewollt und will so strafen, und dies durch mich. Der Herr schaffe ihn nun fort.
WAS? WAS REDEST DU DA? SPINNST DU?
Durchaus nicht. Das, was ich heiße. Und für ein paar stinkende Küsse, sei gewiss, meine Worte Atem sind, und Atem Leben ist, dann muss ich nach England. Es ist so ausgemacht ...
WAS? WOVON REDEST DU, DU IRRER?
Gute Nacht, Mutter. Ganz still. Ganz verschwiegen, der Moment, der Schlaf, kommt, Herr, nehmt das Wesen fort sodann ...
HALLO?! HALLOHALLO ...?!
Was denn? Er ist nichts anderes als ein weiteres brutalstmöglich eigennütziges Wesen. Nur eines mehr. Und es nährt sich durch uns, saugt uns aus!
HEY DU MACHST MIR ANGST!!!
Aber es ist so, wie alles ist, Pestilenz. Es ist so beliebig. Auch du und ich. Wie Worte Atem sind.
WAS??? WAS REDEST DU DA!!!???
Er sagt nichts mehr.
Er steht auf, entschlossen, er geht einmal um das Bett herum, Entschlossenheit ist nun mal das unumstößliche Maß unserer Zeit, er öffnet das Fenster und nimmt den Säugling Samuel aus der ans elterliche Bett angedockten Babybay heraus, sie versucht, dieses schreitende Fels-

massiv daran zu hindern, ein wenig vergeblich, sie schreit, hämmert, trommelt mit beiden Fäusten auf seinen Rücken ein, er hebt das Kind mit einer Hand wie ein Karnickel an beiden Füßchen hoch, packt es mit der anderen Hand an den Knien, schwingt das Baby wie seinen neuen Carvingschläger – es ist ein Mashie Niblick, Eisen Nummer 7, mit FatBoy-Griff – ein, zweimal von Schulter- bis Kniehöhe und zurück und wirft den Säugling Samuel sodann zum geöffneten Fenster hinaus.«

Thomas blickt auf. Marie-France sitzt auf seinem Bett. Sie ist nackt, ihre Beine und Hüften sind in die Decke gehüllt. Aufmerksam hat sie ihm zugehört.

»Verstehe ich nicht.«

»Wieso nicht? Ist doch völlig klar ...«

»Meinst du vielleicht, wenn wir doch noch ein Kind hätten ...«

»Nein.«

»Aber ... der bringt das Baby um?!«

»Ja. Er hält das offenbar für folgerichtig. Vielleicht weiß er sich nicht anders zu helfen gegen die diffusen Mächte.«

»Als sein eigenes Kind umzubringen? Spinnt der? Ein Kindermord? Unschuldiges Leben auslöschen? Was soll das? Der schlimmste Mörder bringt eine Oma um, das kannst du gerade noch ertragen, aber ein Baby? Das ist unerträglich!«

»Vielleicht wissen wir das nicht mehr und zerstören wahllos Unschuldige und uns selbst, wenn das Fass einmal überläuft. Vielleicht werden wir dann grausam.«

Marie-France hat sich empört aufgerichtet und ist glockenwach.

»Ein Baby töten, das ist die Zukunft töten, da glaubt man nicht mehr an die Menschen, das ist das Ende! Ist dieser Misanthrop bescheuert? Soll er doch selbst aus dem Fenster springen!«
Thomas nickt und lächelt. Er legt die Mappe beiseite. Er zieht T-Shirt und Hose aus, streift die Socken ab, legt sich neben Marie-France, küsst sie und nimmt sie in den Arm. Sie schmiegt sich an seine Schulter und seufzt. Dann richtet sie sich wieder auf und sieht ihn fragend an.
»Sag mal, hast du das selbst geschrieben? Du machst mir langsam Angst …«
»Ach, schlafen wir.«

34. Der Intellectual Fight Club. Der Schlag kommt aus der Tiefe

Nach den Schachzügen hört man die Uhren. Nach den Schlägen rasseln die Ketten. Das Adrenalin, die Aggression kontrollieren. Und nur darum geht es hier.

»RA-RA-RA-BA!«

Jesus drischt auf den Sack ein. Er springt vor Thomas hin und her wie ein Flummi. Sein Kopf glänzt.

»RA-BA-BA-BA Y BAPP! He? Siehst du? So!«

An den Säcken, Maisbirnen, Wandpolstern stehen die Schachboxer und üben die Kombination linke Gerade zum Kopf, rechte Gerade zum Körper, linker Kopfhaken, rechter Kopfhaken. Man hört sie stöhnen, schubweise Luft aus Nase und Rachen stoßen in der Halle unter der Stadt. Jesus flitzt von einem zum anderen und korrigiert ihre Haltung. Thomas schlägt zu. Die Kraft legt er in den letzten Haken. Den Schlag zur Schläfe.

»He! Thomas! Hab i gesagt mitte Drehung! Aus der Bewegung, aus die Beine! He? Immer mitte Drehung! HA-HA-HA – – Y BA!«

Thomas nickt.

»Boxen ist Kontrolle. Und die Kontrolle kommt aus die Beine, nicht die Arme, he?«

Nach den Schlägen hört man die Uhren.

Nach den Schachpartien rasseln die Ketten.

Thomas spürt die Wucht seines Schlags. Er konzentriert alle Kraft, die er hat, in Daumen und Finger seiner rechten Hand. Der Schlag kommt aus der Tiefe. Aus der Hüfte.

Er ist am Ende der Serie das Drehmoment seines ganzen Körpers. Gewicht, Geschwindigkeit, gleichzeitiger Luftausstoß. Nur wenn die Komponenten aufs Genaueste zusammenwirken, ist die Wucht zu erzeugen. Hüfte, Schulter, Drehmoment und Schlag. So geht das. Er ist wie besessen davon.

Der Schlüssel zum Kopf liegt im Körper.
Der Schlüssel zum Körper liegt im Kopf.
Dazwischen kann er mal verlorengehen.

35. Die Revolution ist eine Minute YouTube. Thomas trifft Sandra wieder und ist der amerikanische Präsident

Du bist ein Turnschuh, du bist Katzenfutter.
Du bist regenerativer Strom, du bist proaktive Gesichtscreme.

32 Grad am Morgen, die Meile von der Schönhauser Allee zur Torstraße voller junger Flipflopspanier, Flipflopengländer, Flipflopfranzosen, sie kommen aus den Hostels und schwärmen aus, alle gleichzeitig, scheint es ihm, alle kurze Hosen, Umhängetasche und T-Shirt, dazwischen die Mütter und verblödeten Altväter, ihre römischen Streitwagen zum Wochenendeinkauf entschlossen geschnürt, den Flipflopmädchen lugt das Tangadreieck am Arsch heraus, verkorkste Füße in allen Flipflopvariationen, die Nivellierung des Hässlichen, das Viertel, ein 24-Stunden-Postkarten-Rent-a-Bike-Coffee-Internetshop mit Geldautomat; Kinder, die gezerrt werden und greinen, die Straße eine Dauervuvuzela.
Thomas schwitzte. Er verspürte einen Druck hinter der Stirn, seit dem frühen Morgen. Er war mit Sandra verabredet. Ort der Verabredung: ein Café in der Nähe des Teutoburger Platzes, das Thomas ausgesucht hatte, weil es dort ruhiger zugeht. Sandra hatte ihn angerufen. Sie hatte gesagt, es bestehe Gesprächsbedarf. Thomas war einverstanden gewesen. Sie hatte gesagt, weil sie schon den Tag bestimmte, dürfe er Ort und Uhrzeit bestimmen. Es war heiß, und Thomas ging langsam. Er bog in

die Fehrbelliner Straße und überquerte den Teutoburger Platz. Er setzte sich an einen Tisch vor dem Café, zog eine Schachtel Zigaretten aus der Tasche und rauchte, als Sandra noch einmal anrief. Sie werde sich verspäten. Sie habe an der Bewerbung für ein Stipendium in London gearbeitet und darüber die Zeit vergessen. Dafür versprach sie ihm eine Überraschung. Sie klang vergnügt.

Am Nachbartisch saß ein junger Typ mit einem zitronengelben Irokesenschnitt. Sein Haar war steif aufgerichtet. Die Spitzen stachen wie ein Fanal in den Himmel. Er trug trotz der Hitze einen schwarzen Anzug. Sein weißes Hemd war bis zum Kragen zugeknöpft. Thomas kam diese Frisur bekannt vor. Er hatte sie schon öfter gesehen auf der Schönhauser Allee, der Mann musste hier irgendwo wohnen oder in ein Büro gehen. Der Typ mit dem gelben Irokesen saß vor einem kleinen, auf ein feines Gestell gesetzten Bildschirm und schrieb etwas auf einer ebenso kleinen, drahtlosen Tastatur.
Thomas rief nach der Kellnerin, da bemerkte der Typ Thomas' Blick. Der Mann mit dem gelben Irokesen stand auf.
»Prometheus, Zentrale Gehirnarchitektur. Politik, Unterhaltung, Kultur und binäre Lösungen. Jascha, angenehm.« Der Typ reichte Thomas die Hand.
Thomas erhob sich ein wenig, stammelte eine freundliche Antwort und setzte sich wieder. Er war in Gedanken und mochte sich nicht auf ein Gespräch einlassen. Der Mann ließ nicht locker.
»Wir produzieren Meinungen und Kommentare. Blogs. Wir nennen das Arbeit.« Der Mann mit dem gelben Irokesen grinste.

Thomas sah auf. Der Mann hatte einen Flaum auf der Oberlippe.

»Wir sind Autoren, Sammler und Systemiker. Wir beobachten und schlachten aus. Bürsten gegen den Strich. Immer aus der anderen Perspektive. Wir haben kein Büro. Wir sind immer und überall. Hier und anderswo. Wir arbeiten in Cafés, Unis, U-Bahn-Stationen, auf belebten Plätzen, wir sitzen in Krankenhäusern, Einkaufszentren, Versammlungen, Hinterhöfen und Krematorien. An allen Orten, wo man uns nicht braucht. Wir beobachten, sammeln und stellen das Gesammelte und Kommentierte ins Internet. Zu jeder Zeit. Und jeder kann uns einfach herunterladen und weiterverwenden. Darüber freuen wir uns.«

Jaschas Brustton des Stolzes und seine schonungslose Mitteilsamkeit begannen Thomas zu interessieren.

»Wovon lebt ihr dann, wenn ich fragen darf? Wenn euch jeder herunterlädt und verwendet?«

»Binäre Lösungen. Wir machen Meinungen und Blogs und unterwandern damit die Gesellschaft.«

»Ach! Und was macht ihr, wenn ihr die Gesellschaft unterwandert habt?«, fragte Thomas. Seine Neugierde war endgültig geweckt.

»Wir bieten binäre Lösungen.« Jascha grinste.

»Binäre Lösungen?«

»Interaktive Werbung.«

Thomas musterte den Mann mit dem gelben Irokesen verwundert. Jascha bemerkte das. Er schien es für angebracht zu halten, eine nähere Erläuterung folgen zu lassen.

»Zum Beispiel der amerikanische Präsident. Zum Beispiel ein probiotischer Yoghurtdrink. Zum Beispiel ein Jeanslabel oder eine Volkspartei. Das Prinzip ist immer das Gleiche.«

»Was für ein Prinzip?«

»Den User suchen, finden und einbinden. Der User will aktiv sein. Du, ich. Reaktiv, interaktiv. Du musst die Kreativität der User wecken, das ist die Zukunft. Wenn du es als Autor verstehst, den Leser zu fesseln, kannst du ihm irgendwann alles verkaufen. Wenn ein Blog, eine Website, ein kleines Video auf YouTube es versteht, den User zu begeistern und seine Kreativität zu wecken, kauft er alles. Egal ob das Produkt ein Turnschuh ist oder ein Präsidentschaftskandidat. Er kauft es nicht nur, er wird auch jeden anderen, den er kennt, davon überzeugen, es zu kaufen. Obama hat das verstanden. Er ist der erste Präsident, der im Internet gewonnen hat ...«

»Obama wurde von einer breiten Mehrheit gewählt«, unterbrach ihn Thomas.

»Er hat die Swing States im Internet gewonnen.«

»Wo zum Beispiel?«

»Zum Beispiel Florida. In Florida gibt es eine Wählerschicht, die traditionell konservativ ist. Juden. Genauer gesagt jüdische Senioren, die dort ihren Lebensabend genießen. Die sind nicht gerade geneigt, einen Schwarzen zum Präsidenten zu wählen. Also hat sich Obamas Team die User zunutze gemacht. Sie haben die jungen Juden in Chicago, in New York, im ganzen Land angesprochen, die fast alle auf seiner Seite waren. Es war eine Frau. Sarah Silverman. Sie hat im Internet in einem Video eine einfache Frage gestellt: Wenn Ihr wüsstet, dass ein Billigflug nach Florida die Welt verändert, würdet Ihr es tun? Das hat ihre Neugier geweckt. Sie hat allen jungen Juden gesagt, sie sollen nach Florida fliegen und ihre Omas und Opas und Tanten und Onkels davon überzeugen, dass Obama kein Juden hassender Terrorist ist, dass es um die Zukunft ihrer Enkel geht und dass sie nie wieder nach Florida fliegen würden, wenn sie nicht Obama wählen. Das hat ihre Kreativität herausgefordert. Es war wie ein Spiel.«

»Und das hat funktioniert?«

»Das hat funktioniert. 24 000 Leute sind nach Florida geflogen. Die Aktion hieß: The Great Schlep. Das ist ein jiddisches Wort und bedeutet in dem Zusammenhang so viel wie: die Ochsentour. Sie trugen T-Shirts und Buttons mit diesem Label, es gab Aufkleber und Jutetaschen, das volle Programm. Die jungen Juden haben das alles dokumentiert und wieder im Netz gepostet und wieder neue Leute rekrutiert. Obama hat Florida gewonnen. Mit 78 Prozent aller jüdischen Stimmen. Die waren das Zünglein an der Waage. Auch 'ne Latte?«, fragte der Mann mit dem Irokesen. Er stand auf und schickte sich an, in das Café hineinzugehen.

»Äh ja, danke«, sagte Thomas und sah sich um, ob er Sandra schon irgendwo auf ihrem Fahrrad erkennen konnte.

Eine Weile saß er allein da.

»Interaktivität.«

»Was?«

Thomas drehte sich um.

Der Typ mit dem gelben Irokesen brachte zwei Glas Milchkaffee, stellte sie auf die Tische und fuchtelte mit den Händen in der Luft herum, als würde er ein Kunststück vollführen.

»Kreativität. Interaktivität. Prosumer. Die Zauberworte.« Jascha setzte sich an seinen Computer.

»Das Produkt ist ein Monstertruck, Unterwäsche, ein Jeanslabel oder der amerikanische Präsident. Das Produkt spielt keine Rolle. Meinung oder Money, ganz egal. Der User ist wichtig, denn er soll das Produkt kaufen, in die Gesellschaft hineintragen und dort weiterverarbeiten und weiterverbreiten. Kunst? Bullshit. Machen wir selbst. The medium is the message, merk dir den Satz! Es gibt keine Trennung mehr zwischen Consumer und Producer. Wir sind alle Prosumer. Jeder. Wir sind die total vernetzte Freiheit, Gleichheit, Brüderlichkeit! Wir alle transportieren die Energy, den Flow! Der Flow lässt sich nicht mehr aufhalten.«

Thomas hörte dem Mann von Prometheus jetzt aufmerksam zu.

Prometheus, Lehrmeister. Der war irgendwo in der griechischen Mythologie so 'n Macker. Der Titan kam auf die Erde und formte die Menschen aus Ton. Linear Sculpting. So was. Er übertrug ihnen Eigenschaften der Tiere: die Klugheit des Hundes, den Fleiß des Pferdes. Und die Göttin Athene gab ihnen Wissen und Vernunft. Da wurden die Menschen lebendig, und Prometheus ihr Pauker. Heute ist er Sammler. Er sammelt unwichtige Erkenntnisse und nutzloses Wissen, er kommentiert alles Mögliche und stellt es ins Netz. Er formt die Gesellschaft. Social Sculpting nennt er das. Er sammelt Literatur- und Medienpreise, er sammelt binäre Lösungen und Geld. Er ist eine Internet-Ich-AG. Er ist vernetzt mit anderen Internet-Ich-AGs und vermarktet sich selbst. Der Sinn seines Schaffens besteht darin, Werbung zu transportieren.

»Wer die Website einer Biermarke anklickt, kann den besten Witzeerzähler der Welt herunterladen. Wart mal.«
Der Mann mit dem gelben Irokesen war in voller Fahrt. Er fasste in seine Jacketttasche und holte ein flaches Bildschirmhandy hervor. Er gab etwas ein. Kurz darauf hielt Jascha sich das Smartphone mit der Bildschirmseite nach vorn quer vor den Mund. Auf dem Bildschirm erschien ein Mund, der sich bewegte und etwas erzählte. Der Mund, den sich Jascha vor den Mund hielt, erzählte einen Witz.
»Was sind tausend tote Anwälte?«, fragte der Mund.
»Ein guter Anfang«, antwortete der Mund.
Der Mund lachte.
»Genial, wa?«, jubilierte Jascha, wischte sich den Schweiß von der Stirn und betrachtete den lachenden Mund auf seinem Handy. »Die Witze sammeln wir, geben die Mundaufnahmen in Auftrag und stellen sie auf die Bierseite. Jeden Tag neue Updates. Oder das hier ...«
Jascha fuhr mit dem Zeigefinger sehr virtuos über das Telefon und tippte auf diese oder jene Stelle, wobei das Gerät sanfte Geräusche von sich gab.
»Wer zehn Freunde auf Facebook killt, bekommt einen Cheeseburger.«
Jascha hielt Thomas den kleinen Bildschirm vors Gesicht. Thomas sah darauf ein Foto. Das Foto eines Menschen, der langsam in Flammen aufging.
»Geil, oder?«

Thomas nickte, mehr in Gedanken.
»Alles Marketing.« Jascha war jetzt so erhitzt, als wolle er im nächsten Moment einen Sales pitch anbringen. Mit einer Serviette trocknete er sich die gerötete Kopfhaut. Er öffnete den obersten Hemdknopf, der ihm bis dahin den Hals zugeschnürt haben musste. »Wer eine virtuelle Kuh findet in einer virtuellen Landschaft, bekommt eine Karte fürs Rockkonzert. Wenn du die Website eines Unterwäschelabels anklickst, kannst du einen Mann von zwei in diese Unterwäsche gekleideten Mädchen von der Straße weg entführen, in ein Hotelzimmer sperren und foltern lassen. Anwälte killen, Freunde killen, kurz: Unsinn. Ziviler Ungehorsam. Das ist interaktive Werbung. Das bringt Profit, das bringt Produktionssteigerung.« Der Mann von Prometheus strahlte voller Erwartung, wie ein Kind, das ein Fleißbildchen von seiner Lehrerin erhofft, um es in sein Album zu kleben.

Du bist ein probiotischer Yoghurtdrink. Du bist der amerikanische Präsident, du bist ein Soßenbinder.

Jascha spielte verzückt mit seinem Telefon. Thomas trank einen Schluck Kaffee, plötzlich stand Sandra vor ihm.
Thomas erschrak. Sie war von hinten gekommen, er hatte sie gar nicht gesehen. Sie trug wieder ihren Pferdeschwanz. Sie war sehr schön. Thomas wurde flau im Magen. Er stand auf und hauchte verlegen ein Küsschen auf ihre Wange. Sie trug eine Umhängetasche über der Schulter und setzte sich Thomas gegenüber.
Jascha stand auf und stellte sich vor.

»Prometheus, Zentrale Gehirnarchitektur. Politik, Unterhaltung, Kultur und binäre Lösungen. Jascha, angenehm.« Jascha reichte Sandra die Hand.
»Und jetzt setz ich mich an meine Texte und lass euch in Ruhe. Ich bin gar nicht da.«

Eine Weile sahen sie sich an und schwiegen.
Es täte ihr leid, sagte sie leise. Sie habe das bestimmt nicht gewollt, sagte sie gleich und sah Thomas mit ihren kleinen Augen mitleidig an. Sie habe gar nicht mitgekriegt, dass er was von ihr wolle. Sie habe nie die Absicht gehabt, mit ihm eine wie auch immer geartete Beziehung einzugehen, sagte sie. Das sei alles ein großes Missverständnis gewesen, aber es täte ihr furchtbar leid, wenn sie Signale ausgesandt habe, die er, Thomas, vielleicht missverstehen konnte.
Thomas hörte zu. Er hörte aufmerksam zu und betrachtete ihr hübsches rundes Gesicht, die kleinen, sich kräuselnden Sorgenfalten. Er schwitzte. Er trank einen Schluck Kaffee und gab sich einen Ruck: Er habe Verständnis. Er könne sie verstehen und sie solle jetzt kein schlechtes Gewissen haben, wegen ihm. Das läge nicht in seiner Absicht. Sie solle sich keine Gedanken machen, es würde ihm sicher nicht so schwerfallen, wie sie sich das vielleicht vorstelle, für ihn seien diese Dinge nicht mehr so wichtig.
Sandra schien erleichtert. Ihr Gesicht gewann an Fröhlichkeit.
Na ja. Manche Botschaften, die er, Thomas, ausgesandt habe, seien schon sehr unmissverständlich gewesen. Aber natürlich habe sie vermutet, dass er, Thomas, da ein paar

Gläser getrunken hatte und einen Spaß mache, und dann habe sie diese Zeilen, auch wenn die Botschaften sehr lustig, aufregend und auch schmeichelhaft gewesen seien, natürlich unbeantwortet stehen lassen. Das sei alles mehr, und wie solle sie das nur sagen, mehr wie in einem Spiel gewesen, sagte Sandra, aber sie habe natürlich nicht mit ihm spielen wollen, seinen Gefühlen, und darüber sei sie dann doch erschrocken.
Sandra lächelte. Sie errötete ein wenig.
Sie wolle überhaupt keine Beziehung, sagte Sandra. Zu gar keinem Mann. Sie wolle nur Freunde. Das seien einfach zwei unterschiedliche Programme, nicht kompatibel, sagte Sandra.
Sie wolle bald nach London gehen. Eigentlich schon seit mehr als einem Jahr, warte aber noch, denn es könne sein, dass sie vorher noch ein halbes Jahr nach New Orleans zurückkehre, dort habe sie Freunde.
Thomas nickte. Das konnte er verstehen. Es wollten ja alle nach London, in ihrem Alter. Als müssten sie zur Armee. Thomas Frantz nickte und rauchte.
Sandra beugte sich zu ihm vor. Es sei schöner, Freunde zu haben als eine Beziehung. Freunde seien immer da. Freunde enttäuschten sie nicht. Freunde seien das Wichtigste auf der Welt. Wichtiger als Eltern und alles andere auf der Welt.
Thomas nickte.
Sie habe 167 Freunde auf der ganzen Welt. Sie brauche Freunde wie die Luft zum Atmen, so viele Freunde wie möglich, aber einen Freund mochte sie nicht haben.
Thomas nickte.
Sie habe 167 Freunde auf Facebook.

Thomas nickte.
Das sei leider alles einfach überhaupt nicht kompatibel, zwei völlig unterschiedliche Konzepte, sie habe das bestimmt nicht gewollt, die Botschaften, missverständlich, vielleicht, aber gewiss nicht gewollt, 167 Freunde, London, New Orleans, auch Australien vielleicht, sie halte ihre Optionen gern offen, zwitscherte Sandra vergnügt, und Thomas nickte. Er trank einen Schluck, der Kaffee war noch so heiß, wie er ihn bestellt hatte, und die Sonne stieg über die Häuser. Sandra sagte, sie sei glücklich.
»Ich bin glücklich, es ist alles so offen.«

Du bist eine Jeans, du bist ein hummeldummer Bestseller.
Du bist Bioshampoo, du bist eine Kinokarte.

»Und die Überraschung?«, fragte Thomas, um aus dem Loch zu kommen.
Sandras Augen leuchteten. Sie stand auf, schob ihren Stuhl in seine Nähe, zog einen Laptop aus ihrer Tasche, stellte ihn auf den Tisch und klappte den Bildschirm auf.
»Der Film ist fertig. Die Color Revolution am Rosenthaler Platz. Ich hab ihn dabei.« Sandra schob eine CD ins Laufwerk.
Thomas sah auf den Bildschirm. Er sah darauf den Eingang des U-Bahnhofs Rosenthaler Platz. Menschen stiegen in den Schacht. Er sah die Kreuzung aus der Luft. Er hörte die Geräusche der Straße, Menschen überquerten den Damm. Er sah vermummte Fahrradfahrer, sie balancierten große Wannen mit Farbe vor dem Lenkrad. Die Geräusche der Straße verstummten, und Thomas hörte

Töne wie fallende Tropfen. Farbe ergoss sich auf den Asphalt, Thomas hörte ein sanftes Xylophon, eine Melodie leise fließenden Wassers, als hätte jemand für einen Moment die Zeit angehalten, er sah Samy, Murat, hörte Laute des Erstaunens, blaue Farbe floss über den Asphalt, Hieronimus, Daniel, rot, Reifen fuhren durch violette Farbe, gelbe Striche wanderten quer durch das Bild, das sich selbst zeichnete, Streifen, Schwünge, ein Synthesizerfluss aus Reifen, die Bahnen zogen und Bögen, ein Junge hüpfte in eine blaue Pfütze, es ist, als hätte jemand für einen Moment die Welt angehalten und den Regenbogen auf die Straße gelegt, einen wunderbaren, magischen Moment lang …

Thomas begeisterte sich gerade, da war der Film auch schon zu Ende.
»Das war's?«
»Das war's. Es ist ein Internetfilm. Eine Minute. Nächste Woche wird der Clip ins Netz gestellt. Auf YouTube.«
»Natürlich kommt noch Werbung dazu«, sagte Sandra. »Darum geht es doch. Es ist ein Turnschuh. So wie – hey, die Stadt, in der Kunst wie von selbst passiert. Hol dir den Schuh dazu! Oder: Trag den Turnschuh und hol dir den Regenbogen vom Himmel! So was. Wir rechnen mit Millionen Hits. Das wird einschlagen wie eine Bombe, und der Turnschuh verkauft sich wie geschnitten Brot. Super, oder?«
Sie sah ihn an. Ihre Augen glänzten.
»Super«, sagte Thomas.
Die Sonne stand hoch über der Straße.

Du bist ein Turnschuh, du bist Fischstäbchen.
Die Revolution ist eine Minute YouTube.

Sie saßen in der Sonne, Thomas rieb sich die Stirn. Begriffe, Worte zogen wie schnelle Bildschnitte an seinem inneren Auge vorüber. Marketing. Prosumer. Profit. Die Welt anhalten und Anwälte töten. Kauf dir den Turnschuh und hol dir den Regenbogen. Natürlich kommt noch Werbung dazu. Darum geht es doch. Thomas massierte sich die Schläfen. Wer zehn Facebook-Freunde verbrennt, bekommt einen Cheeseburger. Thomas versuchte zu lächeln. Sandra klappte den Laptop zu und verstaute ihn in ihrer Tasche. Er bekam Kopfschmerzen. Sandra hatte Hunger. Sie roch sanft nach Weingummi Waldmeister. Wer eine virtuelle Kuh findet in einer virtuellen Landschaft, wird der amerikanische Präsident. So ist das. Sandra bestellte einen probiotischen Salat. Seine Gedanken tanzten um ihre Pausbacken. Thomas sah tausend Anwälte in schwarzen Anzügen, die Leichen fledderten auf einem Schlachtfeld. Fünfzig Euro pro Kadaver, schoss es ihm durch den Kopf. Sandra lächelte. Thomas hörte Klicken, Jaschas Tastaturgeräusche. Konrad Zuses Maschine. Kreativität und Interaktivität. The medium is the message, Verehrung und vielen Dank. Der Salat kam, und Sandra aß mit Heißhunger. Hochleistungskabel, Siliziumverbindungen, Schaltkreise. Der Mensch ist nicht aus Lehm. Er ist Glasfaser und serielle Schnittstellen, drahtlos zu empfangen. Sandra sagte, sie habe heute Früchte gefrühstückt. Null und Eins. Was sagen und nichts sagen. Röhren, Dioden, Relais, Thomas drückte seine Zigarette aus. Alle Optionen offenhalten. Wie Flöhe springen von einem Kopf zum andern, wie Bienen Nektar saugen aus tausend toten Blumen. Sandra lächelte. Thomas steckte sich eine neue Zigarette an und glaubte plötzlich, sie zu verstehen. Alle Optionen offenhalten hieß: überleben. Maximum multiple choice hieß: leben im total vernetzten Darwinismus. So geht das. Erst am Ende der Diodenkette saßen sich zwei Menschen gegenüber und hielten die Welt an. Der eine kaute Salat, der andere guckte in die Röhre. Eins zu null. Sie hatte 167 Freunde, und sie wollte keinen Freund. Unsinn. Arschficken gegen Armut. Die Axt rausholen, das sollte man mal zum Bürgerbegehren machen. Der Teufel ist die Vagheit, Betrüger und Nichtssager, das sind wir geworden! 23 Mal darf die Gerechtigkeit kommen, so ist das! Kriegsjungs vögeln mit Gleitcreme, statt Platanen zu pflanzen, so ist das! Lernt doch endlich U-Bahn fahren, ihr Nullen! Werbung schalten und Freunde verbrennen, verbrennen, verbrennen ...

»Es ist wirklich warm heute«, stöhnte Sandra, nahm die Serviette auf und betupfte ihre Lippen.

Thomas atmete tief. Sandra blies sich eine Strähne aus der Stirn. Er richtete sich auf und suchte nach einem klaren Gedanken.

Sandra lächelte.

Unser Denkfehler war, wollte er ihr sagen, dass wir geglaubt haben. Thomas stürzte den letzten Schluck Kaffee hinunter. An das Wissen geglaubt. Ihm war immer noch heiß. Wir haben gedacht, Bildung macht bessere Menschen aus uns, wie die gute Erzieherin. Wir haben geglaubt, Wissen bringt uns ein besseres Leben, wir werden 167 Freunde finden und der Welt das Licht enthüllen, das ist der Fehler. Thomas wischte sich den Mund ab und schwieg. Vielleicht würde er seinen Sales pitch beim nächsten Pecha Kucha anbringen. Als ein Agent der Idiotie unserer Zeit. Thomas schloss die Augen. Er presste Daumen und Zeigefinger seiner linken Hand an die Lider und verwarf auch diese Idee im nächsten Moment. Er stand auf. Die Sonne brannte in sein Gesicht.

Thomas wollte hineingehen und zahlen, aber Sandra kam ihm zuvor. Sie überholte ihn hopserlaufend.

»Das ist das Mindeste, das ich dir schulde«, sagte sie im Vorbeihüpfen. Ihr Pferdeschwanz federte. Sie landete am Tresen, bevor er nur die Geldbörse zücken konnte.

Sandra strahlte, als sie zurückkam.

Du bist ein Stück Scheiße, ein Lippenstift, ein Unterhosenlabel. So ist das.

Der Mann mit dem gelben Irokesen, der in seinen Bildschirm vertieft war und etwas schrieb, lächelte.

»Herzallerliebst, deine Freundin.«

Sandra errötete.

Thomas verabschiedete sich von Sandra. Sie umarmten sich, Thomas strich sanft über ihren Kopf und zaghaft ihren Rücken entlang. Sandra hauchte ihm ein Küsschen auf die Wange. Der Schlag kommt aus der Tiefe. Ihr Haar roch nach Pfirsich. Und sei gewiss, für ein paar stinkende Küsse, wie meine Worte Atem sind, wenn die Komponenten aufs Genaueste zusammenwirken. Er verabschiedete sich von Jascha und verließ das Café in Richtung des Teutoburger Platzes.

36. Du bist eine binäre Lösung. Du bist nicht ich

Ich saß in einem Café in der Nähe des Teutoburger Platzes. Es war heiß, und später hieß es in den Nachrichten, es sei der heißeste Tag des Jahres gewesen.
Ich hatte es nicht mehr ausgehalten in meiner Dachwohnung, das Thermometer zeigte schon am Morgen 32 Grad. Ich trank heißen Tee aus frischer Pfefferminze und ein großes Glas kaltes Wasser. Ich las eine Zeitung, die mir ein Mann verkauft hatte, der eine große rote Tasche wie eine Kugel vor seinem Bauch herschob und fühlerartig abstehende Ohren hatte, was ihm das Aussehen eines Mistkäfers verlieh. Auf der Lokalseite verstörte mich eine Meldung: »Die Polizei hat gestern einen erst siebenjährigen Räuber gestellt. Der Junge hatte eine Joggerin angehalten, auf sie eingeschlagen und die am Boden Liegende getreten. Dann entriss er ihr das Handy. Als ihn die Joggerin festhalten wollte, trat er wieder auf sie ein und verletzte sie schwer. Passanten konnten den Siebenjährigen schließlich überwältigen und riefen die Polizei. Die Joggerin musste in ein Krankenhaus gebracht werden. Die Polizei führte ein erzieherisches Gespräch mit dem Kind.«
Ich wollte umblättern, da setzte sich in einiger Entfernung ein Mann an einen der noch leeren Tische.
Er schwitzte und wirkte gehetzt. Er zückte eine blaue Schachtel und rauchte. Ich sah ihn an, diesen schweren, kräftigen Mann, der, leicht rotgesichtig, an diesem Mor-

gen eine Unruhe in die Trägheit der Straße brachte, die mich von meiner Zeitung ablenkte.
Ich begriff, dass ich ihn kannte. War das nicht der Mann mit dem seltsamen schwarzweißen Mantel und der schwarzweißen Schiebermütze, den ich in einem Winter auf der Schönhauser Allee gesehen hatte und dem ich gefolgt war, aus einer Laune, einem Impuls heraus durch die Münzstraße und Rosenthaler Straße über den Rosenthaler Platz, bis ich ihn auf der Schönhauser Allee wieder aus den Augen verlor? Der Mann, den ich kannte wie einen Bruder, mit dem ich nicht aufgewachsen war, den ich kannte wie mich selbst, und wer könnte am Ende schon sagen, er habe sich gekannt? Ahnte er auch um mich wie ich um ihn?
Er ist anders, als ich ihn mir vorgestellt habe. Er ist magerer, als ich glaubte. Vielleicht hat er etwas abgenommen.
Ich sah die Narbe auf seiner Stirn, die seine rechte buschige Braue durchschnitt. An seiner Hand trug er einen großen silbernen Ring, auf dem ein Boxhandschuh einen Springer umfasst. Er nahm seine Sonnenbrille ab. Seine Augen. Sie hatten keine Farbe.
Er setzte sich, rauchte, da klingelte sein Telefon. Er kramte es aus der Tasche, sagte etwas, legte es auf den Tisch und rief die Kellnerin, da sprach ihn ein Mann an, der an seinem Nebentisch vor einem Computer und einem Glas Milchkaffee saß. Der Mann trug trotz der Hitze einen schwarzen Anzug und hatte einen gelben, spitz aufgerichteten Irokesenschnitt. Die beiden unterhielten sich eine Zeit lang. Der Mann, den ich kannte, schien mich nicht zu bemerken. Seine Stimme ist mir

fremd und vertraut zugleich. Hell, sanft, fast ängstlich. Sie scheint etwas verzerrt, als käme sie von einem Band. Und da ist diese Bewegung: Unablässig wippt eines seiner Beine, ein Fuß, trommeln seine Finger auf dem Tisch. Als müsse sein Körper eine unbändige Energie nach außen abführen.

Ich nahm meine Zeitung auf und blätterte darin. Da tauchte ein junges Mädchen auf. Sie trug einen Pferdeschwanz. Sie war sehr hübsch. Auf ihrem Rücken hatte sie eine Tasche. Sie schloss ihr Fahrrad an einen Baum, es war eines dieser kleinen alten DDR-Klappräder, und setzte sich an seinen Tisch. Die beiden waren sehr schnell in ein inniges Gespräch vertieft. Nach einer Weile zog sie einen Laptop aus ihrer Tasche. Sie rückte ihren Stuhl um den Tisch und setzte sich in seine Nähe. Er wirkte traurig, dieser Berg von einem Mann, verloren ein wenig, vielleicht.

Sie sahen sich auf dem Bildschirm gemeinsam etwas an.

Eine Weile redeten sie wieder, dann stand er auf. In diesem Moment stand auch das Mädchen auf und lief ins Café. Als sie wiederkam, umarmte sie ihn.

Ich wollte aufstehen und zu ihm hinübergehen. Ich wollte zu ihm gehen und mit ihm sprechen, ihm sagen ... ich stand auf, zögerte, vielleicht einen Moment zu lange, ihm sagen ... stand auf und wollte zu ihm gehen, da hatte er sich bereits von dem Mann mit dem Irokesen verabschiedet, umgedreht und lief die Fehrbelliner Straße hinab in Richtung des Teutoburger Platzes.

Ich setzte mich.

Vielleicht treffe ich ihn wieder. Ich möchte ihm zuhören. Ich hätte ihm einiges zu sagen. Na, man sieht sich, aber das sagte ich ja bereits, immer mehrmals im Leben.

GLEICH WUT?

Viermal 77,50 Meter Robinien, Birken, Ebereschen. Thomas Frantz lief die Fehrbelliner Straße am Teutoburger Platz entlang. Viermal 77,50 Meter Gesichter, Menschen, Sträucher. Am Stadtteilzentrum bog er in den Park. Am Eingang stand ein kleines Schild auf einem Pfosten. Gehwegschäden. Es war der heißeste Tag des Jahres.
Viermal 77,50 Meter Sonne, Wiese, Sand.
Thomas nahm den Weg quer durch den Park. Die Hitze stand wie eine Wand vor ihm. Die Mütter, Väter spielten mit ihren Produkten im Sand. In der glühenden Luft flimmerten sie vor seinen Augen. Er nahm eine Stimme in seinem Rücken wahr, sie stach aus allen anderen Stimmen hervor. Die Sonne blendete ihn. Schweiß sammelte sich auf seiner Stirn. Es war eine hohe, keifende Stimme. Die Stimme mochte einem Kind gelten oder einem Hund. Salzige Tropfen bissen in seinen Augen.
Er spürte die Stimme in seinem Rücken, diese hohe, das Kind oder den Hund schlagende Stimme, Thomas ballte die Faust. Die Adern an seinen Schläfen klopften. Er konzentrierte alle Kraft, die er hatte, in Finger und Daumen seiner rechten Hand.
Er hörte die Stimme dicht hinter ihm, es kam alles näher, geriet ihm aus den Fugen.

»No! No! No!«
Jesus' Augen blitzen.
»Was hab i gesagt? He? Was hab i gesagt?«
Thomas steht vor dem Boxsack und sieht Jesus mit großen Augen an.
»Bist du Boxer? Eh? Bist du Boxer?«
Der kleine Kubaner schiebt Thomas barsch beiseite und geht selbst ans Gerät.
»Hab i gesagt: Ba-ba-ba-bamm! He?«
Blitzschnell treffen seine Hände auf, sein kahler Kopf glänzt vor Schweiß. Die Adern darauf treten hervor, seine Muskeln sind gespannt.
»Ra-ba-ba-ba-bamm y bamm! He?«
Jesus tritt Thomas gegen die Ferse des Spielbeins.
»Un die Füße! Beweg deine Füße, hab i gesagt, beweg deine Füße! Eh?«
Thomas weicht einen weiteren Schritt zurück.
»RA-RA-RA-BA!« Jesus tänzelt, die Fäuste vor dem Gesicht, so wütend wie leichtfüßig.
»He? Is klar? RA-RA-RA-DAB!«, drischt er auf den Sack.
»Ra-ra-ra-ra y BAMM! Eh! Ra-ra-ra-BAMM-BAB! He?«
Thomas senkt die Fäuste.
»Ra-ra-ra-ra-BADAB! Sage i zum Spaß? He? RA-RA-RA-BA! Mast du, was i sage, muchacho, he?!«
Thomas nickt.
»RA-RA-RA-RA!«

INHALT

VERZWEIFLUNG

ÜBERHEBLICHKEIT

UND ZORN

GLEICH WUT?